DIE SPUR DES GELDES

Dieses Buch ist ein Roman. Handlungen und Personen sind frei erfunden. Ähnlichkeiten mit lebenden oder toten Personen sind nicht gewollt und rein zufällig.

PETER BECK

DIE SPUR DES GELDES

THRILLER

emons:

Bibliografische Information der Deutschen Nationalbibliothek
Die Deutsche Nationalbibliothek verzeichnet diese Publikation in der Deutschen Nationalbibliografie; detaillierte bibliografische Daten sind im Internet über http://dnb.d-nb.de abrufbar.

FSC
www.fsc.org
MIX
Papier aus verantwortungsvollen Quellen
FSC® C083411

Umschlagmotiv: istockphoto.com/Carther;
John Harrison/Arcangel Images
Umschlaggestaltung: Nina Schäfer
Gestaltung Innenteil: César Satz & Grafik GmbH, Köln
Lektorat: Lothar Strüh
Druck und Bindung: CPI – Clausen & Bosse, Leck
Printed in Germany 2019
ISBN 978-3-7408-0499-2
Thriller
Originalausgabe

Dieser Roman wurde vermittelt durch die
Tanja Howarth Literary Agency, London.

All jenen,
die jeden Tag ihr Bestes geben,
um das Unvorstellbare zu verhindern.

Hochmut

Zähne brachen knirschend aus dem Kiefer. Der Hinterkopf knallte auf die Stahlleiter und krachte einige Meter tiefer in die Betonwand. Wie die Bowlingkugel eines Anfängers.

Das Jochbein zersplitterte.

Er blieb stecken, tastete nach den vertrauten Griffen, doch die gebrochenen Finger gehorchten nicht mehr, die blutigen Hände rutschten ab, konnten das Gewicht nicht halten. Stumm fiel er weiter in die Tiefe. Niemand würde seine Schreie hören. Es war sinnlos. Es war seine Schuld. Hochmut kam vor dem Fall. Der weise König Salomon im Alten Testament. Er sah sich mit kurzen Hosen in der Sonntagsschule.

Die raue Wand zerriss die Werkhosen und raspelte die Haut an den Knien auf. Ein stechender Schmerz, ein lärmendes Feuerwerk greller Lichtpunkte. Die Bowlingkugel donnerte wieder an die Bande. Die Nase schlug auf einer Stiege auf, wurde ins Hirn getrieben, löschte das Lichtgewitter.

Als er fünfzig Meter tiefer aufschlug, brach das Becken. Der Sechskantschlüssel schepperte. Dann war es still, abgesehen von einem herabrieselnden Zahn, der seine Wange traf und über den Deckel kullerte.

Eine ruhige Klarheit umfasste ihn. Schwarz und schwer und drückend. Er hatte vorhin gelogen. Aber er hätte seine Ruth nicht betrügen sollen. Er hätte das Geld nicht nehmen sollen. Er roch Natascha, ihre Blumen, ihr Haar. Im Adlon. Das Meer. Die Strände Mallorcas. Schwarze Pferde galoppierten auf ihn zu. Er wollte sie aufhalten und öffnete die Augen. Weit oben das kleine, runde Loch. Unerreichbar.

Seine Kehle war ausgetrocknet. Durst. Durst!

Die Bäume am Tegeler See wogten rauschend in der Dunkelheit.

5. Mai 12:27

Kreischend rannte das Mädchen durchs Unterholz. Es war blond, bleich und barfuß. Mit einem Stakkato hackten die mageren Beine durchs Gebüsch. Ihre langen Haare flatterten hinter ihr her wie die zerrissene Flagge eines flüchtenden Fähnrichs. Haken schlagend wich das leicht bekleidete Mädchen Felsblöcken aus und erreichte den alten Betondamm am Flussufer mit den verrosteten Armierungseisen.

Das Mädchen sah sich kurz nach der Horde um und sprang dann mit einem großen Satz ins kalte Wasser. Schreiend und mit weit aufgerissenen Augen verschwand es in einem Bombenkrater aus weißer Gischt. Als sich die Verfolger hinter ihr ins Wasser stürzten, zerrissen archaische Schreie die friedliche Auenlandschaft.

Das Wasser verschluckte sie.

Zum Zaudern blieb keine Zeit.

Ohne zu zögern, sprang Winter ins Wasser, das sich über ihm schloss. Er tauchte ab. Dann kam der Kälteschock. Mit dem Frühling hatte in den Bergen die Schneeschmelze begonnen und den Fluss mit frischem, eiskaltem Wasser anschwellen lassen. Die Kraft der Sonne reichte noch nicht, um das Wasser der Aare aufzuwärmen.

Unter Wasser öffnete Winter die Augen. Wo war das bleiche Mädchen? Über dem steinigen Flussgrund schlängelten Algen. Die spitzen Fangarme eines versunkenen Wurzelstocks reckten nach ihm. Er stieß sich mit der Hand ab und machte einige Schwimmzüge, die nach und nach die Kälte aus seinen Gliedern trieben. Die Strömung der Aare zog ihn unerbittlich mit. Das Wasser schimmerte grünlich.

Prustend tauchte Winter auf, schauderte und blinzelte sich das Wasser aus den Augen. Er atmete tief ein und schwamm mit ein paar kräftigen Zügen in die Mitte des Flusses. Die Wasseroberfläche glitzerte und funkelte in der Sonne. Knospende

Buchen säumten die Aare. Ein gebeugter Mann mit schlaffer Hundeleine stand teilnahmslos am Ufer.

Vor sich sah er einige Köpfe im Wasser. Das Mädchen im Bikini trieb im Rudel seiner Verehrer mit der Strömung gegen Bern, wo das Schwimmen in der Aare Volkssport war. Das schöne Wetter hatte sie wie Winter angelockt, der heute Morgen die Badehosen ausgegraben hatte, um sich ein erstes Mal im Jahr in die Aare zu stürzen.

Aber das Wasser war eindeutig noch zu frisch dafür. Jedenfalls hatte sich der Übermut der Jugendlichen vor ihm merklich abgekühlt. Die Schreie und das Gekreische der Clique waren verstummt. Nur ab und zu spritzten die kleinen Fontänen eines Beinschlages oder eines Neckens. Ansonsten war es ein friedlicher Mittag ohne Gummibote und Gedränge.

Winter zog an einem Wellenreiter vorbei, der an einem langen, elastischen Seil hing, mit seinem Brett für ein paar Sekunden gegen die Strömung ritt und dann im Wasser versank. Er und seine johlenden Kollegen trugen Neoprenanzüge.

Vernünftig.

Zur rechten Seite verwuchs der Gitterzaun der russischen Botschaft mit den Bäumen. Ein Eindringling konnte sich hier an den Ästen hinaufangeln und den Stacheldraht dort oben überwinden. Nicht besonders effektiv. Die Russen vernachlässigten die Wartung, verließen sich auf Bewegungssensoren und Kameras im Garten oder auf seine alten Kollegen bei der Polizei. Die Gefährdungslage einer Botschaft im beschaulichen Bern war schließlich nicht mit Berlin, Paris oder gar Kabul zu vergleichen.

Winter konnte als ehemaliger Einsatzleiter der Polizeisondereinheit Enzian und heute als Sicherheitschef einer kleinen Privatbank auch beim Schwimmen in der Mittagspause nicht ganz abschalten. Konstante Wachsamkeit, dauernde Alarmbereitschaft waren ihm in Fleisch und Blut übergegangen. Sozusagen eine Berufskrankheit.

Die Bank hatte neben dem Hauptsitz hier in Bern Filialen in Zürich, Genf und Lugano, aber auch in London, Hongkong,

New York, Singapur und Dubai, überall dort, wo sich das Geld der Reichen und Superreichen wohlfühlte. Von Tobler, Gründer der Bank, hatte die Internationalisierung konsequent vorangetrieben. Der »Alte«, wie sein Chef hinter vorgehaltener Hand ehrfürchtig genannt wurde, hatte ihn letzthin mit einem neuen Kunstwort überrascht. Eine erfolgreiche Bank müsse »glocal« sein, global und lokal.

Beim Tierpark mit den streng riechenden Wildschweinen drehte sich Winter auf den Rücken, legte den Kopf in den Nacken, spreizte Arme und Beine und ließ sich treiben.

Toter Mann. Tiefenentspannt.

Wenigstens für einen Moment.

Der blaue Himmel über ihm war wolkenlos, abgesehen vom Kondensstreifen eines vom nahen Flughafen gestarteten Flugzeuges. Am Ufer fügten sich die unzähligen Baumknospen zu einem riesigen, in unzähligen Grüntönen schimmernden Mosaik zusammen.

Der Geruch der Wildschweine verflüchtigte sich.

Das Gehege mit den Pelikanen.

Die gestutzten Flügel der verstümmelten Vögel stimmten Winter jedes Mal traurig. Er war frei. Relativ. Er konnte machen, was er wollte. Oder wenigstens zu vielem Nein sagen. Meistens jedenfalls. Dieses Gefühl der Freiheit war ihm viel wert. Oder war es nur eine schöne Illusion, um das Leben erträglicher zu machen? Ein Betrunkener hatte ihm einmal erklärt, die Liebe sei nur ein Trick der Evolution, der das Überleben der Gattung sicherstelle. Gegen die Logik des Betrunkenen war er nicht angekommen, vor allem, weil dieser frisch geschieden war.

Doch was wusste er schon.

Je älter er wurde, desto weniger.

Kindergeschrei. Das Geklimper des Gartenrestaurants.

Lächelnd drehte sich Winter auf den Bauch und schwamm unter dem Schönau-Steg hindurch. In der Ferne wölbte sich die Kuppel des Bundeshauses, der frisch renovierte und mit viel Plattgold dekorierte Palast der Politiker in ihren Anzügen. Obwohl sie Management by Jeans machten: überall Nieten.

Das Parlamentsgebäude war nur einen Katzensprung von der Bank entfernt. Gut fürs Lobbying.

Aber zum Glück nicht sein Bier.

Er tauchte ab und schwamm unter Wasser gegen das linke Ufer, wich einem verrosteten, illegal entsorgten Fahrrad aus. Aus den Augen, aus dem Sinn. Was ich nicht weiß, macht mich nicht heiß. Winter fröstelte. Es war langsam Zeit, aus dem Wasser zu steigen.

Er tauchte auf.

In Ufernähe war die Strömung stärker. Winter peilte die Ausstiegstreppe an, packte das Geländer und zog sich hoch. Der Trümmerbruch in seinem rechten Handgelenk war zum Glück einigermaßen verheilt und schmerzte nur noch bei großer Belastung. Im Judo musste er noch vorsichtig sein. Winter schüttelte sich, stieg schlotternd die Treppe empor und trabte über den Rasen des Marzilibades, das, abgesehen von einigen ledergegerbten, barbusigen Rentnern beiden Geschlechts, leer war.

Zehn Minuten später stieg Winter erfrischt und mit feuchtem Haar zur Bundesterrasse hinauf. In einem vegetarischen Take-away stellte er sich ein Mittagessen zusammen. Das Schlottern im kalten Wasser hatte seine Energiespeicher geleert. Ein paar schmale Gassen weiter erreichte Winter die Lauben, wo er neben seiner Lieblingspizzeria die schwere Eingangstür zur Bank öffnete. Daneben nur ein mattiertes Schild. Diskretion war auch in Zeiten des automatischen Informationsaustausches noch oberstes Gebot der Bank.

Im ersten Stock winkte er mit der Lunchbox der Empfangsdame hinter den Lilien zu und verschwand im für die Kunden nicht zugänglichen Teil der Bank. Die Tür zu Leonies fensterlosem, immer perfekt aufgeräumtem Kämmerchen stand offen. Leonie, seine rechte Hand, hämmerte konzentriert auf der Tastatur herum. An ihrem Bildschirm hatte sie einen Rückspiegel montiert, denn auch sie wusste gerne, was in ihrem toten Winkel geschah. Sie zwinkerte ihm zu. Winter ging weiter.

Manchmal war es besser, die Walliserin, die an Traktor-Pulling-Wettbewerben teilnahm und früher als Telematikerin für den einzigen Schweizer F1-Rennstall Motoren programmiert hatte, in Ruhe zu lassen. Manchmal war es besser, nicht zu wissen, wo im Netz sie sich gerade herumtrieb. Im Fall der Fälle konnte er so glaubwürdig behaupten, von nichts gewusst zu haben. Von Computern verstand Winter nicht allzu viel. Menschen waren ihm lieber. Obwohl er die auch nicht immer verstand.

In seinem Büro hängte er das Badetuch zum Trocknen über den Besucherstuhl und öffnete das Fenster in den Abluftschacht mit den röhrenden Rohren aus der Pizzeria. Das natürliche Licht blieb den Bankkunden vorbehalten. Mit dem Lunch sank er ins zerknautschte Ledersofa. Das Mobiltelefon pingte. Eine SMS von Leonie: »8ung! vT sucht dich ;-)«

Freiheit ist immer relativ. Zu »vT«, zu von Tobler, konnte er nicht Nein sagen. Das Mittagessen musste warten.

Kaspisches Meer

Am kilometerlangen Sandstrand nördlich von Machatschkala kletterte das Thermometer auf neunundzwanzig Grad. Die Sonne brannte auf die mitgebrachten Sonnenschirme und die aufgespannten Tücher. Darunter bewegte man sich möglichst nicht. Familienclans hatten sich für einen faulen Tag des Nichtstuns eingerichtet, ihre Klappstühle aufgeklappt, die Kühltruhen eingegraben und ihre Burgen gebaut. Ein dicker, behaarter Mann schnarchte, eine Mutter fächelte mit einem Stück Karton ihrem unruhigen Baby Luft zu.

Die Sary-Kum-Dünen im Landesinnern hatten sich aufgeheizt und das letzte Lüftchen Seewind verabschiedet. Die jungen Männer, die vor einer Stunde noch barfuß Fußball gespielt hatten, belagerten mit Bierflaschen den schattigen Kiosk bei der Mole. Die alten Männer, die dort am Morgen noch ihre Angelruten nach Karpfen und Heringen ausgeworfen hatten, waren verschwunden. Siesta. In der heißen Luft fiel das Atmen schwer. Nur selten raffte sich jemand auf, um träge zum lauwarmen Wasser zu spazieren und darin herumzustehen.

Plötzlich wurde die Stille von einem kleinen Jungen im Wasser zerschnitten, der schrill schrie. »Meer! Meer! Es ist ein Meer!«

Sein Vater schüttelte den Kopf. »Nein, Zalim. Ich habe es dir doch erklärt. Das Kaspische Meer heißt nur so, ist aber in Wirklichkeit ein See, der größte See der Welt.«

Trotzig und schrill. »Nein! Meer! Meer! Meer! Meer!«

Am Strand drehten sich einige Köpfe. Die, welche sich die Mühe gemacht hatten, sich zu bewegen, sahen einen etwa achtjährigen Jungen, schlaksig und braun gebrannt, der bei jedem Wort mit den flachen Händen das Wasser aufpeitschte.

Doch dann wurde es wieder still.

Der Vater, ein stattlicher Mann im besten Alter, hatte den

Sprössling mit kräftigen Händen gepackt und unter Wasser gedrückt. Hätte im hüfttiefen Wasser jemand neben ihm gestanden, hätte er das Blubbern von Luftblasen gesehen, er hätte im Atem des Vaters den Alkohol gerochen und gehört, wie er zornig murmelte: »Das wird dir eine Lehre sein. Mir widerspricht niemand. Niemand! Auch du nicht, Sohnemann.«

Doch die Herumliegenden hatten ihre Augen längst wieder geschlossen und dösten in der sommerlichen Hitze weiter.

Unter Wasser strampelte und tobte der Junge wie die Karpfen an den Angeln der alten Männer. Er hieb mit kleinen Fäusten auf seinen Vater ein und versuchte sich aus dem eisernen Griff herauszuwinden. In seiner unbändigen Wut, seiner kindlichen Unerfahrenheit verausgabte er all seine Energie, obwohl ihm sein strenger Trainer im Ringen eingetrichtert hatte, er müsse seine Kräfte einteilen. Sein spitzer Ellbogen traf den Schritt der engen Badehose seines Vaters. Er spürte, wie dieser zusammenzuckte und sich der Griff lockerte.

Prustend tauchte er auf, holte Luft. »Meer!«

Doch bevor er ein weiteres Mal »Meer!« schreien konnte, traf ihn eine klatschende Ohrfeige, die seinen Kopf zur Seite schleuderte. Am Strand sah er seine Mutter und seine Schwester, beide in Tücher gewickelt. Teilnahmslos. Sie dachten wieder nur ans Essen. Von ihnen konnte er keine Hilfe erwarten.

Sein Vater packte ihn wieder, zog ihn heran. So nah, dass er die Wassertropfen in den buschigen Augenbrauen sah. »Was fällt dir ein, mich in mein bestes Stück zu schlagen?«

Der Junge spuckte Salzwasser und schleuderte seinem alten Herrn frech grinsend dessen eigenes Motto entgegen. »Hauptsache, ich *gewinne, egal wie.«*

Die Augen seines Vaters verengten sich.

Der Junge holte tief Atem und sagte ruhig. »Meer.«

Dann wurde er wieder unter Wasser gedrückt. Er hielt trotzig die Luft an. Er würde es ihm zeigen. Er wehrte sich nicht, stattdessen öffnete er die Augen. Das Salzwasser brannte. Vor ihm, mit gespreizten Beinen, sein Vater in der schwarzen

Badehose. Was hatte sein Trainer gesagt? Konzentriere dich auf einen Punkt, fokussiere, der Wille versetzt Berge. Er presste den Mund zusammen und studierte seelenruhig die wogenden Haare um den Bauchnabel seines Vaters. Sie schlängelten wie die Algen bei der Mole. Dann blieb die Zeit stehen, und es wurde dunkel.

5. Mai 14:13

»Ich suche Sie schon seit einer Ewigkeit«, brummte von Tobler. Winter stand hungrig im sonnendurchfluteten, mit schweren Holzpaneelen getäfelten Büro seines Vorgesetzten und erklärte: »Ich war nur kurz im Mittag.«

»An der Börse ist das eine Ewigkeit, sein oder nicht sein.«

»Tut mir leid.«

»Sie können nicht einfach abtauchen. Wo waren Sie?«

»Unter Wasser.«

Von Tobler warf Winter einen skeptischen Blick zu. Die geplatzten Äderchen, die den hohen Blutdruck des Cholerikers und Weinliebhabers verrieten, schwollen an, und Winter fügte hinzu: »Schwimmen. In der Aare.«

»Um diese Jahreszeit?«

»Das erste Mal in diesem Jahr.«

Der Patron knurrte: »Sport ist Mord.« Von Tobler spielte Golf und Tennis. Er hatte neben seiner Villa eigens ein Putting Green und für seine dritte Frau Mari einen privaten Tennisplatz angelegt. Aber Winter hatte gehört, dass er nur ungern gegen sie spielte, da er nicht gerne verlor. Kein Wunder, die sportliche Schwedin sah nur wenig älter aus als Miriam, von Toblers Tochter aus erster Ehe. Winter war die Launen seines Chefs gewohnt und schwieg.

Von Tobler griff nach einem Blatt Papier, vom Layout her eine E-Mail. »Wir haben wieder einmal eine Leiche.«

Winter dachte: Im Keller.

Sein Chef reichte ihm den Ausdruck. »Das BKA hat eine Anfrage geschickt. Irgendein Spinner in Berlin.«

»Das BKA?«

»Ja, das Bundeskriminalamt.«

Irritiert fragte Winter: »Was wollen sie?«

»Wie immer: Informationen, Informationen.« Von Tobler hob verächtlich die Hände. »Sie kopieren die Amis und wollen den gläsernen Kunden.« Der Alte machte eine Ekelgrimasse, grinste und schüttelte entnervt den Kopf. »Zuerst nehmen sie den kleinen Finger, dann die Hand, und schon ist der ganze Arm weg. Und wegen mickriger dreiundzwanzigtausend Euro machen die ein solches Theater.«

Die E-Mail war von der Schweizer Partnerbehörde des BKA, dem Bundesamt für Polizei oder kurz: FedPol. Freundliche Floskeln. Winter drehte das Blatt um. Nichts.

Von Tobler sagte: »Hodel hat die Details.« Hodel war der Chefjurist der Bank.

»Okay. Ich schaue mir das an.«

Der Patron dozierte: »Früher hätte ich gesagt: ›Gelacht, gelocht.‹ Und das Ganze im Rundordner abgelegt. Aber heute geht das nicht mehr.« Das Telefon auf dem klobigen Schreibtisch klingelte, und von Tobler entließ Winter mit einer ungeduldigen Bewegung aus dem Büro. »Schlimmer als die verdammte Kavallerie.« Er zeigte auf die E-Mail und befahl: »Schmerzlos entsorgen.«

Winter nickte und schloss die schallgedämpfte Tür.

Hodels Büro was gleich nebenan. Auch er hing am Telefon, doch als er Winter im Türrahmen sah, winkte er ihn herein. Der Chefjurist mit den aristokratischen Zügen und der Hakennase machte mit den Fingern einen schnatternden Schnabel nach. Bla, bla, bla. Bei erster Gelegenheit unterbrach er seinen Gesprächspartner und verabschiedete sich mit ausgesuchter Höflichkeit, legte auf und faltete seine feingliederigen Hände. »Winter, schön, dich zu sehen. Was kann ich für dich tun?«

»Er«, Winter zeigte mit dem Kinn zu von Toblers Büro, »hat mir die Anfrage aus Berlin gegeben.«

»Ah ja. Klär das bitte ab. Bevor ich die Anfrage beantworte, will ich wissen, wie weiß seine Weste war.«

Winter zog die Augenbrauen hoch und schwenkte den Ausdruck. »Ich habe nur die Mail hier. Gibt es mehr?«

Hodel zog die mageren Schultern hoch. »Im Anhang. Unklare Todesursache. Sie haben ihn in einem Loch gefunden.«

»Einem Loch. Meinst du das metaphorisch oder wie?«

»Nein, die Berliner Polizei hat ihn vorgestern in einem Schacht beim Tegeler See gefunden.«

»Und?«

»Es gibt Kontounterlagen von uns, die offenbar niemand erklären kann.« Und nach einer Pause: »Oder will.«

»Die dreiundzwanzigtausend Euro.«

»Genau. Kein Schocker, aber ich will mich nicht auf die Äste hinauslassen, ohne dass du dir das angesehen hast.«

»Gut, ich kümmere mich darum.«

»Danke. Vielleicht reicht der kleine Dienstweg.« Hodel nickte Winter zu und zog die Tastatur heran. »Ich schicke dir die Mail.«

Winter verabschiedete sich und ging nachdenklich die Treppe hinunter. Im Büro weckte er den Computer. Hodels Mail war gerade gekommen. Er öffnete die Anhänge. Während er seinen Lunch spachtelte, studierte er die Unterlagen.

Ein Berliner Staatsanwalt begründete in einem zweiseitigen, formalen Schreiben mit einem stehenden Bären im Briefkopf das Auskunftsbegehren. Am 3. Mai war der Angestellte der Berliner Wasserbetriebe auf dem Betriebsgelände beim Tegeler See in einem Brunnenschacht tot aufgefunden worden. Aufgrund der vorliegenden Erkenntnisse konnte bis jetzt nicht abschließend geklärt werden, ob es sich um einen Unfall, Suizid oder ein Tötungsdelikt handelte. Im Rahmen der laufenden Untersuchung waren unerklärliche Kontounterlagen aufgetaucht, weshalb höflichst um weitere Informationen zum entsprechenden Konto gebeten wurde.

Ein förmlicher Brief des Staatsanwaltes an das BKA. Das Schreiben des BKA an das FedPol verwies auf einen Rechtshilfevertrag zwischen der Bundesrepublik Deutschland und der Schweizerischen Eidgenossenschaft, der die Zusammenarbeit in Sicherheitsfragen regelte. Der FedPol-Brief mit der Aufforderung, doch bitte umgehend zu folgendem Konto Auskunft zu erteilen, inklusive der entsprechenden Rechtsmittelbelehrung.

Das ganze Leiterspiel.

Treppchen rauf, Treppchen runter.

Winter fragte sich, was wo verloren gegangen war.

Das letzte PDF-Dokument zeigte eine schräg eingescannte Kopie eines Kontoauszuges der Bank. Dreiundzwanzigtausendeinundzwanzig Euro. Der letzte Jahresabschluss eines Otto Harnisch, wohnhaft am Hermsdorfer Damm in 13467 Berlin. Nichts Auffälliges.

Winter druckte den Kontoauszug zweimal aus und aß nachdenklich sein Mittagessen fertig. Dann ging er zu Leonie hinüber. »Hey, Leonie.«

Sie drehte sich um. »Winter?«

Er reichte ihr den Ausdruck. »Kannst du einmal schauen, was du zu Otto Harnisch und Umfeld findest?«

Ihr Gesichtsausdruck verriet, dass sie nicht gestört werden wollte. Der Bildschirm ihres Laptops war im Programmiermodus. Winter fügte an: »Bei Gelegenheit.«

»Okay.« Leonie wandte sich wieder ihrem Code zu.

Winter blieb einen Moment stehen. Wenn Leonie im Tunnel programmierte, war es sinnlos, mit ihr ein vernünftiges Gespräch führen zu wollen.

Nächster Stopp war die Kaffeemaschine, dann Schütz.

Winter klopfte mit einem Espresso in der Hand an dessen Türrahmen und fragte: »Hast du einen Moment?«

Der Kundenberater federte mit seinem nicht unbeträchtlichen Gewicht im gepolsterten Bürostuhl zurück. »Für dich? Immer!«

Stefan Schütz war ein sehr guter Kollege, fast so etwas wie ein Freund von Winter. Jedenfalls gingen Schütz, Leonie und Winter manchmal zusammen eine Pizza essen oder ein Bier trinken. Jetzt erkundigte sich der Familienvater mit einem Grinsen: »Wie war das Schwimmen in unserer schönen Aare?«

»Kalt.« Winter deutete mit Daumen und Zeigfinger eine Spanne von einigen Zentimetern an. »Du hättest mitkommen sollen. Schließlich bist du besser isoliert.«

Schütz strich sich über das gestraffte Hemd. »Das ist ein

Investment wie jedes andere auch. Altersvorsorge. Man weiß nie, was kommt.«

»Du rechnest mit einer Hungersnot?«

»Mindestens mit einer Sintflut. Die Welt ist schließlich gerade wieder einmal dabei, verrückt zu werden.«

»Wo du recht hast, hast du recht.« Winter reichte ihm den Kontoauszug. »Das BKA will Otto Harnischs Historie mit uns.«

»Kein Problem.« Schütz klapperte auf der Tastatur herum und zeigte nach einer Weile auf seinen Bildschirm. »Kontoeröffnung vor gut zwei Jahren. In Zürich.« Er blickte auf. »Hottinger hat das damals gemacht.«

»Kontobewegungen?«

»Nur zwei. Bei der Eröffnung hat er eintausend Euro in bar einbezahlt. Dann kurz darauf eine einmalige Zahlung von zweiundzwanzigtausend Euro.«

»Woher kommt das Geld?«

Schütz tippte herum. »Eine Stiftung in Liechtenstein mit Namen ZKT«, sagte er dann. »Schwein gehabt. Keine Bareinzahlung.« Und nach mehr Tippen: »Als Zahlungsgrund wurde ›Beratungsleistungen‹ angegeben.«

»Die Deutschen wollen wissen, ob alles sauber ist.«

Mit gespielter Inbrunst sagte Schütz: »Immer!«

Winter schwieg und wartete.

Schütz: »Wir sind im grünen Bereich.« Er zeigte auf den Bildschirm. »Hier, der Kunde hat uns bestätigt, dass das Geld rechtmäßig versteuert wurde.«

»Selbstdeklaration.« Winter rümpfte die Nase. Lügen konnte jeder.

»Ja, wenn du mehr wissen willst, musst du die Stiftung fragen.«

»Das ist wahrscheinlich eine Sackgasse.«

Aber das war nicht das Problem der Bank.

Schütz fragte: »Was hat dieser Otto Harnisch denn angestellt?«

»Er wurde in einem Schacht tot aufgefunden.«

»Oh.« Betretenes Schweigen.

»Er war Brunnenmeister in Berlin.«

»Beschaffung?«

»Könnte sein.«

»Oder etwas mit Immobilien. Da fließt einiges unter der Hand. Und jeder braucht einen Wasseranschluss. Was macht ein Brunnenmeister eigentlich genau?«

»Keine Ahnung. Ist erst vorhin hereingekommen.« Winter setzte sich auf die Schreibtischkante und deutete auf den Bildschirm. »Was ist das für eine Stiftung?«

Schütz zuckte die Achseln. »Der Name ›ZKT‹ ist nicht gerade erhellend. Und die Liechtensteiner haben meines Wissens immer noch kein öffentliches Verzeichnis, das seinen Namen verdient.«

»Was sagt Big Brother Google?«

Der Kundenberater gab »ZKT« in die Google-Suchmaske ein und scrollte herum. Der einzige Link, der einigermaßen Sinn machte, war eine »Zandel & Kogler Technik AG« in Lindau, Österreich, die Präzisionsventile herstellte.

Winter: »Vielleicht sparen die mit der Stiftung ja Steuern.«

5. Mai 16:22

Eine Stunde später lag Winter mit ausgestreckten Beinen auf dem Ledersofa in seinem Büro. Er bewegte den rechten Arm mit dem verheilten Trümmerbruch in alle Richtungen. Die Schiene war entfernt worden und der Schmerz mehr oder weniger verschwunden. Er konnte den Leuten wieder die Hand geben, ohne zusammenzuzucken.

Die Physiotherapeutin hatte ihm einen kleinen Ball zum Kneten gegeben, den Winter nun immer wieder in die Höhe warf. So nah wie möglich an die Decke, aber ohne dass er sie berührte. Bei Langeweile erfand man seine eigene Unterhaltung. Er hätte bei seinen fruchtlosen Telefonaten nicht versprechen sollen, bis siebzehn Uhr für einen Rückruf erreichbar zu sein. Der Feierabend winkte.

Und hoch der Ball.

Das Pult war aufgeräumt, das Whiteboard gesäubert, das trockene Badetuch gefaltet und in der Sporttasche verstaut. Und weder Hottinger noch eine befugte Auskunftsperson der Zandel & Kogler Technik AG noch sein Liechtensteiner Kontakt hatten zurückgerufen. Abgestandene Abluft von der Pizzeria wehte durchs geöffnete Fenster. Domenico sollte wieder einmal die Filter ersetzen. Schlimmer als VW.

Und hoch der Ball, wie Steve McQueen in »Papillon«.

Vielleicht sollte er einen kleinen Ausflug nach Berlin machen.

Das Mobiltelefon auf Winters Bauch klingelte. Winter fing den Ball und meldete sich. Hottinger, der Zürcher Kundenberater, klang, als stecke er zwischen zwei Terminen. »Danke, dass du zurückrufst. Es ist keine große Sache, aber Schütz hat mir gesagt, dass du vor gut zwei Jahren die Kontoeröffnung für einen Otto Harnisch gemacht hast. Wir brauchen für das FedPol seine Historie. Und da wollte ich zuerst einmal fragen, ob dir etwas aufgefallen ist.«

»Otto Harnisch?«

»Ja. Otto wie Otto und Harnisch wie Kettenhemd.«

»Ich kann mich nicht erinnern. Aber ich schau schnell nach. Um was geht's?«

Winter hörte die Tastatur in der Zürcher Filiale klappern.

»Er ist in ein Loch gefallen.«

»Depression?«

»Nein, ein Schacht.«

»Autsch. So. Hier wären wir. Also, Otto Harnisch, Jahrgang '75, wohnhaft in Berlin. Er ist damals am 17. Februar ohne Voranmeldung bei uns in die Filiale spaziert, hat bei mir ein Privatkonto eröffnet und tausend Euro in bar einbezahlt. Er war nicht aktiv. Später sind einmal zweiundzwanzigtausend Euro dazugekommen, einbezahlt von …«

»… einer Stiftung. Ich weiß. Kannst du dich noch an ihn erinnern?«

»Nicht eigentlich. Aber es ist alles mit rechten Dingen zugegangen. Ich habe die ganze Checkliste abgearbeitet, und er hat unterschrieben. Er hat versichert, dass das Geld versteuert ist. Und der Betrag war ja nicht groß. Vielleicht wollte er in Schweizer Franken sparen, von wegen Euro.«

»Ich meinte: Wie war er? Als Mensch?«

»Ich habe hier nur notiert ›Skifahren in Österreich‹ und ›Garten‹. Aber ich schau mir mal die Passkopie an.« Die Tastatur klapperte. »Ah ja, jetzt erinnere ich mich wieder. Er war im Vorarlbergischen am Skifahren und hat einen Ausflug nach Zürich gemacht. Es war kurz nach Mittag. Er trug eine Winterjacke und hatte diesen schwer verständlichen Akzent.«

»Eine Berliner Schnauze.«

»Davon hab ick keen Dunst.«

»War er alleine? Oder ist er mit jemandem gekommen?«

»Also bei uns war er alleine. Aber vielleicht war seine bessere Hälfte beim Shoppen.«

»Vollmachten?«

»Keine.«

»Beratung? Bedürfnisse?«

»Nein. Nichts. Ich habe mich sicher danach erkundigt und versucht, eine Perspektive zu eröffnen. Aber wenn ich eine Opportunität gesehen hätte, stünde das hier.«

Winter schwieg und dachte nach. Die Bank hatte immer wieder Konten mit geringer Aktivität und geringen Beträgen. Man wusste nie, ob auch aus Kleinkunden etwas wurde. Aus Kostengründen gab es alle paar Jahre eine Säuberungsaktion, und die Kundenberater wurden angehalten, Karteileichen zu entsorgen. Aber das verlief in der Regel im Sand. »Ist dir sonst noch etwas aufgefallen?«

Hottinger schwieg einen langen Moment, wahrscheinlich dachte er nach. »Nein, wirklich nicht. Er war nett und unscheinbar.«

»Kannst du mir die Unterlagen schicken? Ich muss für Hodel ein Dossier zusammenstellen.«

Sie verabschiedeten sich, und Winter tauschte das Mobiltelefon wieder gegen seinen kleinen Ball. *Nett und unscheinbar.* Aber stille Wasser waren tief. Zum Glück war alles sauber abgeklärt worden. Der Ball berührte fast die Decke. Das Telefon klingelte erneut. Vorwahl 43. Winter nahm den Anruf aus Österreich entgegen. »Winter.«

»Guten Abend, Herr Winter. Hier Dr. Pfurtscheller von Zandel & Kogler. Meine Assistentin hat mir ausgerichtet, dass Sie um einen Rückruf gebeten haben.«

»Guten Abend, Herr Doktor.« Den Namen hatte Winter nicht recht verstanden. Er bedankte sich für den Rückruf und stellte sich kurz vor. Als er innehielt und überlegte, wie er sein Anliegen vortragen sollte, fragte Dr. Pfurtscheller: »Sie haben sich nach einer Stiftung erkundigt?«

»Ja, reine Routine. Wir haben von einer ZKT-Stiftung in Liechtenstein eine Überweisung erhalten. Leider können wir den exakten Absender nicht eruieren, und da …«

Der Herr Doktor unterbrach ungeduldig: »Da sind Sie bei uns an der falschen Adresse, mein Herr. Wir unterhalten bei Zandel & Kogler Technik keine Stiftung. Das muss eine Verwechslung sein.«

»Sind Sie sicher?«

»Absolut. Als Finanzchef der ZKT kann ich Ihnen versichern, dass wir solche Vehikel nicht benutzen oder benutzt haben. Und auch in Zukunft darauf verzichten werden. Wenn das ein Versuch ist, uns etwas zu verkaufen, dann sind Sie auf dem Holzweg.« Klick.

Der Herr Doktor hatte aufgelegt. Idiot.

Winter warf sein Mobiltelefon aufs Pult und quetschte seinen Knetball. Sackgasse. Er legte sich wieder aufs Sofa.

Hoch der Ball.

Und gleichzeitig auf die Uhr schauen.

Multitasking. *The next level.*

Hoch der Ball.

Vielleicht sollte er die Physiotherapeutin das nächste Mal um einen zweiten Ball bitten.

Hoch der Ball. Decke berührt.

Verflixt!

Fehlte nur noch sein Kontakt bei der LLB, der Liechtensteinischen Landesbank, den er an einer Geldwäscherei-Weiterbildung kennengelernt hatte. Im abgedunkelten Saal hatten sie in der hintersten Reihe gesessen, waren während eines todlangweiligen Referats davongeschlichen und hatten sich danach beim Bier bestens unterhalten. Roland war ein Adrenalin-Junkie und begeisterter Gleitschirmflieger. Als er endlich anrief, hörte sich Winter deshalb zuerst seine Abenteuergeschichten an. Nach einer Weile fragte er: »Und? Hast du etwas zur ZKT-Stiftung herausgefunden?«

»Ja. Ein Anruf genügte.« Kunstpause. »Stiftungsgründung: vor vier Jahren.« Es klang, als würde er ablesen. »Stifter: Kaysis Medikal. Das ist eine türkische Firma, die Analyse- und Laborgeräte vertreibt. Stiftungszweck: Förderung der Ausbildung und beruflichen Integration junger Chemiker und Laboranten. Zu Stiftungskapital und Stiftungsrat habe ich leider nichts. Hoffe, es hilft trotzdem.«

Obwohl Winter nicht sicher war, sagte er: »Auf jeden Fall. Kannst du mir den Namen buchstabieren?«

»K-A-Y-S-I-S und dann ›Medikal‹ mit k.«

»Super. Ich stehe ewig in deiner Schuld.«

»Gern geschehen. Melde dich, wenn du im Ländle bist, und wir gehen etwas trinken.«

»Gleichfalls. Und nochmals besten Dank.«

Der Auftritt von Kaysis Medikal im Internet war vollgestopft mit Bildern von Laborgeräten, die weltweit und in vielen Sprachen vertrieben wurden. Winter verstand nicht recht, wie die Geräte funktionierten. Chemie war nie seine Stärke gewesen.

Auf die Schnelle fand er keinen Verweis auf eine ZKT-Stiftung. Die Firma war in Istanbul ansässig. Gemäß einem nach Ländern geordneten Verzeichnis überzog das Vertriebsnetz der Kaysis Medikal die ganze Welt. Für die Schweiz gab es keine Adresse. Die Berliner Niederlassung schien zuständig zu sein.

Winter rollte den Knetball auf seinem Pult herum, dann legte er sich wieder aufs Sofa. In der Horizontalen dachte es sich besser. So weit, so gut. Die Bank hatte sich nichts zuschulden kommen lassen. Alles legal und sauber dokumentiert.

Und hoch der Ball.

Die türkische Laborfirma hatte Otto Harnisch die zweiundzwanzigtausend Euro für nicht genauer ausgeführte »Beratungsleistungen« überwiesen. Aber warum hatte er dafür extra ein Schweizer Bankkonto eröffnet? Wollte er das Geld vor dem Fiskus verstecken? Obwohl Hottinger seinen Kunden befragt hatte und obwohl Otto Harnisch bei seinem Besuch in Zürich offenbar unterschrieben hatte, das Geld sei versteuert, roch es ein bisschen nach Bestechung und Steuerhinterziehung.

Selbstdeklaration in Ehren.

Aber der automatische Informationsaustausch, AIA, war schon damals nur noch eine Frage der Zeit gewesen. Die Kundenberater hielten sich seit Längerem strikt an die internationalen Vorgaben. Von Tobler hatte sich klammheimlich den neuen Gegebenheiten angepasst, obwohl er nach ein paar

Gläsern den automatischen Informationsaustausch gerne mit einem dümmlichen »Ai, ai, ai« oder einem »I-A, I-A, I-A«-Wiehern ins Lächerliche zog.

Der Ball berührte die Decke. Zu hoch gepokert.

Vielleicht hatte Otto Harnisch einen kleinen Nebenjob und verkaufte seinen Kollegen türkische Laborgeräte. Allerdings handelte es sich bei den zweiundzwanzigtausend um eine einmalige Zahlung. Ein Projekt vielleicht? Oder eine Vermittlungsprämie?

Und hoch der Ball.

Vielleicht arbeitete er tatsächlich in der Beschaffung der Berliner Behörden, und die Türken halfen einem größeren Geschäft mit einer Provision nach? Schmieren und salben hilft allenthalben. Andere Länder, andere Sitten. Ein »Brunnenmeister« war wahrscheinlich kein Handlanger. Aber heute waren Hauswarte ja auch Facility Manager.

Etwas war faul.

Leonie kam ins Büro und schnappte Winter den Ball weg.

»He!«

Leonie streckte ihm ein Mäppchen hin. »Hier.«

»Etwas Interessantes?«

Aus dem Kopf ratterte Leonie: »Nicht wirklich. Seit dreizehn Jahren verheiratet mit Ruth Harnisch, geborene Kreimeyer, keine Kinder, wohnhaft am Hermsdorfer Damm im eigenen Haus.« Sie schaute auf. »Wenn du willst, kann ich herausfinden, welche Schulden er hat.«

»Im Moment nicht nötig. Seit wie lange ist er Brunnenmeister?«

Leonie zuckte mit den Achseln. »Er ist seit zwölf Jahren bei den Berliner Wasserbetrieben. In verschiedenen Funktionen. Vorher war er bei Chemiefirmen tätig, jeweils nur für ein paar Jahre.«

»Was hältst du von ihm?«

»Was meinst du?«

»Welchen Eindruck hast du von ihm? Was für ein Mensch war Otto Harnisch?«

Leonie verschränkte ihre Arme und starrte über Winter hinweg. Fragen, die nicht digital mit Ja oder Nein beantwortet werden konnten, erforderten bei Leonie jeweils intensives Nachdenken. Nach einer Weile entspannte sich ihr Gesicht, und Leonie sagte: »Otto Harnisch war ein Langweiler, aber ein Charmeur.«

»Ein Charmeur?« Winter hatte das kopierte Passfoto gesehen. Ein rundliches, gutmütiges Gesicht mit halblangen, braunen Haaren. Insgesamt wirkte der Mann förmlich und unscheinbar.

»Ja, das sagt jedenfalls seine Geliebte Natascha.«

Winter zog seine Augenbrauen zusammen. »So?«

Leonie legte den Kopf schief. »Das Internet vergisst nicht. Steht alles da drin.« Sie zeigte auf das Mäppchen, warf Winter den Ball zu und verschwand.

5. Mai 22:02

Beim Anflug auf Berlin-Tegel kippte das Flugzeug. Die Tische wurden hochgeklappt, die Passagiere gebeten, sich anzuschnallen. Winter lehnte seine Stirn ans Fenster. Unter ihm ein Spinnennetz hell erleuchteter Straßen, das an den Rändern in die schwarze Nacht ausfranste.

Winters Sitznachbar, ein Hipster, der während des Fluges zwei Büchsen Bier getrunken hatte, drang mit gepflegtem Vollbart in Winters Luftraum. »Haben Sie gewusst, dass der Osten wärmer ist als der Westen?«

Winter hatte keine Lust auf Konversation. »Nein.«

Eine Hand tauchte in Winters Gesichtsfeld auf und zeigte aufs Lichtermeer. »Schauen Sie genau hin. Das Licht im Osten ist wärmer als im Westen.«

Tatsächlich. Die westlichen Quartiere leuchteten bläulich, die östlichen in einem wärmeren Gelbton.

»Das ist wegen der verschiedenen Lampen. Die Wessis haben vor allem Leuchtstoffröhren und Lampen mit Quecksilberdampf verwendet. Wir haben mehr Natriumdampflampen.« Der Bart schüttelte sich wie ein schlotternder Rauhaardackel. »Und das nach dreißig Jahren Wiedervereinigung.«

»Mhm.«

»Was machen Sie in Berlin?«

»Chercher la femme.«

Vielleicht würde das Französisch den Bärtigen ruhigstellen.

Nach dem langweiligen Nachmittag auf seinem Ledersofa hatte Winter spontan entschieden, einen Ausflug nach Berlin zu unternehmen. In Ermangelung dringender Geschäfte hatte er nach Leonies Stippvisite die Zwanzig-Uhr-fünfundvierzig-Maschine der Swiss nach Berlin genommen.

Irgendwie war das Bild von Otto Harnisch verzerrt. Winter wollte mehr Klarheit, bevor er dem Brunnenmeister respektive dessen Bankkonto einen blütenweißen Blankoscheck ausstellte. Sobald Hodel dem FedPol eine Antwort gab, war diese rechtsverbindlich. Und Winter hatte gut zugehört, Hodel hatte beiläufig vom »kleinen Dienstweg« gesprochen. Ahnte der vorsichtige Chefjurist etwas?

Der Boden näherte sich, die Spielzeugautos wuchsen, und das Flugzeug setzte auf. Der Bärtige verlor sein Interesse an Winter und beschäftigte sich mit seinem Mobiltelefon. Winter wanderte durch die Gänge des Flughafens, nahm davor einen Expressbus ins Zentrum und stieg eine halbe Stunde später in der Nähe des Brandenburger Tors aus.

Es war frisch, die Luft summte und roch nach Großstadt, nach Verkehr und mehr. Hier war der Frühling noch nicht ausgebrochen.

Das Brandenburger Tor.

Gelbes Licht für das steinerne Baudenkmal.

Bläuliches für den stählernen Vierspänner.

Als Nächstes brauchte er ein Bett. Das Adlon? Nein, nach den beengenden Flugzeugsitzen würde ihm ein Abendspaziergang guttun. Winter spazierte die Straße Unter den Linden mit ihrer U-Bahn-Baustelle entlang und bog in die Friedrichstraße ein, wo er kurz vor Mitternacht in ein Hotel eincheckte.

Am Morgen verdrückte er im sterilen Restaurant ein Müsli und verließ das Hotel. Mit einem Plan stieg er beim nahen Bahnhof in eines der hellbeigen Taxis.

»Hermsdorfer Damm.«

Der Fahrer, ein älterer Herr mit Seidenfoulard, gezwirbeltem Schnauzbart und grau meliertem Haar, fädelte gelassen in den Verkehr ein. Im Radio lief ein absolut relaxtes Morgenprogramm. Opel-Werbung. Baustellenstaus, dann eine Schnellstraße gegen Nordosten. Winter hatte sich während des Frühstücks die Karte von Berlin eingeprägt. Planmäßig zog die Flughafenausfahrt vorbei. Dann verließen sie die Schnellstraße und fuhren durch einen dampfenden Wald, der bald einem Quartier mit bescheidenen Häusern Platz machte. Parzelliertes Glück im Grünen.

Der Fahrer fragte: »Welche Nummer?«

»Fahren Sie langsam. Ich will mir nur die Straße ansehen.«

Der Fahrer warf ihm einen Seitenblick zu, und Winter zählte die Hausnummern ab. Otto und Ruth Harnisch wohnten in einem geduckten Bungalow aus den siebziger Jahren.

Winter machte ein mentales Foto.

Eine getrimmte, hüfthohe Hecke trennte das Häuschen mit den weiß verputzten Wänden vom Gehsteig. Im flachen, roten Ziegeldach war nachträglich ein Dachzimmer eingebaut worden. Bei der Eingangstür ein seitlicher Windfang aus rötlichen Ziegelsteinen.

Bieder.

Alle Vorhänge zugezogen.

Die trauernde Witwe hatte das Tageslicht verbannt.

Ein silberner Golf stand im hölzernen Carport.

Das Häuschen war nicht gut und nicht schlecht unterhalten. Es war nicht größer und nicht kleiner als die Nachbarhäuser.

Einzig die vielen Topfpflanzen hoben es von seiner Umgebung ab. Sie standen überall. Im Eingangsbereich, entlang dem Pfad zum Gartentor, unter den beiden Frontfenstern, überall. Kleinere Pflanzentöpfe hingen vom Dachvorsatz und vom Carport. Einige Pflanzen waren noch mit isolierender Folie und dickem Klebband winterfest verpackt, andere schon in Form geschnitten.

Winter lehnte sich zurück.

Er hatte genug gesehen.

Hottinger hatte gesagt, Harnischs Hobby sei der Garten.

Leonie hatte gesagt, Otto Harnisch sei ein Langweiler.

Keine Überraschungen hier.

Der Fahrer zwirbelte seinen grauen Schnäuzer.

Winter sagte: »Danke, ich habe hier genug gesehen. Können Sie mich zum Gartencenter da vorne bringen? Es muss bei einer S-Bahn-Station sein.«

Der Fahrer nickte und begann, an seinem GPS herumzufummeln. Ein paar Minuten später kurvte das Taxi auf das weitläufige Areal des Baumarktes. Winter bezahlte und stieg aus. Übergroße Einkaufswagen kamen ihm entgegen, manövriert von eifrigen Kunden. Jedermann schien in Heim und Garten zu werkeln. Ein Rentner rollte eine Badewanne vorbei. Ein Handwerker verlud Bodenplatten. Ein junges Paar schleppte eine kleine Palme ab.

Winter tauschte den Stadtplan gegen Natascha Mironows Foto.

Otto Harnischs Geliebte war auf Facebook. Dort hatten sie offenbar gechattet. Ungeschützter Verkehr. Leonie hatte das Profilfoto ausgedruckt, das ein bleiches, längliches Gesicht mit scheuem Lächeln, einer spitz zulaufenden Nase und Augen mit überdimensionierten Wimpern zeigte. Das Haar war rabenschwarz und halblang.

Aber das war nur eine Momentaufnahme.

Die etwa Dreißigjährige arbeitete im hiesigen Gartenparadies.

Winter schlängelte sich durch die hohen Regale zur grünen Zone. Die heiklen Pflanzen waren drinnen, die robusten unter einem Vordach draußen. Sprinkler versprühten Feuchtigkeit. Er schlenderte durch die Gestelle mit Giften gegen Ungeziefer und Dünger für blumige Balkone und hielt nach Natascha Ausschau.

Im morgendlichen Baumarkt herrschte die gemächliche Geschäftigkeit eines Wochentages. Im Hintergrund piepsten die Scanner der Kassen. Ab und zu verkündete eine säuselnde Lautsprecherstimme ein supertolles Tagesangebot. Hoffentlich hatte Natascha heute nicht ihren freien Tag. Winter wandte sich an eine Verkäuferin, die Windlichter auftürmte. »Entschuldigen Sie bitte, wo finde ich Frau Mironow?«

Die Verkäuferin blickte sich um und erklärte konspirativ: »Sie ist gerade eine Zigarette rauchen gegangen.« Sie zeigte mit dem Kinn nach draußen. »Dort hinter den Gartenhäusern beim Kieslager.«

Winter dankte grinsend.

Der Außenbereich wurde durch hohe Gestelle voller Pfähle, Zaun- und Sichtschutzelemente begrenzt. In der entferntesten Ecke fand Winter die Gartenhäuschen. Dahinter ein halb offenes Gittertor auf einen Umschlagplatz mit Lagerhallen und Lieferwagen.

Er blieb stehen.

Die beiden rauchenden Frauen verstummten und musterten ihn.

Passend zur ihrem länglichen Gesicht war Natascha schlaksig, mit eckigen Ellbogen, wie eine Hürdensprinterin. Das heute strohblonde Haar fiel auf die Schultern. Ihre Kollegin war kleiner und trug einen Wuschelkopf, als hätte sie den Finger in eine Steckdose gesteckt.

Winter sagte: »Hallo«, lächelte und fragte: »Natascha Mironow?«

Natascha zog an einer Zigarette. Ringe an den Fingern mit den rosarot lackierten Nägeln. Die Augen schimmerten grünlich. Die Wimpern klimperten. Sie deutete auf das Namensschild an der Uniform. »Ja. Steht hier. Warum?« Ein Hauch slawischen Akzents.

Gleichzeitig kringelte eine schelmische Rauchwolke aus dem zugespitzten Mund des Wuschelkopfs. Auf ihrem Namensschild stand: »Anika«. »Wer will das denn wissen? Interessieren Sie sich für ein Gartenhaus?«

Winter schaute zwischen Anika und Natascha hin und her. »Also. Eines nach dem anderen. Ich brauche kein Gartenhaus. Mein Name ist Tom Winter, und ich arbeite für Otto Harnisch.« Technisch gesehen stimmte das, denn immerhin hatte dieser bei Winters Bank ein Konto mit dreiundzwanzigtausend unerklärten Euros.

Die beiden Frauen schauten sich an.

Natascha rauchte nachdenklich.

Daneben legte das pausbäckige Energiebündel los. »Horch, horch, horch. Du arbeitest also für unseren Otto? In seinem Garten oder bei der Arbeit? Was machst du denn so für den Otto? Wir haben ihn hier ja schon lange nicht mehr gesehen, gell, Nasch?« Verschwörerisch stieß sie diese mit dem Ellbogen an. »Normalerweise kommt er mindestens einmal die

Woche vorbei. Warum kommt er nicht selbst? Er hat dich doch nicht etwa vorgeschickt, oder?«

Anika trug ihr Herz auf der Zunge. Zwischen den großen braunen Augen faltete sich ein fragendes Grübchen. Offenbar hatte die Nachricht von Otto Harnischs Tod die beiden Floristinnen noch nicht erreicht. Winter hörte ein Zischen – und sah, wie Nataschas Kopf in tausend Splitter explodierte.

6. Mai 10:17

Winter stieß Anika aus der Schusslinie. In Deckung! Sie stürzten hinter einer niedrigen Betonmauer auf eine Halde weißen Kies, den man hier schubkarrenweise abholen konnte. Winter landete auf Anika und erstickte ihren Schreckensschrei. Haare des Wuschelkopfs füllten seinen Mund. Er rollte zur Seite und sah, wie Natascha in sich zusammenfiel. Ein Teil ihres Hinterkopfes fehlte. Otto Harnischs Geliebte kippte langsam nach hinten und platschte in eine Pfütze.

»Verdammt!«

Eine Autotür schlug zu. Die Schiebetür eines Lagerhauses rasselte. Die Lautsprecheransage des Baumarktes plärrte.

Winter lugte vorsichtig über die Mauer. Auf dem Umschlagplatz dockte ein piepsender Lastwagen rückwärts an eine Rampe an. Dahinter verschwand ein weißer Kastenwagen in einer Eisenbahnunterführung. In dessen Schlund leuchteten kurz rote Bremslichter auf. Ein Arbeiter auf einem Gabelstapler holte routiniert eine vollgepackte Palette aus einem Lastwagen. Einige der Tore zu den Lagerhallen waren offen, andere geschlossen.

Alles schien seinen normalen Gang zu gehen. Niemand hatte etwas gesehen oder gehört. Auch Winter hatte keinen Knall gehört. Der explodierende Kopf. Es musste sich um ein großkalibriges Projektil mit hoher Geschwindigkeit handeln. Ein schallgedämpftes Präzisionsgewehr.

»Was … was war das?«, wimmerte Anika.

»Unten bleiben!« Winter legte seine Hand auf ihren Kopf und suchte die Dächer der Lagerhallen ab. Falls der Schütze erhöht von einem der Dächer geschossen hatte, waren sie noch immer exponiert.

Doch er sah niemanden. Wahrscheinlich hatte er in einem Auto auf der Lauer gelegen und war schon lange weg. Der weiße Van. Oder ein anderes, bei der Unterführung geparktes

Fahrzeug. Auf diese Distanz füllte ein Kopf das Fadenkreuz eines Zielfernrohrs komplett aus.

Anika starrte auf Nataschas leblosen Rumpf. Tote zogen den Blick magisch an. Ein blutiges Rinnsal rann ihnen entgegen. Anika zog die Beine an. Sie trug geschnürte Stiefel und unter dem Uniformkittel Jeans. Winter legte seinen Arm um die vibrierende Schulter. »Keine Angst. Es ist vorbei.«

»Natascha«, hauchte sie.

Er nahm Anikas Kopf in beide Hände, drehte ihren Blick von der Toten weg und zwang sie, ihm in die Augen zu schauen. »Wir können nichts mehr für sie tun. Nicht jetzt.«

Sie wollte den Kopf zurückdrehen. Doch Winter hielt Anika fest, zog sie heran. Ihre Wangen waren heiß und feucht. Die dunkelbraunen Augen glänzten. Ihre Haut war sonnengebräunt, mit zwei Nestern Sommersprossen auf den Wangen. Ihre Nasenflügel bebten. Sie schluchzte: »Sie ist meine beste Freundin.«

»Ich weiß.« Er strich ihr über das dicht gelockte Haar. »Ich weiß. Es tut mir so unendlich leid.«

Anika schniefte, versuchte tapfer zu lächeln und nickte.

»Wir müssen die Polizei rufen. Welche Nummer hat die Berliner Polizei? Weißt du das?«

»110.« Anika kramte ihr Mobiltelefon hervor. »110.« Sie versuchte mit zittrigen Fingern, zu wählen. Winter nahm ihr das Telefon ab. »Ich mache das.« Er wählte, wartete und gab der Notrufzentrale dann die wichtigsten Angaben durch, beantwortete knapp ihre Rückfragen. »Sie kommen gleich.«

»Uäääh!«, machte Anika und wischte sich Blut und feuchtwarme Hirnmasse von ihrer Brust. Sie versuchte aufzustehen, rutschte jedoch auf dem losen Kies aus und fiel wieder hin.

Winter half ihr auf.

Sie riss die Knöpfe des Uniformkittels auf und schälte sich angewidert aus ihm heraus. In der Distanz wärmte ein Lastwagen im Leerlauf keuchend seinen Dieselmotor auf. Im Gartenparadies kündigte die samtene Lautsprecherstimme den »Deal der Woche« an. Geranien zum Sonderpreis.

»Du blutest.« Anika zeigte auf Winter.

Er fuhr sich mit der Hand über den Hals. Blut. Kleine Knochensplitter steckten in seiner Haut. Aber er spürte nichts. Vorsichtig tastete er an den Fragmenten herum und wischte diese weg.

Anika: »Bist du okay?«

Er nickte. Die Kugel. Wo war das Projektil? Eines der hölzernen Gartenhäuschen hatte ein faustgroßes, mit Blutspritzern dekoriertes Loch. Winter schaute auf den Umschlagplatz zurück und visualisierte die Flugbahn des Projektils. Er stellte sich eine Linie vom Loch im Gartenhaus durch Nataschas Kopf vor und verlängerte diese horizontal hinaus auf den Umschlagplatz. Der Gewehrschuss war höchstwahrscheinlich in der Nähe der Unterführung abgegeben worden. Dort, wo er den wegfahrenden Van gesehen hatte.

In der Ferne heulten Sirenen.

Anika zitterte am ganzen Leib.

Winter fragte: »Warum setzt du dich nicht hin?« Er schob sie zur Mauer zwischen den verschiedenen Kiessorten, wo sie sich setzte. Sie begann sich mit den Ärmeln ihres Sweaters die Tränen abzuwischen.

Winter: »Ich bin gleich wieder da.«

Er ging zum Gartenhaus mit dem Einschussloch und öffnete dessen Tür. Im Halbdunkel sah er neben dem Einschuss- auch das Austrittsloch des Projektils. Er ging um das Gartenhaus herum und fand in einem Stapel Steinplatten einen tellergroßen Krater. Angesichts der Wucht kam das Projektil wahrscheinlich aus einem Scharfschützengewehr, das auf hundert Meter locker ein paar Millimeter Knochen und ein paar Zentimeter Holz durchschlug. Die Reste des Projektils konnten überall sein.

Winter ging zurück. Als er sich neben Anika auf die niedrige Mauer setzte, rasten zwei Streifenwagen aus der Unterführung. Kreisende Blaulichter. Die Polizisten sprangen mit gezückten Pistolen aus ihren Fahrzeugen. Ein verdutzter Gabelstaplerfahrer hob die Hände. Die Polizisten schwärmten aus. Eine Ambulanz quietschte. Weitere Autos. Ein gepanzerter Kastenwagen mit vergitterten Fenstern.

Das ganze Konzert. In Vollbesetzung.

Zwei Polizisten näherten sich, Pistolen gegen den Boden gerichtet. »Nicht bewegen!«

Winter blieb sitzen, seine Hände flach, gut sichtbar auf den Knien.

Und er hatte nur einen kleinen Ausflug nach Berlin machen wollen. Es würde ein langer Tag werden. Beschwichtigend hob er die Hände. »Ich habe angerufen. Der Schütze ist weg.«

Kurz darauf saßen Anika und Winter nebeneinander in der Ambulanz. Eine Sanitäterin untersuchte Anika, leuchtete ihr in die Augen, gab ihr eine Flasche Wasser, heftete ein Pflaster an die Schramme am Ellbogen. Währenddessen zupfte und tupfte ein Sanitäter an Winters Hals herum. Mit einer Pinzette zog er kleine Knochensplitter heraus und desinfizierte die Wunde. »Nichts Schlimmes. Aber Sie sollten sich gelegentlich einmal testen lassen, auf HIV.«

Als Winter dem Sanitäter in die Augen schauen wollte, sagte dieser nur: »Nicht bewegen. Übertragung durch Körperflüssigkeiten aller Art. Sie wissen schon. Man kann es nie ganz ausschließen.«

Das hatte ihm gerade noch gefehlt.

Ein Polizist in voller Kampfmontur stand mit verschränkten Armen neben den geöffneten Türen der Ambulanz. Zur Bewachung der Zeugen abkommandiert. Hinter ihm gingen Einsatzkräfte aller Art vorbei. Geschäftiges Treiben. Großaufgebot inklusive Feuerwehr.

Über Nataschas Leiche, die wahrscheinlich immer noch in der Pfütze lag, war ein Zelt aufgespannt worden. Fotoblitze erhellten das Zelt von innen. Komisch, an was man dachte. Sie war sofort tot gewesen, und trotzdem kümmerten ihn ihre nassen Kleider.

Polizisten kamen durchs Gittertor des Baumarktes. Hatten sie das abgelenkte Projektil schon gefunden? Wahrscheinlich hatten sie das halbe Gartenparadies abgeriegelt, dessen fröhliche Lautsprecherstimme immer noch super Sonderangebote anpries.

Der Sanitäter riss die Verpackung eines Pflasters auf. »Nicht bewegen. Das haben wir gleich.«

Was hatte Otto Harnisch mit der Erschießung von Natascha zu tun? Innerhalb von vier Tagen zwei Tote, die sich kannten. Zwei Liebende. Romeo und Julia. Das konnte kein Zufall sein. Bei Otto war die Todesursache unklar. Nicht so bei Natascha. Ein klinischer Job. Eine Hinrichtung. In aller Öffentlichkeit. War das eine Botschaft? Waffe und Ausführung deuteten auf einen Profi hin. Der Täter hatte herausgefunden, wo Natascha arbeitete, wo sie rauchte. Er selbst hatte nur eine der Verkäuferinnen fragen müssen. Die Menschen waren Gewohnheitstiere. Der Scharfschütze musste nur warten und abdrücken.

Feige, aber kaltblütig.

Doch wer wusste von der Beziehung zwischen Natascha und Otto? Leonie hatte problemlos ihre Chats geknackt und Natascha aufgespürt. Andere konnten das auch.

Der Sanitäter bastelte an seinem Hals herum.

Neben ihm trank Anika aus einer Plastikflasche. Als sie Winters Blick spürte, drehte sie den Kopf und lächelte automatisch. Doch als sie sich erinnerte, schmolz das Lächeln ein, und sie biss sich auf die Lippen. Sie wusste wahrscheinlich auch von der Beziehung zwischen Otto und Natascha. Kaum war der Name Otto Harnisch gefallen, hatte sie ihre Kollegin verschwörerisch angestoßen.

»So. Fertig.« Winters bandagierter Hals wurde getätschelt.

Die Ambulanz verdunkelte sich.

6. Mai 10:52

Hinter dem Krankenwagen blockierten zwei Männer das Licht. Der athletischere steckte in einer blauen Uniform. Sein älterer, korpulenterer Partner füllte ein weinrotes Hemd und einen grauen Anzug aus. Das Haar beider war so geschnitten, dass es die Hemdkragen nicht berührte. Beide trugen einen offiziösen Gesichtsausdruck vor sich her wie einen Bauchkasten, aus welchem sie statt Popcorn trockene Regelwerke zücken konnten. »Kommen Sie bitte mit.«

Winter und Anika bedankten sich bei den Sanitätern und kletterten aus der Ambulanz. Flankiert von den beiden Beamten gingen sie wortlos zu einem VW-Bus, der in ein paar Jahren an einen Camping-Fan verkauft werden würde. Im hinteren Teil quetschten sie sich in die beiden gegenüberliegenden Sitzreihen. Anika und Winter mit dem Rücken zur Fahrtrichtung, die beiden Polizisten vis-à-vis. Die seitliche Schiebetür wurde zugeschoben und dämpfte die Geräusche rund um den Tatort.

Zwei ID-Karten mit dem Berliner Bären wurden auf das wackelige Plastiktischchen zwischen ihnen gelegt. Der Jüngere stellte sie beide vor. »Ich bin Kriminalkommissar Sinzig von der Direktion 1, und das hier ist mein Kollege Beinssen.«

Offenbar bestand die Arbeitsteilung darin, dass der Athlet redete und der andere beobachtete. Doch bevor dieser etwas sagen konnte, rutschte Anika an die Kante der Sitzbank. »Sie müssen herausfinden, was geschehen ist. Sie war meine beste Freundin.«

»Zuerst müssen Sie mir sagen, wie Sie heißen.«

»Ich bin Anika, Anika Winkler.«

Sinzig und Beinssen nickten in Stereo und schauten Winter an.

Dieser sagte: »Winter.«

»Kann ich bitte Ihre Ausweise sehen?«

Anika zeigte auf den Baumarkt, der von hinten nicht wie ein Gartenparadies, sondern eher wie ein Recyclingwerk aussah. »Der ist in meinem Spind. Soll ich ihn holen?«

Der ältere Kriminalkommissar schüttelte den Kopf und nahm Winters Identitätskarte, studierte sie und reichte sie dann weiter. »Schweizer.« Sein Tonfall war neutral. Fast. Nur ein Hauch von Überlegenheit. Der Tourist aus der niedlichen Schweiz, verloren in der Weltstadt Berlin. Winter legte seine Hände auf den klappbaren Plastiktisch, der an den Rändern einen erhöhten Rand hatte, als wären sie auf einem Schiff und in hohem Seegang. Wellen schlagen würde das Ganze auf jeden Fall. Er musste die Bank da heraushalten.

Der athletische Kommissar drehte sich um und scannte die ID mit einem Lesegerät. Auf der Schulter trug er einen hellgrauen Stern. Ein Drucker spuckte Blätter aus.

Anika klopfte nervös auf das Tischchen. »Bitte, machen Sie was. Natascha und ich wollten einen Blumenladen eröffnen. Beim Mauerpark oder im Stadtzentrum oder vielleicht bei einem Friedhof. Irgendwo, wo die Leute immer Blumen kaufen. Aber ich kann das nicht alleine.« Als die Realität einsank, hielt sie inne.

Sinzig gab Winter die ID zurück und wandte sich Anika zu. »Eins nach dem anderen. Zuerst müssen wir Ihre Personalien aufnehmen.« Schritt für Schritt fragte er Anika aus. Geburtsdatum, Geburtsort, Wohnort, Arbeitsort. Anika gab geduldig Auskunft, doch die Gründlichkeit zerrte sichtlich an ihren Nerven. »Sie müssen was tun.«

Beinssen brummte: »Ruhig Blut. Sogar das PSK wurde aufgeboten.« Sein Kollege ergänzte. »Das Präzisionsschützenkommando.«

Anika fragte: »Was nützt das? Der Mörder ist doch davongefahren.«

»Überlassen Sie uns die Ermittlungen. In welcher Beziehung standen Sie zum Opfer?«

»Natascha? Sie war meine beste Freundin. Wir arbeiten hier zusammen. Das habe ich Ihnen doch schon alles gesagt.«

Sinzig schaute Winter an. »Und Sie?«

Keine einfache Frage. Sollte er den Beamten von Otto Harnisch erzählen oder nicht? Die Anfrage an die Bank war erst gestern eingegangen. Er hatte damit gerechnet, heute Abend wieder zu Hause zu sein, und niemandem gesagt, dass er nach Berlin geflogen war, aus Langeweile und weil ihm die BKA-Anfrage nicht ganz koscher war. Wahrscheinlich war es besser, noch etwas abzuwarten. Winter hob in einer Ich-weiß-nicht-recht-Geste seine Hände und öffnete den Mund, als Anika lossprudelte: »Er kennt Natascha nicht. Er ist ein Kunde des Baumarktes. Er wollte nur die Gartenhäuser anschauen.«

Sie drehte sich zu ihm und stieß ihn dabei mit dem Oberschenkel an. »Nicht wahr?«

Der ältere Kommissar beugte sich vor und fixierte Winter. Dieser sagte: »Ich war bei den Gartenhäusern und bin an die beiden herangetreten, weil ich sie etwas fragen wollte. Da ist es passiert.«

Beinssen: »Und was machen Sie in Berlin? Sie sind doch nicht hier, um ein Gartenhaus zu kaufen?«

»Nein, nein, natürlich nicht. Ich arbeite für eine Schweizer Bank. Wir haben Filialen auf der ganzen Welt und überlegen uns, auch hier eine zu eröffnen.« Von Tobler hatte Winter einmal eine Weltkarte gezeigt, auf der er all die Standorte angestrichen hatte, die es noch zu erobern galt. Natürlich auch Berlin.

»Und was machen Sie da in einem Baumarkt?«

»Ich habe mich ein wenig umgeschaut. Zu Hause bin ich am Renovieren.« Winter begann, wie Anika zu plappern: »Wissen Sie, ich habe ein altes Bauernhaus auf dem Land. Mit Garten. Das Dach habe ich neu gedeckt. Und auch die Heizung konnte ich ersetzen. Das war mühsam. Dann habe ich eine Terrasse davor angelegt. Mit Sicht auf die Berge. Die Fensterläden muss ich noch …«

»Schon gut.« Sinzig winkte ab und nickte in Richtung der Markise. »Was haben Sie gesehen?«

»Also, nach dem Schuss …«

»Es war nur ein einziger Schuss?«

»Ja, ich glaube schon. Obwohl ... Ich habe nichts gehört, nur ihren Schrei.« Winter neigte den Kopf zu Anika. »Dann habe ich gesehen, wie ein Van weggefahren ist. Er war weiß und stand am anderen Ende des Platzes, genau in meiner Blickrichtung.« Winter skizzierte auf dem Plastiktisch den Lageplan des Umschlagplatzes.

»Marke?«

»Ich weiß nicht. Ich habe ihn nur von hinten gesehen. VW, Opel? So ein typischer Handwerker-Van. Ohne Fenster.«

»Kennzeichen?«

Winter schüttelte den Kopf. So ging es hin und her. Sinzig und Beinssen versuchten, in der ersten Vernehmung die Fakten zusammenzutragen. Erst später würden sie Hypothesen aufstellen und beginnen, diese zu prüfen. Sie wollten von Anika wissen, ob Natascha bedroht worden war und ob sie Feinde oder Schulden hatte. Als sich die Kommissare nach Rauschmitteln und verbotenen Substanzen erkundigten, verlor Anika die Geduld. Obwohl ihre Nägel kurz geschnitten waren, hätte sie Beinssen wohl am liebsten die Augen ausgekratzt.

Beinssen paddelte zurück. »Bitte entschuldigen Sie, Frau Winkler, wir müssen an alles denken. Aber für den Moment ist das alles. Falls wir weitere Fragen haben, kommen wir später auf Sie zu.« Er drehte sich zu Winter. »Und Sie, wo kann ich Sie erreichen?«

»Am besten rufen Sie mich an.« Winter reichte Beinssen seine Visitenkarte.

»Wie lange bleiben Sie in Berlin?«

»Ein, zwei Tage.«

»Okay«, sagte Beinssen und warf seinem Kollegen einen vielsagenden Blick zu. Der Athlet öffnete die Schiebetür.

Winter und Anika kletterten hinaus.

Die Tür knallte hinter ihnen zu.

Anika ging Richtung Markise. Winter folgte. Durch einen Spalt im Zelt sahen sie mehrere Kriminaltechniker.

Winter zog Anika am Ellbogen weg. »Komm.«

»Mein Kittel?« Sie schaute sich um, aber ihre Arbeitsuniform war verschwunden.

»Vergiss den.«

Beim Gittertor stand ein Beamter mit Clipboard, der sie passieren ließ. Zwischen den Auslagen des Gartencenters suchten Beamte immer noch nach der Kugel. Sie gingen durchs Blumenmeer. Rosenstöcke dufteten. Die Sprinkleranlage sprühte. Aber ohne Kunden wirkte das Blumenparadies verlassen. Die pneumatische Tür ins Innere des Baumarktes war zugesperrt worden.

»Komm.« Anika lotste Winter durch Gestelle mit Gießkannen und Blumenkisten in allen Farben und Formen zu einer Seitentür, die hinter die Kulissen des Baumarktes führte. Vor der Umkleide sagte sie zu Winter: »Warte! Bin gleich zurück.«

Im Korridor hingen Einsatzpläne, ein geblümtes Motto und diverse Grafiken. Als Anika zurückkam, trug sie eine neongrüne Outdoorjacke mit vielen Taschen und verkündete: »Ich nehme den Nachmittag frei. Die können mich mal.«

Im Innern des Baumarktes war nichts vom Chaos hinter den Gartenhäusern zu spüren. Die Geranien zum Sonderpreis waren noch immer der »Deal der Woche«. In der Abteilung für Gartenmöbel hielt Anika abrupt an und fragte: »Wo musst du hin? In welchem Hotel bist du?« Sie musterte Winter. »Oder bist du in einer Airbnb-Wohnung? Du hast der Polizei vorhin nicht gesagt, wo du abgestiegen bist. Warum nicht?«

Ein bisschen viele Fragen auf einmal. Er zuckte mit den Schultern.

Anika schüttelte ihren Wuschelkopf. »Lost in Translation.«

6. Mai 12:50

Als sie aus der U-Bahnstation stiegen, erklärte Anika dem orientierungslosen Winter, dass ein paar hundert Meter östlich das Tempelhofer Feld sei. Sie bogen in eine mit Kopfsteinen und Autos vollgepflasterte Seitenstraße. Himmel und Häuser waren grau in grau. Einzige Farbtupfer waren die schüchternen, hellgrünen Knospen an den Bäumen und die Marzipanauslagen einer Konditorei.

Anika stieß eine schwere Tür auf. Abgenutzte Briefkästen aus Holz. Zwei Stufen auf einmal nehmend, stieg Anika vor Winter die Treppe hoch. Die vergilbten Stuckaturen verrieten, dass das Stadthaus den Krieg wohl unbeschadet überstanden hatte. Und seither nicht groß renoviert worden war.

Im dritten Stock schloss Anika eine Holztür mit einem Milchglasfenster auf. Drinnen verengten Wintermäntel und Stiefel den an sich schon schmalen Korridor. Anika und Natascha teilten sich eine Drei-Zimmer-Wohnung. An einer Tür hing ein riesiges, rosenverziertes Herz mit goldenen Lettern: »Natascha«. Anika hängte ihre Jacke auf und bat Winter ins Mini-Wohnzimmer. »Unser Wohnzimmer ist eigentlich das Kinderzimmer oder jedenfalls das kleinste hier.«

Am Fenster stand ein für den schmalen Raum zu großer Tisch, eingeengt von vier Stühlen. Längs der Wand hockte ein unförmiges ockerfarbenes Sofa, das in den siebziger Jahren einmal modern gewesen war. Winter tippte auf Brockenhaus oder Erbstück. An der Wand gegenüber hing ein riesiges Seidentuch mit einem bunten Mandala.

»Aus dem Tibet.«

»Es ist wunderschön.«

»Das Rad der Zeit.« Sie schaute zuerst stolz, dann verlegen und, wohl als die Erinnerung sie wieder einholte, sehr traurig zu Winter auf. Dann fuhr Anika tapfer fort: »Die großen Zimmer sind unsere. Als wir einzogen, haben wir eine Münze geworfen, und ich habe verloren. Nasch bekam das Wohnzimmer. Mit Balkon.« Hilflos hob sie die Schultern. »Dafür ist mein Zimmer ein bisschen ruhiger.«

Um sich kleiner zu machen, zog Winter beim Esstisch einen Holzstuhl hervor und setzte sich.

Anika fuhr sich entsetzt durch die wuscheligen Haare. »Sorry. Was bin ich nur für eine Gastgeberin! Was möchtest du trinken? Oder soll ich was kochen? Wir könnten auch etwas beim Türken bestellen. Oder beim Chinesen?«

»Nur ein Glas Wasser, bitte.«

»Aber ich habe Hunger. Ich habe gar nicht gemerkt, was für einen Bärenhunger ich habe. Ich koche uns was!«

Sie drehte sich und ließ Winter sitzen, der zusammen mit den Schösslingen in den Töpfen auf dem Fensterbrett in den Innenhof hinausschaute. Auf dem Tisch stand ein rotes Gießkännchen. Vor seinem geistigen Auge explodierte noch einmal Nataschas Kopf. Hinter ihm rumorte Anika in der Küche. Er sollte Leonie anrufen. Und Hodel informieren. Doch Winter rührte sich nicht.

Anika brachte einen Krug Wasser und zwei große Gläser. Während er dasaß und trank, wuselte sie in bunten Socken hin und her. Sein Angebot, ihr zu helfen, lehnte sie ab. Damit sie genug Platz hatten, musste der Tisch umgestellt werden. »Normalerweise essen wir in der Küche.«

In der vertrauten Umgebung klapperte Anika ununterbrochen. Vielleicht war es die Angst vor der Stille. Dem Innehalten. Gedecke wurden gebracht, aufgetischt und ausgerichtet. Eine Salatschüssel mit Grünzeug und Sonnenblumenkernen erschien. Nach einer Weile stellte Anika einen Reiseintopf mit Curry-Tofu und Frühlingszwiebeln auf den Tisch. Sie setzte sich und schöpfte jedem eine Portion auf den Teller. »Mahlzeit.«

Anika kaute und dachte nach. Ihr Kiefer und das Grübchen zwischen den Augen arbeiteten im Tandem. Dann fragte sie: »Vorhin hast du gesagt, dass du für Otto arbeitest. Was machst du für ihn?«

Winter legte das Besteck an den Teller. Er konnte es Anika nicht weiter verschweigen. Und er konnte es nicht anders formulieren. »Otto Harnisch wurde vorgestern tot aufgefunden.«

Anikas Mund blieb offen, ihre Gabel auf halbem Weg stehen. »Was? Warum? Was ist passiert?«

Winter erklärte, warum er hier war, aber er wusste nicht viel und schon gar nicht, ob Otto einen Unfall hatte oder ob auch er ermordet worden war. Anika erzählte, dass Otto und Nasch sich im Gartenparadies kennengelernt hatten. Er war Stammkunde, hatte sich am liebsten von Natascha beraten lassen und dabei mit ihr geflirtet. Natascha mochte es, wenn er von den Pflanzen in seinem Garten erzählte. Und er war zuvorkommend, was im Baumarkt offenbar selten vorkam. Im letzten Herbst, als es im Gartenparadies ruhiger wurde, hatte er Natascha zu Kaffee und Kuchen ins Kundenrestaurant eingeladen. *Nach* der Arbeit, wie Anika betonte. Sie war dann erst vier Stunden später nach Hause gekommen.

Von da an hatten sich Nasch und Otto ab und zu verabredet. Einmal ging Anika mit ihnen kegeln, fühlte sich dabei aber überflüssig. Otto arbeitete bei den Berliner Wasserbetrieben als Brunnenmeister. Doch auch Anika wusste nicht, was er da genau machte, nur, dass er eine Abteilung leitete. Dummerweise fand Nasch an Weihnachten heraus, dass er verheiratet war. Ohne Kinder. Immerhin! Sie stritten, versöhnten, stritten und versöhnten sich wieder. *Friends with benefits.* Allerbeste Freunde. Nur Freunde.

»So ging das eine Weile hin und her. Ich habe ihr gesagt, dass sie sich von ihm fernhalten soll.« Anika runzelte die Stirn. »Aber sie hatte dieses Glühen in den Augen. Deshalb war ich schließlich still.«

»Ist er hierhergekommen?«

»Selten.« Anika schob ihren Eintopf umher und fügte hinzu: »Sie sind auch in ein Hotel gegangen. Nasch fand das unheimlich aufregend.«

»Vorhin, als uns die Polizei befragt hat, wolltest du nicht, dass ich ihnen von Otto Harnisch erzähle. Warum nicht?«

»Keine Ahnung. Ich habe nicht gewusst, dass Otto tot ist. Ich wollte nicht, dass sie herausfinden, dass Nasch ein Verhältnis hatte. Er war ein Kunde des Baumarktes, und ich brauch den Job. Wir haben so viel wie möglich gespart. Für den Blumenladen.«

Der Mord und das Platzen des gemeinsamen Traumes schienen Anika regelrecht auszusaugen. Kein Wunder. Bestimmt hatten sie immer wieder überlegt, wie sie ihr Blumengeschäft dekorieren, welche Blumen sie anbieten und wie sie die Sträuße arrangieren wollten. Jetzt schrumpfte Anika in sich zusammen, nahm die Teller und verschwand in der Küche.

Winter wartete einen Moment und trug dann die Pfanne mit dem Reis hinüber. Die Küche war altmodisch und sehr klein. Anika krümmte sich über das niedrige, steinerne Becken und schluchzte lautlos. Winter stellte die Pfanne ab und legte ihr vorsichtig eine Hand auf die Schulter. Sie wischte sich die Tränen aus den Augen, versuchte tapfer zu lächeln, nahm die Pfanne und begann aufzuräumen.

Winter trug den Rest des Geschirrs in die Küche. Sie reichte ihm schweigend ein feuchtes Geschirrtuch mit Seerosen.

Nach getaner Arbeit stand Anika verloren im Korridor und verkündete: »Ich muss mich hinlegen. Wenn du willst, kannst du hierbleiben.«

Winter schaute auf die Uhr. »Nein, nein. Ich muss noch etwas erledigen.« Er wollte sich die Fundstelle von Ottos Leiche beim Tegeler See ansehen und versuchen, mit dessen Arbeitskollegen zu sprechen. Je nachdem, wie lange das dauerte, würde er heute Abend oder morgen zurück in die Schweiz fliegen.

Anika: »Ich meine, wenn du willst, kannst du hier übernachten.« Sie zeigte aufs ockerfarbene Sofa im Wohnzimmer.

»Ich weiß nicht. Das kann ich nicht annehmen.«

»Doch. Doch. Das macht keine Umstände. Schließlich hast du mir heute Morgen das Leben gerettet.«

Er schüttelte den Kopf. Aber vielleicht würde er länger in

Berlin bleiben. Vielleicht wollte er Anika wiedersehen. Winter wollte sich nicht festlegen. »Vielleicht.«

Anika schürzte ihre Lippen, schien einen Moment Winters Tonfall nachzuhängen, schrieb dann ihre Telefonnummer auf den kleinen Block am Korkbrett und reichte ihm den Zettel.

Die Türen zu den Zimmern von Natascha und Anika waren geschlossen. Winter hätte sich gerne in Nataschas Zimmer umgesehen. Aber als ihm Anika mit todmüden, traurigen Augen den Zettel hinstreckte, ließ er es bleiben. Es war nicht seine Angelegenheit. Er gab ihr stattdessen seine Visitenkarte und sagte: »Und danke für den Eintopf.«

Gedankenverloren drängte sich Anika an ihm vorbei und öffnete die Wohnungstür. Er nickte wortlos und stieg die Treppe hinunter.

Auf der Straße fischte er das Mobiltelefon hervor und hinterlegte Anikas Nummer, dann rief er Hodel an, dessen Assistentin sich meldete. Winter sagte ihr, dass er in Berlin sei und sich wieder melden werde. Schütz hatte nur einen elektronischen Assistenten. Winter hinterließ auch diesem eine Nachricht und bat Schütz, herauszufinden, ob es von dieser ZKT-Stiftung, die Harnisch das Geld überwiesen hatte, noch andere Transaktionen gab.

Winter erreichte die verkehrsreiche Straße mit der U-Bahn darunter, marschierte in Richtung Zentrum und wählte Leonies Nummer. Sie nahm den Anruf sofort an. »Hallo, Winter.«

»Leonie. Wie geht's?«

»Bestens. Alles friedlich hier.« Sie sang in ihrem Walliser Dialekt. »Ist die Katz aus dem Haus, tanzt die Maus. Wo bist du?«

»Ich bin in Berlin und wäre froh, wenn du mir ein paar Sachen zusammensuchen könntest.«

»Du bist ohne mich in Berlin?« Pseudoempört. »Hast du wenigstens Ottos Gespielin aufgespürt?«

»Ja, aber sie wurde vorhin erschossen.«

»Im Ernst?«

»Mhm.«

»Mein Gott.«

»Nein. Ein Profi. Es sollte mittlerweile im Internet sein. Ich hatte sie gerade an ihrem Arbeitsort, diesem Baumarkt, gefunden. Leider konnte ich nicht mehr mit ihr reden. Ihre Arbeitskollegin hat mir die Liebschaft aber bestätigt.«

»Und du? Bist du okay?«

»Ich glaub schon. Der Schütze hatte es *nur* auf Natascha abgesehen. Jetzt bin ich auf dem Weg zu den Berliner Wasserbetrieben. Kannst du mir die Namen von Ottos Arbeitskollegen heraussuchen? Wer war sein Chef und so? Ich bin in etwa einer halben Stunde dort.«

Leonie: »Dein Wunsch ist mir Befehl.«

»Wunderbar. Was würde ich ohne dich machen?«

Winter unterbrach die Verbindung und winkte ein Taxi herbei.

6. Mai 15:08

Das Tegeler Wasserwerk lag im Westen, einige Kilometer außerhalb des Stadtzentrums. Während der Fahrt auf der Schnellstraße erkannte Winter den Flughafen, und nach der Ausfahrt erhaschte er einen Blick auf den Tegeler See. Der Fahrer verlangsamte die Fahrt. Die Betriebsgebäude des Wasserwerks lagen in einem weitläufigen, eingezäunten Areal mit Wiesen und Bäumen.

Vor einem schweren Schiebetor stieg Winter aus, dahinter ein Parkplatz mit blauweißen Unterhaltsfahrzeugen und Privatautos und eine mit Efeu bewachsene Industriehalle. Grüne und blaue Flaggen flatterten im Wind. Gute Bedingungen für die Segler.

Darüber graue Wolken.

Winter konsultierte sein Smartphone. Leonie hatte ihm eine Mail mit Namen und Links geschickt. Ottos Vorgesetzter hieß Rainer Kaschinski und war gemäß der säuerlichen Empfangsdame im Moment leider unabkömmlich. Stattdessen würde sein Stellvertreter kommen. Tatsächlich tauchte bald darauf ein gertenschlanker Herr Dr. Hübner auf. Als Winter sich vorstellte und erklärte, dass er einen Auftrag des ja leider verstorbenen Otto Harnisch habe, schaute ihn Hübner zuerst perplex, dann verlegen an. »Kommen Sie bitte mit.«

Der Herr Doktor ging leicht vornübergebeugt, als würde er sich dauernd gegen einen Sturmwind stemmen. Er führte Winter zu einem Bürogebäude und erklärte: »In dieser Sache ist Herr Kaschinski zuständig. Allerdings ist er zurzeit in einer Sitzung mit dem LKA. Sie befragen die Kolleginnen und Kollegen von Herrn Harnisch.«

Interessant, das Landeskriminalamt im Haus. Laut fragte Winter: »Haben Sie Herrn Harnisch denn gut gekannt?«

Die Bohnenstange wankte hin und her. »Nicht besonders. Er ist Brunnenmeister im Betrieb. Ich leite die Finanzen hier.«

Winter blickte in die Brillengläser des jugendlichen Gesichts und fragte: »Weshalb untersucht das Landeskriminalamt den Todesfall? Ich dachte ...«

»Ich bin nicht befugt, Ihre Fragen zu beantworten. Richten Sie diese bitte direkt an Herrn Kaschinski.«

Im Bürogebäude stiegen sie eine steinerne Treppe hinauf. Wie Anika nahm Dr. Hübner mit seinen spindeldürren Beinen zwei Treppenstufen auf einmal. Im ersten Stock ging es durch einen langen Korridor, an dessen Ende einige Plastikstühle aufgereiht waren. Leer bis auf einen. Herr Hübner wies mit einer linkischen Geste auf die Stühle. »Warten Sie bitte einen Moment.«

Das Gestell Hübners duckte sich durch eine Tür.

Winter erhaschte einen Blick ins Sitzungszimmer. Ein Tisch mit drei Personen. Einem blau uniformierten Rücken saßen zwei mittelalte Herren in Anzügen gegenüber. Die Tür schloss sich. Winter setzte sich und nickte dabei seinem Nachbarn zu. Sie waren im Wartezimmer des LKA.

Der schmächtige, dunkelhäutige Mann mit ausgemergeltem Gesicht und pechschwarzem Haar erinnerte Winter an einen indischen Rikscha-Fahrer. Er trug einen etwas zu großen blauen Arbeitskittel, Werkhosen mit Außentaschen und schwere Schuhe. Ein gelber Helm lag auf dem Stuhl zwischen ihnen. Ein Arbeiter der Wasserwerke. Ein Kollege von Otto Harnisch.

Die Tür öffnete sich. Dr. Hübner kam heraus und erklärte: »Es dauert nicht mehr lange. Bitte gedulden Sie sich einen Moment.« Dann klapperte er durch den Korridor davon.

Als es wieder still war, fragte Winter seinen Sitznachbarn: »Sind Sie auch wegen Otto Harnisch hier?«

»Ja.« Der Rikscha-Fahrer starrte die gegenüberliegende Wand an, die bis auf halbe Höhe in einem institutionellen Olivgrün gestrichen war. Seine Hände hatte er zwischen die Knie geklemmt.

»Haben Sie ihn gut gekannt?« Zur Erkundung des Terrains eine offene Frage.

Der Mann wackelte mit dem Kopf und sagte in fast akzentfreiem Deutsch: »Er war mein Chef.«

»Was machen Sie?«

Die Augen blitzten stolz. »Brunnen. Unterhalt.« Er zog die Hände zwischen den Knien hervor und zeigte zuerst nach draußen, dann mit dem Zeigefinger in die Tiefe. »Hier pumpen Brunnen Grundwasser. Über hundert Pumpen.«

»Das Wasser kommt nicht aus dem Tegeler See?«

»Nein. Das Grundwasser ist besser. Mit Pumpen geht das Wasser ins Werk. Die müssen gut funktionieren.«

»Das kann ich mir vorstellen.«

»Ja. Immer. Jeder Berliner braucht Wasser.« Sein Sitznachbar streckte einen Zeigefinger in die Luft und machte eine raumgreifende Bewegung in Richtung Berlin. »Jeden Tag eine ganze Badewanne!«

Winter nickte beeindruckt.

»Aber der Druck ist nicht immer gleich. Nach Fußballspielen gehen alle auf Toilette. Der Druck in Leitungen weg. Wenn Pumpen nicht funktionieren, dann gehen Leitungen kaputt.« Der sehnige, kleine Mann schüttelte entgeistert den Kopf.

»Und Otto Harnisch war Ihr Chef?«

»Ja. Herr Harnisch war immer gut zu mir.«

»Was ist geschehen?«

Winters Sitznachbar starrte wieder geradeaus. »Ich weiß nicht. Er ist in einen Brunnen gefallen. Die Brunnen sind tief, sechzig Meter.« Dann drehte er sich um. »Und Sie? Sie sind nicht von hier?«

»Nein, ich bin aus der Schweiz. Sie haben gute Ohren.«

»Danke, ich war im Sprachkurs. Sie haben bezahlt.« Er wies auf die verschlossene Tür. »Und ich lese viel. Auf Deutsch, um das Land besser zu verstehen.« Er lächelte scheu. »Was ist Ihr Beruf? Verkaufen Sie Pumpen?«

»Nein. Ich arbeite für eine Bank.« Das große Pflaster an seinem Hals juckte. Winter kratzte sich stattdessen am Nacken. Für einen Pumpenverkäufer hatte ihn bis jetzt noch nie jemand gehalten.

»Sind sie verletzt?«

»Nein, nein. Das sind nur Kratzer.«

»Auch Unfall?«

Ein älterer Arbeiter, ebenfalls in Blau und mit einem gelben Helm in der Hand, verließ den Raum. Hinter ihm erschien im Türspalt ein runder Kopf mit gut genährten Wangen. »Herr Daniali. Kommen Sie!«

Der Mann neben Winter erhob sich sofort.

6. Mai 15:27

Der Kopf im Türspalt schenkte Winter ein schwülstiges Lächeln. »Es dauert nur noch ein paar Minuten.« Winter verschränkte die Arme und wartete. Das Warten gehörte zur Arbeit. Die allermeiste Zeit geschah nichts. Es lag in der Natur der Sache. Banküberfälle, unredliche Mitarbeitende und Börsencrashs waren nun mal seltene Ausreißer. Er lehnte sich zurück und hörte seinem Herzschlag zu. Irgendwo in der Ferne summten große Maschinen. Generatoren für die Pumpen. Wie das Herz. Die Wasserleitungen waren Adern der Industriegesellschaft. Die Atemzüge wurden tiefer und langsamer. Gedanken glitten vorbei, kamen und gingen.

Nach einer Weile riss ihn das klingelnde Telefon zurück. Die Nummer von Schütz, der aufgeregt sagte: »Leonie hat mir vorhin erzählt, dass du in Berlin angeschossen worden bist.«

»Leonie ist eine Drama-Queen. Ich habe nur einen Kratzer. Aber Harnischs Geliebte ist tot. Hast du etwas gefunden?«

»Das läuft. In meinem Bereich habe ich keine weiteren Transaktionen dieser ZKT-Stiftung entdeckt.« Papiere raschelten im Hintergrund. »Aber da ich nicht mehr alle Transaktionen einsehen kann, habe ich eine Anfrage an die anderen gestartet.«

Schütz und Winter diskutierten für einen Moment die Zugriffsregelungen, die immer stärker eingeschränkt wurden, und legten dann auf. Die Berater beklagten sich lautstark, dass man ihnen offenbar nicht mehr vertraute, und fluchten im Stillen, weil sie die rivalisierenden Kollegen nicht mehr ausspionieren konnten. Hodel begründete die Einschränkung mit strengeren Corporate-Governance-Vorgaben der Aufsichtsbehörden. Winter verhielt sich neutral. Einerseits sah er ein, dass man die Kundendaten auch intern besser schützen musste, andererseits gab er sich keinen Illusionen hin. Mitarbeitende mit Phantasie würden immer einen Weg finden. Und sei es nur, dass sie einen Computerbildschirm mit heiklen Kundendaten mit der Kamera des Smartphones fotografierten.

Daniali kam aus dem Sitzungszimmer, lächelte zaghaft und verschwand. In der Tür standen die beiden Männer, die ihn befragt hatten. Zum rundlichen Gesicht gehörte ein stattlicher Bauch, der in einem weißen, offenen Hemd und einem Sportjackett steckte. »Kaschinski. Ich bin der Leiter hier. Sie wollten mich sprechen?«

Kaschinskis Händedruck war fest, seine Stimme tief und voll.

»Guten Tag, Herr Kaschinski. Vielen Dank, dass Sie sich die Zeit nehmen. Ich bin Tom Winter und arbeite für die Bank von Otto Harnisch.«

»Ah, dieses ominöse Konto.« Kaschinski wandte sich dem zweiten Mann zu, der einen gut geschnittenen grauen Anzug trug und einen erschöpften Eindruck machte. Seine Gesichtszüge hatten etwas von einem Fuchs. Wachsame Augen, schlanke Nase, prominente Backenknochen und früh ergraute Schläfen. Die leicht zugespitzten Lippen gaben ihm einen permanent ironischen Ausdruck. Fehlten eigentlich nur noch die großen Ohrmuscheln, die kleinste Geräusche erlauschten.

»Gerhard Frank. LKA.« Er musterte Winter. »Können Sie sich ausweisen?«

Winter überlegte einen Moment, ob er sich weigern sollte. Doch es gab keinen Grund, das LKA zu ärgern, also zückte er seine Identitätskarte. Der Polizist ging damit wortlos ins Sitzungszimmer zurück.

Kaschinski dröhnte: »Unangenehme Sache.«

»Kann man wohl sagen.« Und nach einer Pause fügte Winter hinzu: »Sie sind also Otto Harnischs Vorgesetzter?«

»Ja. Guter Mann. Schwierig zu ersetzen.«

»Wie viele Leute haben denn für ihn gearbeitet?«

»Vierzehn Mann, drei Azubis und einer von der Senatsverwaltung. Wir haben sie nun alle interviewt. War ein echter Marathon.«

»Was war seine Aufgabe?«

»Harnisch war für den Unterhalt der Anlagen zuständig. Seit acht Jahren. Von der Pumpe bis zum Hahn.« Er grinste und brummte: »Wir geben immer volles Rohr für sauberes Wasser.«

Der Tod seines Mitarbeiters schien den Leiter des Wasserwerkes nicht groß erschüttert zu haben. Tränensäcke hingen unter Kaschinskis blaugrauen Augen. Sein hellbraunes Haar begann sich von ihm zu verabschieden, und seine rosigen Wurstlippen hätten von einer Comicfigur aus Plastilin stammen können.

Winter fragte: »Haben Sie mit Herrn Harnisch auch privat verkehrt?«

Kopfschütteln. »Nein.«

»Kennen Sie seine Frau?«

»Nein. Nicht wirklich. Ich habe sie nur zu unseren Anlässen gesehen. Weihnachtsessen, beim Grillfest. Jeden Sommer veranstalten wir eines für die Mitarbeitenden und ihre Familien. Am See. – Weshalb interessiert Sie das? Ich dachte, Sie sind von Harnischs Bank?«

»Ja, ich bin daran, die Anfrage wegen des Kontos abzuklären. Und da frage ich mich natürlich, was seine Frau gewusst hat.«

»Da müssen Sie sie schon selber fragen. Oder ihn.« Er nickte mit dem Kopf gegen die Tür. »Sie haben alle seine Papiere mitgenommen. Sogar seinen Computer haben sie beschlagnahmt.«

Frank kam zurück.

Kaschinski konsultierte demonstrativ seine Uhr. In der linken Pranke trug er eine Dokumentenmappe. Der Leiter des Wasserwerkes wollte dringend woanders sein. Vielleicht war er spät dran für eine Sitzung. Vielleicht hatte er eine schwache Blase. Vielleicht wollte er früh in den Feierabend. Jedenfalls fragte er: »Brauchen Sie mich noch?«

Der LKA-Mann verneinte.

»Meine Herren.« Kaschinski nickte und eilte davon.

Gerhard Frank wartete einen Moment, dann gab er Winter die Identitätskarte zurück. »Ich habe gehört, Sie sind einer von uns.«

»Früher.«

Der Fuchs hob lächelnd sein Telefon. »Einsatzleiter bei der Sondereinheit Enzian.« Er ließ das schlanke Smartphone in der Innentasche seiner Anzugjacke verschwinden. »LKA 11, Tötungsdelikte.«

»Es war kein Unfall?«

»Davon müssen wir leider ausgehen. Vor dem Sturz hat ihm jemand sämtliche Finger gebrochen.«

Machatschkala

Schemenhafte Gestalten luden in den frühen Morgenstunden lautlos Kisten aus einem Kastenwagen und schleppten sie in die Mehrzweckhalle. Die heruntergekommene Sporthalle war Teil eines sowjetischen Freizeitkomplexes mit künstlichem See, Kaffeehaus, Spielplatz, einem abgehalfterten Kino und anderen staatlichen Vergnügungsstätten für die Massen.

Doch in diesen Zeiten um diese Zeit amüsierte sich niemand mehr. Die Lichter waren aus. Nur ab und zu warfen Scheinwerfer des Verkehrs hinter dem Zaun bizarre Schatten. Auf der M 29, der Fernstraße von Baku durch den Kaukasus nach Rostow am Don, herrschte rund um die Uhr Betrieb. Von seinem Sockel aus beobachtete ein steinerner Lenin gleichgültig das Treiben der jungen Männer. In seinem Reich waren alle gleich gewesen, mehr oder weniger. Jedenfalls hatten mehr weniger.

Als der Sohn des Metzgers eine weitere Schachtel Levi's-501-Jeans auf Zalimkans Schultern lud, mahnte er flüsternd zur Eile. Der Kastenwagen musste rechtzeitig zurück sein. Während des Tages hingen gehäutete Tierleiber darin, jetzt war er mit Kisten voller Markenartikel beladen, die auf dem Schwarzmarkt mehr einbrachten als geschlachtete Schafe.

Ein Freund eines Freundes von Zalimkans Vater hatte die amerikanischen VHS-Kassetten, Sony-Walkmen und Nike-Turnschuhe »abgezweigt«, und ein entfernter Verwandter schipperte einen Teil davon auf einem Fischkutter nach Machatschkala. Zalimkans Kiste roch nach Fisch. Kein Problem. Die Levi's 501 einmal zu waschen genügte. Er eilte durch die leere Sporthalle mit der Betontribüne, schlängelte sich im Stauraum um die Turngeräte herum und schlüpfte durch eine Stahltür. Im engen Raum mit dem verrosteten Wassertank türmten sich die Kisten bis zur Decke.

Zehn Minuten später war die letzte Kiste sicher verstaut.

Die Junioren des lokalen Ringer-Clubs verriegelten die Tür und stapelten davor die dicken Bodenmatten, die sie am Abend zuvor noch fürs Training ausgelegt hatten. Danach marschierten die drei zum Kastenwagen zurück, wo der Sohn des Metzgers bereits ungeduldig wartete. »Kommt schon.«

Zalimkan: »Immer mit der Ruhe.«

»Wenn jemand merkt, dass ich die Karre ausgeliehen habe, verliert mein Vater seinen Job, und ich bin geliefert. Dann können wir das hier vergessen.«

»Keine Angst. Das nächste Mal brauchen wir sowieso einen richtigen Lastwagen.«

»Ist dir meiner nicht gut genug?«

»Wir brauchen etwas Größeres. Dann können wir zehnmal, hundertmal, ja sogar tausendmal so viel verdienen. Das ist Allahs Wille. Nicht wahr, Cousin?«

Seifula, der Jüngste der Bande, nickte schweigend. Er machte immer, was ihm Zalimkan befahl. Und sei es nur, zu nicken. Auch der Vierte im Bunde schwieg, denn er wusste, dass man Zalimkan nicht widersprechen durfte.

Doch der Sohn des Metzgers grummelte: »Bist du größenwahnsinnig? Damit kommen wir nie durch.«

»Angsthase. Mit Jelzin brechen andere Zeiten an. Das müssen wir ausnützen. Freier Markt. Wie in Amerika.«

»Das hat schon Gorbatschow gesagt.«

Zalimkan zuckte mit den Schultern. »Wer zu spät kommt, den bestraft das Leben!«

»Furzidee«, grunzte der Sohn des Metzgers. Er wandte sich ab, um den Laderaum auf verräterische Spuren vom Transport zu überprüfen.

»Arschloch. Ich will eine ganze Flotte. Stellt euch vor, wie viel wir damit verdienen können.«

»Lass uns abhauen.« Das Wageninnere war sauber genug.

»Du würdest die Kohle nicht einmal sehen, wenn sie haufenweise vor dir auf der Straße läge. Ganz der Vater. Fleisch statt Hirn.«

Der Sohn des Metzgers war bereits ein Kasten von Mann

und kämpfte zwei Gewichtsklassen höher als Zalimkan. Wütend schickte er sich an, die Tür zu schließen. »Glotzauge!«

Ansatzlos und blitzschnell trat ihm Zalimkan von hinten in die Kniekehle. Ein unterdrückter Schrei hallte im Innern des leeren Wagens. Dann knallte Zalimkan dem Sohn des Metzgers die Tür mit voller Wucht an den Kopf. Dong. Dieser taumelte an die Ladepritsche.

Zalimkan: »Hohlkopf.«

Die schwere Tür schwang langsam wieder auf.

Doch Zalimkan hatte noch nicht genug. Wutschnaubend, wie im Wahn, donnerte er die Tür wieder und wieder an die Schläfe des Metzgers. Immer und immer wieder. Mit voller Kraft. Dumpf echote es aus dem blechernen Kastenwagen. Erst als der Metzgerssohn blutüberströmt zu Boden sank, hörte Zalimkan auf.

Schwer atmend drehte er sich um.

Die anderen standen wie angewurzelt da und starrten ihn fassungslos an. Im finsteren Freizeitkomplex rührte sich nichts, als hielte auch dieser den Atem an. Auch Lenin auf seinem Sockel schwieg. Ein Toter mehr machte dem nichts aus. Die Scheinwerfer auf der M 29 durchschnitten die Nacht. Niemand hatte sie gehört.

Zalimkan spie auf den leblosen Körper. »Was steht ihr da so blöd rum? Helft mir, diesen Feigling einzuladen.«

6. Mai 15:44

Winter und der LKA-Kommissar gingen den Korridor entlang. Franks Hosen hatten messerscharfe Bügelfalten, und die eleganten, rahmengenähten Lederschuhe hätten auch einem Stepptänzer gut gestanden. Das Parkett war auch für einen Kommissar des LKA glatt.

Frank fragte: »Warum sind Sie hier?«

»Ein Staatsanwalt hat mir eine Anfrage zu einem Konto geschickt.«

»Ich weiß. Mein Text. Die dreiundzwanzigtausend Euro.«

»Was sagt seine Frau?«

»Das kann ich Ihnen nicht sagen. Laufende Ermittlungen. Sorry.« Der LKA-Mann hob bedauernd die Schultern. »Von wo kommt das Geld?«

»Das kann ich Ihnen nicht sagen. Bankgeheimnis. Sorry.«

»Ich scheiß auf das Banker-Pfadfinderehrenwort.« Trockener Tonfall.

»Können Sie mir den Tatort zeigen?« Staubtrocken.

Sie blieben vor dem Treppenabgang stehen. Die dunkelbraunen Augen in Franks kantigem Gesicht prüften Winter. Dann formten sich seine schmalen Lippen zu einem Grinsen. »Okay. Sie können es auch nicht lassen.«

Mit schiefem Kopf grinste Winter zurück. »Berufskrankheit.«

Frank: »Kommen Sie.«

Sie trippelten mit angewinkelten Ellbogen die Treppe hinunter. Winter schätzte Leute, die nicht lange um den heißen Brei redeten, und sagte in der Eingangshalle: »Das Geld kommt von einer liechtensteinischen Stiftung mit Namen ›ZKT‹.«

»Z-K-T? Nur drei Buchstaben?«

»Ja. Keine Ahnung, für was die stehen. Da müssen Sie die Liechtensteiner fragen.«

Sie gingen gemeinsam durch die Tür.

Draußen fragte Winter: »Seine Frau …?«

»… sagt, dass sie noch nie etwas davon gehört hat, weder vom Konto noch vom Geld. Es ist jedenfalls nicht versteuert.«

Frank kannte den Weg. Sie konnten sich auf dem Areal unbehindert bewegen. Auf dem Tegeler See segelten kleine, bunte Boote hart am Wind und legten ihre Segel um wie Schmetterlinge ihre Flügel.

Winter: »Was ist mit den gebrochenen Fingern?«

Sie kreuzten zwei Arbeiter in Blau.

Frank: »Der Gerichtsmediziner ist sich sicher, dass diese nicht konsistent sind mit dem Fall im Schacht. Knochenbrüche und Muskelrisse zeigen, dass die Finger mit einem stumpfen Gegenstand von oben gebrochen wurden.«

»Folter.«

»Jemand hat ihn bearbeitet und dann in den Schacht geworfen.«

Sie gingen an der Halle entlang und passierten drei riesige Tanks.

»Auch die Kniescheiben sind zertrümmert. Allerdings kann der Gerichtsmediziner hier nicht sagen, ob diese Verletzungen vor oder während des Sturzes entstanden sind. Bei der Leiche wurde ein Schlüssel zum Öffnen der Brunnendeckel gefunden. Offensichtlich müssen sie Schächte und Pumpen öfter kontrollieren. Das Ding ist etwa so schwer wie ein ausgewachsener Wagenheber.« Mit ausgestreckten Handflächen deutete Frank einen halben Meter an. »Wir haben sein Blut daran gefunden.«

»Das Folterinstrument.«

»Wahrscheinlich. Eine Gelegenheitswaffe.«

Sie marschierten an Reihen geneigter Sonnenkollektoren vorbei. Neue Geschäftsfelder. Sie verließen den Weg und querten eine lehmige Wiese. Das feuchte Gras traute dem Frühling noch nicht recht und wuchs erst zögerlich.

»Fußspuren?«

»Keine eindeutigen. Viele der Arbeiter tragen schwere

Schuhe. Und keine Schleifspuren. Der Fundort ist höchstwahrscheinlich der Tatort. Zudem hat es geregnet. Als der Anruf hereinkam, sah es zunächst nach einem Unfall aus. Das LKA kam erst ins Spiel, als die Gerichtsmedizin Alarm schlug.«

Sie hoben ein flatterndes blau-weißes Absperrband an und schlitterten einen kleinen Abhang hinunter, gingen über ausgelegte Metallplanken und hielten vor dem geschlossenen Brunnendeckel. »Hier«, sagte Frank. Eine massive, in eine breite Betonfassung eingelassene Stahlkuppel. »Da unten wurde er gefunden.«

Als Winter sich bückte, hörte er Frank sagen: »Zugeschlossen. Das Brunnenloch ist fünfzig Meter tief.«

Winter richtete sich auf und drehte sich dabei langsam um die eigene Achse. Der Brunnenschacht lag in einer unscheinbaren, schwer einsehbaren Senke, die von einem lichten Wäldchen mit noch kahlschwarzen Bäumen umgeben war. Windstill.

Hinter ihm erklärte Frank: »Das Areal ist nur mit einem Zaun gesichert. Das ist kein Hochsicherheitsgefängnis. Jeder ohne Rollator kann rein- und rausspazieren.« Ein raumgreifender Armschwenk. »Da drüben sind Anlegestellen für Boote, dahinter gibt es einen öffentlichen Parkplatz. Niemand hat etwas gesehen.«

»Wer hat ihn gefunden?«

»Ein Kollege. Seine Frau hat ihn am 2. Mai kurz vor Mitternacht als vermisst gemeldet. Die Bereitschaft hat das aufgenommen. Und natürlich nichts unternommen. Besoffen. Im Puff. Die meisten tauchen von selber wieder auf.«

Winter dachte an Natascha und fragte sich, wie viel Harnischs Frau wusste, vom Geld, von Natascha. Er schwieg.

Frank fuhr unbeirrt fort: »Am 3. Mai, elf Uhr dreiundvierzig, ging dann der Notruf des BWB-Arbeiters bei uns ein. Seither haben wir fast alle Angestellten interviewt. Mehrere von ihnen sagten aus, dass Otto Harnisch am Nachmittag des 2. Mai völlig normal gearbeitet hat. Keinem ist etwas aufgefallen. Da die Brunnen regelmäßig kontrolliert werden, hat der Ort an sich auch niemanden erstaunt.«

»Trug er Uniform, als man ihn fand?«

»Ja, aber das ist nicht ungewöhnlich. Wahrscheinlich geschah es gegen Ende seiner Schicht. Wir gehen von einem Todeszeitpunkt am späten Nachmittag oder frühen Abend des 2. Mai aus. Es war Sonnabend, aber hier wird die ganze Woche rund um die Uhr gearbeitet, und er hatte überall Zugang. Als Mitglied der Werksleitung ist er nur Kaschinski Rechenschaft schuldig.«

»Und seinen Kollegen ist rein gar nichts aufgefallen?«

Frank verneinte. »Sie wissen, wie das ist. Mutmaßungen. Eindrücke. Höflichkeitsfloskeln, aber nichts Konkretes.«

Winter kickte mit der Fußspitze an die massive Stahlfassung. Ein dumpfer Gong ertönte, und ein erschreckter Schwarm krächzender Krähen flatterte aus den Bäumen.

»Und was sagt das Bauchgefühl?«

Die Frage erntete frustriertes Kopfschütteln. Frank knöpfte sich den Anzug zu und strich seine Seidenkrawatte glatt. »Was mich im Moment beschäftigt, ist, dass die Brunnen normalerweise zu zweit kontrolliert werden.«

»Sie glauben, Harnisch könnte mit einem Arbeiter hier gewesen sein, der es getan hat?«

»Das ist eine Hypothese. Das Gelände ist schwer einsehbar und bietet die Gelegenheit, Schacht und Schlüssel bieten die Mittel. Nur das Motiv fehlt. Vielleicht ist ein Streit eskaliert. Zuerst schreien sie sich an, dann kommt es zu Handgreiflichkeiten. Das eine führt zum anderen. Bis der Angestellte ihm eins mit dem Schlüssel überzieht.«

»Ein sehr wütender Angestellter. Warum sollte er ihm danach noch die Finger brechen?«

»Vertuschung?«

»Das wäre nicht nur ein wütender, sondern auch ein sehr kaltblütiger Angestellter.«

»Einverstanden.«

»Sie haben gesagt, das sei *eine* der Hypothesen?«

»Lassen Sie uns zurückgehen.«

Es gab nichts mehr zu sehen. Sie kehrten um. Metallsteg, Hang, Tape. Bei den Sonnenkollektoren erklärte Frank: »In Harnischs Mund wurden Lederfasern gefunden. Die Handschuhe des BWB sind aber aus festem Stoff. Wir gehen davon aus, dass die Täter Lederhandschuhe getragen haben und ihm den Mund zuhielten, während sie ihn folterten.«

»Sie gehen von mehr als einem Täter aus?«

Kopfnicken. »Ich glaube, jemand hat Harnisch zum Brunnen gelockt. Oder er war hier verabredet. Dann haben ihn mindestens zwei Täter gefoltert. Einer hat ihn festgehalten, ihm den Mund zugehalten, der andere hat ihn weichgeklopft, die Finger gebrochen, die Kniescheiben zertrümmert. Es gab keine Fesselspuren.«

»Berliner Mafia? Sie glauben, jemand hat ein Exempel statuiert? Aber aus welchem Grund? Was hat er getan?«

»Oder: Was hat er nicht getan? Meine Kollegen vom Dezernat 3 – das sind die Wirtschaftskriminellen – glauben, es könnte sich um Beschaffungskriminalität handeln.«

Winter schaute Frank von der Seite an, und dieser fuhr fort: »Genau. Da kommt Ihre Bank ins Spiel.«

»Wir machen keine illegalen Geschäfte.«

»Die Kontounterlagen, die wir in seinem Büro gefunden haben, waren in einem dicken Ordner zwischen Budgets und Kostenanalysen versteckt. Das Steueramt weiß von nichts. Seine Frau weiß von nichts. Sein Chef weiß von nichts.«

»Sagen die.«

»Sage ich.«

Sie hatten mittlerweile wieder die Halle erreicht.

»Das beweist nichts. Da lacht Ihr Staatsanwalt nur.«

Frank prüfte seine braunen Lederschuhe, auf denen sich dunkle Wasserflecken breitgemacht hatten. Ärgerlich fügte er an: »Harnisch war als Experte in der Beschaffungskommission der Berliner Wasserbetriebe. Da geht es um Millionenaufträge, um den Kauf von Maschinen, Umbauten, Bauprojekte, die erschlossen werden müssen, ich weiß nicht was.

Oder Sonnenkollektoren. Da oben auf dem Dach gibt's noch mehr. Sie sollen hier die größte Solaranlage Berlins haben. Da sind auch Subventionen im Spiel.«

»Die Zahlung erfolgte vor über zwei Jahren.«

»Vielleicht hat er bis jetzt immer geliefert.«

»Läuft gerade eine große Beschaffung?«

Sie näherten sich dem Parkplatz. Frank kramte den Autoschlüssel hervor. »Ich weiß es nicht. Noch nicht.«

Winter wollte »seine« Bank verteidigen. »Harnisch hat nichts abgehoben.«

Frustriert klickte der Fuchs die Autotüren auf. »Er hat sich das Geld für schlechte Zeiten aufgehoben.«

»Schlechte Zeiten? Die hat er jetzt.« Tot. Mit gebrochenen Fingern und zertrümmerten Kniescheiben in einem Schacht versenkt. Das letzte Hemd hatte keine Taschen.

»Wollen Sie mitfahren?«

6. Mai 16:33

Auf der Rückfahrt ins Stadtzentrum machte Frank einen Abstecher zum Hermsdorfer Damm. Er parkte den Škoda auf dem Gehsteig und legte ein offizielles »Polizei«-Schild hinter die Frontscheibe. Die Vorhänge von Ruth und Otto Harnischs Häuschen waren immer noch zugezogen, der silberne Golf stand unberührt im Carport. Sie stiegen aus, und Frank hob eine Kartonschachtel aus dem Kofferraum.

Winter öffnete Frank das gut geölte Gartentor. »Netter Garten.«

»Nichts für mich. Meine Büropflanzen haben Beschwerde wegen Vernachlässigung eingereicht.«

Frank klemmte die Schachtel unter den Arm und klingelte. Ein dürres Surren. Sie warteten, bis nach einer langen Weile zuerst der Vorhang im Türfenster verschoben und dann die Tür geöffnet wurde. Im dunklen Korridor wirkte Ruth Harnisch wie ein verlotterter Hausgeist. Wirr flüchteten ihre grauen Haare vor dem aschfahlen Gesicht mit den geröteten Augen. Sie war in mehrere Lagen gewickelt und hatte über das Nachthemd und den Morgenmantel noch eine Decke geworfen.

»Guten Tag, Frau Harnisch. Bitte entschuldigen Sie die Störung. Aber ich wollte Ihnen die Sachen Ihres Mannes bringen.«

Sie hielt sich an der Tür fest und starrte auf die Kartonschachtel. Dann nickte sie abwesend und schlurfte ins Wohnzimmer. Frank und Winter tauschten einen Blick und folgten ihr. Spärliches Frühlingslicht zwängte sich durch die Vorhangspalten. Frau Harnisch setzte sich wortlos auf das Sofa einer Polstergruppe.

Frank deponierte die Schachtel auf dem gläsernen Beistelltisch vor ihr. Im Fernseher an der gegenüberliegenden Wand lief ohne Ton irgendein Film über eine lustige Wohngemeinschaft. Auf der einen Seite des Fernsehers füllte Kleinkram eine Möbelwand. Auf der anderen führte eine Tür hinaus auf einen Gartensitzplatz. Auf einem niedrigen Gestell entlang der Fenster verströmten Orchideen einen süßlichen Duft.

»Dürfen wir uns für einen Moment setzen?«, fragte Frank und ließ sich, ohne eine Antwort abzuwarten, in einen der beiden Armsessel nieder. »Ich bin Gerhard Frank, der Kriminalkommissar des LKA. Wir haben gestern miteinander gesprochen. Sie erinnern sich?«

Frau Harnisch nickte.

Frank tätschelte die Schachtel und wiederholte: »Ich habe Ihnen versprochen, die Sachen Ihres Mannes zu bringen. Diese hier brauchen wir nicht mehr.«

»Vielen Da…« Ihre Stimme versagte im Hals.

Winter fragte: »Möchten Sie etwas trinken?«

Sie nickte, und Winter füllte in der Küche ein Glas Wasser. Auf dem Kühlschrank und dem Fensterbrett standen Pflanzenschösslinge herum. Er ging zurück und reichte Frau Harnisch das Wasser. Während sie gierig trank, setzte sich Winter und versank im ausgeleierten Sessel.

Frank erklärte: »Das ist Herr Winter. Er ist von der Bank, auf der wir das Geld gefunden haben.«

In einer entschiedenen Bewegung stellte sie das leere Glas ab und erklärte: »Er hat nie etwas gesagt. Ich habe keine Ahnung, was das für Geld ist. Ich will damit nichts zu tun haben.«

Frank nickte verständnisvoll. »Ist Ihnen noch etwas eingefallen?«

Kopfschütteln.

»Hatte Ihr Mann in den letzten Wochen Besuch?«

Ruth Harnisch blickte zwischen den beiden Männern hindurch auf den Fernseher und schüttelte erneut den Kopf.

»Oder hat jemand angerufen?«

Das verhärmte Gesicht von Frau Harnisch leuchtete, als hätte Petrus ihr gerade die Himmelspforte geöffnet. »Harald hat angerufen.«

»Harald?«

»Harald Hahn. Sie sind zusammen zur Schule gegangen. Er macht neuerdings in Kegelbahnen.« Verächtlicher Tonfall.

»Um was ging es?«

Sie zuckte die Schultern. »Ich weiß nicht. Er ist zurück in der Stadt und wollte Otto sehen. Sie waren gute Freunde. Früher. Bevor wir geheiratet haben. Er ist dann nach Dresden gezogen.«

Vorsichtig tastete sich der Kommissar durch den Nebel von Frau Harnischs Erinnerungen und versuchte das Bild ihres Mannes und ihrer Ehe zu vervollständigen. Ein Schritt vor, ein halber zurück. Otto hatte ein gewöhnliches Leben geführt. Eine gute, regelmäßige Arbeit im Wasserwerk. Nein, es hatte keinen Streit gegeben, weder mit dem Chef noch mit Angestellten. Auch nicht mit ihr. Keine Feinde, keine Kinder. Nur entfernte Verwandte.

Ruth und Otto hatten ihre Freizeit damit verbracht, den Garten zu pflegen und Pflanzen zu ziehen. Ruths Spezialität war die Bestimmung der Gattungen und Untergattungen, Otto experimentierte mit verschiedenen Düngersorten. Als ausgebildeter Chemielaborant hatte er sogar eine eigene Mischung entwickelt. Der Höhepunkt des Jahres waren stets die Herbstferien auf Mallorca gewesen. Immer am selben Ort, immer im selben Hotel. Man kannte sich.

Winter schwieg und hörte nur mit einem Ohr zu. Mittlerweile hatten sich seine Augen an das schummrige Licht gewöhnt. Das bläuliche Licht des Fernsehers flackerte über Ruth Harnischs Gesicht. Sie musste älter sein als ihr Mann. Oder sah jedenfalls so aus. Unter diesen Umständen war das schwierig zu sagen, und Winter hatte nur eine Kopie von Ottos Passfoto gesehen. Aber so rundlich sein Gesicht gewesen war, so hager war ihres. Winter stellte sich den pausbäckigen Otto leutselig, gutmütig vor. Seine fahrige Frau wirkte dagegen vor allem zerbrechlich, nicht nur wegen ihres schmächtigen Körpers. Kein Make-up, kein Schmuck, auch kein Ehering.

Sie hatte vehement abgestritten, über das ominöse Konto

informiert gewesen zu sein. Vielleicht hatte sie Angst vor dem Steueramt. Wusste sie von Natascha? Wahrscheinlich. Hinter dem Sofa hingen drei quadratische Fotos von Orchideen, auf Leinwand gebannte Blütenwunder, neben dem Sofa lag ein dickes Pflanzen-Kompendium.

Frank klopfte sich auf die Oberschenkel und stemmte sich aus dem Sessel. »Okay, Frau Harnisch. Das ist für den Moment alles. Ich bedanke mich.«

Frau Harnisch stand ebenfalls auf und hob die Schachtel mit Ottos Sachen hoch. Darunter sah Winter eine Broschüre mit Sandstrand, glitzerndem Meer und Apartmenthaus. Ihre Traumwohnung auf Mallorca.

Im Korridor gab Winter Frau Harnisch vorsichtig die Hand. Er wollte keine Knochen brechen. Als er sich auf dem Beifahrersitz des Škoda anschnallte, hörte er Frank hörbar aufatmen.

»Dieser süßliche Gestank würde mich umbringen.«

Winter widersprach nicht.

Die Vorhänge blieben unbewegt.

Frank drehte den Zündschlüssel und setzte den Blinker. »Ich fahre ins Zentrum. Wo kann ich Sie absetzen?«

»An einer U-Bahn-Station.«

Routiniert fuhr Frank durch den abendlichen Verkehr. Sie schwiegen. Erst nach einer Weile fragte der Fuchs: »Was denken Sie?«

»Ich weiß nicht. Der erste Eindruck kann täuschen.«

»Überraschen Sie mich.«

Winter schaute aus dem Fenster in die träge Blechschlange. Die Sonne schien schräg unter den Wolken hindurch und blendete ihn. »Frau Harnisch ist nicht bei sich.«

Der Kriminalkommissar lachte. »Ja, das habe ich auch bemerkt.«

»Haben Sie die Immobilienbroschüre gesehen? Mallorca.«

»Nein.«

»Auf dem Kaffeetisch, unter der Schachtel.«

Frank warf Winter einen schnellen Blick zu. »Sie glauben,

die dreiundzwanzigtausend Euro waren als Anzahlung für eine Immobilie auf Mallorca gedacht?«

Winter zuckte die Schultern.

Frank massierte sich die Stirn und sagte mehr zu sich selbst: »Irgendwie passt das nicht zusammen. Die Art und Weise, wie Harnisch umgekommen ist. Die brutale Folter geht nicht mit dem gutbürgerlichen Mittelstand zusammen. Und dann dieses biedere Haus.«

»Stille Wasser sind tief.«

Frank grunzte. »Der Schacht war fünfzig Meter tief.«

»Harnisch war nicht so bieder«, sagte Winter. »Er hatte eine Geliebte, Natascha Mironow.«

»Verarschen Sie mich nicht.«

»Fragen Sie Sinzig und Beinssen.«

Erst jetzt schaute der Fuchs zu Winter herüber und schnaubte skeptisch. »Was haben die beiden denn damit zu tun?«

»Natascha Mironow wurde heute Morgen erschossen.«

Winter erzählte Frank von Nataschas explodierendem Kopf im Gartenparadies. Auf die Frage, wie er denn auf Natascha gestoßen sei, schüttelte Winter nur den Kopf. Die Wege des Herrn und die von Leonie im Internet waren unergründlich. Nach Winters Bericht malträtierte der Kriminalkommissar sein Lenkrad. »Scheiße. Verdammte, dampfende Kacke. Jetzt habe ich einen Doppelmord am Hals. Das hätten Sie mir auch früher sagen können.«

»Tut mir leid. Aber ich wollte Ihnen den Tag nicht verderben.«

Frank beruhigte sich, und sie fuhren von der Schnellstraße ab, scherten aus dem Verkehr aus und hielten auf einem Fahrradstreifen. Der LKA-Kommissar war plötzlich in Eile. Er zeigte auf die andere Straßenseite. »Dort drüben ist der Bahnhof Tempelhof. Von dort können Sie die S- oder die U-Bahn nehmen. Das LKA ist gleich da vorne.«

Sie tauschten ihre Visitenkarten aus.

Winter meinte anerkennend: »Kriminal*ober*kommissar?«

»Mehr Schein als Sein.«

Sie grinsten.

Winter versprach, den Bericht zum Konto durch die offiziellen Kanäle zu schicken. Dann gaben sie sich die Hand, und Winter stieg aus. Auf dem Fahrradstreifen klingelte ihn ein Schwarm Radfahrer aus dem Weg. Frank brauste ohne Rücksicht auf den Verkehr davon. Hupen. Ein ratternder Zug.

6. Mai 18:06

Winter überquerte die Fahrbahn. Sechs Uhr vorbei. Eine weitere S-Bahn donnerte über ihn hinweg. Die Sonne war verschwunden, der Himmel blass. Eine frische Brise beherrschte den Vorplatz des Bahnhofs Tempelhof. In einem Kiosk mit Kaffeebar nahm Winter eine Flasche Mineralwasser und bestellte einen doppelten Espresso. »Schwarz und ohne. Danke.«

Am runden Stehtisch blies Winter über den Pappbecher, studierte den Stadtplan und wog seine Optionen ab. Wenn er sich recht erinnerte, hob der letzte Swiss-Flug um einundzwanzig Uhr ab. Oder sollte er erst morgen zurückfliegen?

Frank hatte recht. Der erste Eindruck von Otto und Natascha passte nicht mit der Art zusammen, wie die beiden ermordet worden waren. Biederkeit auf der einen, Brutalität auf der anderen Seite. Biedere Brutalität. Brutal bieder. Aber was wusste er schon? Er hatte nur kurz an der Oberfläche gekratzt, weder von Natascha noch Otto wusste er genug, um sich ein abgerundetes Bild zu machen. Der Besuch bei Ruth Harnisch war nicht besonders hilfreich gewesen. Vielleicht wusste dieser Freund mit den Kegelbahnen mehr.

Winter grub sein Mobiltelefon aus.

Leonie saß noch immer vor ihren Computerbildschirmen und fand in kürzester Zeit heraus, dass ein Harald Hahn Manager einer Bowlingbahn beim Alexanderplatz war: »Alex Bowling Center«. ABC.

»Was ist mit ihm?«

»Harald Hahn ist ein alter Schulfreund von Otto Harnisch. Seine Frau hält nichts von ihm. Vielleicht kennt er seine andere Seite.«

Leonie senkte ihre Stimme. *»The Dark Side?«*

»Fragen kostet nichts.«

»Wann kommst du zurück?«

Winter hielt inne und entschied: »Morgen.«

»Morgen, morgen, nur nicht heute …«, flötete Leonie.

»Hey! Wenn dir langweilig ist, dann grab mal alles aus, was du zu dieser ZKT-Stiftung finden kannst. Schütz sucht im System schon nach anderen Transaktionen. Eine türkische Firma steckt dahinter.« Winter kramte seinen zusammengefalteten Stapel gehefteter Papierunterlagen hervor. »Eine ›Kaysis Medikal‹.«

Nach dem verbalen Pingpong mit Leonie rief Winter Anika an.

Sie meldete sich mit »Hallo, Winter«. Halb fragend, halb wartend. Sie hatte offenbar seine Nummer in ihrem Mobiltelefon gespeichert.

Er sagte. »Hallo, Anika. Ich wollte nur schnell etwas fragen. Hat Natascha je etwas von einem Harald Hahn erzählt?«

Pause. Keine Hintergrundgeräusche. Dann ein dürres »Ja«.

»Und …?« Wo war der sprudelnde Wortschwall geblieben?

»Ja, ich kenne ihn sogar. Das heißt, ich habe ihn einmal getroffen. Otto hat Nasch und mich einmal zum Bowling eingeladen. Sie haben Spezialpreise am Vorabend. Aber er ist nicht mein Fall.«

»Was hat er denn angestellt?« Winter hielt sich das freie Ohr zu, um den Bahnhofslärm auszublenden.

»Nichts Besonderes, aber er ist ein Großkotz.«

Winter schwieg und wartete.

Anika fuhr fort: »Er war vorher in Dresden. *Geschäftsmann.* Was auch immer das heißt. Und er ist ein Pegida-Fan.«

»Pegida? Sind das nicht diese Rechtsradikalen, die immer wieder demonstrieren?«

»Wöchentlich. Patriotische Europäer gegen irgendwas. In Dresden gibt es nur wenige Ausländer, aber diese Querköpfe fürchten sich vor dem Unbekannten. Was der Bauer nicht kennt, das frisst er nicht. Bauernfängerei. Die sollten einmal zu uns kommen. Oder besser nicht. Wenn es nach denen ginge, würden wir wieder Konzentrationslager einführen.«

Winter unterbrach sie: »Hättest du Lust auf einen Bowlingabend?«

»Bowling? Mit dir?« Zögern am anderen Ende der Leitung.

»Ja, ich will herausfinden, was hinter alldem steckt. Dazu muss ich Natascha und Otto besser verstehen. Deshalb möchte ich mit Ottos Freund, diesem Harald, reden.«

Zuerst ein halbherziges »Okay«, dann ein bestimmtes mit Ausrufezeichen.

Sie verabredeten sich auf dem Alexanderplatz bei der Weltzeituhr. Die würde Winter bestimmt finden. Er nahm die U6, wechselte auf die U5 und war eine halbe Stunde zu früh bei der riesigen Uhr, die wie ein klobiges UFO über den Köpfen schwebte. Die kreisenden Atome darüber erinnerten ihn an Daniel Düsentriebs Heiligenschein. Der drehende Ring zeigte die Zeit in verschiedenen Großstädten an.

Istanbul war eine Stunde im Vorsprung.

Winter kaufte sich an einer Imbissbude einen Döner, den er in sich hineinstopfte und mit einer Cola herunterspülte. Unter der Uhr hielt ein frisch verliebtes Paar Händchen. Er leckte sich die Finger. Ahnungslose Touristen schlenderten vorbei. Die DDR gab es nicht mehr und verblasste in der Erinnerung. Gorbatschow bekam Altersflecken und rutschte bei immer mehr Leuten in den archäologischen Keller der Geschichte.

Es wurde langsam dunkel. Winter warf die Papierserviette in den Abfallkübel und entdeckte Anika, die sich mit grellgrüner Outdoorjacke wie ein wandelnder Leuchtstift durch die grauen Menschentrauben schlängelte. Sie hielt nach ihm Ausschau und steuerte dann auf ihn zu. Eine orange Mütze bändigte wenig erfolgreich das wuschelige Haar. Sie vergrub ihre Hände in den Jackentaschen. »Bowling? Wer hätte das heute Morgen gedacht?«

Winter hatte ein schlechtes Gewissen, dass er alleine einen Döner verschlungen hatte. »Möchtest du zuerst etwas essen?«

Anika schüttelte den Kopf.

Winter lächelte. »Weißt du noch, wo die Anlage ist?«

Anika zog die Brauen zusammen. »Klar. Sie haben bunte Kugeln.«

Auf dem Weg zum »ABC – Alex Bowling Center« erzählte

Anika vom Kegelabend mit Harald Hahn, der ein großer Wichtigtuer sei und einen noch größeren Ranzen habe. Otto und er waren früher gemeinsam durch die Straßen gezogen. Jedenfalls hatten sie Natascha und Anika mit Räubergeschichten und dauerndem Anstoßen auf dieses oder jenes Abenteuer gelangweilt.

Zwei Riesenkegel flankierten den Straßeneingang zu den Kegelbahnen. Darüber blinkten nacheinander die drei Buchstaben der ABC-Leuchtreklame. Drinnen ging es eine nüchterne Treppe hinunter und durch eine Schwingtür in eine Lounge mit niedrigen Sofas, viel Plastik und zwei Dutzend Kegelbahnen. Nach der kühlen Abendluft schlug ihnen ein warmes Gemisch aus Bahnöl, Schweiß und Putzmittel entgegen.

6. Mai 19:48

Im »Alex Bowling Center« war nicht viel Betrieb. Im Hintergrund rumpelte ab und zu eine Kugel in die Pins. Gedämpftes Gelächter. An der verlassenen Empfangstheke konnte man Schuhe mieten und Pokale bestaunen. Winter studierte die Preise auf der Theke. Pro Spiel oder pro Stunde war die Frage. Spezialangebote. Das ABC des Bowlings. Am Dienstagabend immer Superangebot. Schuhe ein Euro neunzig. Er fragte: »Willst du spielen?«

»Nicht unbedingt. Die Kugeln machen nie, was ich will.«

Aus den Schuhgestellen tauchte ein junger Mann auf, der nach ewigem Studenten aussah. »Guten Abend. Wie kann ich Ihnen behilflich sein?«

Anika kam Winter zuvor. »Wir möchten gerne mit Harald Hahn sprechen. Holen Sie ihn bitte her. Es ist wichtig. Ich kenne ihn. Ich bin Anika, die Freundin von Otto und Natascha. Sagen Sie ihm das.«

Der Student griff zum Telefon. »Wollen Sie bis dahin in unserer Lounge Platz nehmen?«

Sie verschoben sich in die orange Lounge bei den Spielbahnen und setzten sich. Anika zog sich die Mütze vom Kopf und befreite ihre Haare. Winter manövrierte seine Beine unter den klebrigen Tisch und arrangierte die Plüschkissen in seinem Rücken.

Dann sagte er: »Lass mich mit Harald reden. Ich will nicht mit der Tür ins Haus fallen.«

Anika fühlte sich sichtlich unwohl. Offenbar war sie lieber in der Natur als in dieser künstlichen Unterwelt. Über den Bahnen leuchteten riesige Flachbildschirme mit Werbung. Zwei Männer in billigen Anzügen und mit gelockerten Krawatten klatschten sich ab. Bei den letzten Bahnen grölten Teenager.

Daneben eine verspiegelte Bar mit glänzenden Flaschen und

Harald Hahn. Dieser legte das Telefon auf und rollte, einer riesigen Bowlingkugel gleich, langsam heran. Die O-Beine steckten in zu engen Lederhosen, sein Bärenfell auf der Brust in einem offenen, hellrosa Hemd. Getrimmter Schnauzbart und nach hinten gekämmtes, schwarzes Haar. Gefärbt und gut geölt. Goldschmuck. Fetter Siegelring. Wache Augen.

»Ah, die kleine Anika.« Harald deutete eine Verbeugung an. »Wie schön. Wir haben dich vermisst. Wo ist Otto mit seiner famosen Natascha?«

Anika: »Harald.« Reservierter Tonfall. »Das ist Winter. Er kennt Otto aus der Schweiz.«

»Aus der Schweiz. Wusste gar nicht, dass Otto Schweizer Freunde hat. – Bleiben Sie sitzen.«

Harald reichte Winter die Hand und ließ sich neben Anika nieder. Fester Händedruck und Blick von Mann zu Mann. Haralds Augen waren braun wie die im Solarium gebräunte Haut. »Aber Sie haben ja gar nichts zu trinken. Was möchten Sie?« Er bellte Richtung Bar: »Ewa.« Dann lauter: »Ewa!« Und über Anika hinweg, kopfschüttelnd und in vertraulichem Ton zu Winter: »Polakenweib.«

Winter gab Anika im Stillen recht. Der Kotzbrocken und Wichtigtuer war das pure Gegenteil von Otto Harnischs verhärmter besserer Hälfte. *The Dark Side?*

Ewa kam mit Minirock, Ausschnitt, Schmollmund und Attitüde. »Was?«

Harald bestellte drei Flaschen Heimatbier, legte einen Arm über die Rückenlehne und streckte seinen Ranzen. »So. Sie sind also Ottos Freund. Was führt Sie denn in mein bescheidenes Reich?«

Winter: »Neugierde. Kennen Sie Otto schon lange?«

»Meine Wenigkeit kennt Otto eine Ewigkeit. In der ersten Klasse saßen wir schon nebeneinander. ›Hahn‹ kommt im Alphabet vor ›Harnisch‹, ha, ha, ha.« Er äffte einen gackernden Gockel nach, inklusive mit den Ellbogen imitiertem Flügelschlag. Dann plötzlich ernst: »Warum?«

»Vielleicht können Sie uns helfen.«

»Aber liebend gern.« Er blinzelte Anika an. »Ich mache alles für die Freunde meiner Freunde. Fast alles.«

Winter hob das Kinn. »Wie läuft's denn so?«

»Super. Seit ich hier bin, läuft's super. Ich habe neu auch Billardtische im Angebot. Doppelte Kundschaft. Und bald kommt die Bowling-App. Mit der können Sie mobil buchen. Mit Bowling 2.0 kann man eine Menge Kohle machen.«

Ewa stellte wortlos drei Flaschen Heimatbier hin und verschwand. Keine Gläser.

»Prost allerseits.« Harald klinkte seinen Gästen zu und nahm einen großen Schluck. »Ahh. Der erste ist immer der beste. Berliner Wertarbeit. Aber sagt schon, wo habt ihr Otto und Natascha gelassen?«

Anika und Winter schauten sich an.

»Sagt schon.«

Winter: »Sie sind tot.«

»Nee! Ihr verkohlt mich?«

»Nein. Beide wurden umgebracht. Otto vor ein paar Tagen und Natascha heute Morgen.«

Harald glotzte. Er nahm einen Schluck Bier und beäugte abwechselnd Winter und Anika. Anscheinend war er noch immer nicht sicher, ob er die ungeheuerliche Neuigkeit ernst nehmen sollte. »Echt?«

Anika nickte und erzählte, was sie wusste.

Harald Hahn schüttelte traurig den Kopf. »Das darf doch nicht wahr sein. Otto konnte keiner Menschenseele etwas zuleide tun.«

»Haben Sie ihn denn öfter gesehen?«

»Früher waren wir wie Pech und Schwefel, aber dann … Er hat geheiratet. Ich bin nach Dresden gezogen.« Er wackelte ungläubig mit dem Kopf, als wäre er ein Spielzeughund auf der Hutablage eines Autos. »Scheiße, Scheiße, Scheiße.«

»Und in letzter Zeit?«

»Er war ein paarmal hier. Mit Natascha.«

»Kennen Sie seine Frau?«

Harald leerte sein Bier. »Ruth? Puhhh. Ich habe ihm schon

damals davon abgeraten. Zu heiraten, meine ich. Das ist Selbstmord auf Raten. Und wenn schon, dann schon einen Feger.«

»Sie haben sich mit ihr nicht vertragen?«

»Nein. Seine Entscheidung.« Resigniert. »Wir haben uns nach seiner Heirat auseinandergelebt.« Mit entschuldigender Miene streckte Harald die Arme von sich und bewegte sie voneinander weg. »Aber er war mein Freund, seit Kindsbeinen. Von denen hat man nicht allzu viele. Als ich nach Berlin zurückkam, habe ich mich richtig gefreut, ihn wiederzusehen.«

»Hatte er Probleme? Am Arbeitsplatz vielleicht?«

»Nein. Eher das Gegenteil. Er hat sich immer damit gebrüstet, wie er sich für seine Leute einsetzt, sogar für die steuerfinanzierten Ausländer. Er war Chef und konnte kommen und gehen, wann er wollte. Sonst wäre das mit Natascha schwierig gewesen.«

»Hat seine Frau davon gewusst?«

»Keine Ahnung.« Harald überblickte sein Reich und fletschte die Zähne. »Nee, ich glaube nicht.« Dann winkte er mit der Bierflasche Ewa, sank erschöpft zurück und seufzte: »Ich kann es einfach nicht fassen. Otto. Von uns gegangen. Für immer.«

Winter schnappte keinerlei widersprüchliche Signale auf und stellte erstaunt fest, dass er mit Harald Mitleid hatte. Dieser hatte einen Freund aus alten Zeiten verloren und versuchte nun, vor sich hinbrütend, seine Gefühle auf Distanz zu halten. Wenigstens bis Ewa drei weitere Bier auf den Tisch stellte.

Winter fragte: »Und Natascha? Was wissen Sie von ihr?«

Harald legte den Kopf schief, dass sich die Fettwülste am Hals wölbten. »Sie war heiß. Importiert zwar, aus dem Ostblock, aber ein Gourmet genießt auf der ganzen Welt.«

Im Augenwinkel sah Winter, wie Anika den Mund öffnete und wieder schloss.

Harald fuhr unverfroren fort: »Ich weiß nur, dass sein Anhängsel aus Russland kam. Und natürlich, dass sie eine nette Freundin hat.« Er legte seinen Arm um Anika.

Anika setzte sich auf und fuhr drohend ihren Ellbogen aus.

Harald hob beschwichtigend seine Hände. »Nicht doch. Meine Leber leidet schon genug. Ich wollte nur trösten. Wir haben beide einen guten Freund verloren.«

Winter stellte sein Bier energisch auf den Tisch, aber er wollte eine Eskalation vermeiden. Deshalb wechselte er das Thema. »Harald, mal eine ganz andere Frage: War Otto knapp bei Kasse? Hatte er Geldsorgen?«

»Nee. Als ich hierhin zurückkam, hab ich ihn gefragt, ob er einsteigen will. Das hier aufzupeppen kostet eine Stange Geld.«

»Aber er wollte nicht?«

»Noch nicht. Man kann das Pferd zur Tränke führen, aber zum Glück zwingen konnte ich ihn nicht.«

»Wollte oder konnte er nicht?«

»Otto hat seine Kohle lieber im Garten verscharrt, als sie auszugeben, aber verdient hat er gut. Oder?« Er fixierte Anika. »Natascha hat er jedenfalls verwöhnt …«

Anika schnitt eine Grimasse, aber Harald fuhr unbeirrt fort: »… und er war dabei, eine neue Quelle zu erschließen.«

6. Mai 20:38

Harald sagte: »Otto war ein Tüftler. Er hat immer davon geträumt, mit einer Erfindung auf einen Schlag viel Geld zu machen. Wenn er eine Idee hatte, konnte man ihn nicht mehr davon abbringen. Er hat einmal einen Spezialdünger entwickelt, der um ein Vielfaches besser war als die herkömmlichen Produkte. Er hat Experimente gemacht. Ganze Reihen von Schösslingen. Ein paar Tropfen seines Wunderelixiers genügten, und das Zeug spross in den Himmel.«

Anika bestätigte nickend. »Bei Düngemittel konnte ihm tatsächlich keiner was vormachen.«

Harald: »Blöderweise kam zu der Zeit eine der Chemikalien auf irgendeine Liste krebserregender Substanzen. Und tschüss. Otto musste das Pflanzen-Viagra begraben. Auf den Kompost geschmissen.«

»Und jetzt hat Otto an einer Neuauflage davon gearbeitet?«

»Vielleicht. Als ich ihn gefragt habe, ob er bei mir einsteigen möchte, hat er jedenfalls nicht sofort Nein gesagt. Da habe ich ihn gelöchert, aber er meinte nur: ›Vielleicht.‹ Also habe ich auf den Tisch gehauen, aber der Otto meinte nur: ›Später. Ich bin da an einer Sache dran. Aber ich brauche noch etwas Zeit.‹ Als ich die Daumenschrauben angezogen habe, weil ich Bescheid wissen musste, ist er aufgestanden und gegangen. Ich konnte aber nicht warten und habe dann andere Freunde gefragt. Jedem das Seine.«

»Er hat nicht gesagt, um was es sich handelt?«

»Nein. Ich dachte, es ist wieder so ein Düngerdings.«

»Haben Sie später noch einmal darüber geredet?«

»Nein. Wir waren beide beschäftigt. Ich hier. Er mit Natascha. Das ist mir erst jetzt wieder eingefallen. Glauben Sie, dass das etwas damit zu tun hat?«

Winter zuckte mit den Achseln. Er hatte keine Ahnung. Otto verfügte offenbar über einen grünen Daumen, aber wie wollte ein passionierter Gärtner mit seinem Hobby Geld verdienen? Er fragte Anika: »Hat Natascha nie etwas davon gesagt? Hat er sie nicht eingeweiht?«

»Nein. Sie hat nie etwas gesagt. Und wir hatten keine Geheimnisse!«

»Und für den Blumenladen?«

»Es wäre uns nie in den Sinn gekommen, Otto anzupumpen. Der Laden, das war *unser* Traum. Und Nasch war vernünftig. Jedenfalls wenn es um solche Sachen ging. Sie wusste, dass die Sache mit Otto nicht ewig halten würde. Schließlich war er verheiratet. Sie wollte nur Spaß.« Und nach einer traurigen Pause: »Otto war nett, aber insgeheim hat Nasch auf einen Traumprinzen gehofft.«

Harald warf die Hände in die Höhe. »Weiber.«

Dieser Bowlingkönig war das pure Gegenteil eines Traumprinzen.

Fünf Minuten später standen Anika und Winter draußen an der frischen Luft zwischen den Riesenkegeln. Anika zog sich energisch die Mütze über und steckte sich eine Zigarette an. »Was nun?«

»Zurück zum Platz?«

Sie spazierten nachdenklich zum Alexanderplatz zurück. Trotz der vielen Menschen gab es Raum für alle. Beim Fernsehturm wollte Winter Anika zu einem Drink einladen, doch sie sagte: »Ich muss morgen früh raus.«

Also gingen sie weiter. Sie konnte es immer noch nicht glauben, dass ihre beste Freundin ihr Leben verloren hatte. Brutal ermordet. Noch am Morgen, erzählte sie, hatte sie mit Nasch gefrühstückt, hatten sie bei der Arbeit zusammen gewitzelt.

Winter erkundigte sich nach Nataschas Angehörigen. Ihre Mutter lebte zusammen mit einer Schwester in Gattschina, einer Stadt südlich von Sankt Petersburg. Naschs Mutter hatte Brustkrebs und hatte ihrer Tochter in den spärlichen Telefonaten immer wieder vorgeworfen, sie im Stich gelassen zu haben. Doch Nasch hatte sich immer geweigert, nach Gattschina zurückzugehen.

Bei einem Blumenstand wandte sich Anika abrupt ab und fuhr sich über die Augen. Ihre Träume waren geplatzt, die heitere Stimmung und all die aufgestellten Menschen um sie herum mussten ihr unerträglich sein. Winter wartete schweigend. Es gab nichts zu sagen. Danach schlenderten sie durch einen Park und an der Spree entlang, die schwarz und träge durch die Berliner Lichter floss. Es war beruhigend, einfach nebeneinanderher zu gehen und einen Fuß vor den anderen zu setzen.

Bei der U-Bahn-Station Jannowitzbrücke hielt Anika inne. »Mein Angebot gilt noch.«

Winter nickte.

Sie nahmen die U8 und stiegen kurz darauf die Treppe zur Wohnung hinauf. Anika drehte den Schlüssel in der Wohnungstür und drinnen das Licht an. Die Schlafzimmertüren waren nur angelehnt.

Winter: »Kann ich Nataschas Zimmer sehen?«

Sie schob die Tür mit dem rosenverzierten Herz und dem »Natascha«-Schriftzug auf, klickte das Licht an und trat zurück, als wollte sie Natascha nicht stören.

Das Zimmer war groß und ganz in weißen Tönen gehalten. Die schwarze Dunkelheit vor den Fenstern wirkte darin wie ein Eindringling. Heute Abend hatte niemand die Vorhänge zugezogen.

Wichtigstes Möbelstück war ein großes Bett, fein säuberlich mit einem hellbeigen Bettüberwurf abgedeckt. Darüber das Poster eines traurigen Harlekins. Auf einer geschwungenen Chaiselongue lagen Kleider. Daneben stand ein Schminktisch mit drei angewinkelten Spiegeln, allerlei Krimskrams und einem silbernen Laptop. Davor ein Hocker, daneben ein unförmiger Drucker. Ein Kleiderschrank, daran ein gepolsterter Kleiderbügel und ein Stoffbeutel mit getrockneten Blüten. Feiner Rosenduft.

Winter trat ein und machte sachte ein paar Schritte. Der Holzboden knarrte. Neben der Tür ein überfülltes Schuhgestell mit Sandalen, Lackschuhen und hochhackigen Ausgehschuhen.

Zwischen den beiden Fenstern hing eine venezianische Karnevalsmaske aus glänzendem Porzellan. Maskerade und Clowns. Neben der Balkontür klingelte ein Mobile aus Klangstäben. Von der Decke sprenkelte eine Lampe aus weißem Gefieder gedämpfte Lichttupfen auf den Parkettboden, wo Zeitschriften und ein Bildband über Blumengebinde herumlagen.

Anika stellte sich neben Winter und zeigte halbherzig auf ein weiß gestrichenes, gestuftes Holzgestell mit Wasserringen, auf dem verloren eine metallene Gießkanne stand. »Heute Nachmittag habe ich ihre Pflanzen adoptiert.« Sie schaute auf den Balkon und fügte gedankenverloren an: »Wenn es warm ist, kann man draußen sitzen und rauchen. Wir haben nie in der Wohnung geraucht. Wir wollten schon lange aufhören, aber es hat nie recht geklappt. Zu viel Stress, zu viel Arbeit. Es war unsere einzige Extravaganz – neben dem Kino und dem Shoppen.«

Sie lachte traurig. »Wir hatten das Geld für den Laden fast zusammen. Wenn wir ein günstiges Lokal gefunden hätten, dann …« Anika hob den Bildband auf. »Wir haben überall nach guten Ideen gesucht. Den Bildband da haben wir vom Flohmarkt. Ein Euro fünfunddreißig. Nasch hat das kleine Mädchen von eins fünfzig runtergehandelt.«

»Es tut mir leid.« Winter nahm Anika das Buch aus der Hand und schob sie zur Tür hinaus. Zu viele Erinnerungen. Anika verschwand in ihrem Zimmer und kam mit einer Steppdecke und einem gestreiften Kissen zurück. »Hier. Das Sofa hat eine klappbare Rücklehne.«

»Danke.«

»Morgen muss ich früh raus und um sechs Uhr zehn zur Arbeit. Du musst nicht aufstehen. Nachdem du abgeschlossen hast, wirfst du den Wohnungsschlüssel unten einfach in den Briefkasten.«

»Ich stehe auch früh auf.«

»Okay. Aber ich warne dich. Am Morgen bin ich absolut ungenießbar.«

»Ich auch.«

»Kaffee und Brot sind in der Küche.« Anika lächelte verlegen. »Und nochmals danke, dass du mir das Leben gerettet hast.«

Winter schüttelte den Kopf. »Danke für das Sofa. Ich hoffe, dass es mit dem Laden trotz allem klappt.«

Anika biss sich auf die Lippen. Zittrig wünschte sie eine gute Nacht und schloss ihre Zimmertür hinter sich. Winter trug Decke und Kissen ins Wohnzimmer und breitete diese auf dem Sofa aus. Der Esstisch war mittlerweile überstellt mit einem Dutzend exotischer Pflanzen. Im Badezimmer mit dem plüschigen WC-Deckel putzte er sich die Zähne und begutachtete seine Pflaster. Danach checkte er auf dem Mobiltelefon seine Nachrichten und den Flugplan der Swiss. Morgen würde er wieder zu Hause sein und einen kurzen Bericht schreiben. Er zog sich aus, löschte das Licht, legte sich hin und schloss die Augen.

Es war ein langer Tag gewesen.

Er hörte Anikas Zimmertür. Die Toilette wurde gespült. Das Sofa kratzte, und die Decke roch muffig, darüber der Duft der exotischen Pflanzen. Winter atmete langsam und tief. Er war wieder im Gartenparadies, in einem Dschungel mit Wasserfall, Lianen, Orchideen, fleischfressenden Pflanzen und einer züngelnden Giftschlange. Nataschas Kopf explodierte.

Er kniff die Augen zusammen und verdrängte das grässliche Bild. Was hatte er da gerade geträumt?

Er lauschte. Draußen fuhr ein Auto vorbei. In der Ferne die Geräusche der Großstadt. Irgendwo tief unter ihm im Haus lief leise Musik. Klassik. Ravels »Boléro«. Ein kühler Luftzug. Die Heizung musste sich in der Nacht ausgeschaltet haben. Winter zog die Steppdecke hoch, drehte sich um und sah im Türrahmen eine Silhouette.

7. Mai 00:06

Der »Boléro« nahm Fahrt auf. Fahles Licht schien von einer Straßenlaterne durchs Wohnzimmer auf Anika. Im viel zu großen Pullover glich sie einem gestrickten Wollkokon. Oben lugte der zerzauste Wuschelkopf heraus, unten die Füße in dicken Socken.

Anika flüsterte: »Winter? Bist du wach?«

Winter hob den Kopf: »Mhm.«

»Ich kann nicht schlafen. Darf ich reinkommen?«

Er nickte, und sie tippelte vorbei zum Tisch, wo sie sich auf einen der Stühle kauerte. Die Beine verkrochen sich ganz im Kokon, die Hände verschwanden in den Ärmeln. Der Pullover spannte sich. »Ich kann es einfach nicht vergessen.«

Als Winter sich halb aufrichtete, setzten sich seine Gedanken in Bewegung. Das Halbdunkel des Zimmers umfasste sie beide wie Nebelschwaden. Das tibetanische Mandala hatte seine grellen Farben vorübergehend an die Nacht verloren und hing grau schimmernd an der Wand. Die Pflanzen auf dem Tisch warfen skurrile Schatten. Gefräßige kleine Monster mit Irokesenfrisuren.

Winter fuhr sich durch die Haare. »Ich weiß. Das braucht Zeit.«

»Die letzten Minuten vor … Sie gehen mir immer wieder durch den Kopf«, sagte sie leise. »Sie hat sich aufgeregt, weil der Chef umgestellt hat, ohne uns zu fragen. Aber da konnten wir nichts mehr machen. Das war Schnee von gestern. Ich habe vorgeschlagen, eine zu rauchen. Ich habe gedacht, dass sie das wieder runterbringt. Ich hätte nicht …«

Wieder versagte ihr die Stimme.

Sein steifer Nacken knackte. »Da darfst du nicht hingehen. Dir Vorwürfe zu machen hilft nicht. Im Gegenteil. Du kannst absolut nichts dafür.«

Sie schüttelte den Kopf.

Flüsternd wiederholte Winter: »Verstehst du? Das war garantiert nicht deine Schuld. Auf gar keinen Fall.«

Anika nickte stumm.

Gemeinsam lauschten sie Ravels »Boléro«, der gedämpft dem pompösen Finale zustrebte. Nach einer Weile erstarb die Musik.

Winter fragte: »Hattest du als Kind einen Hund?« Er wollte sie auf andere Gedanken bringen, gedanklich woandershin transportieren.

»Einen kleinen schwarzen Schnauzer.«

»Wie hieß er?«

»Es war eine Sie. Effi.«

»Effi?«

»Ja. Ich habe Effi geliebt. Eigentlich war es der Hund meiner Mutter, aber ich habe sie dressiert. Effi konnte durch den Hula-Hoop-Ring springen. Ich habe mit meinen Sachen Hindernisparcours gebaut. Wie beim Springreiten. Und Effi ist dann darüber gesprungen oder unter dem Tisch hindurch. Ich hatte eine kleine Peitsche. Also nicht eine richtige Peitsche, mehr so eine Angel aus einer Haselstaude mit Schnur. Mit der hab ich Effi durch den Parcours gelotst. Effi hat nicht immer gehorcht, aber ich war ein strenger Dompteur.«

»Das kann ich mir vorstellen.«

»Aber das Wasser hat Effi gehasst. Wir haben Effi manchmal gebadet. In der Badewanne. Es war nur eine Sitzbadewanne. Ich musste Effi festhalten, und meine Mutter hat sie geduscht. Das war jedes Mal ein Riesentheater. Das Badezimmer war danach unter Wasser. Effi hat sich gesträubt und gekläfft und wie wild um sich geschnappt.«

Anika lächelte in die Dunkelheit und sagte dann: »Das kleine Biest war mein Vorbild.«

»Warum Effi?«

»Das habe ich erst viel später herausgefunden. Effi wie Fontanes ›Effi Briest‹. Meine Mutter hat viel gelesen. Sie hat Effi als Welpen gerettet. Sie hat damals auf einem VeG, einem ›Volkseigenen Gut‹, gearbeitet. In Neubrandenburg. Ich war noch gar nicht auf der Welt. Der Betriebsleiter wollte den Wurf ertränken. Meine Mutter hatte Mitleid mit allen, konnte aber nur Effi nehmen.«

Sie fuhr sich durch die Locken. »Wenn ich will, kann ich Effi immer noch in meinen Haaren spüren. Wir haben manchmal Stierkampf gespielt. Das Zimmer war die Arena. Ich habe Effi mit einem roten Taschentuch gejagt. Und sie hat sich in meinen Haaren verbissen.«

Anika rutschte auf die Stuhlkante, legte die Füße auf die Sofalehne und streckte die Beine wie eine Turnerin vollständig durch. Sie zupfte an ihren Sockenspitzen und wippte mit den Füßen. »Und du? Hattest du auch einen Hund?«

»Nein«, antwortete Winter. Zu schroff. Anikas Frage hatte verdrängte Erinnerungen an Tiger, seinen geliebten Kater, geweckt.

»Warum nicht? Haben dir das deine Eltern verboten?« Anika musste etwas gespürt haben.

Winter fuhr sich über die Stirn. Er wollte nicht über Tiger reden. Nicht daran erinnert werden, dass ihm jemand die Pfoten abgehackt und ein Stellmesser in den Bauch gerammt hatte. »Nein, nein. Aber ich habe letzthin einen schwarzen Kater aus dem Tierheim befreit.« Der Gedanke an Sheriff entlockte ihm ein Lächeln.

»Wie heißt er?«

Er sagte es ihr und reichte sofort die Erklärung nach: »Er hat einen weißen Fleck auf der Brust. Wie einen Sheriffstern.«

»Und kann dein Sheriff Tricks?«

»Katzen machen, was sie wollen.«

»Und jetzt? Wer schaut zu ihm?«

»Niemand. Sheriff ist Selbstversorger.«

Sie hingen ihren Gedanken nach. Es war still im Haus. Einzig die Balken im Dachstock knarrten ab und zu. Ein paar Straßen entfernt knatterte ein kleines Motorrad vorbei. Weit weg rauschte die Großstadt.

In die Stille hinein fragte Anika: »Kann ich zu dir kommen?«

Winter atmete ruhig ein und nickte. Anika glitt vom Stuhl und kroch unter die Decke. Sie kuschelte sich in seine Achselhöhle und fuhr mit der Hand unter sein T-Shirt. Winter vergrub sein Gesicht in ihren Haaren. Dann beugte Anika sich zurück, und Winter küsste zuerst ihren Hals, dann ihren Mund, wo sich ihre Zungen fanden.

Anika war warm und weich.

Und wild.

Ihre Fingerkuppen rau. Sie führte Effi, den frechen Schnauzer, wieder durch den Hindernisparcours. Durch den Hula-Hoop-Ring, dann unter die Decke und zwischen den Beinen hindurch. Entschieden und kraftvoll zeigte sie dem Schnauzer den Meister.

Dann setzte sie sich auf Winter, sog ihn auf und erdrückte ihn. Er kitzelte ihre Bürste mit seinen Wimpern, befreite sich. Dann bissen sie sich fest und fraßen einander auf. Mit dem intensiven Ritt wollte sie die schrecklichen Erlebnisse vergessen machen. Gemeinsam wollten sie die Bilder des Tages von sich wegstoßen. Sie warfen die Steppdecke ab wie böse Erinnerungen. Gemeinsam verzweifelten sie. Dann klammerten sie sich wieder mit aller Kraft ans pralle Leben. Sie keuchten, sie wollten alles herausschwitzen, herausdrücken und am Schluss herausschreien.

Nach dem Sturm glitten sie in ruhigem Wasser dahin, lagerten Gedanken wie Sedimente ab, welche die Gedanken an Natascha mit feinen Schichten überzogen. Winter küsste Anikas Linien und zeichnete mit den Händen ihre Strömungen nach. Sie flüsterte im Halbschlaf: »Winter?«

»Schschsch.«

Das Gebälk über ihnen knackte. Die entfernten Geräusche der Großstadt erreichten sie wieder. Winter zog die Decke hoch, und sie wickelten sich ein und machten es sich miteinander bequem. Bald atmete Anika ruhig und tief und schlief übermannt von der Erschöpfung ein.

Winter ließ seine Sinne wie beim Tauchen im Raum schweben. Er schweifte durch die Eindrücke des Tages, als wären diese ein unwirkliches Korallenriff mit wallenden Unterwasserpflanzen, mit giftigen, in Löchern versteckten Moränen, aus dem Nichts auftauchenden Haifischen und im Sand verborgenen Rochen mit tödlichem Stachel. Nataschas explodierender Kopf, Frank, der Brunnen in der Senke, die Bowling-Lounge und Anikas Rundungen. Doch er war zu müde, seine Eindrücke festzuhalten, ergab sich dem Schlaf und sank in die dunklen Tiefen des Meeres hinter dem Riff.

Plötzlich schreckte er auf.

Blinzelte.

Blasses Tageslicht.

Anika kletterte gerade über ihn, nahm ihren Pullover auf und küsste ihn. »Sorry. Ich hab verpennt. Bleib liegen. Ich bin gleich weg.«

Sie tapste davon.

Winter hörte, wie ein Wirbelwind durch die Wohnung fegte. Badezimmertür, WC-Spülung, Zähne putzen, Kleiderschrank, Geklimper in der Küche. Anika kam mit ihren Stiefeln in den Händen ins Wohnzimmer zurück und setzte sich aufs Sofa. »Ich muss zur Arbeit. Ich bin viel zu spät dran.« Sie stieg in ihre Schuhe und begann diese zu schnüren. »Frühstück findest du in der Küche.«

Winter setzte sich auf, eingewickelt in die Steppdecke.

Sie stapfte mit den Schuhen. »So. Ich muss.«

Er drückte sie kurz an sich. »Danke. Und alles Gute.«

»Dir auch.« Sie stand auf, und er hörte, wie die Wohnungstür ins Schloss fiel und die Stiefel die Treppe hinunterrannten.

Winter ließ sich aufs Sofa zurückfallen.

Kurz vor sieben.

Die Temperatur in der Wohnung war frisch, draußen war es grau. Er schloss die Augen und gönnte sich ein langsames Aufwachen. Unter ihm duschte der Musikliebhaber. Radiosprecher. Gedämpfter Verkehrslärm im Hintergrund. Nach der Nacht hatte er sich an die Geräusche des Hauses gewöhnt. Er würde heute zurückfliegen. Anika hin oder her, es gab hier nichts mehr zu tun. Wohlig schlich sich der Schlaf an. Winter wehrte sich nicht und driftete wieder ab.

Ein Knacken weckte ihn.

Im Halbschlaf hörte er, wie sich die Wohnungstür öffnete.

Anika hatte wohl etwas vergessen. Leise Schritte. Sie wollte ihn nicht aufwecken. Winter öffnete die Augen. Vielleicht hatte sie es sich anders überlegt und nahm den Tag frei. Mit ihm.

Im Korridor wurde eine Tür geöffnet.

Er hielt den Atem an. Anika?

Vorsichtig drehte er das Gesicht von der Wand weg. Seine Tür war nur einen Spaltbreit offen. Er lauschte angestrengt, filterte die Hintergrundgeräusche weg. Dusche, Radio, Verkehrsrauschen.

Der Boden im Raum neben ihm knirschte. Jemand rumorte in Nataschas Zimmer herum.

7. Mai 07:22

Lautlos schälte sich Winter aus der Decke und setzte die Füße auf den kalten Boden. Er hörte, wie im Nebenzimmer eine zickige Schublade aufgezogen wurde. Gedämpfte Männerstimmen. Winter war nackt. Als er aufstand und seine Hosen aufheben wollte, knarrte das Parkett unter seinem Gewicht.

Die Stimmen verstummten. Eilige Schritte.

Die Tür öffnete sich, und ein Arm in einer dunklen Windjacke schob eine Pistole ins Wohn- und Esszimmer. Winter trat mit voller Wucht gegen die Tür.

Ein dumpfer Knall, ein unterdrückter Schrei.

Die Pistole war weg.

Er schnappte sich die Steppdecke und riss die Tür ganz auf.

Halb im Korridor, halb in der Küche hing benommen ein großer, schwerer Mann, dessen Glatzkopf mit der Tür Freundschaft geschlossen hatte. In der einen Hand hielt er die Pistole, in der anderen ein Kissen. Improvisierter Schalldämpfer.

Fluchend hob der Mann die Pistole.

Winter warf die Steppdecke, die Waffe, Arm und Kopf wie eine Welle verschlang. Dann trat er vor und dem Eindringling in die Eier, woraufhin der sich stöhnend zusammenfaltete. Nach einem Ellbogen von oben ins Genick sackte das Bündel unter der Steppdecke in sich zusammen.

Da traf ein Tritt Winters Brustkorb. Er taumelte gegen die Wohnungstür und sah, wie sich ein zweiter Mann näherte. Kampfstiefel, Jeans und eine lose olivgrüne Jacke, wie sie Jäger trugen. Oder ein kleiner Schimanski-Fan. Der blonde Angreifer fixierte ihn und grub eine Waffe aus der Jackentasche.

Winter rappelte sich auf, schnappte sich einen Regenschirm und schlug dem zweiten Angreifer damit die Pistole aus der Hand, die in Nataschas Zimmer schlitterte.

Mit der Schirmspitze stieß Winter sofort nach und drängte

den Blonden zurück, dessen Nase platt und schräg in einem pockennarbigen Gesicht hing. Im blassen Teint hoben sich die dünnen Augenbrauen kaum ab. Ein Nachtmonster aus dem Untergrund. Der Blonde machte grinsend eine Masturbationsbewegung.

Winter war splitternackt.

Dem Kerl würde das Lachen schon noch vergehen. Aber Winter durfte den Jäger nicht unterschätzen, der die Gewalt zu genießen schien. Winter stieg über den regungslos am Boden liegenden Glatzkopf. Der Blonde verschwand in Nataschas Zimmer. Winter folgte sofort.

Beide suchten den Boden ab. Aber die Pistole war nicht zu sehen. Sie musste unters Bett gerutscht sein, das unschuldig zwischen ihnen stand. Der Bildband mit den Blumengebinden kam flatternd dahergeflogen. Winter duckte sich und warf hochhackige Schuhe zurück. Doch dann hielt der Mann plötzlich ein Messer in der Hand. »Komm schon, Kleiner.«

Er warf das Messer von einer Hand in die andere. Mit der Klinge nach oben. Vorhin hatte er die Pistole mir der linken Hand gezogen. Winters roter Schirm war länger, aber stumpf.

Der gebleichte Schimanski stieg aufs Bett und kam langsam federnd auf ihn zu. »Dir schneid ich was ab.«

Winter sah, wie die Kampfstiefel dreckige Fußabdrucke auf dem hellen Bettüberwurf hinterließen. Er wich zurück und spürte im Rücken den Schrank. Er hielt den Schirm wie einen Zweihänder vor sich und beobachtete die Klinge, die jetzt zum Boden zeigte. Linke Hand, rechte Hand, linke Hand. Winter wettete mit sich auf eine Sichelbewegung von unten.

Rechte Hand. Linke Hand.

Winter schaute zur Tür und öffnete den Mund.

Plattnase folgte Winters Blick.

Ablenkung gelungen.

Winter stieß sich vom Schrank ab und öffnete gleichzeitig den Schirm. Das Messer kam hoch, zerfetzte den Schirm, blieb jedoch in den Speichen hängen. Der Schirm wurde ihm aus den Händen gerissen und flog in die Klangstäbe. Winter packte zu, und sie krachten in den Schminktisch, dessen Beine wie Salzstangen zerbrachen. Es regnete Schminkzeug und Spiegelsplitter. Der Laptop rutschte herunter.

Winter umklammerte den Unterarm des Mannes und hielt so das Messer auf Abstand. Sie rollten zur Seite. Er versetzte Blondi, der mit der anderen Faust auf ihn einhämmerte, einen Kopfstoß. Plötzlich hörten die Fausthiebe auf, und Blondi griff nach Winters bestem Stück.

Das war definitiv unfair. Keine Samthandschuhe mehr. Winter schob seinen Unterleib außer Reichweite und biss seinem Gegner in den Messerarm. Ein Schrei, dann fiel das Messer aus der Hand. Er konnte auch dreckig.

Winter spie aus und drückte die Finger in Blondis Augenhöhlen. Ein ersticktes Jaulen. Mit dem Unterarm presste er dem Gegner den Kehlkopf in den Hals. Es war nur eine Frage der Zeit, bis der Gewürgte das Bewusstsein verlor. Die Faustschläge wurden schwächer.

War es vorbei? Winter drehte den Kopf und sah unter dem Bett, außer Reichweite, die Pistole.

Da bimmelte es, und Winters Kopf wurde brutal nach hinten gerissen. Der Glatzkopf war aufgewacht und hatte Winter die Nylonschnüre der Klangstäbe wie eine Garrotte von hinten um den Hals gelegt, um ihn zu würgen. Winter spannte die Halsmuskeln, ließ Blondi los und grub seine Finger unter die dünnen Nylonschnüre.

Er donnerte mit dem Glatzkopf am Rücken gegen den Schrank, wo sie zu Boden rutschten, hintereinandersitzend wie in einem Bobsleigh. Nun konnte er seine Finger nicht mehr unter den feinen Nylonschnüren hervorziehen, die sich unerbittlich in seinen Hals gruben. Die Luft in seiner Lunge wurde langsam knapp. Das Atmen fiel ihm schwer. Und das dauernde Gebimmel nervte.

Nataschas liebliches Zimmer war ein Chaos. Aus dessen Trümmern erhob sich Blondi. Scheiße. Durch einen roten Vorhang sah Winter, wie Blondi auf ihn zuschwankte und aus weiter Ferne röhrte: »Dich mache ich fertig.«

Die Türklingel schrillte.

Für einen Moment stand die Welt still.

»Wer kann das sein? Die Kleine ist doch in die U-Bahn gestiegen.«

Hinter Winter raunte der Glatzköpfige: »Schau nach!«

Blondi schaute vorsichtig in den Korridor. »Niemand zu sehen. Es muss die Haustür unten auf der Straße sein.«

Die Klingel schrillte erneut, insistierte länger.

Blondi ging in die Küche und schaute auf die Straße hinunter. »Scheiße.« Er kam zurück. »Die Polypen. Zwei Wagen. Wir müssen abhauen.«

Es schrillte nun doppelt. Auch in der Wohnung unter ihnen.

Der Glatzkopf rüttelte an Winters Hals, dass die Klangstäbe wild bimmelten. »Nicht Treppe runter. Wir verschwinden über die Dächer.«

»Was machen wir mit dem Arschloch da?«

»Lass ihn.«

Blondi grinste Winter ins Gesicht, und mit einem Tritt gegen die Schläfe löschte er sein Licht.

7. Mai 07:32

In Winters Schädel dröhnte es, als wollte ein Presslufthammer diesen aufmeißeln. Er rührte sich. Keine gute Idee. Eine Dampfwalze drückte den schmerzenden Brustkorb platt. Vorsichtig atmete er ein. Die staubige Steppdecke roch nach Mottenpapier. Er fror. Mit Eis auf dem Kopf lag er nackt auf dem Sofa. Jemand musste ihn ins Wohnzimmer getragen und zugedeckt haben.

Zögernd öffnete Winter die Augen einen Spalt weit.

Scharfe Bügelfalten. Lederschuhe.

Gerhard Frank. Der LKA-Kommissar drückte sanft einen Plastiksack voller Eiswürfel auf Winters Schläfe. »Willkommen zurück.«

Winter hörte Gemurmel im Nebenzimmer. Im Korridor gingen Polizeibeamte hin und her. Er versuchte zu lächeln, schaffte jedoch nur ein schmerzverzerrtes Grinsen. »Danke.«

»Wir arbeiten, um zu dienen.« Und nach einer Weile: »Sie sehen aus wie ein Zombie aus dem Schredder. Was tun Sie hier? Was ist geschehen?«

Winter betastete seinen aufgescheuerten Hals. Die Kehle war ausgetrocknet. »Haben Sie sie erwischt?«

Frank verneinte mit einer Kopfbewegung. Seine Augen fixierten Winter. »Wir haben Sie nebenan gefunden. Nackt. Es ist ein ziemliches Chaos. Das müssen Sie mir erklären.«

»Zuerst muss ich etwas trinken.«

Das LKA übergab die Eiswürfel und holte ein Glas Wasser.

Winter setzte sich mühsam auf. Eingewickelt in die Steppdecke leerte er das Glas. Dann erklärte er, wie ihm Nataschas Wohnpartnerin Anika Winkler nach dem Todesschuss das Sofa angeboten hatte. Anschließend erzählte er von den beiden Eindringlingen. Den Glatzkopf hatte er nur einen Sekundenbruchteil gesehen. Blondi dagegen war einfacher zu beschreiben. Die beiden waren wahrscheinlich über das Dach in eines der Nachbarhäuser getürmt. Frank beauftragte zwei Uniformierte, auch die Nachbarn der angrenzenden Blocks zu befragen.

Der Presslufthammer in Winters Schädel machte es schwierig, sich zu konzentrieren. »Wie haben Sie mich gefunden?«

»Zufall. Wir wollten Frau Mironows Zimmer durchsuchen. Der Chef hat gestern Abend die Fälle zusammengelegt. Dank Ihnen habe ich nun einen Doppelmord am Hals.«

Winter fragte: »Haben Sie die Pistole gefunden? Sie lag unter dem Bett.«

»Wir haben keine Waffe gefunden.« Frank schaute sich um, als suche er Einschusslöcher. »Konnten Sie den Typ der Pistole erkennen?«

»Nein, tut mir leid, das ging alles zu schnell. Aber ich glaube, es waren moderne Brownings. Vielleicht eine der neuen Glocks oder eine Jarygin.« Nicht unähnlich Winters eigener SIG P220, die zu Hause verschlossen in einem Metallkoffer lag.

Frank kniff sich die Nasenbrücke. »Sonst noch was?«

»Der Glatzkopf hatte ein Kissen in der Hand, um den Schuss zu dämpfen. Der hätte nicht gezögert.«

»Tötungsabsicht.«

»Im Tatmoment ja. Aber die beiden mussten improvisieren. Sie haben nicht gewusst, dass ich in der Wohnung war. Sie sind direkt in Nataschas, Frau Mironows Zimmer gegangen. Ihr Zimmer ist ja mit diesem Rosenherz groß angeschrieben, das konnten sie schlecht verfehlen. Ich habe auch gehört, dass sie Frau Winkler offenbar beim Besteigen der U-Bahn beobachtet haben.« Winter justierte den Plastikbeutel mit den Eiswürfeln. »Zum Glück haben sie nicht zuerst in das Zimmer hier geschaut. Das hätte ich nicht überlebt. – Wurde die Wohnungstür aufgebrochen?«

»Nein. Sie haben einen Dietrich benutzt, was bei dem Schloss ein Kinderspiel war.«

»Haben sie was gestohlen?«

»Das versuchen wir gerade herauszufinden.«

»Und Frau Winkler? Haben Sie sie angerufen?«

Frank nickte. »Waren Sie vor dem Überfall in Frau Mironows Zimmer?«

»Warum?«

»In ihrem Zimmer gibt es einen Drucker. Da fragte ich mich natürlich, ob sie einen Computer hatte. Einen Laptop vielleicht?«

»Ich haben einen Laptop gesehen. Einen dünnen silbernen Mac. Haben Sie eigentlich auf Otto Harnischs Computer etwas gefunden?«

Frank stützte seine Ellbogen auf die Knie, presste die Hände zusammen und schüttelte den Kopf. »Ist Ihnen an der Ausdrucksweise etwas aufgefallen? Konnten Sie einen Akzent ausmachen?«

Winter schloss die Augen und ging die Auseinandersetzung noch einmal durch. »Wir haben nicht wirklich Konversation gemacht, aber der Blonde hat gesprochen wie Sie. Beim Glatzkopf bin ich mir nicht sicher. Entweder ist er beschränkt, oder Deutsch ist nicht seine Muttersprache. Ostblock vielleicht. Er konnte jedenfalls nur halbe Sätze.«

Ein Techniker im Overall kam herein. Frank schaute auf. Die beiden Kollegen nickten einander zu, dann wandten sich die Augen über der Gesichtsmaske Winter zu. »Kann ich einen Abstrich machen? Zum Ausschließen?«

Winter öffnete den Mund und streckte die Zunge heraus.

Der Overall stocherte in Winters Mundhöhle herum. Winters Fingerabdrücke waren bereits im Automatisierten Fingerabdruck-Identifizierungssystem, AFIS. Der Techniker stöpselte das DNA-Stäbchen weg und bedankte sich mit einem Nicken.

»Haben Sie etwas gegen die Kopfschmerzen?«

Der Techniker verneinte bedauernd und verschwand.

Frank stand auf. »Wollten Sie nicht gestern Abend zurückfliegen?«

»Es ist etwas dazwischengekommen.«

Der Kommissar grinste. »Berliner Gastfreundschaft.«

Winter wollte aufstehen, doch der Schwindel zwang ihn zurück aufs Sofa.

»Am besten legen Sie sich wieder hin.«

Er streckte sich auf dem Sofa aus, legte den Kopf vorsichtig auf die Lehne und arrangierte den schlaffen Eisbeutel. Hoffentlich ging dem Drucklufthammer bald der Diesel aus.

Frank tätschelte die Steppdecke. »Bis später. Und vergessen Sie den Bericht zum Konto nicht.«

Winters Jammerlaut kam von Herzen. Auf Bürokram hatte er überhaupt keinen Bock. Hoffentlich musste er sich nicht übergeben. Nebenan war die Spurensicherung in vollem Gange. Geschäftige Schritte und Stimmengewirr. Blitzlichter flammten in den Korridor. Winter schloss die Augen. So viel zum gemütlichen Ausschlafen. Der Brustkorb schmerzte bei jedem Atemzug. Sein Schädel war kurz vor dem Zerplatzen. Vielleicht hatte Anika ein Schmerzmittel im Badezimmer. Fünf Minuten ruhen, dann würde er einen erneuten Versuch wagen aufzustehen.

Dachte er und döste weg.

Er wachte erst wieder auf, als Anika in sein Ohr hauchte: »Winter. Ich bin's. Wie geht es dir? Du siehst furchtbar aus.« Sie setzte sich mit zusammengebissenen Lippen aufs Sofa und legte ihre Hand auf seine Wange.

»Danke für das Kompliment.« Unter diesen Umständen waren die Kopfschmerzen erträglicher. Ein summender Elektromotor hatte das Pressluftwerkzeug ersetzt. »Hast du etwas gegen meinen Kopf?«

Anika holte eine Packung Aspirin, drückte zwei Tabletten heraus und fütterte diese in Winters Mund.

Er schluckte sie dankbar und fragte: »Bist du in Ordnung?«

Anika nickte tapfer. »Ich glaube schon.« Ihr Gesichtsausdruck sagte das Gegenteil.

»Sicher?«

»In meinem Zimmer waren sie nicht. Alles unberührt.« Anika küsste ihn sanft auf die Stirn.

Winter: »Wie viel Uhr haben wir?« Er musste heute zurückfliegen. Er schaute sich nach seinem Handy um. Auf dem Sofa war es nicht, und auf dem Boden lag nur der verknotete Plastikbeutel mit dem schmelzenden Eis.

»Viertel vor neun. Ich bin nach dem Anruf gleich zurückgekommen. Schöne Sauerei. Nasch war immer so ordentlich. Und jetzt ist alles durcheinander. Und Blut. Die Polizisten haben mir gesagt, dass sie dich halb tot in Naschs Zimmer gefunden haben. Ihre Spiegel sind auch kaputt.«

»Siehst du mein Telefon?«

Anika beugte sich zur Seite. »Unter dem Sofa ist es nicht.«

Beunruhigt setzte sich Winter auf. Kein Schwindel mehr. Gut. Er angelte sich seine Jacke, die, abgesehen von seiner Zahnbürste, leer war. Rasch tastete er den Rest seiner Kleider ab. Telefon, Brieftasche und die bis jetzt zu Harnischs Konto zusammengetragenen Unterlagen waren verschwunden.

»Verflucht!«

Vielleicht hatten die Ermittler seine Sachen an sich genommen. Er torkelte mit der Steppdecke in den Korridor, wo ihn ein Uniformierter mit Clipboard aufhielt. Ein Tape am Türrahmen sperrte Nataschas Zimmer ab. Darin arbeiteten sich zwei Overalls durch die Trümmer. »Wissen Sie, wo Kriminaloberkommissar Frank ist?«

Kopfschütteln. »Keine Ahnung. Aber Sie dürfen da nicht rein.«

»Haben Sie mein Telefon, meine Papiere gesehen?«

Mehr Kopfschütteln. »Tut mir leid.«

»Rufen Sie Frank an!«

Die Gesichter der Kriminaltechniker wandten sich Winter zu. Dieser wiederholte seine Frage lauter: »Haben Sie meine Sachen konfisziert? Mein Telefon? Papiere? Meine Brieftasche?«

Wiederholtes Kopfschütteln.

7. Mai 09:12

Ohne Telefon, Identitätskarte, Bargeld und Kreditkarte fühlte sich Winter doppelt nackt. Er versuchte, das irrationale Gefühl abzuschütteln, und redete sich ein, dass all diese Sachen ersetzbar waren. Wegen des Tritts gegen die Schläfe und der malträtierten Rippen war ihm kotzübel. Eine Gehirnerschütterung hatte ihm gerade noch gefehlt.

Wenigstens hatten sie ihm Schlüssel und Kleider gelassen.

Mit Hilfe von Anika, ihrem Telefon, der besorgten Leonie und unzähligen Anrufen sperrte Winter seine Kreditkarten und das Handy. Die Schweizer Botschaft benötigte für Ersatzpapiere eine offizielle Verlustanzeige. Dann wieherte der Beamtenschimmel. Obwohl Winter insistierte, erklärten sich die in der Wohnung verbliebenen Beamten für nicht zuständig und verwiesen ihn an die örtliche Polizeidirektion 5.

Er spülte ein weiteres Aspirin herunter.

Bürokraten!

Währenddessen bestellte Anika ein Taxi und lieh ihm hundert Euro. Als der Taxifahrer klingelte, gab sie Winter einen flüchtigen Kuss und umarmte ihn. Er winselte vor Schmerz auf.

Nach einem Zwischenhalt bei der Polizeidirektion Neukölln und ausgerüstet mit der formell gestempelten Verlustanzeige fuhr Winter zur Schweizer Botschaft zwischen Reichstag und Hauptbahnhof. Zwei Stunden später trat er mit provisorischen Papieren, geliehenen fünfhundert Euro Reisegeld und Würgespuren am Hals auf die Otto-von-Bismarck-Allee.

Die Bäumchen der Allee im früheren Niemandsland wirkten noch zart und verletzlich und passten so gar nicht zu seinem Bild des knorrigen preußischen Haudegens. Winter betastete die delikate Beule an seiner Schläfe. Schräg gegenüber stand das moderne Kanzleramt. Was nun? Die Botschaftsangestellte im strengen Deuxpièces hatte ihm einen Rückflug gebucht und ein Taxi gerufen, aber er hatte noch mehrere Stunden bis zum Abflug.

Das Taxi rollte heran, und Winter stieg ein. Die Fahrerin war so dick, dass sie beinahe aus ihrem Sitz quoll. »Wohin kann ich Sie bringen?«

»Kaysis Medikal. Hier in Berlin. Die Adresse weiß ich leider nicht. Können Sie das im GPS heraussuchen?«

»Aber klar doch.«

Mit ihren Wurstfingern tippte sie auf den kleinen Tasten des Gerätes herum. Nach einigem Hin und Her zur Schreibweise eruierte sie eine Adresse beim Potsdamer Platz. Die Fahrerin steuerte routiniert am Tiergarten und am Brandenburger Tor vorbei und hielt einige Minuten später in einer Seitenstraße nahe dem Potsdamer Platz.

Modernes Geschäftsviertel mit Büroblocks, zwischen denen Krawattenträger Sandwiches, wichtige Mienen und Bauchansätze vor sich hertrugen. Ein Lastwagen lieferte metallene Bierfässchen für eine trendige Bar an. Ein optimistischer Kaffeehausbesitzer hatte seine Aluminiumstühle und -tische nach draußen gestellt.

In Winters Kopf surrte noch immer ein Elektromotor. Mit flauem Magen setzte er sich in die Sonne und bestellte eine Cola sowie einen Toast mit zwei Spiegeleiern. Danach schob er ein trockenes Stück Kuchen und einen überteuerten Espresso nach. Besser.

Die Berliner Vertretung der Kaysis Medikal residierte in einem verglasten Büroblock, neben dessen Eingang zahlreiche silberne Schilder verschiedenster Firmen hingen. Die Tür war abgeschlossen. Neben den Klingelknöpfen beäugte das Glubschauge einer Kamera Winter. Er klingelte bei einer Consulting-Firma, antwortete dem Knistern aus dem Lautsprecher mit »Pizza« und stieß die Tür auf.

In der schmalen, menschenleeren Eingangshalle warnte ihn ein gelbes Schild vor der Rutschgefahr des frisch geputzten Bodens. Im achten Stock trat Winter aus dem Fahrstuhl.

Hinter einer diskreten Milchglasscheibe vage Schatten. Die Firmenschilder hatten sich hier auf ein knappes Dutzend reduziert. Ein Architekturbüro, zwei Kanzleien, ein Beratungsbüro und weitere, nichtssagende Namen.

Winter nahm das »Bitte treten Sie ein«-Schild beim Wort. Dahinter eine hohe, helle Theke inklusive kurzhaariger Empfangsdame. Erst als Winter stehen blieb, schenkte ihm diese ein einstudiertes Lächeln. »Zu wem möchten Sie?«

»Kaysis Medikal.«

»Und wen darf ich melden?« Sie griff zum Telefon.

»Sommer.« Winters bevorzugtes Alias.

Sie tippte eine zweistellige Nummer. Links und rechts ein schlichter Korridor mit abgehenden Bürotüren. An den Wänden langweilige Landschaftsbilder und am Boden blaugraue Spannteppichplatten. Alles ziemlich billig. Kaysis Medikals Ableger in Berlin war kostenbewusst.

Der Telefonhörer wurde aufgelegt.

»Tut mir leid. Im Augenblick kann ich niemanden erreichen. Aber Sie können gerne eine Nachricht hinterlassen.«

»Nein danke.«

Winter kehrte zum Potsdamer Platz zurück und fuhr zum Flughafen. In einer Apotheke ließ er sich etwas gegen die Kopfschmerzen geben, um sich dann in die Wartehalle zu setzen und den Lärm auszublenden.

Der Flieger startete und landete pünktlich. In Zürich nahm Winter den Zug nach Bern. Er hatte keine Lust, ins Büro zu gehen, und steuerte direkt das öffentliche Parkhaus an, wo die Bank einige Parkplätze reserviert hatte. Ohne die abendliche Landschaft wahrzunehmen, fuhr Winter nach Hause.

Der Tag war vorbeigerauscht, sein summender Kopf stand weiterhin auf Autopilot und ließ keine klaren Gedanken zu. Der Tritt in die Schläfe und die Medikamente hatten ihn betäubt. Erst als er vor seinem kleinen Bauernhaus aus dem Auto stieg, lüftete sich der Schleier.

Die niedrige Sonne warf lange, scharfe Schatten und tauchte alles in ein warmes Licht. Die kühle Brise trug eine erdige

Note. Mettlers, die bäuerlichen Nachbarn, hatten den Acker neben Winters Grundstück gepflügt. Auf einem frisch angepflanzten Feld daneben züngelten bereits schmale Halme. Auch die Bäume zeigten zaghaftes Grün. Hinter dem großen Bauernhaus der Mettlers mit dem ausladenden Dach bimmelten gemächlich Kuhglocken.

Müde schloss Winter die Haustür auf. Er hatte das kleine Holzhaus vor ein paar Jahren gekauft und seither einiges Geld und viel Freizeit in die Renovierung gesteckt. Jetzt schlich Sheriff heran, gähnend, mit aufgestelltem Schwanz. Der Kater wollte gekrault werden.

Winter nahm ihn auf und ging in die offene Wohnküche, wo er die Balkontür öffnete und auf die Veranda trat. Vor ihm der verwilderte Garten, dahinter der zum Fluss abfallende Wald und am Horizont darüber ein dünner Streifen weiß verschneiter Berge.

Endlich zu Hause.

Er setzte Sheriff aufs breite Holzgeländer und strich ihm über das warme Fell. Der Kater hob den Kopf und streckte Winter seinen Stern entgegen. Winter liebkoste ihn, und das Tier schloss wohlig schnurrend die Augen.

Eine Katze müsste man sein.

Nach einigen Minuten wurde Winter kalt, und er kehrte ins Wohnzimmer zurück, wo er den Kachelofen einfeuerte. Dann nahm er die längst fällige Dusche. Er stand lange unter dem warmen Wasser und entspannte sich. Morgen würde er den Bericht zum Konto schreiben und das Ganze zu den Akten legen. Im angelaufenen Spiegel untersuchte er seine Blessuren. Brustkorb, Hals und Schläfe würden in ein paar Tagen wieder verheilt sein.

Müde füllte Winter Sheriffs Napf und bereitete anschließend für sich eine Portion Fertigpasta zu, die er am massiven Eichenholztisch mit den ausgebleichten Flaschenringen aß. Sheriff strich ihm um die Beine. Nach dem Essen spülte Winter das Geschirr und ließ sich mit einem Single Malt ins Sofa sinken.

Draußen war es mittlerweile dunkel. Das Holz im Kachelofen knackte. Sheriff sprang auf seinen Schoß, und Winter bildete sich ein, dass der Kater ihn tatsächlich vermisst hatte. Der moosige zehnjährige Talisker wärmte den geschundenen Hals. Mit dem Festnetztelefon rief er seine Nachrichten ab.

15:32. Leonie: »Hallo, Winter. Wahrscheinlich bist du jetzt irgendwo über den Wolken. Ich wollte dir nur ausrichten, dass ich hier alles unter Kontrolle habe. Für deine neuen Sachen brauche ich nur noch ein paar Unterschriften. Morgen kriegst du ein neues Telefon. Bis bald.« Was würde er ohne seine Assistentin machen? Er ließ sich einen Schluck Talisker im Gaumen zergehen. Isle of Skye.

16:21. Eine unbekannte Frauenstimme: »Guten Tag, Herr Winter. Ich rufe Sie von der ›Annabelle‹ an. Wir haben ein super Angebot ...« Gelacht, gelöscht. Er brauchte keine Frauenzeitschriften.

17:35. Von Tobler: »Winter. Ich hasse Anrufbeantworter und sage deshalb nur: Daher!« Nach einer Pause und einem peinlichen Räuspern fügte der ehemalige Generalstabsoberst der Artillerie hinzu: »Ich hoffe, Sie sind in Ordnung. Schütz hat mir gesagt, dass es Sie ziemlich böse erwischt hat. Tut mir leid. Was machen Sie auch für Sachen? Aber das wird schon wieder. Kopf hoch. Was einen nicht umbringt, macht einen stärker.«

Tief im Innern des alten Patriarchen schlug ein großes, warmes Herz. Er würde sich morgen melden.

18:04. Schütz: »Hallo, ich bin's. Nur schnell. Wir sehen uns ja hoffentlich morgen. Oder? Die Zürcher haben andere Überweisungen dieser Stiftung gefunden.«

8. Mai 08:38

Die asthmatische Kaffeemaschine ratterte, seufzte und stöhnte, als stamme sie aus dem Zeitalter der Dampflokomotiven. In der Fruchtschale alterte eine ohnehin schon bräunliche Banane, auf einem Karton daneben vertrocknete ein Höflichkeitsrest Kuchen. Die Welt zerfiel.

In der Verpflegungsnische der Bank überwachte Winter die langwierige Zubereitung des Espressos. Warmer Kaffeeduft kringelte in seine Nase. Geistesabwesend fuhr er sich über den Hals, der heute von einem Rollkragen bedeckt war. Er hatte keine Lust, allen die Schrammen zu erklären. Zum Glück ertrug sein Kopf das Geratter wieder. Der frühmorgendliche Lauf entlang der Aare hatte die letzten Nebelschwaden samt Schmerzen vertrieben.

Als er den Pappbecher aus den Klauen der Maschine befreite, trat Schütz in die Nische. »Winter. Dachte ich's mir doch, dass ich dich hier finde. Ohne Drogen funktioniert der arbeitende Mensch heutzutage ja nicht mehr.«

»Willst du auch einen?« Winter zeigte auf die Kaffeemaschine.

Der Kundenberater nickte, nahm einen Becher und drückte eine Taste. Die Maschine begann ihr lautstarkes Werk erneut. Nach einer Weile fragte Winter: »Und? Was sagt dein Buschtelefon?«

»Nicht viel.«

Erwartungsmanagement des Tiefstaplers. »Das heißt?«

Schütz nahm seinen Kaffee und reicherte diesen umständlich mit Zucker und Rahm an. »Ein Treffer bis jetzt.«

Winter schlürfte vorsichtig am Espresso. »Etwas Interessantes?«

»Ich weiß nicht. Die ZKT-Stiftung hat mehrmals Geld auf ein Konto der Stadt Zürich überwiesen.« Schütz rührte mit einem Holzstäbchen den Zucker ein. »Gemäß ihrem Kontenplan handelt es sich um eines der Unterkonten der Industriellen Betriebe. Es gehört der Wasserversorgung, genauer: dem Seewasserwerk Moos.«

»Wie bei Harnisch.«

Das erstaunte Winter nicht. Kaysis Medikal vertrieb Analyse- und Laborgeräte. Der Zweck ihrer Stiftung war die Förderung junger Chemiker und Laboranten. Wahrscheinlich sparten sie damit auch Steuern oder förderten den Absatz mit mehr oder weniger legalen Mitteln. Schmieren und salben half allenthalben.

»Mhm.« Schütz blies über den heißen Kaffee. »Nicht ganz. Es ist nicht ein Privat-, sondern ein Geschäftskundenkonto mit Hunderten von Transaktionen. Die Stadt Zürich hat ein professionelles Controlling, Revisoren.«

»Ja, ich weiß. Wahrscheinlich keine Steuerumgehung, aber Verkaufsförderung mittels kleiner Geschenke würde ich auch da nicht ganz ausschließen.«

Schütz machte ein Ich-weiß-nicht-geht-mich-nichts-an-Gesicht. »Es ist dein Bericht. Nicht meiner.«

Winter fragte: »Was für Transaktionen sind es denn? Welche Beträge gingen zwischen der ZKT-Stiftung und der Zürcher Wasserversorgung hin und her?«

»Nur hin. In den letzten fünf Jahren hat die ZKT-Stiftung sechs-, siebenmal einige tausend Franken überwiesen. Ich habe dir die Unterlagen vorhin gemailt.«

»Danke.« Winter zerknüllte seinen leeren Pappbecher und versenkte ihn im Abfallkübel. »Was könnte das bloß sein?«

»Nachträgliche Mengenrabatte?«

»Vielleicht.«

»Kommst du zum Mittagessen?«

»Vielleicht.«

Winter stieg die Treppe hinauf. Die Bürotür seines Vorgesetzten stand offen, die Assistentin brachte gerade Kaffee. In Porzellantassen. Von Tobler war guter Laune und winkte ihn herein. »Guten Morgen, Winter. Wie geht es Ihnen? Wie ich sehe, sind Sie wieder auf dem Damm.«

Dumpf schloss sich die schwer gepolsterte Tür.

»Ich kann nicht klagen.« Winter unterdrückte das Bedürfnis, sich mit einer Hand über den Hals zu fahren. Sein Chef rührte den Kaffee und musterte ihn in aller Ruhe.

»Mit dem Kopf alles in Ordnung? Noch alle Tassen im Schrank?« Von Tobler lachte schallend und zeigte mit dem kleinen silbernen Löffel auf Winters unübersehbare Beule.

»Das wird sich zeigen.«

Der Kaffeelöffel wies auf einen der beiden Sessel für die Besucher. »Gut. Erzählen Sie!«

Was Winter tat.

Von Tobler hörte schweigend zu. Auf seinem Schreibtisch lagen die Neue Zürcher Zeitung und die Financial Times. Der Boykott Russlands wegen der Krim und des schwelenden Krieges in der Ostukraine war verlängert worden. Als Winter schloss, kommentierte der Bankenpatriarch: »Dann haben wir also keinen Grund, beunruhigt zu sein?«

Der Ruf der Bank war für von Tobler absolut zentral. Nur der Hauch eines Verdachts, sie könnte in einen Skandal verwickelt sein, ließ dessen Blutdruck in die Höhe schnellen. Winter schnitt eine zweifelnde Grimasse. »Ganz ausschließen kann ich das zum jetzigen Zeitpunkt leider nicht.«

»Was glauben Sie denn? Hat die Ehefrau von Harnisch Auftragskiller angeheuert, um ihn und seine Geliebte aus dem Weg zu räumen? Und jetzt spielt sie die trauernde Witwe? Oder ist diese Frau, diese Natascha Miro… Ist sie im Sexgeschäft? Mit den Russen? Sie haben doch gesagt, dass sie von Sankt Petersburg eingewandert ist. Vielleicht ist der Blumenladen nur Tarnung. Das wäre doch ganz praktisch, oder?«

Winter runzelte skeptisch die Stirn.

Doch von Tobler spekulierte bereits weiter. »Für mich sieht es am ehesten danach aus, als hätten die Türken diesen Otto Harnisch geschmiert, und dann ist irgendetwas schiefgelaufen.«

»Das ist jedenfalls eine der Thesen, die das LKA verfolgt.«

»Und sind noch andere Transaktionen über unsere Konten gelaufen?«

Winter nickte. »Ja, Schütz hat mir vorhin gesagt, dass die Stiftung Geld an die Industriellen Betriebe der Stadt Zürich überwiesen hat.«

Nachdenklich, mit spitzen Lippen schlürfte von Tobler etwas Kaffee. Dann stellte er sein zerbrechliches Tässchen mit Goldrand zurück. »Faszinierend. Den Seinen gibt's der Herr im Schlaf.«

»Ich würde jedenfalls gerne noch etwas herumstochern.«

»Machen Sie das, machen Sie das! Sicher ist sicher. Der Bericht hat ja keine Eile. Das FedPol soll sich ruhig ein wenig gedulden. Der Bund schuldet uns schließlich auch noch Steuerrückzahlungen aus dem vorvorletzten Jahr.« Der Chef schüttelte entrüstet den Kopf und griff zur Financial Times.

Winter erhob und verabschiedete sich. Das war einfacher gewesen als erwartet. Nach dem gestrigen Anruf mit dem militärischen »Daher!« hatte er sich auf einen Anschiss eingestellt. Er stieg die Treppe hinunter. Wurde von Tobler auf seine alten Tage hin milde?

Leonie kam ihm entgegen. »Bescherung!« Als sie Winters Beule sah, fügte sie mitfühlend an: »Einhorn.« Dann drückte sie ihm eine Schachtel in die Hände. »Dein neues Telefon.«

»Sehr gut. Vielen Dank.«

Sie gingen in Winters Büro, wo er seinen Computer einschaltete.

»Wenn du das nächste Mal nach Berlin fährst, musst du mich mitnehmen. Ich war schon ewig nicht mehr dort. Mit sechzehn oder siebzehn haben wir Party, Party, Party gemacht. Bis zum Abwinken.« Sie verdrehte verträumt die Augen.

Winter operierte das neue Mobiltelefon aus der Plastikverpackung. »Könntest du es für mich aufsetzen?«

»Wann wirst du endlich selbstständig?«

Mit Schalk in den Augen erwiderte Winter: »Ich kümmere mich um die großen Linien. Delegieren ist das Privileg des Chefs.«

»Gut, aber ich werde die Ortung einschalten. Dann weiß ich wenigstens, wo du steckst.«

»Hast du noch etwas über die Stiftung oder Kaysis Medikal herausgefunden?«

»Nicht viel. Von der Stiftung habe ich nur gesehen, dass sie mal ein Event in Amsterdam gesponsert haben.«

»Was für ein Event?«

»Eine Abfallkampagne. Für Recycling. Sauberes Wasser in den Grachten. Aber das ist schon Jahre her. Die Laborgeräte der Kaysis Medikal sehen zwar altmodisch aus, aber sie sollen mit der Konkurrenz gut mithalten können. Jedenfalls sind sie billiger als die Geräte von Siemens. Die Kaysis-Apparate sind offenbar vor allem in ärmeren Ländern sehr beliebt. Bezahlbar und robust. Sie prahlen damit, Verträge mit der Weltgesundheitsorganisation zu haben.«

»Etwas zu den Eignern der Kaysis Medikal?«

»Schwer zu sagen. Sie sind Teil eines Konglomerats. Aber ich habe noch nicht herausgefunden, wer mit wem verwandt ist. Vieles ist nur auf Arabisch oder Russisch.«

Leonie stand im Türrahmen und nickte jemandem im Korridor zu.

Winters Computer verlangte nach dem Passwort.

Als er aufschaute, war sie verschwunden. Er räumte seinen physischen und virtuellen Schreibtisch auf. Dann studierte er die Kontoauszüge, die ihm Schütz geschickt hatte, sprach mit dem Kundenberater für die Stadt Zürich, dem nichts Besonderes aufgefallen war. Er nannte ihm Kontaktnamen, und drei Telefonate später hatte Winter den Verantwortlichen gefunden und einen Termin mit ihm.

Zum Mittagessen traf er sich mit Leonie und Schütz in der Pizzeria im Erdgeschoss. Winter verdrückte einen Teller Tagliatelle tricolore Domenico und hörte amüsiert zu, wie seine Kollegen phantasierten.

Die Theorie von Schütz war, dass Otto Harnisch ausbrechen und mit Natascha ein neues Leben aufbauen wollte. Auf Mallorca. Für ihn war die Immobilienbroschüre Indiz genug.

Er demolierte vehement seine Pizza und sagte mit vieldeutigem Unterton: »Ehefrauen.«

Leonie hatte eine andere Theorie. Sie wickelte Spaghetti auf und machte mit der Gabel eine kreisende Bewegung, welche die Pizzeria und die Welt im Ganzen umfasste. »So wie Winter die Eindringlinge beschrieben hat, so wie dieser Otto gefoltert wurde und Natascha ermordet, sage ich nur: Mafia.«

8. Mai 15:22

Die graugrün schimmernden Forellen schwammen blubbernd gegen die leichte Strömung. Sie schwänzelten unbeeindruckt und unermüdlich wie der stoische Sisyphos am Berg. Ihre Kiemen hoben und senkten sich, während sie mit glasigen Augen Winter anstarrten. Leise rauschte das klare Wasser des beleuchteten Tanks.

»Das ist unsere Biotestanlage. Wir kontrollieren die Wasserqualität auch mit Forellen. Die sind sehr sensibel gegen Verschmutzungen. Sobald etwas im Wasser ist, fallen sie zurück, und die Lichtschranke da meldet uns das.«

Winter nickte beeindruckt.

Experten musste man reden lassen. Vor allem, wenn man etwas von ihnen wollte.

Der Leiter des Seewasserwerks Moos erläuterte ausführlich, wie sie das Wasser aus dem Zürichsee hochpumpten und zu Trinkwasser aufbereiteten. Das Werk lag einige Kilometer südlich von Zürich. Vor langer Zeit auf der grünen Wiese gebaut, war es heute eingeklemmt zwischen Schrebergärten, Wohnsiedlungen und Autobahn.

Obwohl es Freitag war, hatte sich Herr Knobel am Telefon bereit erklärt, ihn zu empfangen. Der Mittfünfziger im dunkelgrauen Hemd und grauen Sakko hatte ihn mit festem Händedruck begrüßt und erklärt: »Die Stadt trinkt im Prinzip ihren See. Zu siebzig Prozent. Wir machen das Seewasser zu Trinkwasser.« Dann hatte Knobel auf die alten Gebäude mit den pittoresken, mit Grünspan überzogenen Dächern gezeigt. »Das Werk ist denkmalgeschützt. Hat Vor- und Nachteile. 2014 haben wir den Hundertsten gefeiert. Hier wurde Pionierarbeit geleistet.«

Winter hatte Knobel vom Risikomodell der Bank und seiner Pflicht erzählt, potenziellen Gefährdungen nachzugehen. Die Bankenaufsicht sei heute, wie Knobel ja wisse, viel strenger, und überhaupt müsse alles korrekt vonstattengehen. Deshalb mache die Bank ab und zu ausgewählte Stichproben zu einzelnen Transaktionen.

Knobel nickte vielsagend. Er kannte das von der Revision der Stadt.

Winter hatte ihm die Kontoauszüge mit den per Marker hervorgehobenen Überweisungen der ZKT-Stiftung vorgelegt. Nach deren Studium unter Zuhilfenahme seiner Lesebrille hatte der Leiter des Seewasserwerks Winter ins Labor geführt.

Jetzt standen sie neben dem Forellentank zwischen den surrenden Analyseapparaten der Kaysis Medikal.

»Wie die Forellen überwachen auch die Kaysis-Analyseautomaten in Echtzeit die Wasserqualität. Wenn etwas nicht stimmt, lösen sie Alarm aus. Sie prüfen zum Beispiel die Leitfähigkeit und den pH-Wert des Wassers und melden die Werte der Steuerzentrale.«

Knobel tätschelte eines der Plastikgehäuse, als sei es sein liebstes Pferd im Stall. »Doppelt genäht hält besser.«

»Darf ich fragen, weshalb Sie sich gerade für die Geräte der Kaysis Medikal entschieden haben?«

»Bestes Preis-/Leistungsverhältnis. So einfach ist das. Dieses hier war das erste. Wir haben es vor vier Jahren beschafft. Zuvor haben wir natürlich die Anbieter verglichen und alles genau abgeklärt.«

»Aber was hat das mit der ZKT-Stiftung zu tun? Weshalb hat diese Ihnen Geld überwiesen?«

»Die gehören zusammen, die Stiftung und Kaysis.« Knobel legte zur Illustration seine beiden ausgestreckten Zeigefinger aneinander. »Selbstverständlich haben wir verhandelt, um den Preis zu drücken. Am Schluss hat uns der Kaysis-Vertreter statt eines weiteren Preisnachlasses angeboten, eines unserer Projekte zu unterstützen. Für uns kam das in der Summe auf das Gleiche heraus.«

»Und die späteren Zahlungen?«

»Die gleiche Geschichte. Nachdem sich das erste Gerät im

Labor bewährt hatte, kauften wir weitere Apparate von ihnen.«

Winter blickte sich im großzügigen Labor um. Mehrere Reihen weißer Tische mit Apparaten, Reagenzgläsern und ausgelegten Petrischalen. Eine ältere Frau mit grauen Strähnen arbeitete mit einer Pipette an einer Batterie Reagenzgläser. Neben ihr ließ ein junger Mann eine Flüssigkeit durch eine Titration tröpfeln. Beide trugen weiße Laborkittel und arbeiteten konzentriert vor sich hin.

Trotz dieser phantasievollen Rabatte waren die Transaktionen nachvollziehbar. Es war der Kaysis Medikal nicht zu verübeln, wenn sie mittels der Stiftung ihre Gewinne optimierte. Wahrscheinlich hatte sie in Berlin ein ähnliches Vorgehen gewählt, und Otto Harnisch hatte das Geld vor ein paar Jahren für sich abgezweigt.

»Und wie sind Sie mit dem Service zufrieden? Meines Wissens hat Kaysis Medikal keine Vertretung in der Schweiz.«

»Da waren wir am Anfang auch skeptisch. Aber bis jetzt hatten wir keine Probleme. Wir haben eine Servicenummer. Aber unser Mehmed hier kennt die Geräte mittlerweile in- und auswendig.«

Als er seinen Namen hörte, blickte der schmächtige Mann hinter der Installation zur Maßanalyse auf und lächelte schüchtern.

Knobel winkte ihn herbei. »Wie Sie sehen, sind wir hier eine bunte Truppe, wie die Nationalmannschaft.«

Winter gab Mehmed die Hand. »Tom Winter.«

Schlaffer Händedruck. »Wie geht es Ihnen?«

»Gut. Danke. Und Ihnen?«

»Super.« Der Superlativ passte nicht zum zurückhaltenden Wesen. Mehmed hatte tiefschwarzes Haar und die ausdrucksstarken Augen eines scheuen Rehs, das ständig auf der Hut vor bösen Überraschungen ist.

Knobel legte eine Hand auf Mehmeds Schulter. »Die Stiftung hat einen Teil seiner Ausbildungs- und Lohnkosten übernommen. Zu Hause hat er Chemie studiert, aber hier wurden seine Diplome nicht anerkannt. Er musste einen Teil der Ausbildung wiederholen. Von wegen Fachkräftemangel.«

»Von wo kommen Sie?«

»Herat, Afghanistan. Ich habe Chemie studiert. Doktor. Hier anders.« Mehmed schüttelte traurig den Kopf.

Sein Chef erklärte: »Er war in einem Integrationsprojekt der Stadt, das Kaysis unterstützt hat. Wir helfen immer wieder, anerkannte Flüchtlinge in den Arbeitsprozess zu integrieren. Die Sozialbehörden und die Stiftung von Kaysis haben uns dabei unterstützt. Nicht wahr, Mehmed?«

Knobel drückte die Schulter seines Angestellten. Peinlich berührt stammelte dieser: »Ich bin glücklich, dass die Stadt mir geholfen.«

»Mehmed ist mittlerweile fester Bestandteil unseres Teams. Sein Deutsch wird immer besser, und er kennt die Apparate. Kaysis Medikal hat ihn auf ihren Geräten ausgebildet. Gratis. Wir machen den Service sozusagen intern.«

Sie verabschiedeten sich von den Labormitarbeitenden, und Knobel führte Winter stolz durch »seine« Anlage. Das heraufgepumpte Seewasser floss durch zwei natürliche Filterschichten, zuerst durch einen groben Schnellfilter gegen Partikel, danach durch einen dicken Sandfilter. Das saubere Wasser wurde im Reservoir gespeichert und je nach Bedarf mit riesigen Pumpen in die Haushalte gepumpt.

Auf dem Vorplatz blieben sie stehen. »Vielen Dank, Herr Knobel. Ich habe heute wieder etwas gelernt. Normalerweise denke ich mir beim Aufdrehen des Wasserhahns nichts.«

»Ich weiß. Ich weiß. Sauberes Wasser ist für uns selbstverständlich. Und wir setzen alles daran, dass das so bleibt.«

»Noch eine Frage: Wissen Sie zufällig, wen die Stiftung sonst noch unterstützt?« Als Knobel verneinte, fügte Winter an: »Oder wer außer dem Seewasserwerk hier auch noch Kaysis-Geräte einsetzt?«

»Meines Wissens sind wir in der Schweiz die Einzigen. Wir treffen uns regelmäßig zum Erfahrungsaustausch. Aber ich habe damals die Kaysis-Geräte meinem Kollegen bei den

Stadtwerken München empfohlen. Wir besuchen uns gelegentlich. Soweit ich weiß, ist er mit den Apparaten auch zufrieden.«

»Wie wird die Wasserqualität eigentlich geregelt?«

»Europaweit. In der europäischen Richtlinie 98/83/EG. Aber ich bin kein Fan von Brüssel. Die wollen überall dreinreden. Und diese offenen Grenzen sind ein Problem.« Knobel rümpfte die Nase und grinste. »Wissen Sie, Herr Winter, schon vor fünfzig Jahren wanderten Muscheln ein, aus Osteuropa. Sie machten sich im See hier breit. Ihre Larven ließen sich in unseren Leitungen nieder, und die Muscheln wuchsen und verstopften die Rohre. Deshalb müssen wir diese immer mal wieder mit einer Chlorlösung durchspülen.«

Winter lächelte gequält zurück und verabschiedete sich.

11. Mai 08:32

Am Montag tippte Winter den Bericht für Hodel zur Weiterleitung an FedPol. Kurz und knackig. Die umfassenden internen Abklärungen hätten ergeben, dass die Bank sich im Rahmen der gültigen Gesetze jederzeit korrekt verhalten habe. Bei der Kontoeröffnung seien sowohl die Identität des Kunden als auch die Herkunft des Geldes mit der nötigen Sorgfalt abgeklärt worden. Kopien der entsprechenden Formulare im Anhang. Für weitere Auskünfte zur Herkunft der zweiundzwanzigtausend Euro wende man sich an die Stiftungsaufsicht in Liechtenstein.

Winter druckte den Bericht aus, lehnte sich im Bürostuhl zurück und knetete seinen kleinen Ball. Mit dem Bericht war der Form Genüge getan. Floskeln. Die Bank war nur eine Etappe auf dem Weg des Geldes.

So weit, so gut.

Doch in seinem Hinterkopf nagte etwas, etwas, worauf er den Finger nicht legen konnte. Etwas irritierte ihn. Winter hasste lose Enden.

Der Ball flog in die Höhe.

Vielleicht war es tatsächlich Bestechung, vielleicht nur geschickte Verkaufsförderung. Der Graubereich war groß. Otto Harnisch hatte das Geld vor zwei Jahren erhalten. Warum wurde er erst jetzt gefoltert und ermordet? Falls Bestechung und Mord zusammenhingen, stellte sich die Frage, was die Tat am 2. Mai ausgelöst hatte. Was hatte sich geändert? Natascha?

Er würde den Bericht überschlafen. Gedankenverloren strich sich Winter über den Nacken. Kopf und Hals hatten sich über das Wochenende einigermaßen erholt. Den Ball knetend dachte er an Anika. Gestern, als er mit ihr telefoniert hatte, war sie niedergeschlagen gewesen. Die Berliner Polizei hatte sie mehrmals verhört und die Ermordung ihrer besten Freundin immer wieder durchgekaut. Nataschas Zimmer war immer noch abgesperrt. Winter hatte versucht, sie aufzumuntern. Wahrscheinlich würde er die Floristin nicht mehr wiedersehen.

Irgendwie stimmte ihn das traurig.

Manchmal standen Fremde einem am nächsten.

Er sammelte die verstreuten Unterlagen zu Otto Harnischs Konto ein. Leonies Ausdrucke zu Kaysis Medikal. Sogar sie war am Konglomerat dahinter gescheitert.

Vielleicht wusste Meister mehr. Meister war Sektionschef beim FedPol und leitete die Abteilung für organisierte Kriminalität. Er saß an den offiziellen Informationsquellen. Man kannte sich aus der Expertengruppe, die vor einigen Jahren das Geldwäschereigesetz vorbereitet hatte. Der unscheinbare Beamte nahm den Anruf sofort an, und Winter kam nach der Begrüßung ohne Umschweife zur Sache. Meister war kein Mann der großen Worte, sondern zog es vor, die Fäden unauffällig im Hintergrund zu ziehen. »Ich bin daran, für das FedPol respektive das BKA eine Überweisung zu prüfen.«

»Ich weiß.« Meister war wie immer gut informiert. Oder tat zumindest so.

»Die Zahlung kam von einer ZKT-Stiftung in Liechtenstein, die offenbar zu einer Kaysis Medikal mit Sitz in Istanbul gehört. Habt ihr dazu etwas?«

»Ich melde mich.« Meister legte kommentarlos auf.

Die Post wurde gebracht. Winter fand darin eine Ersatzkreditkarte. Dann hing er bei der Kaffeemaschine herum und diskutierte mit Leonie die Spam-Attacken im Namen der Bank. Die gefälschten E-Mails wurden immer besser und waren immer schwerer zurückzuverfolgen. Er trank ein Glas Wasser und ging ins Büro zurück, wo ihn eine E-Mail von Meister erwartete: »13:30 Marzilibrücke.«

Winter bestätigte die elektronische Terminanfrage kommentarlos.

Am Mittag aß Winter alleine einen Teller Pasta. Danach schlenderte er über den Marktplatz mit den Blumen, Früchten und Schachspielern zum Bundesplatz. Vor dem Parlamentsgebäude spritzten die Fontänen des Wasserspiels, und die Touristen fotografierten. Kurz darauf stand Winter auf der Marzilibrücke. Die Aare darunter führte viel Schmelzwasser und musste immer noch verflixt kalt sein.

Meister war auf die Minute pünktlich. Seine Hände steckten in einem Mantel, der zum schütteren Haar passte. Winter hatte einige Zeit gebraucht, bevor er hinter dem nichtssagenden Gesicht, dem freundlichen Auftreten und der perfekt sitzenden Beamtenmaske Meisters scharfe Intelligenz erkannt hatte.

Sie nickten einander zu. Lächelnd schlug Meister vor, einen Verdauungsspaziergang zu machen. Mit der wärmenden Frühlingssonne im Gesicht flanierten sie die Aare entlang. Nachdem ihre Schritte einen Rhythmus gefunden hatten, sagte Meister: »Ich muss Sie leider enttäuschen. Wir haben nichts.«

»Dann wären Sie nicht hier.«

»Wir haben nichts Handfestes. Die Kaysis Medikal wird von einem russischen Oligarchen kontrolliert. Sein Name ist Zalimkan Magomedow. Er stammt aus Machatschkala. Ich gehe davon aus, Sie kennen die Stadt?«

Ironisch meinte Winter: »Selbstverständlich.«

Seitenblick von Meister.

Auf der Aare verfolgte ein Erpel eine potenzielle Gespielin. Frühlingsgefühle im Tierreich.

»Machatschkala ist die Hauptstadt der russischen Teilrepublik Dagestan im Nordkaukasus, wo sie sich immer mal wieder die Köpfe einschlagen. Obwohl sich der Kreml und Dagestan nicht grün sind, konnte sich Zalimkan Magomedow erstaunlicherweise bis heute halten. Wir gehen davon aus, dass er mit Putin ein Stillhalteabkommen hat.«

»Geld stinkt nicht.«

»Schön wär's. Das Geld stammt von seinem Vater, der nach der Implosion der UdSSR Handel aller Art – und damit meine ich, *aller Art* – betrieb.« Meister signalisierte mit den behandschuhten Fingern Anführungszeichen zur Betonung.

»Machatschkala liegt am Kaspischen Meer im südwestlichsten Zipfel Russlands und grenzt praktischerweise an Aserbaidschan. Weit weg von Moskau. Und von der Lage her prädestiniert für Import/Export.«

Winter: »Universal Export.«

Meister zuckte mit den Schultern. »Russische Mafia.«

»Und sein Vater ist gestorben?«

»Eher gestorben worden. Offiziell hatte er einen Herzinfarkt. Innoffiziell gibt es Gerüchte. Sie können wählen, welche Geschichte Sie glauben wollen. Judas. Brutus. Ödipus. CIA. Mossad. Russischer Geheimdienst. Verärgerter Geschäftspartner.«

»Und sein Sohn hat dann übernommen?«

»Ja, aber vor dem Tod des Vaters haben die Magomedows diversifiziert und investiert. Während des Baubooms haben sie mit Immobilien ein Vermögen gemacht. Zuerst in Moskau, dann weltweit, vor allem in London. Dort wurden die Magomedows jedenfalls beim MI5 aktenkundig, weil sie potenzielle Mitbieter einschüchterten.«

»Andere Länder, andere Sitten.«

»Vor einigen Jahren hat Magomedows Schwester bei uns, das heißt in Weggis, ein Anwesen gekauft. Sie ist Bling-Bling und Strohfrau.«

»Steigert das Bruttosozialprodukt.«

»Ja, sobald ein Grundstück mit Seeanstoß zum Verkauf steht, stürzen sie sich wie Geier im Sturzflug darauf.«

Bei den Streichelzoo-Ponys stauten sich Kinderwagen und -mädchen.

»Ein Gestüt hat sie auch. Das können Sie übrigens alles in den Illustrierten nachlesen, inklusive Schönheitschirurg.«

»Ich lese die Klatschpresse nicht.«

»Sollten Sie aber. Der Treuhänder, der den Deal mit der Villa abgewickelt hat, hat uns auf den Knien geschworen, und zwar bei der heiligen Mutter Gottes und dem Code of Conduct, dass alles mit rechten Dingen zugegangen ist. Aber einer, der dabei gewesen war und den ich Ihnen leider nicht mit Namen nennen kann, hat uns erzählt, dass Koffer voller Bargeld im Spiel waren.«

»Nicht unser Geschäft.«

Meister lächelte sibyllinisch. »Leider hatten wir keine gerichtstauglichen Beweise. Aber wenn ich Sie wäre, würde ich einen weiten Bogen um Magomedows Geld machen.«

»Für von Tobler sind es nur ›Peanuts‹.«

»Ich weiß. Dreiundzwanzigtausend Euro. Aber im Fall der Fälle interessiert das die Presse einen feuchten Dreck. Hauptsache, Skandal im Sperrbezirk.«

Winter wusste nichts von Meister, der sich und sein Privatleben seit jeher vollständig bedeckt hielt. Vor seinem inneren Auge sah er einen jungen Meister. »Ich wusste gar nicht, dass Sie auf der Neuen Deutschen Welle geritten sind?«

Todernst erklärte Meister: »Spider Murphy Gang. 1981. Da war die Welle schon nicht mehr neu und schon lange hitparadentauglich.«

Sie überquerten die Aare beim Schönausteg und spazierten mit der Sonne im Rücken zurück.

Winter fragte: »Dieser Zalimkan Magomedow, wurde er nach der Annektierung der Krim auf die Sanktionsliste gesetzt?«

»Nein. Er ist ein relativ kleiner Fisch und fliegt unter dem Radar. Er soll *nur* etwa hundert Millionen Dollar schwer sein. Aber niemand weiß das so genau. Die Buchhaltungen seiner Firmen sind zu verschachtelt, und er hat den Arsch voller Schulden. Aber er gibt gerne den großen Wohltäter. Er hat in Moskau eine pompöse Villa, inklusive vierrädriger Spielzeuge von Ferrari und Co.«

Meister blieb stehen und schälte sich aus seinem Mantel. Darunter trug er einen grauen Anzug. An den öffentlichen Fitnessgeräten im Park rackerten sich einige verschwitzte Männer ab.

Winter: »Aber aus welchem Grund sollte dieser Magomedow Otto Harnisch und Natascha Mironow umbringen lassen?«

»Keine Ahnung. Ich habe gesagt, dass ich nichts habe. Wir machen nur einen kleinen Verdauungsspaziergang.«

»Magomedow macht sich doch wegen ein paar tausend Euro nicht die Finger schmutzig. Das rechnet sich nicht. Das ist irrational.«

»Wer sagt denn, dass Magomedow vernünftig ist?« Meister faltete seinen Mantel und legte diesen sorgfältig über den Arm. Sie schauten gemeinsam auf den trägen Fluss. Friedlich und mächtig. Meister brach aus einer Haselstaude einen wintermorschen Zweig heraus. »Sie sollten sich übrigens gut mit ihm verstehen.«

»Wie kommen Sie darauf?«

»Sie machen doch Kampfsport?«

»Judo.«

»Magomedow war Ringer.«

»War?«

Meister brach den vertrockneten Zweig knacksend entzwei. »Er wurde in den neunziger Jahren gesperrt, lebenslänglich. Er hat bei einem Turnier seinem Gegner das Rückgrat gebrochen.«

Warwick

Im Halbdunkel unter der Balustrade strich Zalimkan seine Seidenkrawatte glatt und prüfte, ob der ungewohnte schwarze Talar mit den Goldrändern richtig fiel. Er war umringt von einer Krähenschar nervöser Kommilitonen, alle im Talar. Vorne im Rampenlicht auf der Bühne nuschelte ein alter aufgeblasener Sack eine langweilige Rede in die Blumendekoration. Die dahinter aufgereihten Professoren in ihren farbigen Verkleidungen langweilten sich zu Tode. Willey, der Finanzprofessor, war bereits wieder besoffen, sein Teint jedenfalls röter als das übliche Rosa.

Zalimkan wischte die blöde Hutquaste aus dem Gesicht. Heute Morgen beim Mieten der Kluft für die MBA-Abschluss-Zeremonie hatte er sich gefragt, ob er das akademische Barett gerade oder lässig schräg tragen sollte. Vor dem Spiegel hatte er verschiedene Winkel getestet und sich dann für die militärische Option entschieden. Roger Moore hatte als Söldner-Oberst in »Die Wildgänse kommen« sein Barett auch so schräg getragen. Und schließlich waren sie in Warwick, praktisch auf dem Exerzierplatz eines königlichen Regiments.

»Wer die Welt erobern will, muss sie kennen«, hatte sein Vater gesagt und ihn in dieses Kaff zwei Stunden nördlich von London geschickt. »Respekt, dein MBA, Sohnemann, verschafft uns mehr Respekt.« Obwohl Zalimkan keine Lust gehabt hatte, nochmals die Schulbank zu drücken, hatte ihm sein Vater mit einer kleinen Spende einen Platz gesichert. Und heute musste er zugeben, die Zeit hier war vergnüglicher und schneller vorbeigegangen als erwartet. Vor allem weil er aus der Familienresidenz in Chelsea ausziehen und in Warwick in sein eigenes Haus einziehen konnte.

Jetzt saß sein Vater mit gelockertem Hemdkragen auf der Tribüne. Er war am Morgen mit den Kaspijsk-Cousins von London heraufgefahren und hatte ihn stolz umarmt. Ent-

täuscht war sein Vater nur gewesen, als er realisierte, dass die Graduierung nicht in einem ehrwürdigen, denkmalgeschützten Gebäude, sondern in einer neuzeitlichen Halle stattfand. Er hatte moniert: »Für mein Geld hätte ich etwas Besseres erwartet, mindestens Grade I listed. *Aber England ist ja auch nicht mehr, was es einmal war.«*

Sein Vater verstand etwas von Immobilien. In den letzten Jahren hatte er die Gewinne in Firmen und Liegenschaften außerhalb Russlands angelegt, vor allem in London. »Todsi*chere Anlage«, pflegte er den Leuten ins Ohr zu flüstern, die nicht an ihn verkaufen wollten.*

Respekt.

Respekt und Loyalität.

Aber aus dem Halbdunkel unter der Balustrade heraus stellte Zalimkan wehmütig fest: London machte auch fett. Sein Vater hatte die Hände vor seinem mittlerweile beträchtlichen Bauch verschränkt. Je schneller der Bauch wächst, desto langsamer wächst der Kopf. In Machatschkala war der Rücken seines Vaters immer gestreckt gewesen, im Armdrücken gegen ihn hatte er immer verloren. Jetzt war sein alter Herr eingeklemmt zwischen englischen Ehepaaren, beide Paare blass, alt und kränklich. Die beiden Bodyguards nirgends zu sehen.

Die Orgel strebte ihrem Höhepunkt zu.

Verstummte abrupt.

In der nachfolgenden Stille richteten sich die Spotlights wieder auf den Dekan, der sich theatralisch räusperte und dann begann, die Namen der Studenten herunterzulesen. Die Graduierenden lauschten und rangelten. Über eine kleine Rampe trat jeder einzeln auf die Bühne und nahm das Diplom in Empfang. Sein norwegischer Kumpel Erik machte Faxen wie immer, Benjamin, der Israeli, winkte mit dem Diplom. Klatschen. Die Blitzlichter auf der Tribüne blendeten. Zalimkan konnte seinen Vater nicht mehr sehen.

Da hörte er seinen Namen: »Zalimkan Magomedow.«

Jemand stupste ihn. Rampe, Händedruck, Handschlag und Abgang.

Auf der anderen Seite der Bühne wurde im Halbdunkel gegrinst, geflüstert und mit den Ellbogen geknufft. Erste Erinnerungsfotos wurden geschossen. Jeder mit jedem und jeder. In Kürze wurde das Besäufnis losgehen.

Die Orgel spielte einen letzten Tusch.

Sichere Heimreise.

Mehr Applaus.

Dann ging das Licht in der ganzen Halle an, und die Verwandten stürmten herbei. Zalimkan kämpfte sich durch das Getümmel zu seinem Vater, der mittlerweile alleine auf der Tribüne saß, eingenickt. Das durfte doch nicht wahr sein! Wütend schüttelte Zalimkan seinen Vater wach.

Erst als der Kopf schlaff nach hinten fiel, bemerkte er den Schaum vor dem Mund. Die Augen waren geschlossen, kein Puls. »Hilfe! Mein Vater … So helft mir doch!« Aber im Trubel der allgemeinen Feierlichkeiten hörte ihn niemand.

Zalimkan fasste seinen Vater unter den schlaff herunterhängenden Armen und zog ihn hoch. Stühle kippten. Wange an Wange schleppte Zalimkan ihn zum Mittelgang. »Hilfe! Wir brauchen einen Krankenwagen.«

Wo zum Teufel blieben die verdammten Kaspijsk-Cousins?

Der Krähenschwarm aus schwarzen Talaren umringte ihn wieder. Nokia-Telefone wurden gezückt, bald darauf war Hilfe unterwegs. Vorsichtig legte Zalimkan seinen Vater auf den Boden, beugte sich über ihn, umarmte ihn. Er roch gegrillte Lammspieße, seinen geliebten Ararat-Brandy, das Meer von Machatschkala.

Er öffnete die Augen und sah hinter dem Ohr den geröteten Einstich, nicht größer als ein Bienenstich. In diesem Moment wusste er es. Sein geliebter Vater war vergiftet worden. Er biss die Zähne zusammen, reckte den Kiefer und brachte sich unter Kontrolle.

Respekt und Loyalität.

Ehre. Und Rache.

13. Mai 08:52

Auf der A 96 gab Winter Gas, und der Audi fraß die Kilometer. Der Motor schnurrte zufrieden und unterlegte das Schlagzeug von The Clash. »London Calling.« Meisters vielsagendes Schweigen hatte Winter darin bestärkt, mit dem Abschicken des Berichts noch zu warten. Noch ein wenig herumzuschnüffeln. Schließlich waren zwei Menschen ermordet worden.

Während der Fahrt rief er Frank an und erzählte ihm, dass hinter der ZKT-Stiftung die Kaysis Medikal und wahrscheinlich Zalimkan Magomedow steckten. Frank revanchierte sich mit der Information, dass das LKA mittlerweile einen gestohlenen weißen Lieferwagen gefunden hatte, in dem Schmauchspuren nachgewiesen werden konnten. Sonst nichts. Ein professioneller Job. Leider sei die Harddisk von Otto Harnischs Computer teilweise verschlüsselt. Die sedierte Ruth Harnisch genoss bis auf Weiteres und rund um die Uhr Personenschutz.

Nach dem Gespräch drehte Winter die Musik – »Brand New Cadillac« – wieder auf. Die Clash-Playliste wiederholte sich. Winter liebte es, alte Songs mehrmals zu hören und in deren Tiefen abzutauchen.

Knobel, der Leiter des Zürcher Seewasserwerks Moos, hatte ihm ein Rendezvous mit seinem Kollegen im Labor der Stadtwerke München vermittelt. Ein Herr Joachim Eck erwartete ihn um elf Uhr. Die nette Frauenstimme des Navis lotste Winter auf die A 99 und dann zielsicher an die Dachauer Straße. Die Zentrale der Stadtwerke lag im Norden Münchens zwischen Westfriedhof und Olympiastadion. Winter parkte. Die Stadtwerke München hatten sich einen hässlichen, sechsstöckigen Glaspalast geleistet. Davor streckten Stelen kleine Solarzellen in den grauen Himmel. Drinnen empfing ihn eine adrette Blondine mit Hornbrille, hellblauer Bluse und dunkelblauem Hosenanzug. Frau Feiersinger war von der Kommunikationsabteilung und schien frisch von der Uni zu sein. Sie freute sich angeblich, ihn beim Gespräch begleiten zu dürfen, und stöckelte in ein funktionales Sitzungszimmer, wo Herr Eck sie bereits erwartete.

Den grauen Haaren nach zu urteilen, näherte sich der Laborleiter dagegen bereits dem Pensionsalter. Er trug eine bequeme Cordjacke mit lederverstärkten Ärmeln und Aufschlägen, dazu ein passendes braunes Hemd. Er erhob sich halb aus dem Stuhl und reichte Winter die Hand. Wache Augen, darunter Tränensäcke, die auch einem Elefanten gut gestanden hätten. Nikotin an den Fingern. Ein altes Schlachtross, das dem Schweizer Kollegen gerne einen Dienst erwies.

Frau Feiersinger offerierte Winter einen Platz am Tisch, dann Wasser aus einer Karaffe. »Viele sagen, unser Trinkwasser sei besser als abgefülltes Mineralwasser.«

An den Wänden Fotos von sprudelndem Wasser, grünen Wiesen und glücklichen Menschen. Während sich Winters Glas füllte, erklärte die Public-Relations-Frau: »Es kommt aus den bayerischen Voralpen, das meiste aus der Reisacher Fassung.«

Eck und Winter musterten sich gegenseitig. Beide ließen die Bemühungen des Wachhundes über sich ergehen. Währenddessen plapperte der Hosenanzug weiter. »Wissen Sie, Herr Winter, Wasser ist das wichtigste Lebensmittel. Wir beliefern die eins Komma vier Millionen Einwohner der Kommune mit durchschnittlich dreihundert Millionen Litern Trinkwasser. Pro Tag.«

Todernst fragte Winter: »Haben Sie in Ihrem Labor auch Forellen?«

Frau Feiersinger ließ sich nicht irritieren. »Wir arbeiten mit Saiblingen und Bachforellen. Sie sind sozusagen unsere sensibelsten Mitarbeiter. Aber warum erklären Sie uns nicht, weshalb Sie hier sind?«

»Gerne.« Winter überreichte Visitenkarten, stellte sich vor und erläuterte, dass das BKA ihn in Zusammenhang mit einem Doppelmord gebeten habe, ein Konto zu überprüfen, und er äußerst dankbar sei, Herrn Eck ein paar Fragen stellen zu dürfen. Rein informell natürlich. Nach der Einführung wandte er sich nahtlos an den Laborleiter: »Herr Eck, Ihr Kollege Knobel von den Industriellen Betrieben Zürich hat mir erzählt, dass Sie Analysegeräte der Kaysis Medikal benutzen.«

Eck nickte nur.

»Sie waren bei der Beschaffung dabei?«

Die Stimme des Laborleiters war tief und kratzig. »Selbstverständlich. Mein Schweizer Kollege hat mir damals das erste Kaysis-Gerät gezeigt. Wir haben sie dann auch offerieren lassen. Und ich muss sagen, sie haben uns überzeugt, bis heute haben wir keinen Grund, zu klagen.« Eck erläuterte ausführlich die technischen Details der Analysegeräte und die verschiedenen Methoden, Nitrat, Phosphat oder Chlorid im Wasser festzustellen. Neben den chemischen Elementen galt es auch, mikrobiologische Parameter im Auge zu behalten.

Winter hörte höflich zu. Er fühlte sich in den Chemieunterricht zurückversetzt, in dem er mit behandeltem Löschpapier pH-Werte bestimmt hatte. Nach einer Weile unterbrach er den Laborleiter: »Sehr interessant. Aber darf ich Sie noch etwas anderes fragen: Sagt Ihnen die ZKT-Stiftung etwas?«

»Ja, das ist ihr sozialer Ableger. Die Stiftung unterstützt zum Beispiel unsere Charta der Vielfalt.«

»Charta der Vielfalt?«, echote Winter.

Frau Feiersinger beugte sich vor. »Ja, die Stadtwerke München sind stolz darauf, als Arbeitgeber die Diversität zu fördern. Wir haben die Charta bereits 2007 unterzeichnet.«

»Was kann ich mir darunter denn konkret vorstellen?«

Eck tastete nach seinen Zigaretten, fuhr sich dann stattdessen mit den flachen Händen übers Gesicht und raspelte: »Dank der Stiftung konnte das Labor zum Beispiel Frau Nasri einstellen. Wir analysieren über tausend Wasserproben pro Monat. Da haben wir zu einer qualifizierten Mikrobiologin natürlich nicht Nein gesagt.«

»Das ist aber großzügig von Kaysis Medikal.«

»Wir sind mittlerweile auch gute Kunden von ihnen.« Abwägend. »Und wenn ich helfen kann, helfe ich. Frau Nasri hat im Syrien-Krieg ihre Familie verloren und ist über den Balkan zu uns gekommen.« Eck klappte seine dicke Schreibmappe auf und drehte diese Winter zu. Zuoberst im Ringhefter ein großes Foto seines Teams im Labor. Irgendeine Feier, vom Blitz überbelichtet, alle in Labormänteln, mit dem obligaten Lächeln und einem Glas in der Hand, einige mit spitzen, bunten Hütchen. Girlanden. In der Mitte ragte Eck heraus, neben ihm eine zierliche Frau mit Kopftuch. »Eine sehr fähige Mitarbeiterin.«

Frau Feiersinger nickte zustimmend. »Sie musste vor den Legionären des sogenannten Islamischen Staates flüchten, heute jagt sie bei uns Legionellen.«

Eck brachte seine Kollegin mit einem Blick zum Schweigen. »Kaysis hat Frau Nasri auch mit Ausbildungen an ihren Geräten unterstützt. So kommen wir günstig zu den Upgrades.«

»Ein Kaysis-Vertreter kommt dafür nach München?«

Der Laborleiter schüttelte den Kopf. »Nein, nein. Die Kurse sind extern. Danach können wir die neue Software selbst hochladen.«

»Kennen Sie noch andere Kollegen, die ebenfalls mit Kaysis-Geräten arbeiten?«

»In Bayern sind wir meines Wissens die Einzigen. Die Engländer waren wohl die Ersten. Bei der Beschaffung hat Kaysis jedenfalls eine Referenz aus London vorgelegt.« Eck tastete wieder nach den Zigaretten, und Frau Feiersinger konsultierte wenig diskret ihre Uhr.

Winter wollte die knappe Zeit nutzen. Er begann, Fragen zum Beschaffungsprozess zu stellen. Schnell gewann er jedoch den Eindruck, dass auch die Stadtwerke München professionell organisiert waren. Oder vorgaben, professionell organisiert zu sein. Gemäß Feiersinger verhinderten verschiedene Kontrollmechanismen Vorteilsnahme. Die Geschäftskonten wurden regelmäßig revidiert. Als auch Eck sich zu enervieren begann und Feiersinger auf die Nachfragen solch implizite

Unterstellungen mit aller Deutlichkeit von sich wies, trat Winter den Rückzug an. Es war einen Versuch wert gewesen. Frau Feiersinger begleitete ihn aus dem Gebäude und verabschiedete ihn kühl.

Es war Mittagszeit.

Angestellte mit Sandwiches, Getränkedosen und Tupperware drängten sich an Winter vorbei in die Grünanlage vor dem Bürogebäude. Die wenigen Bänke in der Sonne waren begehrt. Ein Grüppchen Raucher tauschte die neusten Gerüchte aus.

Langsam ging Winter zu seinem Wagen zurück. Kaysis Medikals Geschäftsmodell war clever. Sie verkauften viel mehr als nur Analysegeräte. Sobald sie einmal den Fuß in einem Labor hatten, folgten Services, Kurse, Upgrades und weitere Modelle.

Als Winter beim Ausgang der Grünanlage sein Handy einschaltete, ging eine Frau mit Kopftuch und beigem Mantel vorbei.

»Frau Nasri?«

Die grazile Frau mit den feinen Gesichtszügen mittleren Alters blieb stehen. Die elegant geschwungenen Brauen über den dunklen Augen zogen sich skeptisch zusammen.

»Mein Name ist Winter, Tom Winter. Entschuldigen Sie bitte, aber ich habe vorhin mit Herrn Eck gesprochen. Das ist Ihr Chef, oder?«

Frau Nasri nickte, zog den Mantelkragen unter dem Kinn zu und senkte die Augen.

Unbeholfen fuhr Winter fort: »Herr Eck hat mir von der Charta der Vielfalt erzählt und dabei auch Ihren Namen erwähnt. Hätten Sie einen Moment Zeit?« Winter schaute sich nach einer freien Bank um.

»Wer sind Sie? Journalist?« Leise, aber bestimmt.

Winter schüttelte den Kopf. »Nein. Ich …« Sein normales Spiel, sich als ehemaligen Polizisten einzuführen, war hier nicht erfolgversprechend, weshalb er nur sagte: »… bin Geschäftsmann und interessiere mich für Kaysis Medikal.«

Er wollte die Initiative zurück. »Soviel ich weiß, arbeiten Sie täglich mit deren Apparaten? Funktionieren diese gut?«

Nur ein scheues Nicken ohne Blickkontakt. »Gute Apparate. Zuverlässig. Keine Probleme.«

»Sie haben die Ausbildung darauf gemacht?«

Blick zur Straße, dann Augenkontakt. »Was wollen Sie?«

»Kennen Sie die ZKT-Stiftung?«

Als Winter die Stiftung erwähnte, geschah etwas mit Frau Nasris beherrschtem Gesicht. Die Augen weiteten sich, dazu rümpfte sie die Nase und zog die Lippen hoch. Einen Sekundenbruchteil später verflüchtigte sich der Mikroausdruck, und sie hatte sich wieder unter Kontrolle. Winter kannte Theorie und Praxis der Lügenerkennung, aber er hatte auch schmerzlich gelernt, dass man sich furchtbar täuschen konnte. Lügen konnte man lernen. Politiker und CEOs bewiesen das jeden Tag. Zudem stammte Frau Nasri aus einer anderen Kultur. In Syrien galten andere Verhaltensmuster. Und doch war sich Winter sicher, für einen Moment so etwas wie Angst, Abscheu und Ekel in ihrem Gesicht gesehen zu haben.

Jetzt schüttelte Frau Nasri energisch den Kopf. »Ich muss gehen. Sorry.« Sie marschierte mit wehendem Mantel davon und stieg am Ende der Straße in ein wartendes Auto. Der betagte weiße Mercedes fuhr an Winter vorbei. Frau Nasri saß auf dem Beifahrersitz und starrte geradeaus. Die Fahrerin trug einen dunklen Schleier, der nur einen Schlitz für die Augen frei ließ. Der Dieselwagen mit deutschem Kennzeichen hinterließ eine schwarze Rauchwolke, bog in die Hauptstraße ein und verschwand im Mittagsverkehr.

13. Mai 12:17

Nachdenklich fuhr Winter zurück. Ohne Musik. Seine Gedanken drehten sich im Kreis. Hatte er die zierliche Frau vorhin eingeschüchtert? Als Mann? Er hatte sie überrumpelt. Okay. Aber weshalb hatte Frau Nasri dann erst bei der Erwähnung der Stiftung so heftig reagiert? Hatte er sich beim Lesen von Frau Nasris Gesichtsausdruck getäuscht? Warum hatte er Angst und Abscheu in ihrem Gesicht gesehen? Nach dem, was Eck behauptete, half die ZKT-Stiftung doch bei Lohn, Ausbildung und Integration. Warum also nicht Dankbarkeit? Die Kaysis-Geräte hatte sie gelobt. Oder hatten ihm vorhin seine Vorurteile einen Streich gespielt?

Bei Memmingen verdunkelte sich der Himmel, am Bodensee begann es, wie aus Kübeln zu regnen. Winter ließ die Scheibenwischer auf vollen Touren laufen und drosselte die Geschwindigkeit. Bei Winterthur hatte er eine Idee, und bei Zürich-Wallisellen schien die Sonne wieder. Aprilwetter im Mai. Winter verließ die A 1 Richtung Stadt, kämpfte sich durch den Verkehr und fuhr hinauf zum Seewasserwerk Moos.

Knobel war über Winters erneuten Besuch erstaunt, konnte ihm aber nicht weiterhelfen, da Mehmed gerade gegangen war. »Flexible Arbeitszeiten.«

»Wo wohnt er?«

»In Schwamendingen. Normalerweise geht er zu Fuß zur Endstation des Trams in Wollishofen. Wenn Sie sich beeilen, erwischen Sie ihn noch.«

Winter verließ das Gelände des Seewasserwerks und fuhr auf der schnurgeraden Hauptstraße zurück. Hier wucherte die Stadt mit neuen Wohnsiedlungen. Bei einem Bürohaus mit Physiotherapie-Praxis holte er Mehmed ein. Winter fuhr vor ihm von der Straße ab, hielt auf dem Umschlagplatz einer Kinderkrippe und stieg aus.

Mehmed trug Jeans, eine dunkle Windjacke und einen Plastiksack. Winter warf die Autotür zu und sprach ihn mit seinem Namen an. Der Afghane hielt inne.

»Ich bin es, Tom Winter. Wir haben am Freitag zusammen gesprochen.« Winter zeigte zurück. »Im Seewasserwerk.«

Das dunkle, asketische Gesicht öffnete sich. »Ah. Ich erinnere. Mit Herr Knobel.«

»Ja. Hätten Sie einen Moment Zeit?«

»Okay. Aber ich muss aufs Tram.« Mehmed zeigte mit dem Kinn gegen das Zentrum.

»Wir können zusammen ein paar Schritte gehen.«

Nebeneinander gingen sie die Straße entlang. Rechts grüne Hecken, links vorbeifahrende Autos.

Mehmed fragte: »Was wollen Sie?«

Diesmal nahm Winter sich vor, seinen Gesprächspartner nicht zu überrumpeln. »Ich möchte verstehen. Zum Beispiel, was Sie im Labor des Seewerks genau machen.«

»Analysen. Ich mache Analysen.«

»Was heißt das?«

»Zum Beispiel Kalk. Wasser in Zürich weich. Viel Wasser aus See. Etwa fünfzehn Grad. Französische Härtegrade. Super Wasser.«

Sie gingen an einer Tankstelle vorbei. Mehmed untermalte seine kurzen Sätze mit der freien Hand. Gepflegte Fingernägel. Kein Ring. Winter war etwa einen Kopf größer und versuchte sich kleiner, weniger bedrohlich zu machen. Zuerst ein paar einfache Fragen zum Aufwärmen: »In Afghanistan? Da haben Sie Chemie studiert?«

Heftiges Nicken. »Universität Herat. Nach Krieg neu. Naturwissenschaften. Herat große Stadt. Schon Alexander der Große.« Mehmed erzählte im Stakkato seiner Schritte. »Aber ich kein Geld, keine Arbeit, keine Frau, keine Zukunft. Deshalb ich hier.«

»Und Ihre Familie?«

Unter den buschigen Brauen traurige Augen. »Vater tot. Im Krieg. Mutter in Herat. Alt.«

»Ich bin sicher, Ihre Mutter ist stolz auf Sie.«

Wieder heftiges Nicken. »Ich sie leider nicht besuchen. Flüchtling. Aber ich schicke Geld. Schweiz reich.«

»Wie machen Sie das? Mit diesem System …?« Winter suchte nach dem Wort des islamischen Überweisungssystems.

»Hawala.«

Hawala beruhte auf Vertrauen der Mittelsmänner und kam ohne Infrastruktur, ohne Banken und mit minimalen Aufzeichnungen aus. Und Hawala war wahrscheinlich noch verschwiegener als die Schweizer Banken. Oder eine Liechtensteiner Stiftung. Deshalb stand das uralte Handelssystem auch in dem Ruf, für die Finanzierung von Terroristen missbraucht zu werden.

Doch Mehmed schüttelte den Kopf. »Western Union.«

»Wissen Sie, ob Kaysis Medikal Hawala benützt?«

»Weiß nicht. Kaysis Medikal ist moderne Firma. Haben sicher richtige Bank in der Schweiz. So wie Sie.« Mehmed grinste.

Etwa zweihundert Meter vor ihnen fuhr eine Straßenbahn davon. Bis zur nächsten Abfahrt hatte Winter nur noch einige Minuten. Zum Glück wirkte Mehmed einigermaßen entspannt. Winter entschied sich, die Stiftung anzusprechen. »Und die ZKT-Stiftung?«

»Nein.« Mehmed wich Winters Augen aus, und sein Gesichtsausdruck versteinerte. Er schaute mit steifem Rücken und stolz, mit nach vorne gerecktem Kinn, vor sich hin. Die Gelöstheit von eben war verschwunden. Die Erwähnung der Stiftung hatte offenbar auch bei Mehmed eine emotionale Reaktion ausgelöst. Nur welche?

Winter: »›Nein‹? Heißt das, Sie wissen es nicht? Oder ZKT benützt Hawala nicht?«

»Weiß nicht.«

»Wie kann ich jemanden von der Stiftung finden?«

»Weiß nicht.«

»Die Stiftung unterstützt Sie doch. Da kennen Sie doch sicher jemanden persönlich.«

»Nein.«

»Mussten Sie sich nicht bei denen vorstellen?«

»Nein.«

Einsilbige Antworten, dazwischen eisernes Schweigen. Winter wusste nicht, ob Mehmed plötzlich kurz angebunden war, weil er nicht antworten wollte, oder ob ihm die deutschen Worte fehlten. *»Do you speak English?«*

»No English. Sorry.«

Sie erreichten die Wendeschlaufe der Straßenbahn und blieben stehen. Mehmed nahm eine Gratiszeitung aus dem Ständer und studierte die Schlagzeilen. Hinter ihnen eine Snackbar, die auf einer Leuchttafel fettige Fertiggerichte anbot. Unter dem Betonvordach warteten auf Stehtischchen leere Bierflaschen darauf, abgeräumt zu werden. Winter: »Wollen wir etwas trinken? Ich lade Sie ein. Eine Cola oder so?«

»Nein.« Dann freundlicher: »Danke.«

Winter gingen die Optionen aus. Er hatte gehofft, von Mehmed mehr zu erfahren, aber wie Frau Nasri in München hatte er sich bei der Erwähnung der Stiftung sofort verschlossen. Leonie hatte nur wenig über Kaysis Medikal und nichts über die ZKT-Stiftung gefunden. Die Stiftung hatte keine Website und war wahrscheinlich sowieso nur eine leere Hülle, ein juristisches Konstrukt. Globale Firmen nutzten diese je nach Finanzplatz und Gesetzgebung zu Tausenden. In der Schweiz, auf den Kanalinseln, in Panama, Delaware oder Singapur.

Langsam ratterte eine blau-weiße Straßenbahn mit der Nummer 7 heran, kam vor ihnen zum Stillstand und öffnete seufzend die Türen. Leute stiegen aus. Zuletzt führte ein Blindenhund einen jungen Mann mit schräger Kopfhaltung, Blindenstock und umgehängter Einkaufstasche an ihnen vorbei in den Imbiss, der nicht sehr originell »Tram Point« hieß.

Das brachte den frustrierten Winter auf eine Idee. »Mehmed, entschuldigen Sie. Aber vielleicht können Sie mir mit einer anderen Frage helfen. Wissen Sie, was das ›ZKT‹ im Namen der Stiftung bedeutet? Für was steht die Abkürzung?«

»Zakat.« Krachend und guttural.

»Zakat?«

Mit flacher Hand auf dem Herzen, als sänge er die Nationalhymne, erklärte Mehmed: »Heiliges Prinzip des Islams. Reiche Muslime geben Geld an Arme. Gut für Allah. Gut für Herz. Gut für ganze Welt.« Mehmed nickte ernst und stieg in die Straßenbahn, deren hydraulische Türen sich zischend schlossen.

13. Mai 16:35

Winter blickte der Straßenbahn nach. Er war enttäuscht. Er hatte mehr erwartet. In seinem Kopf surrten unzusammenhängende Gedanken umher wie aufgescheuchte Bienen. Zudem brannten seine Augen von der langen Autofahrt. Wer steckte hinter der ZKT-Stiftung? Was bedeutete »Zakat« genau? Zur Ablenkung und als Doping besorgte er sich am Kiosk eine Dose Cola und ein Mars. Trostsnack.

Mit vollem Mund rief er Leonie an, die den Anruf sofort annahm. Er schluckte. »Ich bin's. Wo bist du?«

»Was denkst du?«

»Vor dem Bildschirm.«

»Gratuliere. Der Kandidat hat hundert Punkte.«

»Nur eine Frage. Was heißt ›Zakat‹?« Winter hörte, wie Leonie die Tastatur bearbeitete, und fügte an: »Es soll ein heiliges Prinzip des Islams sein.«

Leonie: »Also. Nach Wikipedia ist das eine Art Almosensteuer. Eine Läuterungsabgabe. Warum willst du das wissen? Willst du konvertieren?«

»Das ›ZKT‹ der Stiftung steht dafür.«

»Ah. Interessant.« Schweigen. Vermutlich las Leonie gerade den Wikipedia-Eintrag quer. Winters Theorie bestätigte sich bald. »Also Zakat hat ihren Ursprung im Koran«, begann Leonie, ihre Infos an ihn weiterzugeben. »… diverse Suren … spiritueller Wert … Pflicht erst ab bestimmtem Mindestwert … bla, bla, bla … zwei Komma fünf Prozent … Empfangsberechtigt sind Arme, Bedürftige, Verschuldete … Indonesien hat dafür sogar eine halbstaatliche Agentur. Sie verteilen die Zakat an arme Länder. In Geheimdienstkreisen gibt es Hinweise, dass die Zakat auch zur Unterstützung islamistischer Kämpfergruppen verwendet wird.«

»Sag das noch einmal langsam!«

Leonie wiederholte den letzten Satz, dann: »Moment.«

Mehr Tastengeklapper. »Hier wird ein Direktor der amerikanischen Gegenspionage zitiert: ›Wohltätigkeitsorganisationen haben aktiv Gelder an Familien von Mudschahedin und Jihad-Kämpfer überwiesen. Dies wurde in abgefangenen Telefongesprächen diskutiert.‹ – Winter? Hallo? Bist du noch da?«

Winter starrte auf die leeren Bierflaschen vor sich. In manchen gab es noch einen Bodensatz Bier. »Ja.«

»Meinst du, die ZKT-Stiftung finanziert Terroristen?«

»Ich weiß nicht.« Er trank einen Schluck Cola. »Ihr Zweck ist Ausbildung und berufliche Integration von Laboranten. Heute Morgen habe ich in München eine syrische Laborantin auf die Stiftung angesprochen. Sie ist hoch qualifiziert. Erst als ich die ZKT erwähnte, hat sie komisch reagiert. Sie ist praktisch davongerannt. Und vorhin habe ich auch den afghanischen Laboranten der Zürcher Seewerke danach gefragt. Aber auch er hat einfach den Laden runtergelassen. Ich hatte keine Chance, ihn zu knacken. Und eigentlich sollten sie sich doch freuen. Schließlich unterstützt die Stiftung sie.«

Mehr Cola. »Es ist, als hätte die Stiftung den Laboranten ein Schweigegelübde auferlegt.«

»Also ich weiß nicht, Winter. Wahrscheinlich siehst du wieder einmal Gespenster.«

Aber Mehmed aus Afghanistan und Frau Nasri aus Syrien waren keine Gespenster, sondern reale Personen mit realen Jobs und realen Geschichten. Plötzlich erinnerte sich Winter an den ausgemergelten Rikscha-Fahrer, mit dem er im Tegeler Wasserwerk gesprochen hatte. Wie hieß er doch schon wieder? Shio? Shiv? Harnisch war sein Chef gewesen. War er da auf ein Muster gestoßen? Hatte das System? Mehr zu sich selbst und ohne Überzeugung sagte Winter: »Ja. Vielleicht. Vielleicht bilde ich mir alles nur ein, und es ist nur ein Schatten und kein Monster. Aber wenn es wahr ist …«

Leonie protestierte: »Falls – und ich betone – *falls* du recht hättest, *dann* würde das bedeuten, dass die Bank bei der Finanzierung von Terroristen mitgeholfen hat. Unwissentlich zwar, aber der Alte würde an die Decke gehen und wochenlang dort kleben bleiben.«

»Ich weiß. Aber im Moment können wir es leider nicht ganz ausschließen. Wir müssen das Undenkbare denken.« Der Bericht an das FedPol respektive das BKA lag immer noch auf seinem Pult.

»Ich glaube, da geht die Phantasie mit dir durch. Weil jemand im falschen Moment geblinzelt hat, stellst du alle unter Generalverdacht. Wo bleibt da deine Toleranz?«

»Nein. Warte. Lass uns das aus Sicht von al-Qaida oder des Islamischen Staates durchdenken. Die Laboranten der Stiftung sitzen an der Quelle. Buchstäblich! Sie kontrollieren die Qualität unseres Trinkwassers. Von Millionen Leuten. Sie können überall Proben entnehmen. Sie haben Zugang. Wer hindert sie daran, unser Trinkwasser zu vergiften? Stell dir vor, sie verseuchen das Trinkwasser von mehreren Großstädten auf einmal. Damit kannst du maximalen Schaden anrichten. Das würde die westliche Zivilisation erschüttern.«

»Komm schon. Jetzt übertreib mal nicht. Eine verdächtige Zahlung. Vor Jahren. Es ist nie etwas passiert.«

Winter leerte die Dose. »Das wissen wir nicht. Vielleicht hat's nicht funktioniert, oder sie sind erst dabei, ein Netzwerk aufzubauen. Vielleicht handelt es sich um Schläfer, die während Jahren gezielt eingeschleust wurden. Die erscheinen per Definition harmlos. Ihre Aufgabe ist es, alle zu täuschen. Ein Schläfer wartet ja unter Umständen jahrelang darauf, in Aktion zu treten.«

»Deine Vorstellungskraft in Ehren, aber wie wahrscheinlich ist so ein Fall? Eins zu hundert Millionen?«

»Da nützt Statistik nichts. Nine Eleven hat sich vorher auch keiner vorgestellt. Ein Ausreißer reicht. Es könnte ein schwarzer Schwan sein.«

»Jetzt fang du nicht auch noch mit schwarzen Schafen an!«

»Schwan, nicht Schaf.« Winter war müde und frustriert und krebste zurück. »Einverstanden. Es ist nur eine Hypothese.

Aber sie würde die Brutalität erklären, mit der Otto Harnisch und Natascha ermordet wurden.«

In scharfem Ton sagte Leonie: »Ich sage nur ein Wort: Beweise.«

Sie schwiegen sich einen Moment lang an.

Dann wechselte Leonie das Thema. »Ich habe übrigens den ursprünglichen Server lokalisiert, von dem aus die Spam-Mails verschickt wurden. Er steht in einem Vorort von Bukarest.«

»Sehr gut.«

»Als Nächstes versuche ich herauszufinden, von wo aus dieser Server gesteuert wird. Dann haben wir vielleicht eine Chance, die Leute dahinter zu erwischen.«

Pause.

Winter setzte die Cola an, aber die Büchse war schon leer. Er zerquetschte sie und warf sie mit Verve in den Abfallkübel, verfehlte ihn aber. Die Dose landete scheppernd auf dem Boden. Verflucht!

»Winter? Was machst du?«

»Nichts. Aber ich will es genau wissen. Kannst du herausfinden, wer das Labor für die Wasserversorgung in London leitet? Sie haben offenbar auch Apparate von Kaysis Medikal.«

»Kein Problem.« Doch Leonies Widerwille war unüberhörbar.

»Und mach mir bitte einen Termin mit dem Leiter. Wenn es irgendwie geht, noch diese Woche. Ich will den Verdacht ein für alle Mal vom Tisch haben.«

»Kannst du das nicht per Telefon erledigen?«

»Ich will ihm in die Augen sehen.«

»Okay, aber was soll ich ihm sagen? Dass Terroristen, die London vergiften wollen, bei ihm arbeiten? Da komme ich nicht einmal über die Telefonistin hinaus.«

Winter hob die Dose auf und legte sie in den Abfallkübel. »Sag ihm, dass die Bank für einen Kunden eine Due-Diligence-Prüfung zur Kaysis Medikal macht und wir die Kundenzufriedenheit evaluieren wollen. Wir befragen alle wichtigen Kunden mit Kaysis-Geräten, um den Goodwill besser abschätzen zu können.«

»Dafür kriegst du einen Oscar für den größten Bullshit des Jahres.«

Winter lachte. »Und du einen für die beste Nebenrolle.«

»Schmeichler.«

Sie legten auf.

Winter ging zu seinem Wagen zurück. Währenddessen versuchte er, den Sozialdienst der Stadt Zürich anzurufen. Jemand hatte Mehmed vermittelt. Jemand hatte zusammen mit einem Vertreter der ZKT-Stiftung oder der Kaysis Medikal eine schriftliche Vereinbarung für Mehmed gemacht. Aber in der Verwaltung hob um diese Zeit keiner mehr den Hörer ab.

15. Mai 06:05

Winter schnallte sich an. Auf Berns Provinzflughafen rollte das Flugzeug in Startposition, und die englische Stewardess setzte sich. Auf der Piste trabte ein furchtloser Fuchs vorbei, der sich von den aufheulenden Motoren nicht einschüchtern ließ. Nebelschwaden hingen in der Morgendämmerung über den Feldern. Die halb leere Dornier beschleunigte, drückte Winter in den Sitz und hob ab.

Nach einem beengten Frühstück und ein bisschen Dösen landete die Pilotin die Maschine auf dem Flughafen London City. Winter stieg in ein mit Werbung zugepflastertes Taxi und sagte zum Fahrer: *»Reading, please. The Water Quality Centre.«* Danach schlug er die Beine übereinander und die Zeitung auf.

Während sie auf dem Autobahnring M25 London umfuhren, las Winter in der Financial Times aus dem Flugzeug einen Artikel über die Auswirkungen der tiefen Rohstoffpreise auf die Entwicklungsländer. Je tiefer die Preise, desto knapper die Staatskassen, desto autoritärer und korrupter die Regierungen. Der Preis für günstiges Tanken.

Winter legte die Zeitung beiseite.

Auf der M4 nach Westen nahm der Verkehr ab. Nieselregen schwärzte die Fahrbahn. Wasser überall. Eine der Phrasen aus der Münchner Kommunikationsabteilung holte Winter ein: »Wasser ist das wichtigste Lebensmittel.«

Er hoffte, dass sich seine Ahnung nicht bestätigte. Winter zog Leonies Kopien hervor. Londons Trinkwasser wurde von dem privaten Unternehmen Thames Water aufbereitet. Er wagte gar nicht, daran zu denken, was passieren würde, wenn Terroristen das Trinkwasser der neun Millionen Menschen im Großraum London vergifteten. 1989 hatte Thatcher Thames Water privatisiert, momentan gehörte das Unternehmen einem australischen Investmentfonds.

Auch Wasser war ein Geschäft.

In dem in der Stadt Reading angesiedelten Labor von Thames Water arbeiteten etwa hundert Angestellte. Nach einer Weile rollte das Taxi in einen modernen Business Park. Das Water Quality Centre stellte sich als zweistöckiges, vollständig verglastes Bürogebäude mit einem flachen Ziegeldach heraus.

Winter ließ sich eine Quittung geben und stieg aus.

Der Laborleiter wurde herbeitelefoniert.

Dr. Thomson war erfreut, Winter kennenzulernen. Behauptete er jedenfalls. Der gewichtige Fünfzigjährige mit breiter Krawatte und dunklem Maßanzug bat Winter in sein Büro und dann in einen Designerstuhl mit Aussicht auf ein Industriegebiet und die gerahmten Diplome an der Wand. Während sie auf den Kaffee warteten, machte der Laborleiter in gestelztem Oxford-Englisch Konversation über Flugreisen, das Wetter und Londons Verkehrsstaus.

Annoying, terrible, horrible.

Winter war froh, jeweils nur zustimmen zu müssen.

Nachdem der Kaffee gereicht und der Zucker eingerührt war, erkundigte sich Dr. Thomson: *»So, how can I help you, Mr. Winter?«*

Winter erzählte die Due-Diligence-Geschichte und erkundigte sich nach der Zufriedenheit mit den Kaysis-Medikal-Apparaten. Alles sei perfekt, lautete die Antwort. Keine Beanstandungen. Thomson leierte verschiedene Tests herunter. Winter ließ sich die Historie des Water Quality Centres mit Kaysis Medikal erzählen. Langjährig, wachsend und zur beiderseitigen Zufriedenheit. Aber leider könne Thomson keine spezifischen Zahlen preisgeben. Und wie stand es mit dem Service? Absolut professionell. Kaysis Medikal hatte praktischerweise eine Niederlassung in London.

Nichts Neues im Westen Londons.

Winter lehnte sich vor und öffnete die Arme in einer vorauseilend entschuldigenden Geste. »Dr. Thomson. Bitte verstehen Sie mich nicht falsch, aber meine nächste Frage ist etwas delikat. Kaysis Medikal ist eine türkische Firma. Sie wird von Herrn Magomedow, einem russischen Oligarchen, kontrolliert. In diesen Ländern gelten manchmal andere Regeln.« Winter blickte in Thomsons reglose Augen und fuhr fort: »Da drängte sich in unserem Hause unter anderem auch die Frage auf, ob Ihnen irgendwelche Hinweise auf Vorteilsnahme begegnet sind? Ist Ihnen in dieser Hinsicht etwas aufgefallen?«

Thomsons blasser Teint glich sich plötzlich dem rosa Hemd an, und der Laborleiter antwortete indigniert: *»Absolutely not.«*

»Entschuldigen Sie, aber ich musste das fragen.«

»Millionen von Kunden hängen von unseren Services ab. Wir machen über eine halbe Million Tests pro Jahr. Wir unterstehen verschiedenen Regulatoren. Da können wir uns nicht den leisesten Zweifel leisten.«

Winter nickte verständnisvoll. »Ich verstehe.« Es machte keinen Sinn, hier nachzubohren. »Ein anderes Thema. Wir haben gehört, dass Kaysis Medikal auch Laboranten unterstützt. Wie sieht das bei Thames Water aus?«

»Oh yes!« Die gespannte Gesichtshaut seines Gesprächspartners nahm wieder ihre normale, helle Farbe an. »Kaysis Medikal ist einer unserer Ausbildungspartner. Thames Water hat ein großartiges Programm, das jungen Menschen eine Ausbildung ermöglicht und Karrierechancen eröffnet.«

»Und inwiefern unterstützt Kaysis Medikal dieses Programm?«

»Also, ich kann nur für meinen Bereich sprechen. Aber Kaysis Medikal lädt unsere Laboranten gelegentlich zu Fortbildungskursen ein. Manchmal werden auch maßgeschneiderte Trainings mit ihren Experten organisiert. Da profitieren beide Seiten. Das ist eine typische Win-win-Situation.«

»Hat diese Partnerschaft noch andere Vorteile?«

»Sie helfen uns manchmal bei der Rekrutierung. Kaysis Medikal hat uns in den vergangenen Jahren einige Male auf interessante Kandidaten hingewiesen. Gut ausgebildete Chemiker und Mikrobiologen sind auf dem freien Markt nicht einfach zu finden.«

»Auch aus dem Ausland?«

»Vor allem aus dem Großraum London.« Einer kosmopolitischen Stadt, wo Menschen aus aller Welt lebten. Winter fragte: »Finanziert Kaysis Medikal auch direkt Mitarbeitende? Oder übernimmt sie Anteile an deren Löhnen? Zum Beispiel für junge Laboranten in der Ausbildung?«

»Nein. Nicht hier. Hier arbeiten vor allem Hochqualifizierte. Aber ich kann natürlich nicht für die Kläranlagen oder die Trinkwasserreservoirs sprechen. Da müssten Sie sich an die Abteilung ›Operations‹ oder das HR wenden.«

Winter fixierte Thomsons Augen. »Sagt Ihnen die ZKT-Stiftung etwas?«

»Nein.« Ausdrucksloses Kopfschütteln. »Sollte es?«

Keine besonderen Anzeichen. »Nicht zwingend. Es ist eine Stiftung von Kaysis Medikal.«

»Da bin ich überfragt.« Süffisantes Lächeln. »Sie sind der Finanzspezialist, nicht wahr?«

»Und wenn Sie mit Kaysis Medikal Kontakt haben, wer ist dann Ihr Ansprechpartner?«

»Niemand Spezifisches. Wenn ich etwas besprechen will, rufe ich in ihrem Londoner Büro an. Bei Bedarf schicken sie jemanden vorbei. Allerdings wechseln die Leute dauernd. Ich habe den Eindruck, dass sie ihre Kader rotieren. Ursprünglich waren sie ja vor allem in Entwicklungsländern tätig. Aber heutzutage können ihre Geräte problemlos mit den Großen mithalten. GE muss sich warm anziehen, um mithalten zu können, zumindest auf der Preisseite.«

Fünf Minuten später brach Dr. Thomson das Gespräch höflich, aber bestimmt ab, und seine Assistentin war *»happy«*, Winter ein Taxi zu rufen.

Im Stadtzentrum ließ er sich zur Portrait Gallery fahren. Nach dem späten Lunch in deren Restaurant bummelte er zum Covent Garden, wo er sich einen zweiten Kaffee gönnte.

Dann fuhr er mit U-Bahn und der Docklands Light Railway, DLR, zum Flughafen und ging durch die Sicherheitskontrollen. Der Metalldetektor ließ ihn ungehindert passieren. Dahinter klaubte Winter die losen Münzen aus der Plastikschale und steckte das Mobiltelefon weg. Als er seinen Gürtel einfädelte, fasste ihn jemand am Ellbogen. »Herr Winter, kommen Sie bitte mit!«

15. Mai 18:28

Der Mann an seinem Ellbogen führte Winter wortlos durch eine Nebentür hinter die Kulissen des Flughafens. An seinem Hals hing ein Bändel mit einem Schildchen, das ihn als Sicherheitsverantwortlichen eines Sektors auswies. Er steckte in einem billig glänzenden Anzug und war sichtlich übermüdet.

Winter wollte wissen, weshalb er mitgenommen wurde.

Sein Begleiter sagte: *»There's a chap who'd like a chat.«* – Jemand wollte sich mit ihm unterhalten.

»Wer?«

»Ein Gentleman aus dem Außenministerium.«

Sie marschierten durch ein Labyrinth aus Korridoren mit abgewetzten Spannteppichen, bis ihn der Sicherheitsverantwortliche durch eine Tür schob. *»Please.«*

Ein kleines, fensterloses Sitzungszimmer mit harschem Neonlicht, einem für den Raum zu großen Tisch, einem Telefon darauf und vier Stühlen. Der Gentleman aus dem Außenministerium hatte die Hände hinter dem kerzengeraden Rücken verschränkt und studierte auf der anderen Seite des Tisches die beige Wand.

Erst nachdem die Tür ins Schloss gefallen war, drehte sich der maßgeschneiderte Fischgrätanzug um. Darüber ein ledergegerbtes Gesicht mit schmalem David-Niven-Schnurrbart und kurz geschnittenen, grauen Haaren. Winter konnte sich ihn gut als Kommandanten auf irgendeinem gottverlassenen Schlachtfeld vorstellen. Stechende Augen. »*Well.* Eigentlich sollte ich als DfL jetzt in Kent sein und das kommende Wochenende einläuten.«

»DfL?«

»Down from London.«

»Gut zu wissen. Mein Flug geht um neunzehn Uhr zwanzig, und ich möchte *mein* Wochenende nicht verpassen.«

Der distinguierte Kommandant, der seine unterdurchschnittliche Körpergröße mit überdurchschnittlicher Präsenz wettmachte, lächelte maliziös. »Dann haben wir ja das gleiche Ziel, Herr Winter.«

»Darf ich fragen, mit wem ich das Vergnügen habe?«

»Sie dürfen. Aber würden Sie mir glauben?«

»Wahrscheinlich nicht.«

»Dann lassen Sie uns keine Zeit verschwenden.«

»Ich höre.«

»Dr. Thomson hat uns informiert, dass Sie sich aus eher fadenscheinigen Gründen für die Kaysis Medikal interessieren.«

Der Gentleman konnte ihm das Leben schwer machen. Winter wog seine Optionen ab. Mit einem Anruf bei der hiesigen Filiale der Bank konnte er einen Londoner Anwalt herbeirufen. Aber dann würde er mit Sicherheit seinen Flug verpassen. Besser erst einmal versuchen herauszufinden, um was es ging. »Ich arbeite für eine Bank und habe im Rahmen einer Due Diligence mit ihm gesprochen. Meines Wissens ist das im Vereinigten Königreich gang und gäbe.«

Der namenlose Mann aus dem Außenministerium spitzte maliziös den Mund. »Ein guter Deckmantel. Zugegeben. Aber ich habe auf der Fahrt hierhin mit einem Meister seines Fachs in Ihrem netten Heimatland gesprochen. Er hat sich für Sie verbürgt.«

»Beruhigend. Hat er Ihnen auch von dem Doppelmord in Berlin erzählt?«

»Hat er. Und ich will deshalb offen zu Ihnen sein. In den letzten Tagen sind diverse Alarmglocken in der Causa Magomedow losgegangen. Hier, aber auch in Amsterdam und Berlin. Da uns die Sicherheit des Vereinigten Königreichs und unserer europäischen Partner trotz Brexit außerordentlich wichtig ist, habe ich mir persönlich die Zeit genommen, mich hinsichtlich Ihrer Absichten kundig zu machen.«

»Ich schreibe nur einen Bericht für das FedPol respektive das BKA. Vielleicht können Sie mir dabei helfen.«

David Niven stützte seine manikürten Finger auf dem

Tisch ab, als habe er die ausgebreitete Karte eines imaginären Schlachtfeldes vor sich. *»Fair enough.«* Kunstpause, dann triefender Sarkasmus: »Zalimkan Magomedows Vater hat vor seinem unglücklichen Ableben nicht unbeträchtliche Summen in Londoner Immobilien investiert. Dabei haben er und sein wohlerzogener Sohn es mit den Gesetzen nicht immer ganz genau genommen.«

Winter schwieg und wartete.

Der Herr aus dem Außenministerium fragte: »Haben Sie schon einmal versucht, einen Pudding an die Wand zu nageln?«

»Ich bevorzuge, ihn zu essen.«

»Ich auch. Schon wieder eine Gemeinsamkeit. *Splendid.* Wir haben seit Längerem ein wachsames Auge auf Zalimkan Magomedow. Leider konnten wir ihn bis heute nicht festnageln.«

Winter stellte sich dumm. »Ich verstehe nicht.«

»Was ich sagen will: Scheuchen Sie dieses *fucking arsehole* nicht auf.« Der Gentleman hämmerte mit dem ausgestreckten Zeigefinger auf den Tisch. »Nicht jetzt.«

»Auch nicht, wenn er Terroristen finanziert?«

»Herr Winter, Sie begreifen nicht. Es ist uns allen klar, dass er Dreck am Stecken hat. Wir sind nah dran. Wir sind seinem elektronischen Geschnatter dicht auf den Fersen. Wir wissen, dass er etwas ausheckt, aber wir wissen nicht, was. Seit ein paar Monaten spielt er den Heiligen.«

»Menschen ändern sich.«

»Nicht Magomedow. Es ist die Windstille vor dem Sturm. Ende letzten Jahres hat er alle Liegenschaften in London abgestoßen, einige davon deutlich unter Marktwert. Das macht uns ein wenig nervös.«

»Portfoliobereinigung?«

»*Bullshit*. Er braucht das Geld für etwas.«

»Vielleicht begleicht er Schulden. Vielleicht sieht er einen Crash bei den Immobilienpreisen kommen. Das soll es ja sogar in London geben.« Vielleicht löste Magomedow den

Crash sogar selbst aus. Laut fragte Winter: »Sagt Ihnen die ZKT-Stiftung etwas?«

»Ja, selbstverständlich. Magomedow kontrolliert sie. Er hat Dutzende von Firmen, Stiftungen, Holdings. Immer wenn wir ihm irgendwo auf die Pelle rücken, meldet er Insolvenz an, verschiebt den Geschäftssitz oder tauscht die Assets. Er ist uns immer wieder weggeflutscht wie ein verdammter *jelly pudding*.«

»*Business as usual* für einen internationalen Geschäftsmann.«

Der Gentleman rümpfte angewidert die Nase. »Magomedow ist – auch wenn er einem irrational vorkommt – ein hervorragender Stratege. Schließlich wurde er in den härtesten Straßen und an den besten Universitäten ausgebildet. Aber er hasst den Westen abgrundtief.«

»Warum?«

»Er ist überzeugt, dass wir seinen Vater umgebracht haben.«

Gelegenheit, Mittel. Und nun das Motiv. »Und habt ihr?«

Ein mitleidiger Blick aus des Empires Außenministerium.

Winter: »Aber immerhin tut er hier mit der Stiftung Gutes. Oder?«

»Das ist nur Show fürs Scheinwerferlicht. Der BND hat den deutschen Schreiner interviewt, der in Moskau die Fenster von Magomedows Villa mit schusssicherem Glas ersetzt hat. Magomedow lebt privat in völliger Askese. Die Villa ist praktisch leer. Er schleppt nur einen Gebetsteppich und einen Laptop mit sich herum.«

»Bescheidenheit ist eine Tugend, die manchem Manager gut anstehen würde.« Winter verschränkte die Arme. »Meines Wissens wird die Stiftung von der Kaysis Medikal alimentiert, und die Kunden, mit denen ich gesprochen habe, sagen, dass deren Geräte preiswert und zuverlässig sind. Sie sind seit Jahren im Geschäft.«

»Den Profit macht er mit Drogen und Waffen. Da kann er sich Quersubventionen leisten.«

Zu diesen Geschäften würden das Foltern von Otto Harnisch und Natascha Mironows Kopfschuss passen. Winter sagte: »Okay, wollen Sie meine Hypothese hören?«

»Please.« Der Gentleman des Außenministeriums konsultierte seine Uhr, eine Patek Philippe. »Ihr Flug geht in dreißig Minuten.«

Winter erläuterte dem Engländer seinen Verdacht, dass Magomedow mit Geldern aus der ZKT-Stiftung und unter dem Deckmantel legitimer Geschäfte in den Labors der Trinkwasserversorgung europäischer Städte Schläfer eingeschleust hatte. Als Winter sah, dass sein Zuhörer seine Geschichte nicht sofort für abstrus erklärte, fuhr er fort: »Da Magomedow diese gezielt an neuralgischen Stellen platziert hat, kennen sie die Sicherheitsvorkehrungen, haben Zugang zu sensiblen Bereichen und können das Trinkwasser von Millionen Menschen vergiften. Daneben würden der Terroranschlag in Manchester oder die Rucksackbomber in der Londoner U-Bahn verblassen. Ich weiß, es klingt verrückt, aber ist es nicht Ihre Pflicht, das Undenkbare zu denken?«

David Nivens Augen verengten sich. »Interessante Theorie.«

Winter relativierte: »Aber es ist nur eine Ahnung. Beweisen kann ich es nicht. Meine Kollegin hat mich schon für verrückt erklärt, wobei man das bei ihr nicht überbewerten sollte.«

»Verrückte Menschen haben die Welt verändert.«

»Zum Guten wie zum Schlechten.«

»Wir sind alle ein wenig verrückt.«

»Vielleicht bin ich auch einem Vorurteil aufgesessen oder der Angstmache und Propaganda erlegen. Aber je länger ich die Sache aus Sicht der Terroristen betrachte, desto glaubwürdiger erscheint mir mein Verdacht. Man kann es drehen und wenden, wie man will, aber so kann ein Verrückter – wie Magomedow offenbar einer ist – riesigen Schaden anrichten. Die Mittel dazu hat er. Minimaler Aufwand, maximaler Impact.«

»Die Ökonomie des Terrors.« Der Gentleman strich sich über den Schnurrbart. »Mit wem haben Sie, abgesehen von Ihrer Kollegin, sonst noch über diese Theorie gesprochen?«

»Mit niemandem. Aber wie gesagt: Ich muss früher oder später einen Bericht schreiben.«

»Müssen wir das nicht alle?«

»Kann ich jetzt gehen? Mein Flugzeug wartet.«

»*Certainly.* Ich will Sie nicht länger aufhalten.« David Niven kam um den Tisch herum und streckte die Hand aus. »Es war mir ein Vergnügen, mich mit Ihnen zu unterhalten. Danke für Ihre Lagebeurteilung. Aber wenn ich Ihnen einen Rat gegeben darf: Überlassen Sie Zalimkan Magomedow uns. Wir kümmern uns um ihn. Und es ist besser, wenn Sie dieses Gespräch für sich behalten.«

Sie gaben sich die Hand.

Winter nickte, versprach aber nichts.

David Niven öffnete die Tür und übergab Winter dem Flughafenangestellten, der ihn zum Gate führte. Die Stewardess auf dem Rückflug war dieselbe wie beim Hinflug. Auf Flughöhe verteilte sie Sandwiches, zwischen deren Toastscheiben maschinell gestanzter Schinken, zwei Salatblätter und eine Gurkenscheibe eingeklemmt waren. Wenigstens gab es dazu eine Banane und ein Fläschchen Mineralwasser. Gesund, sicher, aber ein Vielfaches teurer als Leitungswasser.

Winter ließ den Tag Revue passieren. Und nahm sich vor, beim nächsten Einkauf ein halbes Dutzend Flaschen Mineralwasser zu kaufen.

Nach der Landung in Bern verließ er kurz vor dreiundzwanzig Uhr das Flughafengebäude. Auf dem Weg zum Parkplatz fuhren zwei Taxis vorbei. Er prüfte im Gehen das Handy. Nichts, was nicht warten konnte. Nur eine seltsame SMS erregte seine Aufmerksamkeit: »Bitte rufen Sie uns betreffend Ihrer Kreditkarte an. Vielen Dank. Swisscard.« Plus Referenz- und Telefonnummer.

Spam. Sein Daumen wollte die SMS löschen, doch dann hielt er mitten in der Bewegung inne. Vielleicht war die SMS tatsächlich von Swisscard, der Firma, die viele der Kreditkartentransaktionen in der Schweiz abwickelte. Schließlich war ihm letzte Woche die Karte geklaut worden.

Am Automaten bezahlte er die Parkplatzgebühr. In bar. *Gauner!*

Langsam rollte ein Mercedes mit verdunkelten Scheiben vorbei. Winter ging zu seinem Audi. Der Kies knirschte. In der Ferne rauschte die Aare. Die Nacht war sternenklar. Der Polarstern leuchtete hell, aber kein Fuchs weit und breit.

Die SMS ließ Winter keine Ruhe. Er wählte die Nummer auf der Rückseite der neuen Kreditkarte und navigierte durchs automatische Menü bis zu einer echten Frauenstimme. »Guten Abend, mein Name ist Grossrieder. Wie kann ich Ihnen heute behilflich sein?«

Winter zitierte die SMS, gab seine Kartennummer durch und beantwortete Sicherheitsfragen. Danach erklärte die nette Frau: »Danke, alles korrekt.« Kein Spam. »Sie haben die SMS erhalten, weil Ihre alte Karte heute benutzt wurde.«

»Sie wurde mir letzte Woche gestohlen.«

»Das System zeigt mir nur an, dass die kürzlich gesperrte Karte bereits ersetzt wurde. Manchmal werden Karten verlegt und später wiedergefunden. Wo haben Sie denn heute Ihre neue Karte eingesetzt?«

»In London. Ich habe damit das Mittagessen bezahlt.«

»Können Sie mir den Betrag nennen?«

Winter hatte eine Lachsvorspeise, dann Beef und einen Apple Crumble gegessen. »Fünfundfünfzig Pfund.« Die Aussicht über die Dächer Londons hatte ihren Preis.

»Das ist korrekt. Da beide Karten auf Sie persönlich registriert sind und Sie nicht an zwei Orten gleichzeitig sein können, hat das System Alarm geschlagen.« Mittels Geo-Referenzierung konnten die Programme Transaktionen an geografisch unmöglichen oder unwahrscheinlichen Orten erkennen.

Winter fragte: »Wo wurde meine Karte denn eingesetzt?«

»Um sechzehn Uhr zweiundzwanzig hat im Restaurant ›Aux Délices du Lac‹, Postleitzahl 6353, jemand versucht, neun Franken achtzig abzubuchen. Das System hat die Transaktion verweigert. Wissen Sie etwas darüber?«

»Nein. Zu welchem Ort gehört die Postleitzahl?«

»Moment. – Hier: 6353 ist die Postleitzahl von Weggis.«

»Weggis?« An der Riviera des Vierwaldstättersees, wo Magomedows Schwester mit Koffern voller Bargeld ein Anwesen mit Seeanstoß gekauft hatte.

»Ja, das ist korrekt.«

16. Mai 05:33

Reglos fixierte er das Loch. Kurz vor Sonnenaufgang hatte sich Sheriff dort in Position gebracht. Einem Scharfschützen gleich harrte er aus, gleichzeitig entspannt und angespannt, ungerührt gegenüber der verstreichenden Zeit, aber bereit, sofort zuzuschlagen. Die Sonne kletterte über den Horizont und begann sein schwarzes Fell zu wärmen.

Sheriffs Schnurrhaare registrierten die Bewegung im Eingangsbereich des Stollens, bevor die Maus herauskam. Dann ein pfeilschneller Sprung. Mit ausgefahrenen Krallen packte Sheriff die Feldmaus, und einen Genickbiss später war das Frühstück erlegt. Es war ein ungleicher Kampf gewesen. Todeszuckungen. Der Kater packte die Feldmaus, trug sie locker zum Haus zurück, stieß mit dem Kopf das Katzentürchen auf und schlich ins Schlafzimmer.

Mit einem Satz landete er auf dem schlafenden Winter.

»Grrrmmp.« Winter schlug die Augen auf. »Was willst du?«

Stolz ließ Sheriff die tote Maus auf Winters nackten Oberkörper fallen. Flauschiges Fell. Blut. Angeekelt drehte Winter sich weg und stieß seinen fauchenden Kater vom Bett. »Sheriff. Raus hier! Wie oft habe ich dir schon gesagt, dass ich auf deine Mäuse verzichten kann. Schschuschsch.«

Beleidigt, mit hochgestelltem Schwanz, zog Sheriff ab.

Winter ließ sich ins Kissen zurückfallen. Das Wochenende hatte begonnen, aber an Ausschlafen war nicht mehr zu denken. Er stieg aus dem Bett und schlüpfte in die Shorts. Mit Daumen und Zeigefinger hob er die Maus am Schwanz hoch. Scheiße, das Leintuch musste in die Wäsche. Barfuß ging Winter mit seinem »Frühstück« durch die Wohnküche nach draußen. Auf der Veranda war es frisch, doch es würde ein schöner Tag werden. Mit Schwung warf er den Kadaver Richtung Kompost.

Er würde sich später darum kümmern.

Bald konnte er wieder draußen auf der Steinterrasse in der Sonne sitzen. Vielleicht würde er heute versuchen, des verwilderten Gartens dahinter Herr zu werden. Die abgestorbenen Stängel, das Unkraut ausreißen, umgraben, etwas Sinnvolles mit den Händen machen. Etwas Handfestes. Säen und ernten.

Doch zuerst brauchte er einen anständigen Kaffee.

Winter wusch sich, setzte Kaffee auf, trank einen Orangensaft und bereitete das Frühstück zu. Jedes Mal wenn er den Wasserhahn aufdrehte, schob sich seine ungeheuerliche Ahnung wieder ins Bewusstsein. Doch jedes Mal verdrängte er sie wieder. Es war Wochenende. Zeit, sich abzulenken, ein bisschen aufzuräumen, dreckige Kleider in die Waschmaschine zu stopfen. Dann zog er die Turnschuhe an und machte sich auf für einen Morgenlauf.

Das Wasser der Aare glitzerte. Die Sonne flitterte durch die Bäume. Winter rannte mit tiefer Frequenz, acht Schritte auf einen Atemzug. Nach einer Viertelstunde joggte er am Restaurant bei der Fähre vorbei, wo bereits einige Spaziergänger draußen saßen.

Jemand hatte mit seiner gestohlenen Kreditkarte in einem Restaurant neun Franken achtzig bezahlen wollen. Neun Franken achtzig waren ein kleiner Betrag, keiner, den man mit Kreditkarte bezahlte. Vielleicht zwei Kaffee? Aber warum hatten die beiden Berliner Diebe nicht versucht, eine teure Uhr, Schmuck oder einen Fernseher zu kaufen?

Beim Voranpreschen spürte er, wie sich die Muskeln in den Oberschenkeln spannten, sich der Brustkorb regelmäßig hob und senkte. Und weshalb tauchte die alte Kreditkarte ausgerechnet in Weggis auf, wo Magomedow eine Villa gekauft hatte? Mit kofferweise Bargeld bezahlt. Nur zwei Stunden Fahrt von hier.

Blondi und die Glatze hatten seine Sachen in Berlin mitgehen lassen.

Kreditkarte, Identitätskarte, Visitenkarten.

Winter erhöhte seinen Rhythmus auf sechs Schritte pro Atemzug. Bei der alten, überdachten Holzbrücke überquerte er die Aare und joggte zurück. Eine Weile lang dachte er gar nichts. Auf den letzten Kilometern steigerte er den Rhythmus und trieb den Serotoningehalt in seinem Blut nach oben.

Waren Ort und Timing ein Zufall? Oder war die Kreditkarte gezielt eingesetzt worden? Gemäß dem Swisscard-Callcenter war es der einzige Versuch gewesen, seine gestohlene Karte einzusetzen. Für einen kleinen Betrag an einem spezifischen Ort und zu einem ganz bestimmten Zeitpunkt. Hatte ihm jemand eine Botschaft geschickt? Diskret und indirekt? Neun Franken achtzig in Weggis?

Es gab nur einen Weg, das herauszufinden.

Ein kleiner Wochenendausflug.

Drei Stunden später rollte Winter in Weggis die Seestraße entlang und schnappte sich bei der Schiffsanlegestelle einen Parkplatz. Er fütterte die Parkuhr und mischte sich unter die den Vierwaldstättersee entlangflanierenden Touristen.

Viel Verkehr, viele Hotelkästen.

Auf einer Schautafel lokalisierte er das Restaurant »Aux Délices du Lac«. Es war nur ein paar hundert Meter entfernt, und er machte sich sofort auf den Weg. Auf einem zwischen Chalets eingeklemmten Flecken am See standen ein halbes Dutzend Gartentische. Zwei große, quadratische Sonnenschirme und eingetopfte Palmen verbreiteten mediterranes Flair. Ein beschürzter Kellner notierte Bestellungen und eilte über die Autostraße zum Restaurant.

Winter setzte sich an einen Tisch. Der gelochte Aluminiumstuhl wackelte. Zwei frisch frisierte Damen rauchten und unterhielten sich lebhaft. An einer übergewichtigen chinesischen Familie vorbei blickte Winter auf den See. Touristenfalle. Das Menü klebte am rot-weiß karierten Plastiktischtuch. Ein Kaffee oder ein Espresso kosteten vier Franken neunzig. Bingo. Zwei entsprachen genau neun Franken achtzig.

»Sie wünschen?«

»Ein Mineralwasser bitte.«

»Kommt sofort.«

Kurz darauf stellte der Kellner ein schlankes Fläschchen und ein Glas vor Winter. »Bitte sehr.«

»Kann ich bei nächster Gelegenheit bezahlen?« Winter hob seine neue Kreditkarte in die Luft.

»Selbstverständlich.«

Doch zuvor wurden die Pommes frites für die Chinesen gebracht, die mehr Ketchup verlangten. Und die royalen Damen orderten säuerlich Zitronenquarktorten. Dann kam der Kellner mit dem Lesegerät und nahm Winter die Kreditkarte ab. Während der junge Mann die Abrechnung vorbereitete, studierte Winter sein Gesicht. Sanfte Augen, längliche Nase und gezähmte hellbraune Haare. Dem Akzent nach wahrscheinlich aus Norddeutschland. »Woher kommen Sie?«

Der Kellner reichte ihm das Lesegerät. »Aus Hannover.«

Winter gab seinen Code ein. »Da war ich noch nie.«

»Hier ist es auch schön. Mit dem See.«

Winter legte ein Fünf-Franken-Stück als Trinkgeld auf den Tisch. »Haben Sie gestern Nachmittag auch gearbeitet?«

»Ja.« Der Hannoveraner zog die Kreditkarte aus dem Schlitz und gab sie Winter zurück.

»Können Sie sich erinnern, wer so um halb fünf mit einer Kreditkarte bezahlen wollte, die abgelehnt wurde? Neun Franken achtzig.«

Das Fünf-Franken-Stück verschwand. »Über unsere Gäste geben wir in der Regel keine Auskunft. Wieso interessieren Sie sich dafür?«

»Es war meine Kreditkarte.« Winter zog eine Zwanzigernote aus der Brieftasche und legte diese auf den Tisch. »Und deshalb.«

Der Kellner schaute sich um. »Es waren zwei Männer. Als die Karte nicht funktionierte, haben sie bar bezahlt.«

»Und?« Winter behielt die Hand auf der Zwanzigernote.

»Einer war auch aus Deutschland. Der mit der Karte. Beim anderen bin ich mir nicht ganz sicher. Sie waren etwa dreißig, höchstens vierzig. Ärmellose T-Shirts – war ja warm gestern. Muskulös. Biker vielleicht, wenn Sie mich fragen.«

»Lederjacken? Motorradhosen?«

»Nein, Jeans, glaube ich.«

»Haarfarbe?«

»Einer hatte eine Glatze. Und der Deutsche war blond. Wie im Lehrbuch.« Er lachte. »Hilft das?«

Winter ließ die Note los und nickte. Blond und kahlköpfig. Passte für Blondi und die Glatze. »Sie haben hier nicht zufällig Kameras?«

Der Kellner schüttelte den Kopf, machte eine entschuldigende Geste und ließ dabei die Note verschwinden. Danach trank Winter aus und schlenderte zum Kiosk bei der Schiffsanlegestelle zurück, wo er einen Nussgipfel kaufte und die Verkäuferin in einen Schwatz verwickelte. Nach einer Weile erkundigte er sich nach dem Haus von Frau Magomedow, einem Anwesen mit Seeanstoß. Diese Beschreibung genügte der gut gelaunten Kioskfrau, schließlich saß sie mitten in der Gerüchteküche. »*Diese* Russin können Sie, junger Mann«, verschwörerischer Blick, »nicht verfehlen.« Dann gab sie ihm um sieben Ecken herum die Wegbeschreibung zur Villa. »Mit hässlichen Säulen. So römischen.«

»Wie bei Asterix und Obelix.« Winter zeigte auf den Comic in der Auslage.

»Genau.« Sie lachte herzlich und sagte zwinkernd: »Wie Obelix.«

Die »römische« Villa lag mehrere Kilometer entfernt, weshalb Winter das Auto nahm. Außerhalb Weggis wurden die Grundstücke größer, die Mauern höher und die Preise wohl astronomisch. Nach der letzten Wegmarke der Kioskfrau – einem rosa Nagelstudio – fuhr er eine drei Meter hohe Mauer entlang. Als er in einer halbmondförmigen Einfahrt eine Art halbes Kolosseum mit eisernem Eingangstor sah, wusste er, dass er die Villa gefunden hatte.

Er hielt und stieg aus. Autos fuhren vorbei. Auf der anderen Straßenseite schichteten sich Terrassenwohnungen den

Hang hinauf. Zwei wetterfeste Kameras wachten über das massive Portal. Als sich Winter näherte, drang aus einem verdeckten Lautsprecher eine Stimme: »Kommen Sie. Kommen Sie. Treten Sie ein.«

16. Mai 15:03

Das schwere Tor glitt von unsichtbaren Motoren angetrieben zur Seite. Gesäumt von einem Park mit alten Bäumen führte eine geteerte Einfahrt zu einer neoklassizistischen Villa. Winter wartete. Hatte Magomedow ihn erwartet? Hatten sie die Kreditkarte nur benutzt, um ihn in eine Falle zu locken? Niemand wusste, wo er war. Aber darauf konnte Magomedow sich nicht verlassen. Das Tor hielt mit einem dumpfen »Klonk«.

Winter ließ den Audi in der Einfahrt stehen und ging zu Fuß auf das Anwesen zu. Vor dem dreistöckigen Haupthaus stützten Säulen eine ausladende Balustrade, davor eine ebenso ausladende Treppe, links und rechts symmetrische, abgestufte Flügel mit großen Fenstern. Eine größenwahnsinnige Geschmacksverstauchung in Grau. Die Villa hätte auch in Warschau, Bukarest oder Moskau stehen können.

Auf dem Dach machte Winter drei Satellitenschüsseln aus.

Die Vögel in den Bäumen waren verstummt.

Kein Mensch zu sehen. Aber das Tor begann sich hinter ihm zu schließen. Baumwurzeln hatten den Teer der Einfahrt an vielen Stellen wellig nach oben gedrückt. Efeu wucherte an den alten Bäumen des verwahrlosten Parks hoch. Auch das Anwesen selbst machte einen vernachlässigten Eindruck. Laub verrottete in einem ornamentalen Teich auf dem Vorplatz.

Nur die Autos waren nagelneu. Ein rotes Jaguar-Coupé mit weißen Ledersitzen und ein beiger Porsche Cayenne mit Pferdeanhänger. Luzerner Nummern. Bling-Bling. Und zwei fette BMWs mit den Aufklebern eines Autoverleihs.

Plötzlich stand zwischen den Säulen ein Mann in einem langen Mantel, der aussah wie ein Mix aus Bademantel, Kimono und traditionellem Kostüm. Der dunkle Stoff wurde von einem breiten Ledergürtel zusammengehalten, der Ausschnitt gab ein feines, hochgeschlossenes Baumwollhemd mit kleinem Stehkragen frei. Winter musste an einen mongolischen Reiter mit mönchischem Einschlag denken.

Der schwarzhaarige Mann war mittlerer Größe und weder jung noch alt. Breitbeinig erwartete er ihn oben an der Treppe und breitete die verschränkten Arme aus. Die Ärmel weiteten sich schwungvoll wie Flügel. »Willkommen in meinem Haus.«

Winter stieg die flachen Treppenstufen hinauf. Als er sich näherte, registrierte er ein glatt rasiertes Gesicht mit hohen Wangenknochen und vollen Lippen. Die platt gedrückte Nase und die ausgefransten Ohrläppchen verrieten den Kämpfer, der ohne Rücksicht auf eigene Verluste kämpfte und auch einmal ein Rückgrat brach. Dunkelbraune, absolut bewegungslose Augen musterten ihn.

Noch bevor Winter die letzten Stufen erklommen hatte, machte der Mann kehrt. »Kommen Sie.«

Winter folgte ihm durch eine hölzerne Flügeltür in eine düstere, vollkommen leere Halle. Ihre Schritte hallten. Zwei breite Treppen führten zu einer Galerie im ersten Stock. Leere Podeste, auf denen früher griechische Vasen oder nackte Schönlinge gestanden haben mussten. Auf der anderen Seite Fenster und eine weitere Flügeltür. Dann traten sie wieder nach draußen ins Licht.

Eine riesige Terrasse, dahinter der See und die Berge. Auch die Terrasse war leer, abgesehen von ein paar Gartenstühlen und einem alten Blechtisch. Darauf ein Laptop und drei Mobiltelefone. An einem tiefer gelegenen Schiffssteg dümpelte ein schnittiges Boot mit fettem Außenbordmotor.

Sie setzten sich.

Der Mann sagte: »Ich liebe den See. Ist es nicht wunderbar hier?« Fließendes Oxford-Englisch mit dem Hauch eines slawischen Akzents. Ein zurückhaltendes Lächeln. »Ich bin Zalimkan Magomedow.«

»Winter.«

Die Augen seines Gegenübers waren faszinierend. Absolut bewegungslos, ein voll konzentrierter Laserstrahl. Winter fragte sich, ob Magomedow seinen Blick bewusst so fokussieren konnte oder ob es sich um eine medizinische Besonderheit handelte. Die Augen der meisten Menschen bewegten sich dauernd, blinzelten, tasteten rastlos Gesprächspartner und Umgebung ab. Nicht so Magomedow. Er schien sich ausschließlich für Winter zu interessieren. »Herzlich willkommen, Herr Winter. Mein Haus ist immer offen für Gäste. Bei uns hat Gastfreundschaft eine lange und große Tradition.«

Plötzlich schnauzte er in einer unbekannten Sprache einen Befehl. Hinter Winter stand ein Mann, dessen Gesicht und Kleider Magomedows glichen. Wahrscheinlich irgendein Cousin. Er war etwas jünger als sein Gastgeber und lächelte dünn. Ohne etwas zu sagen, ging er mit geschmeidigem Gang zum Haus zurück.

»Ich habe uns Tee bestellt.«

Magomedows Blick fixierte wieder seinen Gast. »Erzählen Sie mir von sich.«

»Da gibt es nicht viel zu sagen.«

»Jeder hat eine Geschichte, aber nicht jeder eine Zukunft.«

»Meine Geschichte ist ganz gewöhnlich.«

»Das Gewöhnliche dominiert die Menschen.« Magomedow löste seinen Blick von Winter und schaute über den See. »Gewöhnliche Menschen stehen auf, arbeiten, kaufen ein, heiraten, kriegen Kinder und sterben. Sie denken nicht, sie plappern nach. Sie machen das, was die Gewohnheit von ihnen verlangt.« Die Augen kehrten von ihrer Wanderschaft über das Wasser zurück. »Was arbeiten Sie?«

»Ich arbeite für eine Bank.«

»Das ist gut. Die Banken sind das Herz der Wirtschaft. Wenn das Herz aufhört zu schlagen, sterben wir.« Magomedow legte stolz seine flache Hand auf die Brust. Die gleiche Bewegung hatte Winter bei Mehmed gesehen, als dieser ihm »Zakat« als eines der fünf Prinzipien des Islams erklärt hatte.

Der stumme Diener brachte ein rundes Tablett mit Löwenfüßen. Aus einer Kanne schenkte er Tee in zwei kleine, mit Silber eingefasste Gläschen und verschwand wieder. Mit spitzen Fingern stellte Magomedow ein heißes Gläschen vor Winter und blies, ohne Winter aus den Augen zu lassen, über seinen eigenen Tee. »Wie heißt Ihre Bank?«

Winter nannte ihm den Namen.

Magomedow: »Was für ein Zufall! Allah muss heute äußerst gnädig gestimmt sein.« Winter zog die Augenbrauen hoch, und sein Gastgeber fuhr fort: »Ein Freund von mir ist seit Jahren ein guter Kunde von Ihnen.«

Interessant. Winter neigte den Kopf. »Das freut mich. Ich hoffe, er ist zufrieden mit unseren Dienstleistungen.«

»Ja, er hat mir kürzlich erzählt, dass er ein Schließfach bei Ihnen besitzt. In Zürich, wenn mein Gedächtnis mich nicht täuscht. Soviel ich weiß, hat Ihre Bank Filialen auf der ganzen Welt.«

»Nicht ganz.« Schließfächer hatte nur die Zürcher Filiale. Bern und die anderen Filialen hatten die Schließfächer schon lange aufgegeben oder gar nie eingerichtet.

»Freundschaft.« Magomedow senkte kurz seine Augen. »Freundschaften machen das Leben erst richtig lebenswert. Man kann nie genug gute Freunde haben. Nicht wahr, Herr Winter?«

Winter nickte. Er fragte sich, auf was Magomedow hinauswollte.

Dieser sagte: »Leider ist mein Freund – der Kunde Ihrer Bank – im Moment gerade unpässlich und nicht in der Lage, in die Schweiz zu reisen. Als ich ihm aber erzählte, dass ich für ein paar Tage meine Schwester hier besuchen würde, hat er mich um einen kleinen Gefallen gebeten. *Mein* Freund, der Kunde *Ihrer* Bank, hat mich gebeten, mich bei meinem Aufenthalt in der Schweiz um sein Schließfach zu kümmern. Er bewahrt dort etwas auf, das er dringend benötigt. Da ich sehr beschäftigt bin, hatte ich leider noch keine Zeit dafür. Und nun hat mir Allah Sie geschickt. Welch ein Glücksfall! Ich bin sicher, dass Sie mir helfen können.«

»Wenn Sie mir eine Vollmacht und den Schlüssel zum

Schließfach geben, kann ich gerne etwas für Sie arrangieren. – Wie heißt Ihr Freund?«

»Otto Harnisch.« Magomedow lächelte, aber seine Augen gaben nichts preis. Absolut gar nichts.

16. Mai 15:17

Otto Harnisch ein Freund von Zalimkan Magomedow? Wusste Magomedow nicht, dass Harnisch tot war? Oder war »gerade unpässlich« eine bewusst gewählte ironische Anspielung? Welche Beziehung bestand zwischen dem Berliner Brunnenmeister und dem russischen Geschäftsmann? Was war im Schließfach? Und warum zum Teufel hatten weder Schütz noch Leonie das Schließfach erwähnt? Winter hob vorsichtig sein Teeglas, blies darüber und nippte daran. Süßlicher Kräutertee. »Ich kenne leider nicht alle unseren Kunden persönlich.«

»Aber Sie können das für mich arrangieren?«

»Wenn alles da ist, selbstverständlich. Ich brauche nur Nummer und Schlüssel des Schließfaches sowie eine schriftliche Vollmacht.«

»Das habe ich befürchtet. Die Schweiz ist ja berühmt für ihren Perfektionismus. Akribisch genau.« Als Winter protestieren wollte, hob Magomedow beschwichtigend die Hände. »Nicht Sie! Ich bitte Sie. Da zähle ich als Freund auf Sie. Freunde finden immer einen Weg. Ansonsten dauert es eine Ewigkeit. Und die haben wir leider nicht.« Trauriges Lächeln, dann wieder der Laserblick. »Herr Winter, was kann ich für Sie tun, um meinem Freund die Sache zu erleichtern?«

»Da muss ich Sie leider enttäuschen. Ohne Schlüssel und Vollmacht sind meine Hände gebunden.«

»Herr Winter, wollen Sie mich tatsächlich glauben machen, dass ein Mann von Ihrem Format nicht in der Lage ist, einem Freund, mit dem er Tee getrunken hat, einen kleinen Dienst zu erweisen? Ich würde es Ihnen auch nicht vergessen. Jeder braucht Freunde.«

Winter übersetzte in Gedanken: Jeder ist bestechlich. Laut sagte er: »Ich bin Ihnen sehr dankbar für Ihre Gastfreundschaft, aber in diesem Fall kann ich Ihnen leider nicht helfen.

Die Bank kann Schließfächer nur in Ausnahmefällen und in Anwesenheit mehrerer Personen öffnen.«

Magomedow ordnete seine drei Mobiltelefone in einer Reihe, alle mit gleichem Abstand zueinander und bündig zum Laptop. »Wie gefällt Ihnen mein Boot?«

Sie schauten auf das Boot.

Winter: »Schnittig.«

»Es gefällt Ihnen? Dann nehmen Sie es. Der Schlüssel steckt. Fahren Sie mit ihm nach Luzern. Laden Sie Ihre Freunde zu einer Bootsfahrt ein. Gehen Sie mit Ihnen essen, feiern Sie mit Ihnen. Nebenbei helfen Sie mir und meinem unpässlichen Freund. Und alle sind glücklich.«

»Das kann ich nicht annehmen.«

»Selbstverständlich können Sie, Herr Winter. Seien Sie nicht so bescheiden.«

»Was ist denn in dem Schließfach?«

»Keine Angst. Papiere. Nur Papiere. Nichts, was Ihnen Unannehmlichkeiten bereiten könnte. Nehmen Sie das Boot und bringen Sie mir die Papiere. Es ist ein italienisches Riva mit zweihundertachtzig PS. Eine Einzelanfertigung.« Das hölzerne Boot glänzte in der Sonne. Versenktes Verdeck, beige Ledersitze und ein elfenbeinfarbenes Steuerrad. Edel. Am Heck stand mit geschwungener Schrift: »Julia«.

Winter schüttelte den Kopf.

»Vielleicht etwas anderes?«

Winter hatte genug gehört und entschied, das Gespräch zu beenden. Er stand auf. »Nein. Danke, aber nein.«

Magomedow erhob sich ebenfalls und flüsterte mit starrem Blick: »Sie nehmen meine Freundschaft nicht an? Sie kreuzen hier unangemeldet auf, trinken meinen Tee und schlagen dann meine Freundschaft, meine Großzügigkeit aus? Erwidert man in diesem Land so die Gastfreundschaft?«

»Auf Wiedersehen.«

Winter ließ Magomedow stehen. Während er über die Terrasse ging, spürte er in seinem Rücken dessen Blick. Der Stumme stieß die Flügeltüren auf und begleitete ihn durch die leere Halle auf die Nordseite des Hauses, wo er sich mit einer steifen Verbeugung verabschiedete. Unbegleitet wanderte Winter zurück, am Wagenpark und Teich vorbei durch den verwahrlosten Park.

Das kolossale Tor war geschlossen.

Winter blieb stehen. Wollten sie ihn warten lassen? Er drehte sich um und sah an der Balustrade des Flachdachs eine Gestalt mit langen, wehenden Haaren. Magomedows Schwester? Das Tor setzte sich in Bewegung, und Winter trat hinaus. Doch das Unbehagen fiel nicht von ihm ab, als hätte Magomedow einen Fluch über ihn gelegt. Er stieg in den Audi, wendete und fuhr zurück nach Weggis. Der Vierwaldstättersee und die verbauten Hänge flogen am offenen Fenster vorbei. Doch Winter nahm sie nicht wahr. Was wollte Magomedow? Er hatte versucht, ihn zu bestechen. Ihm unterschwellig gedroht. Zuckerbrot und Peitsche.

Verdammte Schließfächer!

Nach zwanzig Minuten auf der Autobahn rief er Schütz an, der den Geräuschen nach in einem Einkaufszentrum war. Wie hatte Magomedow gesagt? *Gewöhnliche Menschen gehen zur Arbeit, heiraten, kriegen Kinder und kaufen ein.* Manchmal beneidete Winter Schütz um sein gewöhnliches Leben. »Entschuldige, aber ich habe vorhin Zalimkan Magomedow besucht, und er hat mir …«

»Sorry. Mango… wer? Ich verstehe dich nur schlecht. Warte!« Es knisterte. Stille. Schritte, dann war Schütz wieder am Apparat. »Bist du noch da? Von wem sprichst du?«

Winter erklärte Schütz die Situation und fragte ihn nach Otto Harnischs Schließfach. Obwohl sich Winter Mühe gab, keinen vorwurfsvollen Ton in seine Stimme kriechen zu lassen, verteidigte sich Schütz. »Winter, das kann nicht sein. Du und ich, wir beide haben Hottingers Unterlagen mit eigenen Augen gesehen. Wenn Otto Harnisch ein Schließfach hätte, dann wäre das in den Unterlagen aufgetaucht.«

»Bist du ganz sicher?«

»Ich erinnere mich genau. Er hat bei der Kontoeröffnung

tausend Euro in bar einbezahlt, dann kamen die zweiundzwanzigtausend von der Stiftung. Danach hat er nie mehr etwas angerührt. Ein Schließfach gibt's nicht ohne Konto und ohne Gebühren. Das wäre im System. Hundertprozentig.«

»Weshalb hat Magomedow mir dann diese Geschichte aufgetischt?«

»Keine Ahnung.«

Winter fuhr mit hundertvierzig km/h. Wenig Verkehr. Früher Samstagnachmittag. Stille rauschte durch die Freisprechanlage. Es musste eine andere Möglichkeit geben. »Vielleicht hat er das Schließfach unter einem anderen Konto geführt?«

»Nein. Du weißt, dass wir alle Aktivitäten eines Subjekts verknüpfen und gesamthaft betrachten. Das System ...«

»Ich weiß. Ich weiß.« Winter überholte einen alten, seelenruhig vor sich hin tuckernden Fiat 500. Im knallroten Cinquecento aus den Sechzigern saß ein altes Paar. »Was ist mit seiner Frau, Ruth Harnisch? Vielleicht ist das Schließfach in ihrem Namen?« Der süße Fiat schrumpfte im Rückspiegel und wurde von einem BMW überholt.

»Das glaube ich nicht, aber ich kann die Hand dafür nicht ins Feuer legen. Sobald ich Zugriff aufs System habe, prüfe ich das.«

Sie legten auf. Winter drosselte das Tempo. In den Tunneln und bei den Ausfahrten rund um Luzern regierten Blechpolizisten. Auch der BMW hinter ihm fuhr langsamer. Winter rief Frank, den LKA-Kriminaloberkommissar, an, der im Berliner Stadtverkehr steckte. Dieser wusste nichts von einem Konto von Ruth Harnisch in der Schweiz. Er hatte wegen der Staus auf der Straße und im technischen Labor schlechte Laune. »Und jetzt hat mich auch noch der BND aufgeboten. Sie wollen sich *abstimmen*. Ich nenn das *einmischen*.«

Winter wünschte ihm ein schönes Wochenende.

Frank schnauzte verächtlich: »Wochenende? Was ist das? Ich habe hier mitten in Berlin einen Kopfschuss und ein Folteropfer.«

Er hängte auf.

»Folteropfer«. Vielleicht gab es noch eine andere Möglichkeit. Vielleicht hatte Otto Harnisch gar kein Schließfach. Vielleicht hatte er es während der Folter nur erfunden. Vielleicht hatte er seinen Peinigern eine Lügengeschichte aufgetischt und gehofft, sie würden aufhören, ihm Finger und Kniescheiben zu zertrümmern. Aber was wollten sie?

Magomedow hatte von Papieren geschwafelt. Aber welche Papiere? Winter hatte nicht die leiseste Ahnung. Statt weiter zu grübeln, schaltete er die Musikanlage ein und scrollte durch die Wiedergabelisten. U2, »Under a Blood Red Sky«, live. Das würde ihn auf andere Gedanken bringen. Die Nadel seines Tachos war auf hundertfünfundsechzig km/h geklettert. Ein bisschen zu schnell. Sicherheitshalber schaute er in den Rückspiegel. Der BMW war immer noch da. Gleiches Modell und gleiche Farbe wie die Mietwagen vor Magomedows Anwesen. Eine Tafel kündigte die Autobahnraststätte Neuenkirch an. Winter wechselte die Spur und nahm den Fuß vom Gas. Der BMW behielt die Distanz bei. Winter setzte den Blinker.

WOHIN GEHT
DIE MENSCHHEIT?
DER SCIENCE-BLOG ZUM BUCH
Hintergründe, Recherchen, Community
www.dasalphabetderschoepfung.com
I. L. CALLIS
DAS
ALPHABET
DER
SCHOPFUNG
THRILLER
emons:
emons: thriller
www.emons-verlag.de

Moskau

Magomedow starrte aus dem Fenster in die Nacht. Sein nachdenkliches Antlitz spiegelte sich im Glas. Schusssicher. Deutsche Wertarbeit. Draußen lag ein halber Meter Schnee. Doch er nahm den tief verschneiten Park seiner Villa nicht wahr. Die Bäume verschwammen hinter einem Vorhang aus Schneeflocken, die den Dreck Moskaus und die Wachen verschluckten. Wehmut packte sein Herz. Er vermisste Machatschkala, das Meer und die Steppen und die Weite.

Aber die Mission ging vor. Er konnte sich keine Gefühle erlauben. Erst recht nicht jetzt. Er musste eine Entscheidung treffen. Verrat musste bestraft werden, immer und in jedem Fall. Er musste das richtige Zeichen setzen, schließlich ging es nicht um irgendeinen räudigen Hund. Sein Plan verlangte Geduld. Geduld hieß Loyalität, auch in stürmischen Zeiten. Geduld bedeutete Schweigen. Nicht das Maul aufreißen.

Der weitläufige Raum hinter ihm war leer. Am Boden lag einzig ein gewobener, leicht zu rollender Kelim-Teppich mit dem Laptop und seinem Notizbuch. Magomedow lächelte. Er brauchte nicht viel. Er war beweglich. Die meisten Räume seiner Riesenvilla waren leer. Aber in Moskau zählte nur der Schein. Je größer, je mehr, desto besser.

Mit hinter dem Rücken verschränkten Händen studierte er im Fenster seine Gesichtszüge. Hatte er etwas übersehen? War er nachlässig oder gar bequem geworden? Wie sein Vater? Neben seinem Gesicht tauchte die Spiegelung seiner Frau auf. Oder gar weich? Hatte ihn die Heirat verändert? Er rührte sich nicht. Sie strich sich über ihren prallen Bauch, lächelte müde und verschwand wieder. Sie hatte schnell gelernt. Und ihr Vater, der sein Geld während der ersten Privatisierungswelle gemacht hatte, verfügte über exzellente Verbindungen in den Kreml.

Nein. Er hatte keinen Fehler gemacht. Er würde wie jeder

gute Kriegsherr eine schwierige Situation drehen und zu seinen Gunsten ausnützen. Krieg war wie Schach. Man musste seinem Gegner immer ein paar Züge voraus sein.

Aber man konnte nicht alles voraussehen. Den Anschlag auf die London Underground und den Moskauer Flughafen hatte niemand kommen sehen. Magomedow schüttelte angewidert den Kopf. Amateure! Von Planung keine Ahnung. Eine Bombe konnte jeder pubertierende Idiot hochgehen lassen. Diese Bergler sahen nicht über ihr Tal hinaus. Damit erreichten sie nur, dass Putin mehr Polizisten losschickte und die Schraube im Kaukasus weiter anzog.

Sein Schwiegervater war seine Versicherung. Und er würde dem Kreml den einen oder anderen Gefallen erweisen müssen. Aber man konnte niemandem trauen, nicht einmal dem eigenen Blut. Was ihn zurück zu seiner Entscheidung brachte. Magomedow hob das Kinn. Er durfte keine Schwäche zeigen. Nicht jetzt. Nie.

Er nickte sich im Fenster zu.

Es war die richtige Entscheidung.

Magomedow drehte sich um und ging in die Küche, die seine Frau mit allen Schikanen hatte ausstatten lassen. Ausgerüstet mit einem Messer aus dem Holzblock, der Grillzange und einem Küchentuch öffnete er im Korridor eine Seitentür und stieg in den Keller hinab, wo er die Tür zum Weinkeller aufschloss.

In der Mitte des kahlen Raumes mit den leeren Weingestellen saß auf einem Stuhl der gefesselte Verräter. Sein geliebter kleiner Cousin, mit dem er durch dick und dünn gegangen war. Ausgerechnet er hatte geredet. Jetzt hob Seifula den Kopf und sah, was Magomedow mit sich trug. »Zalimkan, bitte nicht.«

Vertrauensvoll legte ihm Magomedow eine Hand auf die Schulter und zeigte mit der anderen in Richtung Stadtzentrum, zum Kreml. »Wegen dir haben sie mich nun in der Hand.«

»Es tut mir leid. Ich wollte das nicht. Ich mache es wieder gut. Dein Schwiegervater, ich kann ihm helfen. Es war der

Alkohol. Sie, sie haben mich betrunken gemacht. Das nächste Mal … Es wird nicht wieder vorkommen. Ich werde nie mehr etwas sagen.«

»Ich weiß.« Magomedow unterbrach den Redeschwall, indem er das Maul seines Cousins aufdrückte, mit der spitzen Grillzange die Zunge herauszog und sie durchschnitt. Gutes Messer. Die Zungenspitze klatschte in eine Ecke. Um Blut und Schreie zu stoppen, stopfte er seinem Cousin das Tuch in den Mund. Sein Plan verlangte Loyalität, absolute.

16. Mai 16:50

An der Tankstelle der Autobahnraststätte hielt Winter an. Er stieg aus und nahm den Rüssel aus der Zapfstelle. Benzin. Super. Der schwarze BMW hatte auf dem weitläufigen Vorplatz angehalten. Darin erkannte er zwei Männer mit Sonnenbrillen. Einer machte einen Anruf.

Mehrere Autofahrer tankten gleichzeitig. Der Benzinzähler flatterte, der Kühllastwagen eines Großverteilers blockierte für einen Moment die Sicht, ein klobiges Wohnmobil manövrierte umständlich herum. Winter verschraubte den Tank und bezahlte in der Zahlstelle mit seiner neuen Kreditkarte.

Der BMW hatte sich nicht von der Stelle gerührt.

Winter rollte aus der Tankstelle.

Die Lichter des BMW gingen an.

Magomedow ließ ihn verfolgen. Oder wollte ihn einschüchtern. Er nahm die Fahrspur zum Autobahnrestaurant mit Supermarkt und parkte. Keine zwanzig Meter hinter ihm schlich sich der BMW ebenfalls in eine Lücke. Einer der Männer stieg aus und knöpfte sich den Anzug über dem offenen weißen Hemd zu.

Im Vorbeigehen prägte sich Winter das Kennzeichen ein. Im Supermarkt streunte er durch die Gestelle. Sein etwa dreißigjähriger Beschatter gab ebenfalls vor, einzukaufen. Aber er war definitiv kein Profi, sondern eine angeheuerte Hilfskraft, die sich viel zu wichtig nahm. Und am Gürtel unter dem Anzug eine Pistole trug.

Zuletzt hob Winter ein Sechserpack Mineralwasser aus dem Gestell. Sicherheitshalber. *Kluger Rat – Notvorrat.* Mit regionalen Gravensteiner Äpfeln, Tomaten aus dem spanischen Huelva, dunklem Brot aus dem Ofen und einem Stück Greyerzer im Einkaufskorb ging er zur Kasse. Sein Schatten beschränkte seine Lebenserwartung mit Bierdosen und Chips.

Winter bezahlte und genehmigte sich dann draußen auf der

Terrasse des Restaurants einen Espresso. Von seinem Steintisch aus konnte er den Parkplatz überblicken. Sein neuer »Freund« schlürfte eine Cola. Einige Tische neben ihm machten vier Autobahnpolizisten Pause. Zwei Crews, die sich hier zum Tratsch trafen.

Es herrschte ein ständiges Kommen und Gehen.

Winter wählte den Polizeinotruf 117 und gab sich als besorgter Bürger aus, der zwei suspekte und bewaffnete Männer beobachtet hatte. Aufgeregt gab er Standort, Fahrzeugmodell, Kennzeichen und eine Beschreibung durch. Die Raststätte mit Holiday Inn lag an der viel befahrenen Nord-Süd-Achse durch die Schweiz und zog allerhand Verkehr an.

Kurz nachdem Winter die Verbindung unterbrochen hatte, nahm einer der vier Autobahnpolizisten einen Anruf entgegen. Er stand auf und lokalisierte auf dem Parkplatz unter ihm den BMW. Dann sammelte er seine Ausrüstung ein und marschierte mit seinem Partner wie moderne Cowboys davon. Winter ging mit seinen Einkäufen zum Audi zurück. Als er davonfuhr, sah er im Rückspiegel, wie die Autobahncowboys den Kofferraum des BMW durchsuchten.

Die Polizei, dein Freund und Helfer.

Winter schlängelte sich aus dem Parkplatz und gab wieder Gas.

Es ging gegen halb sechs, U2 spielten »11 O'Clock Tick Tock«, als von Tobler anrief.

»Winter, erinnern Sie sich noch an den Bericht, um den ich Sie kürzlich gebeten habe?«

»Selbstverständlich.« Der Bericht lag immer noch auf seinem Pult.

»Muss ich mir Sorgen machen? Oder hat sich das erledigt?«

Winter nahm das Gas ein wenig zurück. Was wollte der Alte? Er war das Gegenteil eines Mikromanagers. Normalerweise mischte er sich nicht ein. Schon gar nicht an einem sonnigen Samstag. Winter räusperte sich. »Leider bin ich noch nicht dazu gekommen, den Bericht ganz fertigzustellen.«

»Exzellent.« Mit französischem Akzent. Von Tobler

stammte aus einer Adelsfamilie oder tat wenigstens ab und zu so. Aber Schlendrian konnte der Chef normalerweise nicht ertragen. Das wurde immer mysteriöser. Vorsichtig fragte Winter: »Hat sich die Lage verändert?«

»Das Lagebild ist nicht ganz scharf. Vorhin hat mich ein Herr Rinniker angerufen. Kennen Sie ihn?«

»Nein.« Aber der Name kam Winter vage bekannt vor.

»Dieser Rinniker ist beim NDB, nennt sich ›Leiter Beschaffung‹.« Die »Beschaffung« des Nachrichtendienstes des Bundes kaufte nicht wie ein normaler Firmeneinkauf Waren und Dienstleistungen ein, sondern beschaffte mehr oder weniger geheime Informationen. »Dieser Rinniker war verdächtig nett, hat sich nach dem Stand unserer Nachforschungen zu Otto Harnischs Konto erkundigt. Zuerst dachte ich, es ginge um einen Grabenkrieg zwischen dem FedPol und dem NDB.«

»Soll es geben.« Interessant. Zuerst der Gentleman aus dem britischen Außenministerium, dann der Bundesnachrichtendienst der Deutschen und jetzt auch noch die Schweizer Spione.

»Ich wollte ihn vertrösten, doch er hat mir erklärt, dass eine heikle internationale Untersuchung im Gange ist, die er gerne persönlich besprechen will. Und dann hat er mich doch tatsächlich ins ›Pentagon‹ zitiert.« In Anlehnung an die Amerikaner wurde eines der Verwaltungsgebäude des eidgenössischen Militärdepartements »Pentagon« genannt. »Montag, acht Uhr dreißig, persönlich.« Pikierter Tonfall. Der ehemalige Oberst im Generalstab, CEO und Verwaltungsratspräsident der Bank ließ sich nicht gerne herumkommandieren. »Was wissen wir? Was kann ich denen erzählen?«

Winter setzte seinen Vorgesetzten ins Bild, erzählte ihm von Magomedow und seiner Ahnung, dass dieser an neuralgischen Stellen der Trinkwasserversorgung Schläfer eingeschleust haben könnte.

»Mein Gott, Winter. Daneben würde der Anschlag auf die Twin Towers verblassen. Das darf nicht wahr sein.«

»Es ist wie immer. Vorher undenkbar, nachher unvermeidbar. Das liegt in der Natur der Sache. Aber wie gesagt, ich habe keine Beweise. Doch dieser Zalimkan Magomedow war mir überhaupt nicht geheuer. Er ist intelligent, reich und rücksichtslos. Der begnügt sich nicht mit primitivem Herumballern. Der ist gerissener, perfider.«

Winter sah wieder die ausgefransten Ohren des Ringers und die unbeweglichen Augen, die ihn wie schwarze Löcher verschluckten.

Von Tobler stellte noch ein paar Fragen, dann sagte er: »Machen Sie Schütz Beine. Ich will bis Sonntagabend wissen, ob das mit dem Schließfach stimmt. Das muss wasserdicht sein.«

»Selbstverständlich.«

»Und, Winter: Passen Sie auf sich auf.«

Winter musste lächeln. Ab und zu schimmerte von Toblers weicher Kern durch die raue Schale. Als sie sich verabschiedeten, zeigte das Handy einen neuen Anruf an. Unbekannte Nummer. Winter drückte auf die Empfangstaste. »Hallo.«

»Herr Winter, sind Sie es?« Frauenstimme, verunsichert, älter.

»Ja. Wer ist am Apparat?«

»Ich bin es, Frau Mettler, Ihre Nachbarin.«

Frau Mettler hatte ihn noch nie angerufen.

»Ah, Frau Mettler. Ich habe Ihre Stimme nicht erkannt. Wie geht es Ihnen?«

Der Kontakt mit den Nachbarn, die im großen Berner Bauernhaus neben Winter wohnten und das Land um sein Haus herum beackerten, war herzlich, aber sporadisch. Ab und zu half er aus, ab und zu brachte Frau Mettler frisches Gemüse oder eingemachte Früchte vorbei. Anfänglich war Herr Mettler gegenüber dem Banker etwas zurückhaltend gewesen. Er war erst aufgetaut, als Winter ihm an einem heißen Sommertag mit nacktem Oberkörper beim Zäunen geholfen hatte.

»Mir geht es gut. Aber ich dachte, ich rufe Sie besser an. Ihr Auto steht nicht da.«

»Ja. Ich bin gerade damit unterwegs.«

»Jemand schleicht um Ihr Haus.«

16. Mai 18:35

Frau Mettler hatte von ihrem Küchenfenster aus jemanden auf der Veranda seines Hauses gesehen. Sie wusste nur, dass die Gestalt eine Windjacke trug, durch die Fenster ins Hausinnere gespäht hatte und dann um die Ecke verschwunden war. Ein Fahrzeug sei nirgends zu entdecken.

»Soll ich nachsehen?«

»Nein, nein. Lieber nicht.« Hatte Magomedow auch Leute zu seinem Haus geschickt? Er erwartete niemanden. Und zufällige Spaziergänger hatten auf seiner Veranda nichts zu suchen.

»Ich kann Werner rüberschicken. Er ist im Stall und könnte ...« Herr Mettler hatte steife Hüftgelenke und ein altes Jagdgewehr.

»Nein, vielen Dank. Das ist wirklich nicht nötig. Ich bin in einer halben Stunde zurück.«

Er verließ die Autobahn und näherte sich über Land seinem geliebten Holzhäuschen. Bei einem Schuppen ein paar hundert Meter vor dem Ziel und verdeckt hinter einer Anhöhe ließ er den Audi stehen. Zu Fuß ging er entlang eines frisch umgegrabenen Ackers in den Uferwald und erreichte in dessen Schutz die Grenze seines Grundstücks. Winter duckte sich hinter seinen vermodernden Kompost. Obenauf die tote Maus. Von hier aus konnte er ungesehen die Südseite seines Hauses überblicken.

Niemand zu sehen.

Die Veranda war leer, die Fenster und Türen schienen unversehrt zu sein. Nichts Ungewöhnliches rührte sich. Auch die ländliche Geräuschkulisse war wie immer. Zu seiner Linken stand die abendliche Sonne nur noch knapp über dem Horizont. Ein paar Spatzen landeten, pickten in einem der Beete herum und stoben wieder davon.

Sheriff war auf Tauchstation.

Er sollte sich endlich um das viele Unkraut kümmern.

Frau Mettler mochte eine aufmerksame Nachbarin sein, aber letzthin hatte sie Anspielungen auf seinen wenig gepflegten Garten gemacht. Wahrscheinlich hatte sie sich vorhin geirrt. Aber man wusste nie. Winter huschte zum offenen Anbau mit seinen Gerätschaften. Nichts. Dann stieg er auf der schattigen Ostseite die Treppe empor. Hier oben hatte Frau Mettler die Gestalt gesehen. Der Kiesplatz, auf dem er normalerweise parkte, war leer, seine Eingangstür unberührt. Vorsichtig drückte er die Falle nach unten.

Verschlossen.

Blieb noch die westseitige Veranda. Winter ging um die Ecke – und sah sie auf seiner Bank sitzen. Die Füße auf dem Geländer hochgelagert, mit verschränkten Armen und eingehüllt in ihre Outdoorjacke, blinzelte sie in die Abendsonne. »Anika?«

Sie stand auf, befreite ihre Hände aus den Ärmeln und schaute zu ihm auf. »Hey! Ich hatte schon Angst, dass du weg bist und ich vergebens gekommen bin.«

Winter war erleichtert und verwirrt. Was für eine Überraschung. Er wusste nicht recht, was er von dem unerwarteten Besuch halten sollte.

»Sorry, dass ich einfach so reinschneie, aber in Berlin ist mir die Decke auf den Kopf gefallen.« Anika fuhr sich verlegen durchs Wuschelhaar. »Schön hast du's hier. Es ist viel ruhiger als zu Hause. Frische Luft und rundum Natur. Nur dein Garten ist nicht ganz auf Vordermann. Aber der Frühling hat ja gerade erst begonnen, und ich kann dir ein paar Tipps geben. Wenn du willst.«

»Warum bist du gekommen?«

Anika grinste. »Du schuldest mir noch hundert Euro.«

Winter spürte, wie sich ein Lächeln in seinem Gesicht breitmachte. Er zerzauste das warme Wuschelhaar, umarmte sie und flüsterte ihr ins Ohr: »Schön, dass du da bist.«

Sie küsste ihn auf den Mund. Zuerst kurz, dann noch einmal fest.

Er fasste mit beiden Händen ihr Gesicht, und sie schauten sich in die Augen. Dann küssten sie sich. Diesmal leidenschaftlich. »Ich habe dich vermisst.«

»Komm!« Winter hob Anika hoch. Sie umklammerte mit den Beinen seine Hüfte, und er trug sie zur Tür. »Mein Schlüssel ist in der Hosentasche.« Mehr Küsse und Anikas Hand, die nach dem Schlüssel grub.

Drinnen zogen sie sich ihre Jacken und Pullover aus, stolperten durch die Wohnküche aufs Sofa, wo sie die restlichen Kleider abstreiften, sich häuteten. Wie wuchernde Lianen umschlangen sich Arme und Beine, wie herumtollende Welpen fielen sie übereinander her und bissen sich spielerisch. Sie versanken in sich und im weichen Sofa voller Kissen. Anika quietschte vor Lust, als Winter sie unerbittlich kitzelte. Er schloss seine Augen und vergaß alles um sich herum. Dann ergab er sich den rauen Fingern und starb einen schauerlichen kleinen Tod.

Die schrägen Sonnenstrahlen warfen ein warmes Schattenspiel über Anikas Kurven. Nach einer Weile wand sich Anika aus Winters Armen. »Ich muss mal für kleine Mädchen.«

»Dort.« Auch Winter grub sich aus dem Sofa, füllte in der offenen Küche ein Glas Wasser, das er nachdenklich betrachtete. Seine fürchterliche Ahnung, Nataschas explodierender Kopf, Magomedows Augen kamen zurück. Die Spülung im Badezimmer. Anika spazierte an der Theke vorbei in den Korridor, wo sie ihren Wollpullover überzog.

Winter leerte das Glas, füllte es erneut und offerierte es Anika. »Wie bist du gekommen?«

Sie trank auf der anderen Seite der Theke einen großen Schluck. »Mit dem Fernbus. Gestern Abend bin ich abgefahren und heute Mittag angekommen. Zweimal Umsteigen. In Bern wollte ich dich anrufen, aber mein Akku war leer. Da habe ich eine Taxe genommen. Die war teurer als der Bus.«

»Das Leben einer Schuldeneintreiberin.«

Mit schelmischen Augen studierte sie zuerst ihn, dann die renovierte Küche und schließlich das Wohnzimmer mit den breiten Holzdielen, den Sichtbalken und dem uralten Kachelofen. Die Abendsonne leuchtete das zerwühlte Haar aus und brachte ihre Sommersprossen zum Glühen. Anika lächelte. »Das ist schön geworden. Deine Renovierung meine ich.«

»Danke. In den letzten Jahren habe ich viel Zeit ins Haus gesteckt. *My home is my castle.*« Winter zog T-Shirt und Shorts an. »Hast du kein Gepäck?«

»Ui, meine Tasche habe ich ganz vergessen. Sie ist unter der Bank.«

Winter holte die Wildledertasche von der Veranda in die Stube. »Hier. Ich muss schnell bei meinen Nachbarn vorbeischauen. Sie haben dich gesehen und gemeint, du wärst ein Einbrecher.«

»*Deine* Neighbourhood Watch hat wenigstens funktioniert.«

Er zog sich fertig an. »Bin gleich zurück.«

Anika schälte eine Banane. »Beeil dich.«

Winter joggte zu den Mettlers hinüber, ging durch den gepflegten Gemüsegarten und klopfte ans Küchenfenster. Der Duft eines Bratens umhüllte die stattliche Bäuerin, die eine Küchenschürze trug und reflexartig ihr hochgestecktes Haar prüfte. »Ah, Herr Winter. Alles in Ordnung?«

»Ja, ein Überraschungsbesuch aus Deutschland. Ich hatte keine Ahnung. Aber vielen Dank für Ihren Anruf.«

»Gern geschehen. Man weiß heutzutage ja nie.«

Winter verabschiedete sich, ging zum Audi und fuhr diesen zum angestammten Parkplatz.

Zurück in der Wohnküche inspizierte Anika gerade seinen Kühlschrank. »Soll ich uns etwas kochen? Ich sterbe vor Hunger.« Der Pullover gab ihre straffen, nackten Beine frei. »Hast du Pasta? Mit den Kräutern aus deinem Dschungel dort draußen könnte ich eine frische Soße machen. Sahne ist da. Fehlt nur noch der Käse.«

Winter stellte die Einkäufe aus der Autobahnraststätte auf die Ablage. »Greyerzer ist da drin.« Mit einer Schere bewaffnet huschte Anika barfuß in den Garten und kam mit einem Büschel Kräuter zurück. Winter rührte mit jungfräulichem Zitronenöl eine italienische Salatsoße an.

Anika testete, verzog das Gesicht.

Er schnitt die Tomaten, sie schmolz Käse.

Mit einer Flasche Vino Nobile di Montepulciano und der dampfenden Pasta setzten sie sich an den Holztisch. Als Winter aus einer Karaffe Leitungswasser einschenkte, flackerte die Ahnung wieder auf. Er linste zum Sixpack Mineralwasser, doch Anika belagerte ihn mit Fragen zur Renovierung, zum Garten und den neugierigen Nachbarn.

Mit Heißhunger verschlangen sie das Impromptu-Mahl. Die Weinflasche leerte sich wie von selbst. Als es kühler wurde, feuerte Winter den Kachelofen an. Während es im Ofen zu knistern begann, wärmte er tiefgefrorene Brombeeren in einem heißen Wasserbad auf und richtete sie mit selbst gemachtem Vanilleeis an.

Anika: »Das sieht super aus. Danke.« Lächelnd fügte sie an: »Heute bin ich das erste Mal wieder etwas lockerer. Seit Naschs Tod und dem Einbruch kann ich nicht mehr richtig schlafen. Ich muss immer daran denken, dass diese Männer in meiner Wohnung waren.«

Winter legte seine Hand auf Anikas. »Sie wollten nichts von dir.«

»Ich weiß nicht. Ich habe ein paarmal so komische Typen gesehen, die in meiner Straße rumlungerten.«

»Wahrscheinlich überwacht die Polizei das Haus.«

»Nein. Es waren ganz schräge Typen.«

»Sag ich ja.«

»Nicht so ... Ich hatte auch das Gefühl, dass sie mir zur Arbeit gefolgt sind. Das blöde Gartenzentrum hat mich übrigens entlassen. Gestern. Wegen all dem Trubel.«

»Dürfen die das?«

»Ja. Ich war nur temporär angestellt.«

»Dann kannst du jetzt den Blumenladen aufmachen.«

Anika nickte ohne Überzeugung. »Am schlimmsten war es, als mir die Männer in die U-Bahn gefolgt sind.«

16. Mai 22:01

Anika stiegen Tränen in die Augen. Winter stand auf, schloss sie in die Arme und vergrub sein Gesicht in ihren Haaren. Sie trug immer noch den dicken Wollpullover. Der Mord an ihrer besten Freundin und der Einbruch in ihre Wohnung hatten sie erschüttert. Die Tränen tropften auf seine Hände. Es war still. Nur das Holz im Kachelofen knisterte. Die warmen Beeren schmolzen das Vanilleeis.

»Wenn du willst, kannst du ein paar Tage hierbleiben.«

Sie schniefte und nickte und umarmte dann Winter. »Danke.«

Gemeinsam lauschten sie eine Weile dem Ofen, dann sagte Anika tapfer: »Das Eis schmilzt.«

»Im Magen kommt sowieso alles zusammen.«

»Wir haben manchmal auch unser eigenes Eis gemacht. Vor zwei Wochen hat Nasch einen Abend lang Kiwis geschält und …« Anikas Stimme versagte, und Winter schwieg und überlegte, wie er sie, die bedrückt die lauwarme Brombeeren-Vanille-Creme löffelte, aufmuntern konnte. Da stieß sein Kater das Katzentürchen auf und stolzierte, ohne sie eines Blickes zu würdigen, am Tisch vorbei in die Küche.

»Das war Sheriff. Er ist beleidigt, weil ich ihn heute Morgen rausgeworfen habe. Nachdem er mir eine Maus angeschleppt hatte.« Das zauberte ein Lächeln in Anikas Gesicht. Sheriff kam zurück und schlich zuerst Winter, dann Anika um die nackten Füße. Sie hob ihn auf den Schoß und kraulte ihn. »Fetter Kerl.«

»Garfield ist sein Vorbild.«

Anika schaute auf. Grübchen zwischen den Augen. »Manchmal denke ich, die Mächtigen dieser Welt sollten auch Katzen auf dem Schoß haben. Sie sind so schnuckelig.«

»Blofeld hatte auch eine Katze.«

Schnurrend machte es sich Sheriff bei Anika gemütlich.

»Könntest du mit einer Katze im Schoß den roten Knopf drücken?«

»Meinst du, physisch oder moralisch?« Und so diskutierten sie in die Nacht hinein, schlenderten von einem gewichtigen Thema zum nächsten. Nur um die beiden Morde und Winters Ahnung machten sie einen großen Bogen, als hätten sie ein stillschweigendes Abkommen, die Blase der Normalität nicht platzen zu lassen.

Winter braute Kaffee und grub einen Süßwein aus, dessen Trauben in einer kalten Frostnacht geerntet und bei Minustemperaturen gepresst worden waren. Spät in der Nacht räumten sie den Tisch ab und stellten das Geschirr in die Spüle. Der Abwasch konnte bis morgen warten. Anika stellte die Milch zurück in den Kühlschrank, dann reckte und streckte sie sich gähnend. Dabei rutschte ihr Wollpullover hoch und entblößte sie für einen Augenblick.

Nach dem ungestümen Überfall am späten Nachmittag liebten sie sich in dieser Nacht langsam und genüsslich. In der wohligen Dunkelheit von Winters breitem Bett stand die Zeit still. Die verglühten Holzscheite im Ofen fielen in sich zusammen, Anika und Winter in einen traumlosen Tiefschlaf.

Am Sonntagmorgen schliefen sie aus. Zum späten Frühstück schob Winter tiefgefrorene Croissants in den Ofen, schnitt eine Mango zurecht und stellte den Rest des Käses auf den Tisch. Anika kam aus der Dusche, frottierte ihre nassen Haare.

Winter: »Gut geschlafen?«

»Ja, erstaunlich gut sogar.«

»Das muss an der Landluft liegen.«

»Und der Stille. In Berlin ist es nie so still.«

Sie teilten sich die Sonntagszeitungen, frühstückten gemütlich. Nach einer halben Stunde zeigte Winters vibrierendes Smartphone eine eingehende Mail an. Schütz war früh aufgestanden und war sich ganz sicher: Weder Ruth noch Otto Harnisch hatten bei der Bank ein Schließfach. Er hatte in der Datenbank alle Namenskombinationen geprüft. Wahrscheinlich hatte Otto Harnisch Magomedow einen Bären aufgebunden, einen Berliner Bären, und die Berner Bären mussten sich jetzt damit herumschlagen. Doch was hatte Magomedow bloß von Otto gewollt?

»Probleme?«, erkundigte sich Anika.

»Eher ein Rätsel. Wegen Ottos Konto bei uns. Gestern habe ich den Mann getroffen, der hinter der Stiftung steht, aus der das Geld kam. Er hat behauptet, Otto habe ein Schließfach bei uns. Aber er hat keins. Wenigstens nicht bei uns.«

Anika schaute Winter prüfend in die Augen. »Hat er gesagt, was im Schließfach drin ist?«

»Nein.« Winter schüttelte ratlos den Kopf. Sie gingen schweigend nebeneinanderher. »Anika, du hast Otto gekannt. Wie war er denn so?«

»›Gekannt‹ ist ein großes Wort. Ich habe ihn ein paarmal gesehen. Er hat sich vor allem für Nasch interessiert. Wenn er bei uns war, habe ich mich verdünnisiert.« Mit der Erinnerung verdüsterte sich ihr Gesicht. »Ich weiß nicht einmal, wann die Beerdigung ist. Sie liegt wahrscheinlich immer noch in so einem CSI-Kühlschrank. Die arme Nasch. Sie muss furchtbar frieren.«

Winter drückte Anika an sich. »Kannst du dir vorstellen, dass Otto jemanden erpresst hat?«

»Ich weiß nicht.«

»Hat er Nasch verwöhnt? Ihr teure Sachen gekauft. Schmuck?«

»Nein, nicht dass ich wüsste. Er hatte eine gute Arbeit. Einige Male hat er sie in ein schickes Restaurant eingeladen. Und einmal waren sie für eine Nacht im Adlon. Das heißt, sie war da. Er ist mitten in der Nacht verduftet. Das war zur Versöhnung. Nachdem Nasch herausgefunden hatte, dass er verheiratet war.«

»War Otto in Natascha verliebt?«

»Auch das ist ein großes Wort. Nasch hatte jedenfalls das Gefühl, dass er verrückt nach ihr war. Manchmal musste sie ihn auf Distanz halten. Aber wenn sie wollte, konnte sie ihn auch ganz einfach um den Finger wickeln. Warum?«

Anika studierte sein Gesicht.

»Ich war bei Otto zu Hause. Seine Frau war … Ich weiß nicht. Es war beklemmend. Vielleicht wollte Otto sie für Natascha verlassen. Vielleicht wollten sie zusammen ein neues Leben beginnen.«

»Das hätte Nasch nie getan!«

»Auch wenn sich Otto plötzlich als Millionär entpuppt hätte?« Geldhaufen statt Traumprinz.

»Wir wollten den Blumenladen zusammen aufmachen und haben jeden Cent gespart, da …« Mitten im Satz schien Anika die Überzeugung zu verlassen. Was nicht sein durfte, konnte nicht sein. Anika und Natascha hatten zusammen gewohnt, zusammen gegessen, am selben Ort gearbeitet und eine gemeinsame Zukunft geplant. Sie schüttelte zweifelnd den Kopf. »Glaubst du wirklich?«

»Ottos Kumpel, dieser Kegelheini, hat doch gesagt, dass Otto eine neue ›Geldquelle‹ hatte. Das könnte eine Erpressung sein.«

Anika stand auf, verschwand im Badezimmer und kam mit ihrem Necessaire zurück. Sie stellte es auf die Küchentheke und schaute Winter fragend an.

Winter fragte: »Was ist?«

»Ich weiß nicht.«

Anika zippte den Reißverschluss auf. »Am Freitag, als mich das Gartenzentrum rausgeschmissen hat und ich auf dem Heimweg verfolgt wurde, habe ich die Fernbuszentrale angerufen und gepackt. Da ich nicht wusste, wie lange ich weg sein würde, habe ich einige Pflanzen umgetopft, in größere Töpfe. So haben sie mehr Wasser und sind glücklicher, und ich kann sie mit gutem Gewissen alleine lassen. Bei den meisten haben wir zwischen Erde und Hydrokügelchen ein feuchtigkeitsdurchlässiges Vlies gelegt. Unter dem Vlies von Naschs Hibiskus habe ich das hier gefunden.«

Aus dem Necessaire zog sie einen zapfengroßen Gegenstand hervor, eingewickelt in eine Plastiktüte und mehrfach mit dicken Gummibändern umwickelt.

17. Mai 10:12

Als Winter die Gummibänder löste und den Plastikbeutel aufrollte, bröselten vertrocknete Erdkrumen auf die Theke. Er hielt die durchsichtige Tüte hoch. Darin ein schwarzer Memorystick, wie man ihn überall kaufen konnte, zwei Gigabyte Speicher. Ein Deckel schützte den USB-Stick.

Anika: »Ich weiß nicht, was drauf ist. Ihren Laptop haben sie ja geklaut.«

»Und er war in einem von Nataschas Blumentöpfen?«

»Ja, im roten Hibiskus. Der war einer ihrer Lieblinge. Die riesigen Blüten sind etwas vom Schönsten. Aber der Hibiskus ist heikel. Ich habe Naschs Pflanzen adoptiert und aus ihrem Zimmer geräumt.«

Winter erinnerte sich an den mit exotischen Pflanzen überstellten Esstisch im Wohnzimmer. Die Einbrecher hatten am falschen Ort gesucht. Zögernd fügte Nasch an: »Das musste ich ihr versprechen. Sie war zuletzt einmal schlecht drauf und meinte, wenn ihr etwas zustößt, muss ich mich um ihre Pflanzen kümmern.«

»Wann war das genau?«

»Vor etwa zwei Wochen. Wir haben auf dem Balkon geraucht, und sie war total down. Ich dachte, sie hätte vielleicht ihre Tage. Meinst du, Nasch hat …?«

»Vielleicht.« Winter zog den Memorystick aus dem Plastiksack, holte seinen Laptop aus der abgeschrägten Bürokammer und stellte ihn auf die Theke. Während dieser sein Aufwärmprogramm durchlief, setzte er mehr Kaffee auf. »Und Natascha hat nie etwas von einem Speicherstick gesagt?«

»Nö. Ich wusste nicht, dass sie einen hatte. Kino buchen und so mache ich auf dem Smartphone. Ich habe keinen Laptop und habe nur ab und zu ihren gebraucht. Wir hätten für den Blumenladen schon lange einen Businessplan machen sollen. Was wohl drauf ist?«

»Das wissen wir gleich.«

Winter steckte den Stick in seinen Laptop. Auf dem Bildschirm tauchte ein neues Icon auf: »2GBextern«. Hoffentlich war der Stick nicht passwortgeschützt oder verschlüsselt. In einem neuen Fenster erschienen zwei Ordner: »Briefe« und »Nachforschungen«. Er klickte auf den Briefordner, in dem vier Dokumente mit den Namen »Ruth«, »Kündigung«, »KM« und »P« waren.

Das Kaffeewasser kochte. Winter ignorierte den blubbernden Wasserkessel und klickte auf das Word-Dokument mit dem Namen »Ruth«. Gemeinsam starrten sie auf den Bildschirm, auf dem sich ein unfertiger Text von Otto Harnisch an seine Frau Ruth öffnete.

ENTWURF

Liebe Ruth,
ich schreibe dir aus der Ferne. Du hast immer gesagt, ich bin ein Feigling. Wahrscheinlich hast du recht, sonst hätte ich diesen Brief schon lange geschrieben oder den Mut gehabt, es dir ins Gesicht zu sagen.
Aber JETZT muss ich auch einmal an MICH denken!!! Ich habe mich entschieden, von der Klippe der Liebe zu springen! Jetzt bin ich endlich glücklich. Ich habe ganz vergessen, wie das ist! Nun kann ich wieder frei atmen!! Ich habe mit einer anderen Frau an einem anderen Ort ein neues Leben angefangen. Das Schicksal hat uns zusammengeführt. Sie ist wunderbar. Wir passen viel besser zusammen als du und ich.
Wir hatten gute Zeiten, aber so ist es für beide besser. Es tut mir leid. Vielleicht sollten wir uns scheiden lassen?????

Herzliche Grüße
Otto

Ungläubig sagte Anika: »Otto wollte tatsächlich mit Nasch abhauen! Sich für sie sogar scheiden lassen.«

»Jedenfalls war er bis über beide Ohren verknallt.«

»Es muss Nasch sein. Nicht wahr?«

»Ja, ich glaube auch. Du hast den Stick ja bei ihr gefunden.«

Anika schüttelte enttäuscht den Kopf. »Das glaub ich einfach nicht. Nasch, das kannst du mir doch nicht antun!«

»Wir wissen nicht, was Natascha davon gehalten hat. Hier steht, dass es erst ein ›Entwurf‹ ist. Und Otto war ja noch in Berlin und nicht in der ›Ferne‹. In seiner Verliebtheit hat Otto wahrscheinlich alles durch eine rosa Brille gesehen und geglaubt, Natascha ginge es genauso. Und wenn er mit Natascha darüber gesprochen hat, heißt das noch lange nicht, dass sie einverstanden war. Vielleicht hat sie ihn hingehalten.«

Anika schien es einfach nicht glauben zu können. Sie wollte es auch nicht. Langsam, sich offenbar an jeden Strohhalm klammernd, las sie den Brief noch einmal durch. »Ja, ein Entwurf. Das muss es sein. *Das* hat Otto sicher noch nicht abgeschickt. Sie hätte es mir gesagt!«

Er wollte Anika nicht widersprechen und klickte auf das Word-Dokument mit dem Namen »Kündigung«.

»Lass uns den Rest lesen«, sagte er.

Ein formeller Brief an den Leiter des Tegeler Wasserwerkes füllte den Bildschirm. Auch dieser ein Entwurf:

ENTWURF

Betrifft: Kündigung

Sehr geehrter Herr Kaschinski,
mit diesem Schreiben kündige ich meine Arbeitsstelle zum nächsten Monatsende. Auf meinem Ferienkonto habe ich 23 Ferientage, welche ich hiermit beziehe. Konrad Büttiker, mein langjähriger Stellvertreter, kann meine Aufgaben per sofort übernehmen. Er ist kompetent und wird von allen Mitarbeitenden geschätzt. Ich

bitte Sie um Entschuldigung für die Unannehmlichkeiten, die durch meine Kündigung entstehen.

Ich verbleibe hochachtungsvoll
O. Harnisch

PS: Wenn Sie diesen Brief erhalten, werde ich bereits weit weg sein. Sie und die Tegeler Wasserwerke waren immer gut zu mir, weshalb ich mir erlaube, Ihnen einen guten Rat zu geben: Lösen Sie die Verträge mit Kaysis Medikal auf.

Winter kniff die Augen zusammen und las dann die Kündigung noch einmal. Otto hatte einen kompletten Neuanfang vorbereitet. Auch diesen Brief hatte er wahrscheinlich noch nicht abgeschickt, sonst hätte ihm Frank sicher davon erzählt. Doch was zum Teufel bedeutete das Postskriptum?

Winter öffnete das Word-Dokument mit dem Namen »P«. Ein weiterer Brief. Der Entwurf hatte keinen Absender und kein Datum. Das namensgebende P stand offenbar für Polizei, denn der Brief war ans BKA adressiert.

ENTWURF

Bundeskriminalamt
Allgemeiner Bürgerkontakt
Referat IZ 35
65173 Wiesbaden

Betrifft: Vorbereitung einer Straftat

Sehr geehrte Damen und Herren,
per Zufall bin ich in den Besitz des beiliegenden Briefes gelangt, der auf die Vorbereitung einer Straftat hinweist und den ich hiermit der Polizei zur Kenntnis bringe. Da mir die Angelegenheit wichtig erscheint, ich aber unter keinen

Umständen in eine polizeiliche Untersuchung hineingezogen werden will, schicke ich Ihnen den Brief anonym.

Hochachtungsvoll
Ein besorgter Bürger

Anika raufte sich aufgeregt die Haare. »Was soll das?«

Winter schüttelte den Kopf. »Ich weiß nicht. Vielleicht hilft uns das hier weiter.« Er klickte auf das PDF-Dokument mit dem Namen »KM«. Kaysis Medikal? Die Sicherungskopie einer Mail von Otto Harnisch, versandt am 26. März von einer Gratis-Mailadresse an einen Emre Yilmaz, der eine Mailadresse bei Kaysis Medikal hatte.

Von: oha@web.de
Betreff: Überweisung!
An: emre.yilmaz@kaysismedikal.tr

Sehr geehrter Herr Yilmaz,
vor zwei Jahren haben Sie mich gebeten, Siavosh Daniali anzustellen und ihm bei seiner Integration und Weiterbildung zu helfen. Seither habe ich Siavosh wann immer möglich gefördert.
Doch Sie haben mich angelogen. Ich habe Ihren Brief an Siavosh gefunden und herausgefunden, was Sie im Kraskhim Laboratorii machen. Wenn Sie wollen, dass ich das für mich behalte, überweisen Sie mir sofort drei Millionen Euro auf das Ihnen ja bereits bekannte Konto in der Schweiz. Sobald ich das Geld erhalten habe, werde ich den Brief verbrennen. Ansonsten …

Mit freundlichen Grüßen
Otto Harnisch

PS: Der Brief ist in einem Schließfach sicher hinterlegt.

17. Mai 10:27

Das Schließfach. Otto Harnisch hatte Kaysis Medikal mit belastenden Unterlagen erpresst und für sein Schweigen drei Millionen verlangt. Mit dem Geld plante er ein neues Leben mit Natascha. Danach wollte er das belastende Material anonym der Polizei zukommen lassen. Doch was stand in diesem Brief? Was planten Siavosh Daniali, dieser Emre Yilmaz und das Kraskhim Laboratorii?

Vielleicht fanden sie im anderen Ordner Antworten.

Winter öffnete den zweiten, mit »Nachforschungen« betitelten Ordner, und eine lange Liste mit Dokumenten erschien. Er scrollte nach unten. Viele davon hatten mit Wasser zu tun. Er klickte einige an. Wissenschaftliche Artikel voller unverständlicher Formeln und Statistiken aus Fachzeitschriften mit Namen wie »Water Science & Technology«, »Annual Review of Biochemistry«, »Critical Reviews in Biochemistry and Molecular Biology«, »Journal of Liquid Chromatography and Related Technology«.

Schwindlig richtete Winter sich auf. »Das verstehe ich nicht.« Die Analyse dieser Dokumente würde Tage dauern. Und dazu brauchte es Experten.

Anika zog den Laptop zu sich herüber. »Lass mich mal.«

Winter seufzte. »Jetzt brauche ich wirklich einen Kaffee.« In der Küche bereitete er diesen fertig zu. »Sind in der Liste irgendwelche Dokumente von diesem Laboratorii?«

»Bis jetzt nicht.«

»Möchtest du auch einen?«

»Mhm.«

Er interpretierte das Brummen als Zustimmung und füllte ihre große Tasse. »Ich muss die Berliner Polizei informieren. Der Erpresserbrief ist ein starkes Mordmotiv.«

Winter trat auf die Veranda. Passend zu seiner verflogenen Sonntagmorgenstimmung zogen auf den gegenüberliegenden

Hügeln dunkle Wolkenschatten vorbei. Winter wählte Franks Nummer.

»Frank.«

»Winter hier.«

»Es ist doch Wochenende.«

»Ich weiß, aber ich habe hier ein Motiv für die Morde gefunden.« Er erzählte dem LKA-Kommissar von Otto Harnischs Memorystick, den Briefen darauf und der Erpressung. »Nach den zweiundzwanzigtausend hat Harnisch geglaubt, er könnte die Kaysis Medikal in großem Stil ausnehmen. Er muss irgendwie auf belastende Unterlagen gestoßen sein. Mit dem Geld wollte er abhauen und mit Frau Mironow neu anfangen. Und dann aus sicherer Distanz anonym das BKA einschalten.«

»Ziemlich naiv. Der hatte offenbar keine Ahnung, mit wem er sich da einlässt.«

»Den Eindruck habe ich auch. Wenigstens anfänglich. Dann, als es bei ihm dämmerte, hat er den USB-Stick sicherheitshalber Natascha Mironow gegeben und sie gebeten, ihn zu verstecken.«

»Ich werde mir diese Kaysis Medikal einmal vorknöpfen.«

»Ja, aber wir sollten zuerst herausfinden, was Sache ist. Bis jetzt haben wir nur die Überweisung und diese eine E-Mail-Adresse von einem Emre. Wer ist das? Und die Rolle dieses Siavosh ist völlig unklar. Sie haben ihn doch interviewt. Ist Ihnen da nichts aufgefallen?«

»Nichts Besonderes. Siavosh Daniali war einer von Harnischs Kollegen. Der letzte auf der Liste, zuunterst in der Hierarchie. Er war sehr korrekt, dankbar, hat nicht viel gesagt. Aber sein Deutsch war erstaunlich gut. Bei mir hat jedenfalls keine rote Lampe aufgeleuchtet.«

Winter sah den ausgemergelten Rikscha-Fahrer wieder vor sich, der nervös auf sein Interview mit Frank und dem Leiter des Tegeler Wasserwerkes gewartet hatte.

Frank sagte: »Vielleicht hat Harnisch nur geblufft, um sich sein neues Leben, seine neue Braut zu finanzieren.«

»Das glaube ich nicht. Dann hätten sie ihn vielleicht verprügelt, aber nicht gefoltert. Da ist etwas Großes im Busch. Es muss etwas von langer Hand Geplantes sein. Vor Jahren die Bestechung, um Siavosh Daniali beim Wasserwerk einzuschleusen, und jetzt die Folter und der Mord. Die *Morde*. Drei Millionen sind jedenfalls kein Pappenstiel.«

»Zwei Morde sind billiger.«

»Warum dann die Bestechung? Wurden die Beziehungen von Kaysis Medikal schon überprüft? Vor allem mit den Wasserwerken? Ich wette, dass es noch mehr Siavoshs gibt.«

»Kann sein«, sagte Frank. »Aber das ist Sache des BKA. Ich habe morgen an einer Koordinationssitzung das Vergnügen. Ich werde versuchen herauszufinden, was sie wissen.«

»Fragen sie nach Gift. Um als Terrorist größtmöglichen Schaden anzurichten, würde ich das Trinkwasser vergiften.«

»Nette Theorie, aber das funktioniert nicht. Gift ist eine Frage der Dosis. Das viele Wasser würde es derart verdünnen, dass es praktisch nicht mehr wirkt. Sie und ich, wir essen täglich Gift, zum Glück nur in sehr kleinen Mengen. Um wirklich Schaden anzurichten, bräuchte es riesige Mengen Gift. Ganze Tanklaster voll.«

»Ich weiß nicht. Vielleicht bin ich paranoid.«

»Berufsrisiko. Wir brauchen dieses Schließfach mit dem Brief.«

»Nicht bei uns. Mein Kollege hat extra die Schließfach-Datenbank überprüft. Sie können uns also schon mal von der Liste streichen.«

»Ich warte immer noch auf Ihren Bericht.«

»Gut Ding will Weile haben.«

»Morgen, morgen, nur nicht heute …«

»Ja, ja.«

Frank bat um die Dokumente auf dem Stick, gab eine speziell gesicherte E-Mail-Adresse des LKA mit entsprechender Verschlüsselung durch und verabschiedete sich.

Winter setzte sich auf die Brüstung der Veranda und rief von Tobler an. Sein Chef hörte aufmerksam zu und sagte dann: »Wenn es tatsächlich um einen Terroranschlag geht, dann werden die Behörden jeden Stein umdrehen.«

»Ich werde alles tun, damit unser Name nicht auftaucht.«

»Füttern Sie das FedPol damit.«

Dann konnte sich von Tobler morgen zurücklehnen.

»Ich werde Meister anrufen.«

Was Winter dann auch tat. Meister nahm das Telefon erst nach mehrmaligem Klingeln ab. Während Winter auch ihm von dem USB-Stick erzählte, herrschte am anderen Ende der Leitung absolute Stille. Meister musste in einem schalldichten Raum sein und war in ungewohnter Eile. »Mailen Sie mir die Sachen. Ich kümmere mich darum. Wer weiß neben Ihrem Chef und dieser Anika Winkler sonst noch von den Unterlagen?«

»Gerhard Frank, ein Kriminaloberkommissar des LKA, der die Morde in Berlin aufklären …«

»Ich weiß. Der BND liegt mir wegen der Geschichte seit Tagen in den Ohren.« Eine Frauenstimme rief nach Meister, der mit einem »Ich muss« aus der Leitung verschwand.

Winter starrte auf sein Handy. In was für eine Sache war er da hineingeraten? Er hoffte, dass sich seine Ahnung nicht bestätigte, ging hinein und ließ sich neben Anika auf das Sofa fallen. »Hast du etwas gefunden?«

»Nein. Otto hat sich vor allem für Biochemie interessiert. Ich hatte ein wenig davon während der Ausbildung. Fotosynthese, Dünger, Insektenschutzmittel und so. Aber für diese Sachen hier brauchst du einen Doktor. Viele Artikel haben etwas mit Beschichtungen zu tun. Es gibt auch ein paar Artikel zu Viren und Nanotechnologie.«

»Ich muss es der Polizei mailen.« Er nahm Anika den Laptop ab, loggte sich auf der gesicherten Plattform der Bank ein und sandte die verschlüsselten Unterlagen Frank und Meister. Das Berliner LKA und das FedPol hatten Spezialisten.

Anika wollte den Computer zurück. »Ich habe eine Idee.«

»Was?«

»Du wirst schon sehen. Lass mich nur machen.«

Winter schaute zu, wie Anika nach dem Kraskhim Laboratorii suchte. Das meiste war in Kyrillisch, was nicht verwunderlich war, denn das Kraskhim Laboratorii lag bei Krasnodar in Südrussland, zweihundert Kilometer südlich der Großstadt Rostow und östlich der besetzten Krim-Halbinsel.

»Anika, schau mal, wo Machatschkala liegt. Magomedow kommt von dort. Dagestan liegt doch auch im Süden Russlands.«

»Wie schreibt man das? Machat...?«

Machatschkala und Krasnodar lagen nur ein paar hundert Kilometer auseinander, keine Distanz für Russland.

Anika begann, kyrillische Textblöcke in einen automatischen Internetübersetzer zu kopieren, der diese krude ins Deutsche übertrug. Aber es kristallisierte sich heraus, dass das Kraskhim Laboratorii Leerkapseln herstellte und befüllte. Pharmafirmen lieferten ihre Wirkstoffe nach Krasnodar, wo diese in die Kapseln abgefüllt wurden.

Die Herausforderung bestand darin, die Hüllen so zu fertigen, dass sie sich zum richtigen Zeitpunkt auflösten. Nur so konnte der eigentliche Wirkstoff aufbewahrt und in der richtigen Dosis, am richtigen Ort verabreicht werden. Sie stießen auf einen Vergleich zwischen einem menschlichen Magen und einem Kuhmagen. War die Hülle zu hart, wurde die Pille wirkungslos wieder ausgeschieden. War die Hülle zu weich, ergaben sich Probleme bei Aufbewahrung und Transport.

Anika: »Aber was haben diese Kapseln mit der ganzen Sache zu tun?«

Sie wollte unbedingt herausfinden, warum ihre beste Freundin ermordet worden war. Sie diskutierten hin und her. Als sie sich jedoch zum x-ten Mal im Kreis gedreht hatten, klappte Winter den Laptop zu. »Lass uns eine Pause machen.«

Den Nachmittag verbrachten Winter und Anika an der Aare. Am Abend fuhren sie zu einem Restaurant, das seine Gäste in den Gewächshäusern einer ehemaligen Gärtnerei bewirtete und Vegetarier nicht als Bürger zweiter Klasse behandelte.

Während des Essens entlud sich ein heftiges Gewitter über ihnen. Wie Trommelfeuer schlugen die Regentropfen aufs Glasdach. Die Scheiben beschlugen sich. Blitze erhellten für kurze Augenblicke das Glashaus und warfen bizarre Schatten.

Auf dem Heimweg war der gereinigte Himmel dann wieder sternenklar. Doch später in der Nacht träumte Winter, er wäre in einer völlig ausgetrockneten Steinwüste. Die gleißende Sonne hatte alles Leben verbrannt. Dreckige Lumpen hingen in Fetzen von seinem zerschundenen Körper, die Schuhe waren zerfallen, mit Stofffetzen schützte er sein Gesicht gegen Sandstürme.

Es gab ein Ziel, aber er kannte es nicht, wusste nur die Richtung und dass er es unbedingt erreichen musste. Neben ihm gingen Hunderte, ja Tausende verlumpter, ausgemergelter Menschen. Alle unter demselben Zwang. Eine Völkerwanderung biblischen Ausmaßes. Junge und Alte. Einige stützten einander, andere gingen an Krücken. Manchmal brach jemand vor Durst und Erschöpfung zusammen und blieb in der sengenden Sonne einfach liegen. Niemand kümmerte sich um die Sterbenden, die bald vom Sand zugeweht wurden.

Mühsam setzte Winter einen Fuß vor den anderen. Die gelöste Sohle eines Schuhs schleifte bei jedem Schritt durch den Sand. Seine Zunge klebte am Gaumen. Er leckte Blut von den zerfurchten Lippen, hob eine Hand, um es abzuwischen, doch die Hand war voller eitriger Blasen.

Winter wollte aufwachen.

Doch es ging nicht.

In der Ferne rollte ein Sturm heran. Die Menschen um ihn herum blieben stehen und streckten in Erwartung des erlösenden Regens ihre Arme gegen den Himmel. Die ersten Regentropfen fielen auf Winter. Hart, wie kleine Handgranaten. Die Regentropfen färbten die Wüste schwarz. Er schloss die Augen und öffnete den Mund, um das Wasser aufzufangen, doch dieser füllte sich mit Kapseln. Winter spuckte sie aus, und die Kapseln fielen zu Boden, wo sie explodierten. Die ganze Wüste war mit farbigen Kapseln übersät, die in ohrenbetäubendem Lärm detonierten, als wäre die Welt eine riesige Popcornmaschine.

Komplett verschwitzt wachte Winter auf.

Endlich!

Das Leintuch klebte, und er hatte höllischen Durst.

Vorsichtig, um Anika nicht zu wecken, wickelte er sich aus der Bettdecke und setzte die Füße auf den Boden. Es war heiß. Oder hatte er Fieber? Im Dunkeln trottete er nackt zur Tür, unter der ein Lichtstreifen schimmerte. Hatte er gestern Abend vergessen, das Licht im Wohnzimmer zu löschen? Oder war es der Vollmond? Schlaftrunken drückte er die Türklinke. Heiß. Erschreckt zog er die Hand zurück. Die Tür schwang auf. Eine Feuerwand schlug ihm entgegen.

18. Mai 03:12

Die Wohnküche stand komplett in Brand. Holzboden, Küchentheke, Stütz- und Deckenbalken brannten lichterloh. Aus dem Sofa loderten Flammen. Stoffkissen explodierten. Die Fluchtwege zum Korridor oder über die Veranda waren abgeschnitten. Der schwere Eichentisch war zur Seite gekippt, die Metallbeine im Boden eingesackt. Eine giftig schwarze Wolke quoll auf ihn zu.

Winter schlug die Tür zu.

Er rüttelte Anika wach. »Anika! Anika! Wach auf!«

»Hmmm. Was ist?«

»Schnell. Es brennt.«

Sie drehte sich um und setzte sich auf. »Was?«

»Das Haus brennt. Wir müssen zum Fenster raus. Sofort!« Winter sammelte Anikas am Boden liegende Kleider auf und drückte sie ihr in die Hände. Dann riss er das einzige Fenster auf. Das Feuer hatte die Veranda bereits teilweise erfasst. Er half Anika auf die Fensterbrüstung, und sie kletterte splitternackt nach draußen. »Die Tasche.«

Winter reichte ihr die Ledertasche. »Bring dich in Sicherheit.«

Rauch drang durch die Ritzen der Tür.

Im Nebenraum krachte es.

Noch hatte er Zeit. Er drehte sich um.

Von draußen hörte er Anika in beschwörendem Ton rufen: »Winter! Komm schon!«

Doch er hastete zum Kleiderschrank und griff sich seinen Rucksack. Er warf Kleider hinein und sammelte Handy, Schlüssel und Brieftasche ein.

Das Feuer im Wohnraum röhrte wie eine Herde brünstiger Elche. Da barst die Schlafzimmertür aus den Angeln und flog ins Zimmer. Das Feuer lechzte sofort hinterher, griff Boden, Bett und Schrank an.

Winter warf den Rucksack über das Bett hinweg aus dem Fenster.

Das verzogene Gebälk des Hauses knackste, als wäre es ein sinkendes Schiff. Das Ziegeldach würde gleich einstürzen und alles unter sich begraben. Die Bettdecke entflammte, und das ganze Zimmer füllte sich mit Rauch.

Der Rest seiner Sachen war verloren.

Nackt steckte Winter in der Ecke seines Schlafzimmers fest.

Er schlüpfte in die Jeans und schnappte sich die am Schrank hängende Lederjacke. Dann zog er den kleinen Metallkoffer mit seinen Pistolen hervor und warf auch diesen durchs Fenster.

Die Balken ächzten. Die Bodenbretter unter seinen Füßen verzogen sich. Teile der dünnen Holzwand zum Wohnzimmer brachen ein, dahinter ein gelbrotes Inferno. Explosionen. Das Bücherregal fiel einem Kartenhaus gleich in sich zusammen.

Winter hielt sich ein T-Shirt vors Gesicht.

Das Feuer lechzte zum Sauerstoff des offenen Fensters. Die halb aus den Angeln gehobene, windschiefe Tür versperrte ihm den Weg. Der Parkettboden loderte. Winter war barfuß. Seine Schuhe standen im Korridor. Verdammt! Durch das knurrende Fauchen der Flammen hörte er Anika schreien. So musste es in der Hölle sein. Wenn es sie denn gab. Die Hitze wurde immer unerträglicher.

Fokus! Zum Fenster.

Optionen? Nur eine. Der Weg führte über das brennende Bett.

Mittel? Der massive Bauernschrank, der ihm bis eben etwas Schutz geboten hatte, brannte nun auch. Gleich würden die Kleider darin in Flammen aufgehen. Keine Zeit zu verlieren. Winter würgte die noch unversehrte Schranktür aus den Angeln, warf sie aufs brennende Bett und sprang darüber.

Flehentlich winkte Anika vom Garten her. »Winter! Beeil dich! Das Ganze fällt gleich zusammen!«

Draußen hing die Veranda bereits schräg herunter. Bläuliche Flammen fraßen sich schlangenartig durch die alten

Holzbretter. Winter stieg auf das Fensterbrett und hockte sich zusammengekauert wie eine gestauchte Eule mit beiden Füßen darauf.

Hinter ihm explodierte die Matratze mit einem dumpfen »Whhhummmp« und spie ihm glühende Stofffetzen hinterher.

Winter lehnte sich nach vorne, richtete sich auf und machte einen großen Schritt über die brennende Veranda hinweg auf das noch intakte Geländer, das unter seinem Gewicht bedrohlich wankte. Er fasste Fuß, balancierte mit den Armen, winkte Anika und fand sein Gleichgewicht.

Geschafft!

Da brach das Geländer weg. Winter stürzte in die Tiefe, schlug barfuß auf den Granitplatten auf und brachte sich abrollend in Sicherheit. Am Rande der Steinterrasse richtete er sich auf.

Über ihm Anikas rußgeschwärztes Gesicht. Sie zog ihn weg. »Achtung!«

Herabstürzende Trümmer.

Winter taumelte in den Garten. Verdörrte Stoppeln stachen in seine nackten Füße. Flammen loderten aus dem Schlafzimmerfenster. Das Gerüst der Stützbalken schwankte. Dann krachte das Ziegeldach im Zeitlupentempo auf die Wohnküche und begrub sie unter sich. Glassplitter und brennende Trümmer flogen ihnen in einem Feuerschwall entgegen.

Sie hoben schützend die Arme und traten zurück. Fassungslos starrten sie auf das lichterloh brennende Haus. Winter wischte Anika Glut aus den Haaren und reichte ihr sein zerknautschtes T-Shirt. »Du musst dir was anziehen.«

»Danke.«

»Wo ist deine Tasche? Der Rucksack?«

»Da.« Anika hatte Tasche, Metallkoffer und Rucksack zur Seite gestellt. Ihre Kleider lagen obenauf.

»Ich rufe die Feuerwehr.« Er zog das Telefon hervor, stieß dabei auf seinen Autoschlüssel und eilte zurück. »Warte hier. Ich muss das Auto in Sicherheit bringen.«

Er wählte die Notrufnummer 118 und hetzte am brennenden Haus vorbei den Hang hinauf. Als er keuchend die Situation beschrieb, stolperte er über einen Kanister und fiel hin.

Die professionelle Stimme der Zentrale fragte besorgt: »Herr Winter, sind Sie in Ordnung?«

Er rappelte sich auf: »Ja. Aber beeilen Sie sich.«

Die Stimme befahl: »Bringen Sie sich in Sicherheit. Gehen Sie auf keinen Fall ins Haus zurück! Die Löschfahrzeuge sind unterwegs. Ist noch jemand im Haus?«

»Nein.«

Wo war Sheriff?

»Gibt es in der Nähe andere Häuser? Nachbarn?«

»Nachbar. Hundert Meter weit weg.« Bei den Mettlers brannte im ersten Stock Licht. Winter erreichte den Kiesplatz. Die nördliche Fassade seines Hauses mit der Eingangstür stand noch. Im Korridor hatte er einen Feuerlöscher. Und Schuhe. Da flog im Korridor etwas in die Luft. Die Tür vibrierte.

Die Stimme am Telefon fragte: »Um was für ein Haus handelt es sich?«

»Altes Bauernhaus. Aus Holz.«

Winter unterbrach die Verbindung, klickte den Audi auf, stieg ein und drehte den Zündschlüssel. Vor ihm zerbarst das Fenster der Bürokammer. Glasscherben klirrten auf der Frontscheibe. Wie ein Boxhandschuh puffte eine schwarze Rauchwolke heraus. Die Hausfassade neigte sich ihm entgegen.

Keine Zeit zum Wenden. Er legte den Rückwärtsgang ein und raste vom Kiesplatz auf die Straße. Als er wieder nach vorne schaute, knickte die Wand in sich zusammen und stürzte auf den Vorplatz. Glühende Balkenteile und Bretter wirbelten durch die Luft. Trümmerteile trafen den Audi.

Erschöpft zog Winter den Schlüssel ab.

Es war plötzlich still.

Mit leerem Blick schaute er auf sein brennendes Haus. Sein geliebtes Daheim ein Raub der Flammen. Sein Traum in Rauch aufgegangen. All die Arbeit vergebens. Die Flammen warfen gespenstische Schatten. Dunkler Rauch entschwand in die sternenklare Nacht. Ab und zu spie das glühende Skelett Funkenwolken in den Nachthimmel. Die Mauer hinter der Küche kollabierte.

Winter fror.

Der Benzinkanister, über den er am Hang gestolpert war, bewies, dass dies kein Unfall war. Er würde die Brandstifter bis ans Ende der Welt jagen. Gnadenlos. In der Ferne tauchten die blauen Lichter der Feuerwehr auf. Sie würden das Haus nicht mehr retten können.

Resigniert legte er den Kopf aufs Steuerrad. Tränen suchten sich einen Weg durch den Ruß auf seinem Gesicht. Da klopfte jemand an das Seitenfenster.

18. Mai 03:19

Die weit aufgerissenen Augen Herrn Mettlers starrten ins Auto. Bleicher Oberkörper, Edelweiß-Hosenträger, in den Händen ein Metallkübel voller Wasser. Hinter ihm keuchte mit offenem Mund und langem, zerzaustem Haar Frau Mettler. Sie hatte nur eine dünne Wolljacke über das gespenstisch weiße Nachthemd gestreift.

Mit der flachen Hand wischte sich Winter übers Gesicht. Dann stieg er langsam aus. Herr Mettler stellte den nutzlosen Wasserkessel ab und hob ratlos die Hände. »Was ist passiert?«

Winter schluckte leer und sagte: »Es war Brandstiftung.«

Drei Feuerwehrfahrzeuge brausten heran. Blaulicht, aber keine Sirene. Eine Stunde später hockten Winter und Anika auf der langen Holzbank in Mettlers Küche. Vor ihnen auf dem Tisch leere Tassen und unberührte Kekse. Neben Anika saß Frau Mettler, nun in ihren gewohnten Kleidern. Sie konnte es einfach nicht glauben, schüttelte immer wieder den Kopf und zog ihre Strickjacke zu.

Winter hatte die geretteten Sachen im Audi verstaut, einen dunkelgrauen Pullover übergezogen und sich am Brunnen beim Bauernhof notdürftig gewaschen. Seine Füße steckten in einem Paar ausgeleierter, aber harter Militärschuhe von Herrn Mettler. Jetzt saß der Bauer oben am Tisch. Seine gichtgeplagte Hand hielt sich an einer schlanken Flasche selbst gebranntem Pflaumenschnaps fest.

Durch die Fenster konnten sie sehen, wie die Feuerwehr im Lichte ihrer Scheinwerfer die Schläuche einrollte. Sie hatten das Feuer innerhalb weniger Minuten gelöscht und erstickten nun mit Schaum die letzten Glutherde. Von Winters Haus war nur noch ein feuchter Schutthaufen übrig.

Auch die Polizei und eine Ambulanz waren gekommen. Die Sanitäter hatten Winter und Anika ohne Resultat kurz untersucht und waren jetzt dabei, ihren langen Sanitätswagen zu wenden. Der uniformierte Polizist, ein noch junger Wachtmeister namens Häuselmann, und der Einsatzleiter der Feuerwehr, der sich mit Wenger vorgestellt hatte, saßen ihnen am Küchentisch gegenüber. Beide Beamten hatten ihre Vollmontur gelockert.

Winter und Anika erzählten, wie sie aufgewacht waren und Hals über Kopf aus dem Schlafzimmerfenster hatten flüchten müssen. Die Feuerwehr hatte vier leere Plastikkanister mit Benzinresten gefunden. Trotzdem wollte der Polizist wissen, ob nicht andere Ursachen in Frage kamen, eine vergessene Kerze oder ein Kaminfeuer vielleicht. Doch die vier verschiedenen Brandherde ließen keine Zweifel offen. Der Feuerwehrmann war sich ziemlich sicher, dass es Brandstiftung gewesen war.

Als Wachtmeister Häuselmann sich erkundigte, ob die Kanister Winter gehörten, verlor dieser für einen Moment die Contenance. »Verdammt noch mal! Ich habe mein Haus sicher nicht selbst angezündet!«

»Bitte verstehen Sie mich nicht falsch. Ich muss Sie das fragen.«

Winter entschuldigte sich und leerte das Schnapsglas. Seine Nerven lagen blank. Er musste an die Zukunft denken. Gleichzeitig wusste er, dass er Glück gehabt hatte. Niemand war verletzt worden. Es hätte viel schlimmer kommen können.

»Hat jemand eine schwarze Katze gesehen? Sheriff, mein Kater? Er hat einen weißen Flecken vorne auf der Brust.«

Betretenes Schweigen.

Mettler füllte Winters Glas wieder.

Anika: »Mach dir um ihn keine Sorgen, der war wahrscheinlich draußen. Am Jagen, oder?«

Häuselmann fragte: »Herr Winter, können wir uns bitte auf das Wesentliche konzentrieren? Wer könnte es Ihrer Meinung nach denn gewesen sein? Abgesehen von Vandalen, was mir bei dieser abgelegenen Wohnlage eher unwahrscheinlich erscheint. Sind Sie jemandem auf die Füße getreten?« Der Wachtmeister hatte ein blaues Notizheft vor sich und wartete mit einem billigen Plastikkugelschreiber darüber auf die Antwort.

Die Ahnung überkam Winter wieder. Magomedows unbewegliche Augen, die ihn unerbittlich durchbohrten. Nataschas explodierender Kopf hinter dem Gartenparadies. Millionen Leute ohne Wasser. Die Steinwüste. Träumte er immer noch? Nein, Frau Mettlers Küche war real, die Holzbank hart. Die Schuhe drückten.

Winter stürzte den nächsten Schnaps hinunter. Der Hochprozentige brannte im Hals.

Aber warum? Der Memorystick? Magomedow konnte das unmöglich wissen. Oder doch? Anika hatte sich in Berlin beobachtet gefühlt. Männer hatten sie beobachtet, waren ihr gefolgt. Hatten diese herausgefunden, dass sie nach Bern gefahren und bei ihm untergeschlüpft war? Aber Anika hatte niemandem von dem USB-Speicher erzählt, der vorhin mit seinem Laptop in Flammen aufgegangen war.

Magomedow musste auf anderen Wegen davon gehört haben. Gestern hatte er Meister, Frank und von Tobler angerufen und ihnen davon erzählt. Einer der Dienste hatte irgendwo ein Leck. »Ich muss einen Anruf machen.« Er legte Anika die Hand auf den Unterarm. »Komm.«

Sie rutschten von der Bank und ließen die übermüdete Runde in der Küche zurück. Auf dem Vorplatz des Bauernhofes war es kalt. Der Brunnen plätscherte. Bei der Ruine seines geliebten Häuschens standen Feuerwehrmänner in gelben Schutzanzügen herum. Am blauen Nachthimmel über dem Scheunendach kündigte sich der Sonnenaufgang an.

Anika fragte: »Was ist?«

Winter schaute zurück. Sie waren alleine. »Du hast den Wenger, den Feuerwehrmann, vorhin gehört. Es war Brandstiftung. Ich glaube, Magomedow will uns wegen der Unterlagen auf Nataschas Memorystick umbringen.«

»Wie Nasch?«

»Ja, die glauben wahrscheinlich, du und ich hätten den Brief gefunden. Oder wüssten, wo er ist.«

»Aber wir wissen doch nichts.«

»Es spielt keine Rolle, was wir *wissen*. Entscheidend ist, was dieser Psychopath *glaubt*. Wir müssen untertauchen.«

»Und die Polizei?«

»Um die mach dir mal keine Sorgen.« Er zog Anika an der Hand Richtung Audi. Sie nickten den Feuerwehrmännern zu und stiegen ein. Oben beim Bauernhaus traten Häuselmann und Wenger auf den Vorplatz. Winter startete den Wagen, und sie fuhren davon. Im Rückspiegel sah er, dass ihnen niemand folgte.

Er drehte die Heizung auf, und Anika fragte: »Wohin fahren wir?«

»Zu Magomedow.«

Vereinzelte Nebelschwaden hingen in den Senken der leicht gewellten Felder. Winter war in Gedanken versunken, doch er kannte die Strecke auswendig. Sie bogen auf die Hauptstraße ein und fuhren Richtung Bern.

Winter steckte das Telefon in die Freisprechanlage und wählte Meisters Nummer. Es klingelte lange, bis der Chefbeamte des FedPol den Anruf missmutig annahm. »Ja?«

»Magomedow hat mein Haus in Schutt und Asche gelegt.«

»Tut mir leid, das zu hören. Was ist passiert?«

Winter beschrieb die Ereignisse der Nacht und sagte dann: »Sie müssen uns ein wenig Zeit kaufen. Können Sie eine Pressemitteilung veranlassen? Text: ›Bauernhaus bis auf die Grundmauern abgebrannt, zwei Personen ums Leben gekommen, Brandstiftung nicht ausgeschlossen.‹ Sie wissen schon. Der Einsatzleiter der Feuerwehr heißt Wenger, der Polizeiwachtmeister Häuselmann.«

»Magomedow soll glauben, er habe sein Ziel erreicht?«

»Genau.«

»Okay. Ich werd mal sehen, was sich machen lässt.«

»Und behalten Sie das im kleinsten Kreis. Magomedow scheint gut informiert zu sein. Irgendwo gibt es ein Leck.«

18. Mai 05:22

In Bern ließen sie den Audi im Parkhaus stehen und eilten durch die frühmorgendliche Stadt. Warmes Licht strömte aus der Lobby des Hotels Bellevue. Davor ein frierender Pförtner und ein polierter Jaguar. Ein Elektromotorrad mit Anhänger sauste lautlos an ihnen vorbei. Die Schweizerische Nationalbank wurde renoviert und versteckte sich hinter einer Bretterwand mit Stacheldraht. Auf dem Bundesplatz kreuzten Frühaufsteher ihren Weg.

Das Treppenhaus und die Gänge der Bank waren am Montagmorgen noch dunkel. Automatisch schaltete sich vor ihnen das Licht ein. Winter schloss seine Bürotür auf und warf den Rucksack auf das Ledersofa. Anika schaute sich erschöpft um. Ihr ansonsten fröhliches Gesicht war gezeichnet von den nächtlichen Strapazen, die Sommersprossen noch immer rußverschmiert.

»Am Ende des Korridors gibt's Duschen.« Neben dem Schreibtisch grub er Shampoo und Badetuch aus der Sporttasche. »Komm. Das wird uns guttun.«

Zehn Minuten später war Winter frisch geschrubbt zurück im Büro. Aus dem kleinen Wandsafe nahm er seinen Pass, drei Bündel Noten Schweizer Franken, Euro und Dollar sowie einen dünnen Lendengürtel. Er verstaute das Geld darin und zog sich an. Als Nächstes öffnete er den kleinen Metallkoffer.

Anika kam mit ihren Kleidern in der Hand aus der Dusche zurück. Als sie die Pistolen sah, hielt sie das um die Brust gewickelte Badetuch fest und verzog das Gesicht. »Winter? Was soll das?«

»Sicher ist sicher.«

Natascha hatten sie mit einem Präzisionsgewehr erschossen, und die Einbrecher in Berlin hatten nicht gezögert, ihre Brownings zu zücken. Er klippte die 45er SIG P220 der

Schweizer Industrie-Gesellschaft an den Gürtel und prüfte die vertraute Waffe. Geschmiert, sauberer Lauf, normaler Klick. Alles in Ordnung. Die .22er Back-up Mosquito band er an sein rechtes Schienbein. Zum Schluss nahm er aus dem Koffer die Reservemagazine und fragte über die Schulter: »Möchtest du auch einen Kaffee?«

Anika hatte sich mittlerweile angezogen und frottierte sich ihr Kraushaar. Die Pistolen waren ihr ganz offensichtlich nicht geheuer. Sie biss sich auf die Lippen. »Nein danke.«

Während die Kaffeemaschine in der Verpflegungsnische den ersten Espresso der Woche zubereitete, ging Winter in Leonies Büro und lieh sich aus ihrem Bestand einen alten Laptop. Auf ein rosa Post-it schrieb er: »Morgen, Leonie, habe mir einen Laptop geliehen. Ich rufe dich später an. Gute Woche. LG Winter«. Zurück im Büro stopfte er den requirierten Laptop in den Rucksack und leerte den Espresso. »Fertig?«

Anika nickte trotzig.

Sie fuhren aus der Stadt auf die Autobahn. Umhüllt vom Summen und dem warmen Kokon des Wagens sank Anika tief in den Sitz und schlief ein.

Um halb sieben krochen die ersten Sonnenstrahlen über den Horizont. Winter klappte die Sonnenblende herunter. Kirchenglocken schlugen acht, als er zum zweiten Mal innerhalb von zwei Tagen durch Weggis fuhr. Er parkte wieder bei der Schiffsanlegestelle.

Anika rührte sich.

Er klickte den Sicherheitsgurt auf. »Komm. Wir sind da. Lass uns frühstücken.«

In einem verblichenen Speisesaal mit Seeblick verpflegten sie sich zusammen mit geriatrischen Hotelgästen. Der Kaffee kam in einer verbeulten silbernen Kanne mit klapperndem Deckel. Winter bediente sich am Büfett, und die flüsternden Feriengäste musterten verstohlen seine schweren Militärschuhe. Sie aßen schweigend und waren danach erleichtert, wieder an der frischen Seeluft zu sein.

»Magomedow hat eine Villa, ein paar Kilometer von hier.

Von der Straße her ist sie mit einer hohen Mauer und Kameras geschützt. Wir brauchen ein Boot.«

Sie gingen den Quai entlang und mieteten beim ersten Bootsverleih ein kleines Motorboot. Winter bezahlte für einen halben Tag in bar. Der schlecht rasierte Vermieter, der trotz des frischen Wetters Flipflops und bunte Bermudashorts trug, half Anika in die Schwimmweste und dann ins Boot. Als er die Leinen losmachte, warnte er: »Passen Sie auf die Kursschiffe auf und halten Sie genügend Abstand zum Ufer.«

»Machen wir.« Winter steuerte das Boot langsam aus der Marina und nahm draußen auf dem See Fahrt auf. Der Gotthardföhn blies ihnen ins Gesicht, der Kiel schnitt durch die Wellen. Gischt spritzte. Anika hielt die Hand in das kalte Wasser. Jedes Mal wenn sich die Sonne hinter den vorbeiziehenden Wolken versteckte, verlor der See seine Farbe und wurde bedrohlich grau.

In südlicher Richtung tuckerte das Boot an der Küste entlang. Der Quai mit den morgendlichen Spaziergängern wurde von der Hauptstraße mit Morgenverkehr abgelöst. Dann verschwanden die Autos hinter den Parkanlagen der protzigen Villen. Über Geschmack ließ sich bekanntlich nicht streiten. An Stegen und in Bootshäusern dümpelten Boote. Angestellte mähten Gras, putzten und stutzten Hecken. Dahinter thronte das Bergmassiv der Rigi.

Winter schaute zu Anika hinüber, die mit zusammengepressten Lippen nach vorne blickte, ihre Hände im Fleece vergraben. Vorhin auf dem Weg zum Bootsverleih hatte sie unbedingt darauf bestanden, mitzukommen. Sie wollte den Mann hinter dem Mord an ihrer besten Freundin bei lebendigem Leibe durch den Häcksler jagen und ihn dann an die Vögel verfüttern. Ihr ansonsten so wunderbar fröhliches Naturell hatte auch eine dunkle Seite.

Als hätte sie seine Gedanken gelesen, fragte sie: »Was machen wir, wenn wir dort sind?«

»Improvisieren. Wie immer.«

Ein glänzend weißes Kursschiff, ein alter Raddampfer,

rauschte vorbei und sandte einen Fächer Bugwellen. Sie kniff die Augen zusammen. »Wie weit noch?«

»Da vorne ist es. Diese große Terrasse.«

In der Ferne ragte die Terrasse wie ein trutziges Bollwerk in den See, davor das Riva-Boot. Als sie sich näherten, drosselte Winter die Geschwindigkeit. Langsam glitten sie an der Magomedow-Villa vorbei. Niemand zu sehen. Heute leisteten nur ein paar Enten der »Julia« Gesellschaft. Die Terrasse darüber: leer.

Der verwilderte Park war wie ausgestorben und ging in einen lichten Buchenwald über. Winter entdeckte nahe der Grundstücksmauer ein altes, verlottertes Bootshaus. Spitze Metallspeere hielten Eindringlinge vom Nachbarsgrundstück ab, aber der Steg selbst schien ungesichert zu sein. Winter schob den Gashebel nach vorne und kurvte in einem Bogen auf den hölzernen Landesteg zu. Sie legten an und vertäuten das Boot.

An Land gingen sie durch den Wald zurück zur Villa. Ein paar Eichhörnchen hetzten emsig über das moosige Gras. Auch von der Seite wirkte der monumentale Kasten wie ausgestorben. Auf dem Parkplatz standen der Jaguar und der Porsche Cayenne mit dem Pferdeanhänger. Die BMWs waren verschwunden.

Winter hielt nach Überwachungskameras Ausschau, konnte aber keine entdecken. Sie huschten über den betonierten Vorplatz des Seitenflügels und stiegen eine Treppe zur umlaufenden Terrasse hinauf. Vor ihnen hohe Fenster und eine Tür. Links der See, rechts die Ausfahrt zum überwachten Tor. Die Tür war verschlossen, also linsten sie durch eines der Fenster. Ein leerer Raum mit einem eisernen Bettgestell ohne Matratze.

»Nette Bude«, flüsterte Anika.

»Schwer brennbar.«

Die Fenster waren alt, die Farbe abgeblättert. Winter drückte mit der flachen Hand dagegen. Viel Spiel. Er klappte sein Taschenmesser auf, drückte es auf Griffhöhe mit dem

Handballen durch das spröde Holz und entriegelte das Fenster. Die Flügel schwangen auf.

Ein vermoderter Geruch schlug ihnen entgegen.

Sie lauschten ins Haus hinein.

Nichts.

»Wollen wir?« Winter steckte das Messer weg.

Behände kletterten sie über die Brüstung ins Eckzimmer mit der abblätternden Tapete. An der Rückwand ein verrußter, offener Kamin mit einem Gestell davor. Staub in der Luft. Das Haus war totenstill. Winter zog die P220 und entsicherte sie. Kleine Gipsbrocken knirschten unter ihren Füßen. Auch der Stuck war dabei, zu zerfallen.

Die Zimmertür war angelehnt.

Dahinter ein dunkler Korridor, so breit wie eine Autostraße. An den Wänden klebten halbrunde Tische mit geschwungenen Beinen. Sonnenstrahlen aus den Seezimmern zersägten den Korridor. Staubpartikel tanzten im schrägen Licht. Mehr leere Zimmer. Ein eingeknickter Konzertflügel. Auf der Schattenseite stießen sie in einem der Zimmer auf eine alte Badewanne, Röhren und herausgerissene Waschbecken aus vergilbter Emaille.

Im Zimmer unmittelbar vor der großen Eingangshalle lagen am Boden zwei dreckige Matratzen, Zigarettenkippen, leere Dosen und Flaschen herum. Eine zerlesene Autozeitschrift. Kyrillisch.

»Ausgeflogen«, sagte Anika.

»Wir haben erst einen Teil des Palastes gesehen.«

Sie traten in die zentrale Empfangshalle mit den riesigen Flügeltüren, den leeren Podesten und den breiten Treppen zur Galerie. Winter drehte sich im Kreis. Von der Galerie oben schaute eine massige Frau auf sie herab, die Hände auf die Brüstung gestützt. »Was wollen Sie?«

18. Mai 09:22

Die tiefe Stimme echote durch die leere Halle. Eine Mischung aus Geisha und Obelix, eingehüllt in wallende Stoffe, glotzte sie aus einem aufgedunsenen Gesicht an. Unter einem Kopftuch quoll eine Hennahaarmähne hervor. Zu ihren Füßen äugten die neugierigen Knopfaugen eines Miniaturhundes durchs Geländer.

»Wir suchen Zalimkan Magomedow.«

»Mein kleiner Bruder ist nicht da.«

»Wo ist er?«

Sie winkte mit fetten, dick beringten Fingern nach oben. »Stecken Sie dieses alberne Ding weg und leisten Sie mir ein wenig Gesellschaft.« Goldene Armreifen klimperten.

Anika und Winter stiegen die Treppe empor. Beim Näherkommen sahen sie, dass sich Magomedows dralle Schwester größeren Fassadenrenovierungen unterzogen hatte. Das Wangenrouge, die grünen Lidschatten und der violette Schmollmund mit den Schlauchbootlippen ließen jeden Regenbogen verblassen, konnten ihr wahres Alter jenseits der Fünfziger jedoch nicht verdecken.

Sie hob ihren Vorbau, einen veritablen Rammbock, und wallte in ihr Gemach.

Winter bedauerte ihre Pferde.

Sie betraten einen mit Möbeln vollgestopften, dunklen Saal, dessen schwere Vorhänge zugezogen waren. Licht kam einzig von einem riesigen Flachbildschirm, auf dem eine stumme Morgenshow lief. Während sich Winters Augen an das schummrige Licht gewöhnten, kitzelte der süßliche Duft von Räucherstäbchen seine Nase.

In der Mitte des Saals stand ein riesiges, mit Plüschkissen übersätes Himmelbett aus Tausendundeiner Nacht. Es war umstellt von mehreren Schränken, einer davon offen und voller Kleider, zwei Kommoden, einem Schminktisch, einem hohen Ganzkörperspiegel und Trennwänden, über die Kleider gelegt worden waren.

Mehrere Lagen schwerer Teppiche bedeckten den Boden. An den Wänden entdeckte Winter barocke Bilder in verschnörkelten Rahmen mit Fürsten, nackten Frauen und Jagdszenen.

Der weiße Chihuahua trippelte nervös im Kreis. Magomedows Schwester hob ihr Schoßhündchen auf und lagerte sich auf einen Diwan. Das samtige Sofa ächzte, die Wasserpfeife daneben gurgelte. Auf einem kleinen Tischchen Gläser, eine halb leere Wodkaflasche, ein Teller mit klebrigen Snacks sowie ein mit Diamanten besetztes Smartphone.

»Warum setzen Sie und Ihre bezaubernde kleine Freundin sich nicht?« Die Gastgeberin zeigte auf zwei niedrige, mit Pompons verzierte Hocker.

Sie setzten sich.

Das Hündchen hob den Kopf und kläffte.

Magomedows Schwester machte eine abweisende Geste. »Grigori, geh spielen. Ich brauche dich nicht.« Sie meinte nicht den Chihuahua, sondern den in einer Seitentür stehenden Mann. Ein hagerer Riese mit schwarzem Anzug, Krawatte und der Miene eines Bestatters. Bevor ihn Winter genauer mustern konnte, war der Totengräber verschwunden.

»Mein Beschützer. Oder, wenn Sie wollen, der Wärter des Gefängnisses oder der Irrenanstalt hier.« Sie trank einen großen Schluck aus einem der Gläser. Wenn es Wodka war, trank sie diesen wie Wasser. »Soso, Sie suchen also Zalimkanschik. Was hat er denn diesmal angestellt? Muss ich meinem Bruderherzchen mal wieder einen Klaps auf seinen süßen Hintern geben?«

Winter überlegte sich, was er antworten sollte, als Anika direkt auf den Punkt kam: »Er hat meine beste Freundin erschossen. Vor meinen Augen.«

»Ts, ts, ts. Also, meine Liebe. Das ist jetzt aber maßlos übertrieben. So was würde mein Zalimkanschik nie tun. Er macht sich die Finger nicht schmutzig. Nicht mehr.«

»Wo ist er?«

Mehr Wodka. Unter schweren Augenlidern studierte die ältere Schwester Anika und Winter. Sie war vielleicht betrunken, aber nicht dumm. Und antwortete: »Nicht hier.«

»Nicht mehr?«, echote Winter.

»Er ist gestern abgereist. Wissen Sie, er ist ein viel beschäftigter Mann. Wohin er geflogen ist, hat er nicht gesagt. Mich hat er hier sitzen gelassen.« Sie lachte verächtlich und betrachtete dabei ihre künstlichen, blutrot lackierten Fingernägel, die sich wie die ausgefahrenen Krallen einer Raubkatze bogen.

Anika: »Was machen Sie denn noch hier?«

Nach langem Schweigen antwortete Magomedows Schwester erstaunlich nüchtern und in vertraulichem Tonfall: »Das möchte ich manchmal auch gerne wissen.« Sie arrangierte ihre Tücher. »Er sagt, die Magomedows sind nicht mehr überall willkommen. Mein Zalimkanschik hat mir dieses Haus gekauft, weil er glaubt, mir könnte zu Hause etwas zustoßen.«

»In Moskau?«

»Phooaaa, Moskau! Nein, nein, mein Herz ist in Machatschkala.« Ihre Augen verklärten sich. »Wenn es nach mir ginge, wären wir schon lange wieder zurück in meinem geliebten Machatschkala, nicht wahr, mein Süßer?« Zärtlich fuhr sie ihrem Chihuahua über den Kopf.

Dann hob sich das wabbelnde Mehrfachkinn. »Wenigstens haben wir hier den See. Leider ist mein kleiner Bruder ein sturer Bock.« Hoffnungsloses Kopfschütteln. »Was er sich einmal in den Kopf gesetzt hat, erreicht er auch. Schon als mein Zalimkanschik noch ein kleiner Junge war, hat er ständig rebelliert. Obwohl er damals noch schwach und kränklich war, konnte er unheimlich stur sein, sogar gegenüber unserem Vater, Allah sei ihm gnädig.«

Das Glas war leer. Sie füllte es mit Wodka, trank und fuhr fort: »Einmal, während eines Familienpicknicks am Strand, hätte Vater ihn deswegen beinahe umgebracht. Ich kann mich nicht mehr erinnern, um was es ging, aber er hätte ihn beinahe ertränkt, wie einen überzähligen Welpen. So lange hat er Zalimkanschiks Kopf unter Wasser gehalten.«

Winter warf Anika einen Blick zu. Wie Effis Geschwister.

Magomedows Schwester streichelte ihren Schoßhund und beschrieb mit einem Zeigefinger Kreisel vor ihren Augen. »Seither hat er den starren Blick. Er kann die Augen nicht mehr bewegen.« Im Zwielicht zerfiel das geschminkte Gesicht für einen Moment.

Stille.

Der Chihuahua hob den Kopf und kläffte.

18. Mai 09:34

Der Bestatter stand ein paar Schritte hinter ihnen. Ein Totenkopf mit tief in den Höhlen versunkenen Augen, eingefallenen Wangen und käsebleicher Haut. Blutleere Lippen entblößten ein unförmiges Gebiss, das auf Zigarettenschachteln jeden vom Rauchen abgehalten hätte.

Der Bestatter hielt eine Pistole. »Hände auf den Kopf!« Slawischer Akzent. Langsam hoben Winter und Anika die Hände.

Magomedows Schwester fragte: »Grigori, warum unterbrichst du uns? Wir haben uns gerade so nett unterhalten.«

»Ich habe mit Zalimkan in Berlin gesprochen. Die beiden wollen ihm an den Kragen.« Er wies sie mit der Pistole an: »Aufstehen!«

Sie erhoben sich vorsichtig von ihren Hockern.

Anika: »Was wollen Sie, Sie Würstchen?«

Ansatzlos schlug Grigori ihr mit dem Pistolenlauf ins Gesicht. Anika schrie, taumelte und fiel über den Tisch. Wodkaflasche, Gläser und der Teller mit den Essensresten fielen zu Boden. Ein Glas zerschellte, und ein dunkler Fleck breitete sich auf dem Teppich aus.

»Grigori, mein Wodka!«, rief Magomedows Schwester.

Winter machte einen Schritt auf Anika zu, doch der schlaksige Leibwächter richtete die Pistole auf seine Brust. »Nicht bewegen!«

Winter hielt inne.

Anika richtete sich mit blutender Lippe langsam wieder auf, zog ein Papiertaschentuch aus dem Fleece und tupfte sich damit die aufgerissene Lippe ab. Ihre Augen funkelten kampfeslustig, doch sie schwieg.

Der Bestatter befahl: »Raus hier! Und keine Dummheiten.«

Als sie taten wie befohlen, rief ihnen der Fleischberg nach:

»Auf Wiedersehen, meine Lieben. Es war mir ein Vergnügen.«

Neben der Tür stand ein Kasten leerer Wodkaflaschen.

Magomedows Schwester trank nur desinfiziertes Wasser.

Auf der Treppe fragte Winter Anika: »Geht's?«

Sie nickte.

»Ruhe! Zur Terrasse!«, kommandierte Grigori, der einige Schritte hinter ihnen ging. »Sie kennen ja den Weg.«

Während sie die Halle durchquerten, kläffte oben der Chihuahua durch die Brüstung hinter ihnen her.

»Aufmachen!«

Sie stießen die riesigen Flügeltüren auf und traten geblendet ins Freie. Winter spähte über seine Schulter, doch Grigori hatte den Abstand beibehalten. »Zum Boot.«

Der eiserne Gartentisch stand noch am selben Ort. Wolken schoben sich vor die Sonne, unruhige Wellen peitschten den schwarzen See auf. Anscheinend wollte Grigori sie im Vierwaldstättersee versenken und so spurlos verschwinden lassen.

Winter und Anika gingen dicht nebeneinanderher. Im Rücken hörten sie die Schritte des Bestatters. Winter flüsterte Anika zu: »Geh vor.«

»Die Treppe runter!«, rief Grigori.

Anika nahm langsam eine Stufe nach der anderen.

Winter blieb stehen. Saugte Grigori förmlich an. Der schrie: »Vorwärts!«, und machte den Fehler, Winter dabei mit der Pistole in den Rücken zu stoßen.

Auf diesen Moment hatte Winter gewartet. Er drehte sich blitzschnell um und stieß den Arm mit der Pistole nach oben. Tausendfach geübt, packte Winter den Ärmel und wartete geduldig auf Grigoris Gegendruck. Als dieser kam, duckte er sich und warf den Bestatter in hohem Bogen über seine Schulter. Seoi Nage, ein Schulterwurf aus dem Judo, ideal gegen Bohnenstangen wie Grigori.

Der Wärter von Magomedows Schwester war nicht besonders zuvorkommend gewesen. Es gab demnach auch keinen

Grund, seinen Aufschlag abzufedern. Winter richtete sich auf, trat zurück und riss den Pistolenarm mit einem Ruck hoch. Der Bestatter krachte auf die Treppenstufen. Winter spürte und hörte, wie die Sehnen in dessen Schulter rissen, als würden die Saiten eines Klaviers zerschnitten.

Ein würgender Fluch auf Russisch. Die Pistole fiel zu Boden.

Anika kam zurück und trat dem stöhnenden Bestatter schwungvoll zwischen die Beine. »Das wollte ich schon immer mal tun.«

Grigori krümmte sich vor Schmerzen.

Sie hob grinsend die flache Hand in die Höhe. High Five. Danach kniete sich Winter auf den bleichen Hals des Bestatters und bat Anika: »Schau mal, ob es auf dem Boot ein Seil gibt.«

In den Taschen des schwarzen Anzugs fand Winter einen russischen Pass, Kleingeld, eine Klammer mit Noten, Euro und Schweizer Franken, sowie ein billiges Handy. Er steckte alles ein. Anika hatte währenddessen auf der »Julia« ein weißes Seil gefunden. »Der Schlüssel steckt.«

Winter fesselte Grigori an Armen und Beinen und richtete sich auf. Zwischen den Vorhängen des Saales machte Winter die Gestalt von Magomedows Schwester aus. Was würde sie tun? Das Gefängnis verlassen? Im Irrenhaus bleiben? Er hob die Pistole des Bestatters auf, eine russische Jarygin, und steckte die Waffe ein. Dann sah er Anika an. »Lass uns verschwinden.«

»Was machen wir mit dem da?«

»Wir nehmen ihn aufs Boot. Magomedow hat es mir am Wochenende geschenkt.«

Gemeinsam luden sie den Bestatter ins Heck des Holzbootes und ließen das Gruselkabinett hinter sich. Die zweihundertachtzig Pferdestärken schäumten den See auf. Kurz darauf legten sie am Landesteg neben ihrem gemieteten Boot wieder an. Anika kletterte leichtfüßig hinüber und startete dessen Motor.

Winter fesselte Grigori an den festgeschraubten Holztisch und fixierte mit einem weiteren Seil das große Steuerrad von Magomedows Boot. Danach stieg er zu Anika hinüber und drückte als Letztes den Gashebel des Riva-Bootes ein wenig nach vorne. Das Luxusboot mit verschnürter Fracht tuckerte auf den See hinaus.

18. Mai 10:02

Während der Bootsfahrt zurück studierte Winter Grigoris russischen Pass. Der Bestatter hieß mit vollem Namen Grigori Joss und sah auf dem Foto besser genährt aus. Der Pass schien echt zu sein. Die Jarygin hatte einen leichten Polymergriff und war geladen. Die weit verbreitete Pistole hatte in den letzten Jahren bei vielen russischen Militär- und Polizeieinheiten die alte Makarow abgelöst. Winter sicherte die Waffe und steckte sie weg. Vielleicht würden die Sachen einmal nützlich sein.

Grigoris billiges Handy war gesperrt und nutzlos. Vielleicht konnte Leonie über ihren Walliser Freund, der bei einem Telekomunternehmen arbeitete, etwas herausfinden. Neben ihm flatterten Anikas Haare in alle Himmelsrichtungen. Sie hatte den Außenbordmotor voll aufgedreht und steuerte auf direktem Weg die Mietstation an. Mit der Zunge tastete sie ihre Oberlippe ab. Als sie das Handy sah, reichte sie ihm aus ihrem Fleece das mit glitzernden Diamanten überzogene Smartphone von Magomedows Schwester. »Da. Ich dachte, das könnten wir gebrauchen.«

»Clever.«

»Ich hab's eingesteckt, als ich über den Tisch gefallen bin. Sieh doch mal, was die zierliche Fee gespeichert hat.«

Und tatsächlich, im ungesicherten rosa Telefon waren diverse Nummern gespeichert, darunter auch drei unter »Z« wie Zalimkan, eine davon mit deutscher Vorwahl. Bei Winters Besuch hatten neben Zalimkans Laptop drei Mobiltelefone auf dem Gartentisch gelegen.

»Willst du ihn anrufen?«

»Noch nicht.«

Sie näherten sich dem Quai von Weggis. Der Bootsvermieter watschelte mit seinen Flipflops heran, registrierte Anikas aufgerissene Lippe, dachte sich seine Sache und schwieg. Das Boot war bezahlt, und er wollte sich nicht einmischen.

Sie stiegen in den Audi.

Winter beugte sich zu Anika hinüber. »Was macht deine Lippe?« Der Wind hatte die Wunde eingetrocknet. Er fuhr mit dem Zeigefinger vorsichtig darüber. Dann küssten sie sich, zuerst zurückhaltend, dann mit geschlossenen Augen. Winter legte seine Hand auf Anikas Nacken und atmete den Duft ihrer Haut. Das Adrenalin pulsierte noch immer durch ihre Körper.

Winter öffnete die Augen.

Auf dem Quai gingen ahnungslose Spaziergänger vorbei.

Er durfte Anika nicht wieder in derartige Gefahr bringen. Es war dumm gewesen, dass er sich von ihr hatte überreden lassen, sie mitzunehmen. Sie war in Magomedows Villa zwar nicht ängstlich, ja beinahe übermütig gewesen. Doch er würde es sich niemals verzeihen, wenn ihr etwas zustieß. Er hatte schon Anne, seine ehemalige Stellvertreterin, verloren. Damals war er in sie verliebt gewesen, damals hätte eigentlich er im abgestürzten Helikopter sitzen sollen, nicht Anne, die nach der Explosion mit gebrochenem Rückgrat in einer Geröllhalde lag und aussah, als schliefe sie. Er verdrängte die Erinnerungen und riss sich los. Anika schaute ihn fragend an, doch Winter wollte nicht darüber reden und fragte stattdessen mit übertriebener Förmlichkeit: »Wohin des Weges, meine holde Schöne?«

Anika lächelte. »Berlin?«

»Berlin.« Der Bestatter hatte gesagt, dass Magomedow dort sei. Und in Berlin hatte Anika sicher Freunde, die auf sie aufpassen konnten. Winter drehte den Zündschlüssel und fuhr rückwärts auf die Straße. Sie würden fahren. Wegen der Waffen und weil das Auto flexibler und anonymer war. Magomedow hatte irgendwie davon erfahren, dass Anika den Memorystick gefunden hatte. Warum sonst hätte der Oligarch sein Holzhaus so kurz nach der Entdeckung der Unterlagen niedergebrannt? Eine Faust umklammerte Winters Herz. Er hatte so viel in sein geliebtes Heim gesteckt.

Anika fragte: »An was denkst du?«

»Nichts weiter.« Doch nach einer Weile fügte er an: »An zu Hause.«

Er spürte ihre Hand auf dem Unterarm. Sie waren längst auf der Autobahn. Winter zwang sich, vorwärts, in die Zukunft zu schauen. Die konnte er beeinflussen. Glaubte er zumindest.

»Ich muss meine Assistentin anrufen«, sagte er und wählte Leonies Nummer.

»Hallo, Winter. Wie war dein Wochenende?« Singender Dialekt, erstaunlich aufgeräumte Stimmung für einen Montagmorgen.

»Verschissen.«

Sofort ernst fragte Leonie: »Warum?«

»Jemand hat mein Haus angezündet. Letzte Nacht.«

»Ouh nein. Bist du okay?«

»Mir ist nichts passiert. Ich hatte Glück und konnte durchs Schlafzimmerfenster. Aber das Haus ist eine Ruine.«

»Tut mir leid. Das ist jammerschade.« Schweigen, dann: »Weißt du, wer's war?«

»Höchstwahrscheinlich Magomedow.« Winter erzählte Leonie von den Unterlagen auf dem Memorystick. »Ich bin auf dem Weg nach Berlin und brauche alles, aber auch wirklich alles über Zalimkan Magomedow. Adressen, Firmen, Bekannte. Das ganze Programm.«

»Ich versuche es. Aber im Moment muss ich auch die Spammer im Auge behalten. Ich habe den Spieß umgedreht und ihnen einen Trojaner geschickt. Er wurde vorhin in Bukarest geöffnet. Jetzt warte ich.«

»Sehr gut. Aber Magomedow hat Priorität. Ich sollte heute Abend in Berlin sein. Ruf mich an, wenn du etwas hast.«

»Mach ich.«

»Und bevor ich es vergesse …« Winter weckte das Handy von Magomedows Schwester. »Ich habe drei Nummern von ihm gefunden. Ich wäre deinem Freund dankbar …«

Leonie unterbrach Winter: »Das ist nicht mein Freund. Er ist nur ein Bekannter aus dem Wallis.«

»... deinem Walliser Telekom-Spezialisten dankbar, wenn er sich die Nummern einmal anschauen könnte. Eine aktuelle Ortung wäre natürlich das Beste. Aber vorsichtig, wahrscheinlich sind auch die Geheimdienste dran.« Winter gab die Nummern durch.

Leonie versprach, ihren Bekannten anzurufen.

Hinter Schaffhausen passierten sie zusammen mit dem Mittagsverkehr ungehindert die Grenze nach Deutschland. Winter hatte seinen seriösen Gesichtsausdruck aufgesetzt und wusste, dass die Grenzwächter nur zwei, drei Prozent der Fahrzeuge kontrollieren konnten.

In Sindelfingen fuhren sie an den Mercedes-Werken und dann an einem Konsumtempel vorbei. Da sie Hunger hatten und ein paar Einkäufe machen mussten, verließen sie die Autobahn. Im Shoppingcenter Breuningerland füllten sie in einer Pizzeria ihre Energiespeicher. Danach tauschte Winter seine schweren Militärstiefel gegen ein Paar Turnschuhe und kaufte sich Toilettensachen sowie ein neues Ladekabel für sein Handy. Als er in einem Kleiderladen sah, wie Anika die wetterfesten Funktionsjacken beäugte, ersetzte er ihre verbrannte grellgrüne mit einer zitronengelben.

»Kanarienvogel!«

Anika flatterte und machte »Pieps«.

Gestärkt, ausgerüstet und aufgetankt fuhren sie weiter, um Stuttgart herum und weiter nach Norden. Winter hatte das Gefühl, dass er Anika schon eine kleine Ewigkeit lang kannte. Jedenfalls konnten sie sich problemlos in komfortables Schweigen hüllen und ihren Gedanken nachhängen. Bei Heilbronn lotste sie das ziemlich schweigsame Navi auf die A 6 nach Osten.

Was wohl Frau Nasri in München gerade machte? Ihre Reaktion im Park der Stadtwerke München war nur ein flüchtiger Augenblick gewesen, aber Winter erinnerte sich sehr gut an die Angst, Abscheu und den Ekel in ihrem Gesicht. Ihr Gesichtsausdruck hatte sich in sein Gedächtnis eingebrannt wie der Schrei im Gemälde von Edvard Munch.

Winter hoffte inständig, dass sich seine diffuse Ahnung nicht bewahrheitete.

Vielleicht hatte von Tobler heute Morgen etwas erfahren. Er rief ihn über die Freisprechanlage an. »Herr von Tobler, Winter hier. Entschuldigen Sie die Störung, aber ich wollte mich nach dem Meeting erkundigen.«

»Ah, Winter. Gut, dass Sie anrufen. Sie sind also auferstanden.«

»Die Nachricht von meinem Tod war maßlos übertrieben.«

»Meister hat mir demonstrativ kondoliert. Tut mir leid wegen des Feuers. Wir finden eine Lösung. Das garantiere ich Ihnen.«

»Danke. Leider hat mein fingierter Tod nichts gebracht. Magomedow war bereits ausgeflogen. Ich habe in der Villa nur noch seine Schwester angetroffen. Aber ich werde ihn erwischen.«

»Winter, ich weiß, Sie haben ihr Haus verloren, aber gehen Sie nicht auf einen Rachefeldzug. Überlassen Sie das den Behörden. Magomedow soll eine kleine Armee ausgemusterter Speznas haben, die für ihn die Dreckarbeit machen.« Russische Spezialkräfte.

»Mhm.« In Gedanken vierteilte er Magomedow.

»Ich wiederhole: kein Mittelalter. Kein Kreuzzug. Klar?«

Winter wechselte das Thema: »Hat das Meeting etwas gebracht?«

»Sie haben versucht, mich auszuhorchen.«

»Wer?«

»Dieser Rinniker vom NDB hat die Sitzung geleitet, Meister vertrat das FedPol, hat aber nur zugehört. Plus ein Oberst und ein Deutscher, die mir nicht vorgestellt wurden. Von wegen bilateraler Zusammenarbeit. Sie wollten alles zu Otto Harnischs Konto wissen. Sie waren äußerst pingelig, haben auf jedem Detail herumgehackt.«

»Und die Unterlagen vom USB-Stick?«

»Sind zur Auswertung in der Analyse. Braucht Zeit. Vertraulich. Sie wollten nicht darüber reden. Aber sie nehmen

Ihren Verdacht ernst. Sehr sogar. Meister hat mir nach der Sitzung eine Geschichte erzählt, die mir nicht mehr aus dem Kopf geht. Wenn sie wahr ist, gehe ich auf einer abgelegenen Insel Golf spielen. Die frische Brise eines Links-Platzes ist mir jedenfalls zehnmal lieber als diese vollklimatisierten Räume unter dem ›Pentagon‹.«

Von Tobler laberte einige Minuten über die Vor- und Nachteile verschiedener Golfdestinationen. Anika schüttelte mitleidig lächelnd den Kopf. Nach einer Weile höflichen Zuwartens unterbrach Winter seinen Vorgesetzten: »Und Meisters Geschichte?«

Sierra Leone

Der ausgedünnte Regenwald bot nur wenig Schutz vor dem Monsun. Der Regen trommelte ununterbrochen auf das Dach des geländegängigen Toyota 4x4. Das Funkgerät in Magomedows Hand knisterte gelangweilt. Neben ihm strich Seifula immer wieder rastlos über das feuchte Steuerrad. Aus dem zweiten Wagen, einem verbeulten Peugeot, dröhnte Rap. Der Kopf des angeheuerten Schlägers wippte im Takt. High, mit blonder Marilyn-Monroe-Perücke, Schutzanzug und Sonnenbrille.

Auf der löchrigen Straße hinter den Büschen wobbelte langsam ein durchnässter Radfahrer vorbei. Der rechte Arm unter dem Ellbogen amputiert. Hatte im Bürgerkrieg Pech gehabt oder in einer der Diamantenminen zugelangt. Der Regen schien ihm nichts auszumachen. Auf dem Gepäckträger türmten sich Körbe mit Grünzeug, wahrscheinlich für den Markt von Kailahun.

Magomedow wischte sich den Schweiß von der Stirn.

Verdammte Regenzeit! Verdammte Schutzanzüge!

Je schneller er von hier wieder weg war, desto besser.

Er schielte auf die Uhr in der Mittelkonsole. Hoffentlich war der Transport nicht irgendwo stecken geblieben. Sein Spitzel vor Ort hatte ihn angekündigt, brav die Abfahrt gemeldet. Aber bei diesen Halbaffen wusste man nie. Einer von ihnen hockte ein paar hundert Meter weiter vorne mit dem anderen Funkgerät im Gebüsch.

Das Funkgerät erwachte. »Boss?«

»Ja?«

»Er kommt.«

Magomedow lehnte sich aus dem Fenster, schlug mit der flachen Hand an die Wagentür und befahl dem aufgeschreckten Idioten im Peugeot: »Go!«

Der Schwarze mit der Marilyn-Monroe-Perücke drehte den

Zündschlüssel und jagte den Motor im Leerlauf einige Male hoch. Als die Ambulanz in Sicht kam, ließ er die Kupplung los. Der Peugeot sprang wie ein Löwe aus dem Gebüsch und rammte mit einem lauten Knall den Krankentransporter.

Die Musik verstummte.

Die Natur hielt den Atem an.

Es war plötzlich gespenstisch still.

Schwarzer Rauch qualmte aus den verkeilten Fahrzeugen.

Magomedow fixierte die Chirurgenmaske über Mund und Nase. Dann stieg er langsam aus. Regen prasselte auf seinen Schutzanzug. Er zog die dünnen Handschuhe bis zu den Ellbogen hoch.

Auf der schmalen Nebenstraße joggte der Vorposten mit dem Funkgerät heran, ansonsten war niemand zu sehen. Der Peugeot-Fahrer kletterte aus dem Wagen und erledigte mit der Machete den eingeklemmten, über das Steuerrad gebeugten Fahrer der Ambulanz. Der Beifahrer taumelte auf der anderen Seite aus dem altersschwachen Fahrzeug. Magomedow schoss ihm zuerst in den Rücken, dann jagte er ihm aus nächster Nähe eine Kugel in den Kopf. Je weniger Zeugen, desto besser. Ein Vogelschwarm flatterte aus den Bäumen.

Magomedow bellte: »Aufmachen!«

Der Rapper ließ vom zerhackten Ambulanzfahrer ab und riss die Hecktüren auf. Im Innern der Ambulanz war vom Aufprall alles durcheinander. Der abgemagerte Patient lag reglos verkrümmt unter einem Tropf am Boden. Hatte ihm der Aufprall den Rest gegeben? Sicherheitshalber erschoss Magomedow auch ihn.

Mittlerweile war auch Seifula gekommen. Er warf dem Mann mit dem Funkgerät grunzend einen Leichensack der russischen Armee zu. Magomedow deutete mit der Jarygin ungeduldig ins Innere. Die beiden Schwarzen kletterten in den Transporter, zippten den Sack auf und rollten den Toten hinein. Dann schleppten sie ihn durchs Gebüsch zum Toyota und stopften die Leiche hinten in den Kombi.

Die Tür fiel zu.

Es regnete noch immer wie aus Kübeln.

Seifula kletterte in den Toyota und startete den Diesel. Als er die Heckscheibenwischer einschaltete, sah er, wie sein Cousin die beiden Rapper erschoss. Magomedow hievte sich in den Beifahrersitz. Der Toyota walzte das Gebüsch nieder, kraxelte auf die Straße und rollte davon.

18. Mai 14:44

Von Tobler räusperte sich. »Ah, also Meister hat erzählt, dass vor ein paar Jahren im Hinterland von Sierra Leone auf offener Straße ein Krankenwagen des Roten Halbmondes überfallen wurde. Mehrere Tote, keine Zeugen, der Patient spurlos verschwunden. Kurz darauf hat auf dem nahen Provinzflughafen eine Maschine abgehoben, die damals für eine von Magomedows Firmen flog.«

»Magomedow hat einen Patienten entführt?«

»Der Patient war an Ebola erkrankt. Den Geheimdiensten kam die geografische und zeitliche Koinzidenz offenbar verdächtig vor. Sie gehen davon aus, dass Magomedow den Patienten mitgenommen hat, um an Ebola-Viren zu gelangen, sei es aus geschäftlichen Gründen oder für einen Terroranschlag. Er hat jedenfalls das Geld und in seinen Firmen auch die Technologien und das Know-how, um mit den Viren zu experimentieren.«

Anika hauchte: »Mein Gott.«

»Gemäß Meister haben Firmen von ihm sogar Forschungsgelder der WHO bezogen. Der Worst Case der Geheimdienste ist ein gleichzeitiger Ausbruch in verschiedenen Ballungsräumen. Da die Viren eine Inkubationszeit von bis zu drei Wochen haben, wäre danach eine unkontrollierte Ausbreitung kaum mehr zu verhindern.«

Der Audi brummte ruhig vor sich hin. Winter versuchte das Gehörte zu verdauen. Bis jetzt hatte er an vergiftetes Trinkwasser und nicht an Viren gedacht.

Von Tobler: »Winter, sind Sie noch da? Hallo?«

»Ja. Wenn das wahr ist, sind wir tatsächlich nicht mehr im Mittelalter. Die Seuchen im Mittelalter würden neben einer Ebola-Epidemie verblassen.«

»Es ist nur eine Theorie.«

»Was geschehen kann, wird geschehen. Früher oder später.«

»Ich weiß. Fukushima lässt grüßen. Aber das Ganze ist nicht trivial. Meister meinte, dass es für Terroristen schwierig sei, die Viren zu verbreiten. Magomedow kann nicht einfach rumlaufen und Leute mit dem Virus infizieren. Er müsste Blutkonserven manipulieren oder so. Aber da ist man natürlich hypervorsichtig.«

»Ebola wird durch Körperflüssigkeiten übertragen, nicht?«

»Ja. Blut, Sperma, Urin, Erbrochenes. Je konzentrierter, desto gefährlicher. Das heißt, ohne Wirt ist das Virus nichts. Aber die Viren sind erst ansteckend, wenn der Angesteckte selbst erkrankt ist. Wir können in gewisser Weise also von Glück reden, dass man daran so schnell stirbt. Die Träger können gar nicht weit kommen. Wenn bisher im Dschungel einer von einer Fledermaus gebissen wurde, dann war er tot, bevor er viele anstecken konnte.«

Winter sagte nachdenklich: »Wir leben nicht mehr im Dschungel, sondern in einer vernetzten Welt.«

»Ja, aber die Experten glauben, einen Ausbruch unter Kontrolle bringen zu können. Ein durchschnittlicher Ebola-Patient soll im Schnitt nur eine weitere Person anstecken. Das ist viel weniger als einer mit Masern. Ich nenn das Zweckoptimismus und bin – wenn es so weit kommen sollte – lieber auf einer einsamen Insel als in einer Großstadt. Stellen Sie sich vor, Magomedow infiziert ein paar lebensmüde Fanatiker und schickt sie nach Ausbruch der Krankheit los, um möglichst viele anzustecken.«

»Suizidnieser statt Suizidbomber?«

»Nein, durch die Luft wird Ebola nicht übertragen. Die Viren sterben dann relativ schnell ab. Viel schneller als Grippeviren. Sie überleben nur, wenn sie in einer Flüssigkeit sind. Die Terroristen müssten die Leute schon …«

»Küssen?«

»… oder sonst irgendwie Körperflüssigkeiten austauschen. Eine spanische Krankenschwester hat's erwischt, weil sie beim Umziehen mit einem infizierten Handschuh ihre Augen berührte und die Viren so in ihre Augenflüssigkeit übertrug. Von Flüssigkeit zu Flüssigkeit.«

»Deshalb die Wasserwerke und das Trinkwasser.«

Seine böse Ahnung war zum konkreten Verdacht geworden. Ebola im Trinkwasser. Magomedow wollte das Virus durchs Leitungswasser in Millionen Haushalte verteilen. Kein Wunder, dass Frau Nasri Angst hatte. Kein Wunder, dass sich Mehmeds Gesicht derart versteinert hatte.

»Das habe ich Meister auch gesagt, aber seine Leute schätzen die Wahrscheinlichkeit dieses Szenarios als sehr gering ein. Das Trinkwasser wird jederzeit überwacht und ist zudem mit Chlor versetzt, das die Viren nicht vertragen. Aber er hat Ihren Verdacht zur Kenntnis genommen.«

»›Zur Kenntnis genommen‹.« Verächtlich blies Winter durch die Lippen. »Sie wissen genau, was das heißt: nichts! Magomedow ist uns Jahre voraus. Er hat das alles minutiös geplant. Sie haben ihn nicht gesehen. Der weiß genau, was er tut.«

»Seien Sie nicht so pessimistisch, Winter. Die Bestechung und jetzt noch die wissenschaftlichen Unterlagen auf dem USB-Speicher haben Meister ziemlich nervös gemacht. Ich bin sicher, dass er die Wasserbetriebe warnen wird.«

»Die können nicht jedes Reservoir mit Polizisten umstellen und rund um die Uhr bewachen.«

So ging es noch eine Weile hin und her. Schließlich begann von Tobler zu spekulieren, welche Aktien von einer Epidemie besonders profitieren würden. Sicherheit, Pharma. Offensichtlich. Aber welche? Von Tobler wollte einen der Analysten beauftragen, herauszufinden, welche Firmen mit der Entwicklung eines Gegenmittels am weitesten waren.

Für den Trader war jede Krise eine Chance. Winter hatte im Back-Office Gerüchte gehört, von Tobler sei mit seinem Privatvermögen nach wie vor an der Börse aktiv und verdiene sich nebenbei ein Mehrfaches von Winters Jahresgehalt. Von Tobler verabschiedete sich zum nächsten Geschäft. Winter schaute entschuldigend zu Anika, und sie sagte: »Echt unheimlich.«

»Du hättest das Gesicht der Syrerin in München sehen sollen. *Das* war unheimlich.«

»Ich weiß nicht. Du kennst sie nicht. Vielleicht hast du sie einfach erschreckt.«

»Ich bin doch kein Monster.«

»Du weißt schon, was ich meine. Was du nicht weißt, ist, was sie erlebt hat. Vielleicht wurde sie im Krieg traumatisiert. Man darf nicht alle gleich in den Terroristen-Topf werfen.«

»Ist mir klar. Aber sie sitzt an der Quelle, wortwörtlich. Da muss man vorsichtig sein.«

»Das ist sicher alles zehnfach überwacht. Und du hast deinen Chef vorhin gehört. Das Chlor im Trinkwasser vernichtet die Viren.«

»Aber warum dann der Überfall auf den Krankenwagen? Mit was wollte Harnisch drei Millionen erpressen? Magomedow ist nervös. Warum hätte er sonst Harnisch und Natascha ermordet? Ich bin sicher, da steckt mehr dahinter.«

»Winter, ich weiß es wirklich nicht.« Anika hob die Hände und ließ sie resigniert fallen. »Lass und von etwas anderem reden. Ich will nicht mehr daran denken.«

»Okay. Tut mir leid.«

Sie hatten Nürnberg hinter sich gelassen und näherten sich Bayreuth. Der Himmel war grau und der Verkehr flüssig. Anika klickte sich durch Winters Playlisten und spielte eine Zeit lang mit dem Radio herum, doch als sie nichts fand, schaltete sie die Anlage wieder aus. An einer Raststätte trank Winter einen scheußlichen Kaffee. Wieder auf der Autobahn, sagte er: »Erzähl mir was von dir.« Dann vergeht die Zeit schneller.

Anikas Grübchen war tief, doch dann hellte sich ihre Miene auf. »Erinnerst du dich noch an Effi?«

»Wie könnte ich Effi vergessen?«

»Also meine Mutter hat Effi am 7. Mai gebracht. Ich kann mich noch heute an das Datum erinnern.«

»Warum?«

»Weil ich Effi zu ihrem ersten Geburtstag einen Kuchen

gebacken hab. Immer wenn *ich* Geburtstag hatte, kriegte ich einen Kuchen, einen Streuselkuchen mit Äpfeln. Als Effi ein Jahr alt war, das heißt, ein Jahr bei uns war, habe ich gedacht: Jetzt backe ich Effi auch einen Kuchen. Ich habe meiner Mutter manchmal beim Backen geholfen. Ich durfte die Äpfel schälen oder im Teig rühren. Am 7. Mai also, meine Mutter war gerade bei der Arbeit, hatte ich die Idee, Effi einen Streuselkuchen zu backen.«

»Konntest du denn schon lesen? Ich meine, wegen des Rezepts.«

»Ein wenig. Aber das war egal. Ich war überzeugt, dass ich den Kuchen auswendig konnte.« Anika lachte. »Ich hatte unsere kleine Küche ganz für mich. Und ich war gut. Ich schälte und schnitt die Äpfel. Ich habe die Zutaten des Teigs fast hingekriegt. Eier, Mehl, Milch. Aber du hättest die Küche sehen sollen. Die sah aus, als wäre der Vorratsschrank explodiert. Ich war gerade dabei, den Teig in die Form zu gießen, als meine Mutter nach Hause kam. Sie erlitt fast eine Herzattacke.«

In Winters Hinterkopf schimmerte schwach eine Idee. Was hatte Anika gesagt? Doch er war zu erschöpft und musste den kurz aufgeblitzten Gedanken ziehen lassen. »Und wie war der Kuchen?«

»Also an den kann ich mich nicht mehr erinnern. Auf jeden Fall ist Effis Geburtstag ins Wasser gefallen.«

Anikas Backkünste erinnerten ihn an etwas anderes. »Ich habe als Kind einmal Joghurtbecher aus Plastik im Backofen geschmolzen.«

»Warum?«

»Neugierde. Weil ich es konnte. Moderne Kunst. Mein Chef würde heute viel Geld für meine Kunstwerke bezahlen.«

Sie erzählten sich Anekdoten, schwiegen, tankten und erzählten sich mehr. Die Zeit verfloss. Leipzig kam und ging. Die Sonne blendete Winter per Rückspiegel, als gegen zwanzig Uhr die Schilder für Potsdam auftauchten. Winters Augen brannten von der langen Fahrt. Die freundliche Navi-Stimme erwachte und lotste sie auf den Kurfürstendamm und die Umfahrungsstraße. Winter erkannte im Abendlicht den Bahnhof Tempelhof.

Kurz darauf rollten sie auf der Suche nach einem Parkplatz durch Anikas Quartier, das vor dem heutigen Verkehrsaufkommen gebaut worden war. Die Parkplätze in ihrer Straße waren alle besetzt, und Anika kommentierte: »Deshalb habe ich kein Auto.« Nach ein paar Runden fanden sie zwei Straßen weiter doch noch eine Lücke, die groß genug war.

Winter war froh, aussteigen zu können. Als er den Rücken streckte, knackste sein steifer Nacken. Die Nacht brach herein, noch nicht ganz dunkel, aber schon ziemlich. Heimkehrer eilten durch den kühlen Abend nach Hause, vorbei an erleuchteten Fenstern, hinter denen gekocht, geredet und geliebt wurde. TV-Geräte flackerten bläulich.

Bei sich schloss Anika die schwere Haustür auf und nahm die Post aus ihrem alten Holzbriefkasten. Nichts Interessantes. Müde stiegen sie die Treppen des renovierungsbedürftigen Stadthauses hoch. Beim Musikliebhaber hingen Poster für klassische Konzerte. Im zweiten Stock wohnten kleine Kinder, deren Zeichnungen die Wand tapezierten und deren kleine Schuhe vor der Wohnungstür verstreut waren. Im dritten Stock war die Tür angelehnt.

18. Mai 20:49

Winter bedeutete Anika, still zu sein und auf der Treppe zu warten. Er streifte den Rucksack ab und zog die SIG P220. Durch den Türspalt schien kein Licht. Er lauschte. Keine verdächtigen Geräusche. Hatten Magomedows Leute die Wohnung ein zweites Mal durchsucht? Warteten sie im Dunkeln?

Er schwenkte die Tür nach innen auf und linste vorsichtig in die Wohnung. Mattes Licht schien von der Straße durch die Küche in den engen Korridor. Die Wohnzimmertür stand halb offen. Die anderen Türen waren geschlossen. Nach wie vor versiegelte ein Band Nataschas Tür, doch Winter konnte in der Dämmerung nicht erkennen, ob das Siegel noch intakt war.

Leise betrat er die Wohnung und schob die Wohnzimmertür ganz auf. Niemand. Sofa, Tisch. Das Mandala an der Wand. Drei Türen übrig. Bad, Anika, Natascha. Das Siegel war zerschnitten worden. Winter öffnete ruckartig die Tür ins Badezimmer. Leer. Niemand hinter dem Duschvorhang.

Auch in Nataschas Zimmer war niemand. Bis jetzt hatte niemand aufgeräumt. Am Boden immer noch die Marker der Spurensicherung. Winter ging durch das Zimmer und öffnete die Tür zum Balkon, auf dem ein Metalltisch, zwei zusammengeklappte Stühle, einige Blumentöpfe und zwei Gießkannen standen.

Blieb Anikas Zimmer.

Winter machte sich klein und drückte die Klinke. Die Tür öffnete sich. Kein Mensch, aber herausgerissene Schubladen, die Matratze aufgeschnitten und überall verstreute Kleider. Offenbar hatten Magomedows Männer über das Wochenende auch Anikas Zimmer durchsucht.

Er ging zurück. »Anika. Es ist niemand da, aber sie waren in deinem Zimmer.«

Anika eilte an Winter vorbei. Als sie das Chaos sah, blieb sie stehen. Er umarmte sie von hinten und küsste ihren Nacken. »Das wird wieder.« Sie löste sich aus der Umarmung, kniete nieder und richtete umgestoßene Pflanzen auf, sammelte Kleider ein und legte sie mit Tränen in den Augen auf das Bett.

Winter: »Komm. Lass uns in ein Hotel gehen. Wir können uns morgen darum kümmern.«

Sie verließen Anikas Wohnung und schlossen die Tür ab. Auf der Straße schaute Winter sich um, sah jedoch nichts Verdächtiges. Sie fuhren durch das Lichtermeer und landeten in einem skandinavischen Mittelklassehotel am Potsdamer Platz. Kaum im Hotelzimmer, verzog sich Anika ins Bad und ließ Wasser in die Wanne einlaufen. Winter bestellte Sandwiches. »Ein vegetarisches und eines mit Schinken, bitte. Und zwei Flaschen Wasser, nein, bringen Sie uns bitte gleich vier Flaschen Wasser.«

Dann rief er Leonie an. Sie war in einer Bar und hatte leider keine Spur von Magomedow gefunden. In Berlin gab's nur die bereits bekannte Kaysis-Medikal-Vertretung. Winter streckte sich auf dem Bett aus. Wenn er sich recht erinnerte, war der Büroblock mit der Vertretung nicht weit. Mit Hilfe seines Handys lokalisierte er den genauen Standort.

Er hatte den ganzen Tag im Auto gesessen und war ruhelos. Als es klopfte, öffnete er die Tür. Die Sandwiches kamen. Und das Wasser – in vier lächerlichen Designerflaschen. Winter brachte die Sandwiches ins Bad. Anika lag in der mit Schaum überquellenden Wanne.

Sie bedankte sich für den luxuriösen Service, und er setzte sich auf den Badewannenrand. Gemeinsam mampften sie ihre Sandwiches.

Winter fragte: »Ist es in Ordnung, wenn ich noch mal rausgehe? Ich will mir die Büros der Kaysis Medikal einmal genauer ansehen. Niemand weiß, wo wir sind. Du solltest hier sicher sein.«

Anika blies ihm Schaum entgegen. »Keine Angst. Ich geh schon nicht unter. Aber bleib nicht zu lange weg, ja?«

Er verließ das Hotel in nördlicher Richtung. Autos schlichen an ihm vorbei. Moderne vierstöckige Häuser mit gemischter Nutzung. Winter ließ sich vom Potsdamer Platz auffangen. Passanten strömten zur U-Bahn-Station. Bei Price Waterhouse Coopers brannte noch Licht, wurden noch verrechenbare Stunden gebolzt. Als er sich dem modernen Büroblock der Kaysis Medikal näherte, trat ein Mann mit Anzug heraus. Winter übernahm die Tür und schlüpfte ins Foyer. Während er auf den Fahrstuhl wartete, lächelte er der Putzfrau zu, die den längst sauberen Boden wischte.

Im achten Stock blieb er vor der abgeschlossenen Milchglasscheibe stecken. Der Korridor dahinter war dunkel. Winter horchte. Nur die Geräusche des Fahrstuhls und das Summen der Belüftungsanlage. Das »Bitte treten Sie ein«-Schild half nicht. Die Architekten, Anwälte und Berater waren alle nach Hause gegangen. Eine Stahlplatte schützte das Schloss, das eventuell mit einer Alarmanlage gekoppelt war.

Sollte er es riskieren und die Tür mit Gewalt aufdrücken?

Vielleicht gab es noch eine andere Möglichkeit.

Winter fuhr mit dem Fahrstuhl wieder nach unten und steuerte in der Eingangshalle auf die Putzfrau zu. Die hagere Afrikanerin trug gestrecktes Haar und einen hellblauen Arbeitskittel, aus dessen Taschen Putzutensilien lugten. Als sie Winter mit großen Augen musterte, sah sie aus wie eine müde Langstreckenläuferin.

Mit seinen Schlüsseln in der Hand und einem verlegenen Gesichtsausdruck sagte er: »Entschuldigen Sie bitte, aber ich habe hier nur meinen Büroschlüssel. Den Schlüssel für die Korridortür habe ich zu Hause liegen gelassen. Vergessen. Ich gehöre zum Architekten-Kollektiv ›arche‹ im achten Stock und muss unbedingt etwas holen. Morgen früh muss ich auf den Flieger. Haben Sie einen Schlüssel für die Korridortür?«

»Mein Deutsch nicht gut.«

Winter strahlte sie an und versuchte es mit Zeichensprache. Der Reihe nach mimte er »Schlüssel«, »Tür öffnen« und »achter Stock«. Als er auch die Geschichte der vergessenen Pläne und des dringenden Fluges pantomimisch aufführte, blühte die Afrikanerin auf. Der Begriff »Architekt« war schwierig. Sie lachte und erklärte radebrechend und gestikulierend, dass sie aus Äthiopien kam und dort Kleider genäht hatte. Sie habe fünf Kinder, zwei seien so groß wie Winter, drei kleiner. »Alle clever.«

Plötzlich stellte sie den Wischer an ihren Karren und bat Winter mit schlanken Fingern zum Fahrstuhl. Im achten Stock zog sie einen umfangreichen Schlüsselbund hervor und öffnete die Milchglastür. Winter bedankte sich und wollte ihr zehn Euro geben. Sie winkte ab. Erst als er erklärte, das Geld sei nicht für sie, sondern für die Kinder, nahm sie den Schein und ging. *»Good luck!«*

Das konnte er brauchen. »Danke. Ihnen auch!«

Der Fahrstuhl fuhr nach unten, und es wurde wieder still.

Winter ließ die Milchglastür, die von innen mit der Klinke geöffnet werden konnte, einschnappen. Die Spannteppichplatten dämpften seine Schritte. Die Empfangstheke war sauber aufgeräumt, der Korridor mit den Landschaftsaufnahmen nur schwach beleuchtet. Das Büro von Kaysis Medikal war hinter der vierten Tür. Auch hier abgeschlossen. Aber diese Tür war billige Massenware. Winter trat mit der flachen Sohle einmal kräftig zu, es knackte kurz, und die Tür war offen. Er hielt einen Moment inne und lauschte in das ausgestorbene Bürogebäude hinein. Nichts.

In der Mitte des Raumes standen zwei Pulte mit zwei Computern, aber keine Telefone. Durch die Fensterfront blickte er ins nächtliche Berlin. Er drückte mit dem Ellbogen den Lichtschalter neben dem zersplitterten Türrahmen, und das Oberlicht sprang an.

An der einen Wand stand ein Metallschrank, an der anderen hing eine riesige Weltkarte, links von ihm eine Ablage mit einem unförmigen Analyseapparat und einem elektrischen Samowar. Winter schob mit dem Fuß die Tür zu und studierte den Apparat.

Das Gerät mit der Aufschrift »KM-Analytics 52« steckte in einem elfenbeinfarbenen Plastikgehäuse und hatte Bedienfelder nicht unähnlich einer Kaffeemaschine. Die Proben konnten durch eine Art Schublade eingeführt werden. Winter hatte keine Ahnung, für was das Ding gut war.

Er stöberte in den Schreibtischschubladen herum. Ramsch. Weder Hinweise zu Magomedows Aufenthaltsort noch zur ZKT-Stiftung. Er schaltete die beiden Computer an. Während diese mit melodischen Pling-Folgen und einem Ventilator zu laufen begannen, zog Winter die Türen des Metallschranks auf. Ordner für »Lieferscheine«, »Service«, »Rechnungen« oder »Aufwand«, nach Jahreszahlen geordnet, Handbücher, Druckerpapier, Schachteln mit Prospekten.

Er zupfte den »Service«-Ordner des letzten Jahres hervor. Kaysis Medikal hatte von Berlin aus Labors in ganz Europa bedient. Winter überflog das Register: Amsterdam, Berlin, Birmingham, Bonn, Bordeaux, Brüssel, Dresden, Hamburg, London, München, Paris, Prag, Riga, Tallinn, Vilnius, Wien, Zürich. Er legte den Ordner auf das Pult und schlug zufällig einige Stichproben auf. Er erinnerte sich an Mehmed. Die Zürcher hatten letzten Frühling einen Service, München zwei. Am meisten Papier fand Winter unter dem Register für Vilnius. Die Labore in der litauischen Hauptstadt mussten mit den Kaysis-Medikal-Analysegeräten Probleme haben.

Dasselbe Bild im Rechnungsordner.

Die hochgefahrenen Computer waren passwortgeschützt. Auf der Suche nach den Passwörtern hob Winter mit einem Stift die Schreibunterlagen an, schnüffelte erfolglos auf den Pulten herum und schaltete dann die beiden Desktops frustriert wieder aus.

Ein Vertriebsbüro wie tausend andere auch.

An der Wand eine Weltkarte mit dem aufgespannten Vertriebsnetz der Kaysis Medikal. Kurze, fette Stecknadeln markierten Standorte. Von Berlin aus führten Fäden in europäische Städte mit blauen Stecknadeln. Afrika wurde von Lagos aus bedient, die asiatischen Länder von Hongkong aus. In Russland, Nord- und Südamerika steckten nur wenige Nadeln mit Moskau, New York und Rio als Knotenpunkten.

Berlin und die anderen Knotenpunkte waren mit dunkelgrünen Nadeln markiert und durch Fäden wiederum mit der Türkei verbunden. In Istanbul steckte eine grüne Nadel, um Ankara herum drei schwarze. Fabriken? Produktionsstandorte? Auf der anderen Seite des Schwarzen Meeres entdeckte er eine schwarze Nadel. Krasnodar. Das Kraskhim Laboratorii? Machatschkala musste in der Nähe sein. Da, am Kaspischen Meer. Keine Nadel, nur ein kleines Einstichloch.

Winter fotografierte die Karte mit dem Handy.

Nach einer erneuten Runde durch das Büro schaute er nachdenklich aus dem Fenster. Die Straße unter ihm war ausgestorben. Hinter den umliegenden Bürogebäuden die Lichter Berlins. Hatte Magomedow in allen Städten Schläfer rekrutiert? Unmöglich. Aber schon nur einige wenige konnten riesigen Schaden anrichten. Das Büro hier bestätigte, dass Magomedow die Schläfer – wenn es sie denn tatsächlich gab – problemlos hinter legitimen Geschäften verstecken konnte. 99,999 Prozent gut, 0,001 Prozent schlecht. Sie konnten in der Menge untertauchen. Sie fielen nicht auf. Sandkörner am Strand.

Er klemmte sich die beiden Ordner unter den Arm, löschte das Licht und zog die Tür zu, wischte auch hier die Fingerabdrücke ab. Morgen würde einem schläfrigen Anwalt auf den ersten Blick daran nichts auffallen.

Winter fuhr mit dem Fahrstuhl hinunter. Die äthiopische Putzfrau lehnte am anderen Ende des Foyers mit der Stirn an der meterhohen Glasscheibe. Sie winkten sich zu. Eine halbe Stunde später kroch Winter zu Anika unter die schwere Bettdecke.

19. Mai 07:33

Als Winter am Morgen erwachte, schaute er in Anikas dunkle Augen. Es schien, als habe sie ihn schon eine ganze Weile ernsthaft betrachtet. Sie war wunderschön. Er lächelte, schloss die Augen und ließ den Kopf im weichen Kissen ruhen. Die entspannte Phase zwischen Tiefschlaf und Wachheit war kostbar, das Bewusstsein noch frei und nicht von Eindrücken zugepflastert.

»Morgen, Winter. Aufstehen! Wir müssen eine Matratze kaufen.«

Die Realität kam zurück, wie eine Flut, die einen Damm durchbricht und alles überschwemmt. Die zerschnittene Matratze in Anikas Zimmer, sein abgefackeltes Haus. Magomedow. Ebola. Er schlug die Augen auf. Daran wollte er nicht denken.

Anika war schon wach. »Ich habe kein Auto und dachte mir, dass wir mit deinem nachher eine neue Matratze kaufen könnten. Ich kenne da ein günstiges Einkaufszentrum. Was meinst du?«

»Langsam, zuerst brauche ich Kaffee.«

»Soll ich uns das Frühstück ins Zimmer bestellen? Wenn wir schon im Hotel sind, sollten wir das Beste daraus machen. Findest du nicht? Mit frisch gepresstem Orangensaft?«

Anika gab ihm einen Kuss und rollte aus dem Bett. Mit der Speisekarte vom Zimmerservice in der Hand hopste sie zurück unter die Decke. »Oder wie wär's mit einem Glas Prosecco?«

Winter war froh, dass Anika ihre gute Laune wiedergefunden hatte, und kuschelte sich unter ihrem Arm hindurch. »Was haben wir denn sonst noch im Angebot?«

Drei Stunden später schleppten sie verschwitzt die neue Matratze aus dem Discounter zu Anikas Wohnung hinauf. Im zweiten Stock segelte eine in Mitleidenschaft gezogene Kinderzeichnung zu Boden. Auf den Treppenabsätzen mussten sie die schwere, in Plastik eingehüllte Matratze über das Geländer stemmen. Endlich in der Wohnung angekommen, deponierten sie diese im Wohnzimmer, und Anika fragte: »Wollen wir einen Tee trinken, bis die Polizei kommt?« Die Polizeidirektion Neukölln hatte am Telefon versprochen, jemanden zum Aufnehmen des Einbruchs vorbeizuschicken.

»Später. Dafür brauchst du mich nicht, oder? Der Wagen steht auf dem Gehsteig, und ich wollte noch einmal beim Wasserwerk vorbei.«

Um die Mittagszeit parkte Winter bei dem schweren Schiebetor der Berliner Wasserbetriebe. Die grünen und blauen Flaggen flatterten. Auf der anderen Seite des Zauns kletterten scherzende Arbeiter in einen alten Toyota. Mittagspause.

Der Empfang war zum Glück durchgehend geöffnet, und die säuerliche Empfangsdame hatte einer effizienten jungen Frau mit punkigem Haarschnitt Platz gemacht. Doch Winters Glück hielt nicht an. Als er Herrn Kaschinski zu sprechen wünschte, stellte sich heraus, dass dieser noch bis Ende der Woche in den Ferien war.

»Ist sein Stellvertreter da, der Herr Doktor …« Bohnengestell.

»Der Herr Dr. Hübner ist vor zehn Minuten in den Mittag gefahren. Wenn Sie möchten, kann ich dem Herrn Doktor aber gerne etwas ausrichten.«

»Nein, nein. Vielen Dank. Ich war nur gerade in der Nähe.« Er trat den Rückzug an. Doch auf halbem Weg zum Ausgang erinnerte er sich an Otto Harnischs Kündigungsschreiben und blieb stehen. Vielleicht konnte ihm dessen Stellvertreter, Konrad Büttiker, helfen. Winter drehte sich um. »Entschuldigen Sie noch einmal, ist vielleicht Herr Büttiker da, Konrad Büttiker?«

»Selbstverständlich.« Klappern. »Wen darf ich melden?«

»Tom Winter.«

»In welcher Angelegenheit möchten Sie Herrn Büttiker sprechen?«

»In der Angelegenheit ›Otto Harnisch‹.«

Der Punk meldete Winter an. »Er kommt gleich«, sagte sie dann, und Winter bedankte sich. Dann lehnte er sich an die Theke und fragte: »Haben Sie Otto Harnisch gut gekannt?«

»Ich bin erst seit Kurzem hier und auch nur zwei Tage die Woche.« Sie wiegte den Kopf hin und her und dachte angestrengt nach. »Er war ein netter Kerl. Für sein Alter jedenfalls. Otto hatte lockere Sprüche drauf. Einige der Alten hier sind verknöchert, aber Otto war anders. Er hat sogar mein Outfit cool gefunden.« Ihr vernietetes Ledertop und die stacheligen Armbänder hätten Conan dem Barbaren das Fürchten gelehrt.

»Herr Winter?«

Winter drehte sich um. Konrad Büttikers Übergewand platzte aus allen Nähten. Mit kurz geschorenem Haar versuchte er, einer sich anbahnenden Glatze zuvorzukommen. Büttiker war einer dieser Männer, die einem gerne gut gelaunt auf die Schulter klopften. Winter bedankte sich beim Empfang und schüttelte Konrad Büttikers Pranke. »Guten Tag, Herr Büttiker. Haben Sie schon zu Mittag gegessen?«

»Nein, noch nicht.«

»Ich lade Sie ein, wenn Sie mögen?«

»Aber nur auf ein kurzes Sandwich.« Er tätschelte liebevoll seinen Bauch. »Meine bessere Hälfte sagt, ich soll mich in Bescheidenheit üben.« Büttiker führte Winter hinaus. »Zwei Minuten von hier gibt's einen erträglichen Imbiss.«

Büttiker zeigte auf einen älteren Fünfer-BMW mit speckigen Ledersitzen. Während der kurzen Fahrt erklärte Winter, dass er Ottos Banker sei und gerade dabei, dessen Angelegenheiten in Ordnung zu bringen. Sie bogen bei einer Baustelle auf einen improvisierten Parkplatz und stellten den Wagen neben dem alten Toyota von vorhin ab. Die Kantine der Wasserwerke schien nicht besonders beliebt zu sein. Der Imbiss bestand aus einem Caravan mit aufklappbarer Seitenwand, einer Handvoll Stehtischchen und einer drallen Bedienung.

Büttiker nickte den Kollegen zu. Dann bestellte er sich und Winter je eine Currywurst und ein Bier. Winter bezahlte und nahm kurz darauf die fertige Bestellung entgegen. Während er die Pappschalen verteilte, fragte er: »Kennen Sie Ottos Frau Ruth?«

Büttiker nickte, zog seine Schale zu sich heran und spießte ein Stück Wurst auf.

Die Kalorienbombe schmeckte ausgezeichnet. Winter wartete, bis Büttiker den Mund wieder frei hatte, und schob dann nach: »Und Natascha?«

Ottos Nachfolger fuhr sich mit der Hand über die Haarstoppeln. »Also, ich will nicht in etwas hineingezogen werden.«

»Ich interpretiere das als ein Ja?«

Nicken.

»Es geht nicht um einen Streit. Ich möchte nur verstehen, wie Otto getickt hat.«

»Er war in sie vernarrt. Natascha, meine ich.« Ein weiteres Stück Wurst wurde heruntergespült. Winter kaute geduldig, dann sagte Büttiker: »Wissen Sie, er hat sie auf Händen getragen. Andere«, er zeigte mit dem Brötchen auf die Kollegen und den Imbiss, »vögeln alles, was Titten und zwei Beine hat. Aber Otto bekam glänzende Augen, wenn er von seiner Prinzessin schwärmte.«

»Wollte er sich von Ruth scheiden lassen?«

»Er hat nie etwas gesagt, aber erstaunt hätte es mich nicht. Geht es um seine Erbschaft?«

»Nein, nein, aber wir müssen zuerst einiges klären, bevor wir das Konto schließen können.«

»Ich wusste nicht, dass Otto sein Geld bei einer Schweizer Bank hatte. Ich dachte immer, das wär nur etwas für die Schickeria.«

»Das ist Teil des Problems. Die Behörden wollen sicher sein, dass auch alles korrekt versteuert wurde.«

»Also hier im Werk war Otto immer sehr korrekt. Wir können uns keine Fehler leisten. Das kann ich Ihnen versichern.«

»Das glaube ich Ihnen gerne. Haben Sie eng zusammengearbeitet?«

»Ja, jeden Tag. Wichtiges haben wir zusammen entschieden.«

»Auch Anstellungen?«

»Rekrutiert haben wir immer zu zweit. Vier Augen und Ohren sehen und hören mehr.« Büttikers Wurst war verschwunden.

»Auch Siavosh?«

Büttiker schwenkte nachdenklich die halb leere Dose neben dem Ohr, um den Bierpegel zu prüfen. Doch Winter hatte das Gefühl, dass er Zeit zum Nachdenken schindete.

»Warum fragen Sie?«

»Ich habe Siavosh bei meinem letzten Besuch getroffen.«

Büttiker faltete seine Pappschale und drückte den Abfall in den überfüllten Kübel. »Ich muss zurück.«

Er ließ sich ächzend in den Fahrersitz des BMW fallen, gurtete sich umständlich an und seufzte: »Bei Siavosh waren wir uns nicht einig.« Dann drehte er den Zündschlüssel. »Aber Otto hat das damals alleine entschieden, einfach so.«

»Warum?«

Büttiker kurvte vom Kiesplatz auf die Straße. »Ich weiß nicht.« Er zuckte ohne Überzeugung mit den Schultern. »Quoten.«

»Quoten?«

»Aus der Zentrale. Die wollen alles messen. Auch die Ausländer.«

»Hätten Sie etwas dagegen, wenn ich mit Siavosh spreche?«

»Nö, aber er ist nicht da.«

Hatte Frank ihn bereits verhaftet? War er untergetaucht? Winter warf Büttiker einen fragenden Blick zu. Dieser blinkte und hielt vor dem schweren Tor des Tegeler Wasserwerkes. »Siavosh hat wieder einmal Weiterbildung. Im CityCube.«

Das schwere Tor glitt zur Seite.

19. Mai 12:05

Winter verabschiedete sich von Büttiker und setzte sich in den Audi. Die Currywurst lag ihm schwer im Magen. Im Navi war der CityCube ein Sonderziel, Teil des Berliner Messeareals. Er kämpfte sich eine halbe Stunde durch den Mittagsverkehr und fand schließlich den modernen, erstaunlich eleganten Betonwürfel.

Das Kongresszentrum schwebte auf einem Foyer mit Glaswänden. Drinnen Rolltreppen, viel roher Beton und eine Hundertschaft wichtig dreinschauender Ärzte eines Diabetes-Kongresses. Eine Tafel informierte Winter in Neudeutsch, dass das Kaysis-Medikal-Training auf »level 3« stattfand. Als wär's ein Computerspiel.

Winter glitt mit der Rolltreppe nach oben. »Trouble Counter«, Geländer aus dickem Glas, der Betonboden wich Spannteppichen. Im dritten Stock bewachte eine gelangweilte Hostess unter einem Kaysis-Medikal-Banner den verwaisten Empfangstisch. Winter schlenderte lächelnd auf sie zu. »Guten Tag, mein Flugzeug hat sich verspätet.«

»Guten Tag. Willkommen im schönen CityCube.« Sie spulte ihr Skript herunter und fügte dann hinzu: »Tut mir leid wegen Ihres Fluges.« Winter schielte auf die restlichen Namensschilder der Nachzügler und sagte: »*Ihnen* muss das doch nicht leidtun. Das ist einzig das Problem der Fluggesellschaft. Wenn das so weitergeht, bin ich das letzte Mal mit Etihad geflogen. Zarrabieh ist mein Name.«

Die Hostess reichte ihm Zarrabiehs Namensschild und tauchte nach einem kleinen Papiersack. »Hier, Ihr Willkommensgeschenk und die Unterlagen. Ich wünsche Ihnen einen schönen Tag.«

»Besten Dank. Ihnen auch.«

Sie zwinkerte Winter zu, setzte sich und zog unter ihrem Stuhl ein Taschenbuch hervor. Winter hängte sich das Namensschild um den Hals und spazierte zu einer Sitzgelegenheit. Im Säckchen fand er diverse Broschüren, eine Trinkflasche und einen Plastikhalter für Pipetten, beide dekoriert mit dem Kaysis-Medikal-Logo. Interessanter war die Mappe mit den Unterlagen zum zweitägigen Training.

Das Programm gliederte sich in große Plenumsveranstaltungen und Gruppen-Meetings mit Spezialthemen und dauerte von heute Morgen bis morgen Nachmittag. Zalimkan Magomedow, »Group President«, hielt zur Eröffnung eine »Key Note Speech« zum Thema »Global Water Resources – Unser Weg in die Zukunft«.

Treffer. Aber Magomedow hatte keine Zukunft. Ihm würde er die Hölle heißmachen.

Zuhinterst in der Mappe steckte eine Teilnehmerliste. Fünf zusammengeheftete A4-Seiten mit Namen und Kontaktdetails. Zarrabieh stand auf der letzten Seite, Frau Nasri hieß mit Vornamen Faizah, Mehmed mit vollem Namen Mehmed Kazemi. Nur Siavosh Daniali konnte Winter auf der Liste nicht finden.

Winter ließ die Unterlagen sinken und lehnte sich an die kühle Betonwand. Falls Kaysis Medikal tatsächlich Schläfer aufgebaut hatte, denen Otto Harnisch auf die Spur gekommen war, dann bot die Veranstaltung eine gute Gelegenheit, sich zu besprechen. Keine verräterischen E-Mails, keine abgehörten Telefonate und notfalls ein guter Grund.

Die Türen öffneten sich, und die Teilnehmenden strömten zum »Power Networking Lunch« in einen anderen Saal mit Büfett und Stehtischchen. Winter drehte sein Namensschild um und stürzte sich in die Menge.

Die Kaysis-Medikal-Angestellten kamen aus der ganzen Welt und schnatterten wild durcheinander, vorwiegend auf Englisch, oft mit starken Akzenten. Frauen machten unter den Laboranten knapp die Hälfte aus. Die meisten steckten in dunklen Businessanzügen, einige Afrikaner trugen farbenfrohere Gewänder. Zirkulierende Hostessen reichten Häppchen und Getränke.

Winter nippte an einem Mangosaft und pflügte sich durch die Menge, entdeckte aber weder Magomedow noch Siavosh. Eine Gruppe Franzosen beklagte sich über den fehlenden Wein. Als sie ihn süffisant um seine Meinung fragten, pflichtete Winter ihnen selbstverständlich bei und erkundigte sich seinerseits, wie Ihnen denn Magomedows Rede gefallen habe.

»Aahh. Die Eröffnungsrede von *Monsieur le président de conseil d'administration du groupe* war eine Inspiration.«

In diesem Moment rauschte in Winters Augenwinkel ein wehender Mantel vorbei. Magomedow. Er entschuldigte sich und verließ den Saal. Der bestiefelte Oligarch ging mit Siebenmeilenschritten zur Rolltreppe. Zwei Leibwächter in schwarzen Anzügen und mit Knopf im Ohr flankierten ihn. Einer der hörbehinderten Wichtigtuer telefonierte und zeigte nach draußen, wo zwei lange Mercedes-Limousinen vorfuhren.

Winter rannte eine betonierte Treppe hinunter. Er verließ den Würfel durch einen Seiteneingang. Magomedow und seine Entourage stiegen währenddessen in die beiden Prachtkarren. Im Laufschritt eilte Winter zum Audi. Wenn sein Glück anhielt, würde Magomedow ihn zu seiner Berliner Absteige führen.

Die beiden protzigen Limousinen waren einfach zu verfolgen. Sie rollten aus dem Messeareal und fuhren auf die Umfahrungsstraße Richtung Norden. Nach zehn Minuten nahmen sie die Ausfahrt zum Flughafen Berlin-Tegel, wo der Oligarch und sein stummer Cousin ausstiegen. Während sich die Leibwächter um das Gepäck kümmerten, verschwanden die wehenden Mäntel in der Abflughalle.

Winter ließ den Audi stehen und versuchte drinnen, die Menschenmenge zu überblicken. Dort vorne waren sie. Magomedow und sein Vertrauter steuerten auf die Turkish-Airlines-Schalter zu. Sie pflanzten sich vor dem Check-in der Businessklasse auf. Auf dem Bildschirm darüber: Istanbul 14:30. Die Leibwächter kamen mit dem Gepäck. Der Stumme legte Pässe und Tickets auf die Schaltertheke.

Verflixt, das würde knapp!

Er konnte Magomedow nicht ziehen lassen. Nicht jetzt.

Winter joggte zum Audi zurück und fuhr diesen in das nächste Parkhaus, wo er hastig die Pistolen und die »gefundenen« Mobiltelefone im Kofferraum verstaute und seinen Rucksack schulterte. Er hetzte zurück in die Abflughalle, wo er eiligst ein Ticket nach Istanbul kaufte. Offener Retourflug. Last Minute. Bar. »Beeilen Sie sich bitte.« Auf dem Weg zum Gate rief er Anika an, die den Anruf nicht annahm. Er hinterließ eine Nachricht und versprach, sich später wieder zu melden. Beim Boarding schnappte er sich zur Tarnung eine Berliner Zeitung, doch Magomedow schien niemanden um sich herum wahrzunehmen.

Um vierzehn Uhr vierzig hob der Airbus A321 ab.

19. Mai 15:01

Nach dem Gehetze durch den Flughafen hatte Winter im Flieger plötzlich Zeit zum Nachdenken. Er begann daran zu zweifeln, dass es eine gute Idee gewesen war, spontan in den Flieger zu steigen. Was konnte er in Istanbul schon ausrichten? Was, wenn Magomedow nur umstieg und woanders hinflog? Was, wenn gar ein privater Flieger auf ihn wartete?

Die Verpflegung kam, und er verdrängte seine Zweifel. Es machte keinen Sinn, über etwas nachzugrübeln, das er nicht beeinflussen konnte. Er verdrückte einen unförmigen, gefüllten Snack und hörte seinem Sitznachbarn zu, einem türkischen Geschäftsmann, der verchromte Utensilien fürs Badezimmer herstellte und nach Deutschland exportierte. Seifenhalter waren besonders gefragt.

Er blätterte das Turkish-Airlines-Magazin durch.

Istanbul war Berlin eine Stunde voraus. Der Pilot kündigte auf Türkisch, Deutsch und Englisch eine pünktliche Landung um achtzehn Uhr achtundzwanzig auf dem Flughafen Atatürk und eine Bodentemperatur von dreizehn Grad an. Im Abendlicht flogen sie an der dicht besiedelten Küste entlang, drehten eine Schleife über den Bosporus und die Landzungen Istanbuls. Kleine Schiffe in der Meerenge.

Der Geschäftsmann fragte: »Können Sie Griechisch?« Winter verneinte verdutzt. Der Türke tippte mit dem Zeigefinger an die Schläfe. »Ich habe studiert. Früher. Davon konnte ich nicht leben. Aber ich lernte, dass ›Bosporus‹ Griechisch ist für ›Weg der Ochsen‹.«

»Kuhhandel zwischen West und Ost.«

»Ha. Handel ist gut. Solange die Leute kaufen und verkaufen, reden sie miteinander. Leben und leben lassen.«

Sie klappten die Tische hoch und zogen die Gurte fest.

»Ein großes Wort gelassen ausgesprochen.«

»Sonst läuft Geschäft nicht. Sie arbeiten für Bank? Geld ist

Vertrauen. Nicht? Und Vertrauen ist Liebe. Nicht?« Winter grunzte Zustimmung, und sie blickten auf Istanbuls Altstadt am Goldenen Horn. Die Stewardessen zogen den Vorhang zur Businessklasse zur Seite und setzten sich. Die Räder wurden ausgefahren.

Vor Freude, wieder zu Hause zu sein, machte der Airbus auf der Piste einen kleinen, quietschenden Hüpfer. Applaus. Die Passagiere auf den billigen Plätzen mussten lange warten. Hoffentlich würde er Magomedow nicht verlieren. Winter schaltete sein Mobiltelefon ein. Endlich bewegten sich die Passagiere vor ihm. Moderner Kuhhandel.

Obwohl Winter mit seinem Pass in die Türkei einreisen durfte, musterte ihn der missmutige Zöllner grimmig. Winter lächelte freundlich zurück und sagte brav: »Business.« Dafür erhielt er eine abgestempelte Einreisebestätigung. Beim Gepäckkarussell holte er Magomedow wieder ein. Der Stumme und die Leibwächter standen beim ruhenden Band. Das Band sprang an.

Fünf Minuten später umarmte Magomedow in der Empfangshalle einen Mann mit glänzendem Anzug. Dann bahnten sich die fünf Männer eine Schneise durch das Gewimmel und traten auf den Vorplatz, wo zwei aufgemotzte Range Rover mit laufenden Motoren warteten.

Winter grub Euro-Noten aus der Tasche und quetschte sich an der Warteschlange vorbei in das erste Taxi. »Fahren Sie!«

Er schloss die Tür, worauf die wütenden Proteste der Umstehenden verstummten.

»Okay, okay. Nur mit der Ruhe.« Der alte, schnauzbärtige Taxifahrer ließ die Note verschwinden. Durch die Windschutzscheibe zeigte Winter nach vorne. »Die beiden Range Rover da. Fahren Sie hinterher.«

Ohne den Zähler einzuschalten, startete der Fahrer den Wagen und gab Gas. Winter gurtete sich an. Zwischen dem gelben Taxi und den beiden Range Rovern waren fünf Fahrzeuge, zwei davon ebenfalls Taxis. Das schwarze Haar seines

Fahrers war an der Schläfe ergraut, spross aus dem offenen Hemdkragen und gedieh auch auf den dicken Fingern, die locker auf dem Lederlenkrad lagen. Leise Musik perlte aus dem Radio. Sie fuhren auf eine dicht befahrene Autobahn auf, Richtung Zentrum. Die Range Rover drangsalierten die übrigen Autos und wechselten mehrmals die Spur.

»Bleiben Sie dran.«

Der Fahrer nickte nur. Der stockende Abendverkehr quälte sich durch trostlose Industriequartiere. Die Straßenlaternen schalteten sich ein. Nach einer halben Stunde fuhren sie an den Ausfahrten zur Altstadt vorbei. Der Fahrer streckte wortlos den Arm aus, und Winter drückte eine weitere Note in seine Hand.

Als sie eine Brücke überquerten, brummte der Taxifahrer: »Golden Horn. Bosporus.«

Danach zogen mehr Wohnblöcke, riesige Reklametafeln und Läden vorbei. Stinkende Gelenkbusse lieferten sich Elefantenrennen. Regenwolken spiegelten sich in glänzenden Bürotürmen. Straßenschilder mit »Kadiköy« und »Ankara«. Bei einer Mautstelle der mehrspurigen Hängebrücke wechselte eine weitere Note die Hand. Unter ihnen Schiffe mit blinkenden Positionslichtern. Das Ostufer des Bosporus war erstaunlich grün.

Da wechselten die Range Rover rücksichtslos in die rechte Spur und verschwanden hinter einem Lastwagen mit verrosteten Containern. Der Taxifahrer folgte ihnen, ohne mit der Wimper zu zucken.

Unmittelbar hinter der Brücke fuhren sie von der Autobahn ab und kamen in ein lebendiges Quartierzentrum mit allerlei Läden, Restaurants, Girlanden und alten Holzhäusern. Hupende Mopedfahrer kurvten herum. Frauen mit Einkaufstaschen, Männer mit offenen Sandalen und aufgeplusterten Windjacken. Gemüsehändler boten Waren feil, Politiker auf Bannern Slogans.

Danach ging's auf einer engen Küstenstraße das Meer entlang nach Norden. Die Range Rover fuhren drei Autos vor ihnen. Rechts ein steiler Hang, links hohe Mauern von Villen. Plötzlich schwenkte der vordere Range Rover auf die Gegenfahrbahn und blockierte die Straße. Der Taxifahrer stieg fluchend auf die Bremse.

19. Mai 19:57

Der hintere Range Rover glitt seitlich in den Schlund einer großen Garage. Nur Sekunden später gab der blinkende Range Rover die Straße wieder frei und verschwand ebenfalls in der Garage. Nach dem Hupkonzert fuhren die Autos wieder an. Das Ganze hatte wie ein eingeübtes Manöver ausgesehen.

Zwei Villen später sagte Winter: »Wenden Sie bitte.«

Der Taxifahrer kurvte kaltblütig auf die Gegenfahrbahn. Mehr Hupen. Eine rote, mit Ziegeln abgedeckte Mauer, eine unverputzte Mauer mit altersschwacher Holztür, dann die graue, mit Stacheldraht bewehrte Mauer, hinter der Magomedow und seine Leute verschwunden waren. Mittlerweile verschloss ein hinuntergelassenes Rolltor die Garage. Daneben eine massive Stahltür. Zwischen Fahrbahn und Mauer nur ein Straßengraben. An beiden Enden des Grundstücks beobachteten Kameras die Straße.

Als sie wieder im Quartierzentrum waren, bat Winter den Fahrer, anzuhalten. Die ausgestreckte Hand des Taxifahrers wurde gefüttert. Sie wedelte und bekam noch einen Nachtisch.

»Wollen Sie Quittung?« Ein freundliches Lächeln unter den buschigen Augenbrauen. »Sie sagen, wie viel.«

Winter schüttelte den Kopf. »*Teşekkür* – danke.« Er nahm seinen Rucksack, stieg aus und schaute sich im Getümmel um. Die Nacht brach schnell herein. Er brauchte eine Basis. Auf der anderen Straßenseite entdeckte Winter an einem rosaroten Haus ein Schild mit einem langen türkischen Wort plus »Palace«. Drinnen empfing ihn ein Dekor im rosafarbenen Zuckerpüppchen-Kitsch. Die Matrone am Empfang war dagegen alles andere als süß und schon gar nicht zerbrechlich. Mit tiefer Stimme offerierte sie Winter einen Spezialpreis für die Queen Suite mit Blick auf die Boğaz Köprüsü, die

Bosporus-Brücke. Winter bezahlte bar und stieg mit einem schweren Schlüssel die steile Holztreppe empor.

Im Barbie-Zimmer warf er den Rucksack auf das verschnörkelte Bett, zog die staubigen Vorhänge auf und trat auf den Minibalkon. Unter ihm die Straße, vor ihm die beleuchtete Hängebrücke. Er zog sein Telefon hervor und rief Anika an, die ihre Irritation nicht versteckte, als sie erfuhr, wo er war. Die Polizei hatte den Einbruch aufgenommen, und sie hatte aufgeräumt und für morgen einen Schlosser bestellt. »Aber man haut doch nicht einfach so ab.«

»Tut mir leid. Als mir Magomedow über den Weg lief, wollte ich ihn nicht wieder verlieren.«

»Ich hab mir schon Sorgen um dich gemacht. Du wolltest doch nur schnell zum Wasserwerk.«

»Hilft es, wenn ich ein schlechtes Gewissen habe?«

»Ein wenig.« Sie lächelte hörbar ins Telefon und fragte dann: »Aber was willst du überhaupt in Istanbul? Du kannst ihn ja nicht verhaften.«

Er wusste es selbst nicht genau und zögerte.

»Du könntest ihm einen Tritt in den Arsch geben«, schlug Anika vor. »Mit den besten Grüßen von Naschs bester Freundin.«

Winter lachte ob der derben Ausdrucksweise. »Nicht sehr ladylike.« Winter musste versprechen, vorsichtig zu sein und sich bald wieder zu melden.

Nach dem Gespräch hörte er auf dem Geländer sitzend den Geräuschen der Nacht zu. Frisierte Mofas, Hupen, Straßenhändler, das Gemurmel der Passanten und in der Ferne immer wieder die Nebelhörner vorbeiziehender Schiffe.

Magomedow hatte zwei Menschen umbringen lassen. Da war er sich sicher. Auf der westlichen Seite des Bosporus glitzerten die Lichter. Und er musste seinem Verdacht hinsichtlich der Schläfer auf den Grund gehen. Das konnte er unmöglich einfach ruhen lassen. Schon gar nicht, nachdem Magomedow sein Haus angezündet hatte.

Ein lärmender Autokorso fahnenschwingender, orangeroter Galatasaray-Fußballfans riss Winter aus seinen Gedanken.

Er rief Leonie an, konnte sie aber nicht erreichen und hinterließ nur eine kurze Nachricht: »Hey, bin in Istanbul. Unser Freund ist hier. Details später.«

Zurück im Zimmer, bereitete Winter seine Exkursion vor. Er tauschte seine Jacke gegen einen schwarzen Pullover. Und da er sich der Villa mit den hohen Mauern eventuell schwimmend vom Meer her nähern musste, versteckte er seine Wertsachen in einem abgewetzten Diwan-Kissen. Dann verließ er nur mit einem Bündel Euro-Noten bewaffnet Barbies Palast. Bei einem Straßenrestaurant aß er ein gefülltes Fladenbrot und trank eine Cola, an einem anderen ließ er sich eine klebrige Portion Kadayif – Engelshaar – geben. In einem Minisupermarkt kaufte er eine Taschenlampe und Batterien.

Um ein Gefühl für die Umgebung zu bekommen, spazierte er zur Anlegestelle. Die Boote und Fährschiffe fuhren trotz der nahen Brücke fleißig und waren bei Verkehrsstaus wahrscheinlich schneller als die Autos. Vielleicht konnte er wieder ein Boot mieten. Doch dann wanderte er langsam die Hauptstraße entlang. Niemand beachtete ihn. Solange er den Mund hielt, fiel er nicht auf.

Als die Leuchtreklamen abnahmen, bog er in eine Seitenstraße und stieg den Hang hinauf. Parallel zur Seestraße ging er zuerst an mehrstöckigen Wohnhäusern mit kleinen Betonbalkonen vorbei. Nach einer Weile versiegte die Straßenbeleuchtung ganz, und die Häuser wurden kleiner und ärmlicher. Nach etwa einem Kilometer musste er oberhalb von Magomedows Villa sein.

Kein Mensch zu sehen.

Seine Augen hatten sich an die Dunkelheit gewöhnt.

Auf einem Dreckpfad zwischen zwei unfertigen Häusern erreichte Winter den Hang über der Seestraße. Der Pfad hörte auf, und er kämpfte sich durchs Dickicht. Stachelige Stauden. Abfall. Es stank nach Exkrementen. Ein im Gestrüpp entsorgter Kühlschrank. Nach ein paar Metern hatte er freie

Sicht auf den Bosporus, unter ihm die Straße mit den Villen. An der Kante entlang stieg er zurück, bis er unmittelbar oberhalb von Magomedows Villa war, und hockte sich in den Schatten.

Die Villa stand auf einer Felsenklippe und bestand aus einem Potpourri unverputzter, übereinandergeschichteter Klötze. Scheinwerfer leuchteten das Grundstück von allen Seiten aus. Winter machte verschiedene Terrassen, die große, angebaute Garage und zwei Nebengebäude direkt am Wasser aus. Die stacheldrahtbewehrte Mauer schirmte den Komplex rundum ab.

Winter wartete und beobachtete.

Hatte Magomedow Wachen postiert? Hunde? Patrouillierten seine Leibwächter? Lange Zeit geschah nichts. Einmal traten zwei Männer auf eine seitliche Terrasse. Zigaretten wurden angezündet. Fünf Minuten später gingen sie wieder hinein. Draußen in der Meerenge stampften unermüdlich Schiffe vorbei. Manchmal gaben die vorbeigleitenden Wolken den Blick in den Sternenhimmel frei. Der Verkehr auf der Straße wurde allmählich schwächer.

Dann, um Viertel vor elf, hielt plötzlich ein schwarzer Mercedes vor der Stahltür. Lichter gingen an. Niemand stieg aus, aber das Garagentor wurde hochgefahren, und der Mercedes rollte hinein. Das Tor schloss sich wieder, und die Straße lag erneut im Dunkeln.

Zeit, sich das Ganze etwas näher anzusehen. Winter schlitterte den Abhang hinunter und huschte über die Straße. Bei dem Nachbarsgrundstück drückte er eine altersschwache Holztür auf. Als er die knarrende Tür hinter sich zuschob, fand er sich auf einem überwucherten Vorplatz wieder. Das dunkle Haus wirkte verlassen und ausgestorben.

Es roch nach feuchter Erde.

An der Mauer zu Magomedows Grundstück stand ein modriger Schuppen mit blinden Fenstern, neben dem sich Bretter stapelten. Winter schob eine der Planken auf den Schuppen und kletterte aufs Dach. Geduckt spähte er auf die andere Seite der Mauer. Alles ruhig. Er untersuchte den Stacheldraht. Nicht elektrifiziert. Die Kamera bewegte sich nicht und war auf die Straße gerichtet. Mit dem Brett drückte er das Drahtgewirr nieder, kletterte darüber und ließ sich auf Magomedows Grundstück hinunter.

19. Mai 22:57

Im Schatten der Garage verharrte Winter. Scheinwerfer leuchteten jeden Winkel der Villa mit grellem Licht komplett aus. Vergitterte Fenster mit zugezogenen Vorhängen. Im Gegensatz zum überwucherten Nachbargrundstück war Magomedows Terrain komplett geteert. Nichts rührte sich. Die Geräuschkulisse blieb unverändert.

Durch die Belüftungsfenster linste Winter in die Garage. Das Licht brannte. Zum Wagenpark gehörte neben den Range Rovern auch ein alter grüner Renault Clio. Der auf Hochglanz polierte Mercedes machte einen offiziellen Eindruck, an den Kotflügeln Flaggenhalter. Die Limousine eines Diplomaten? Das Kennzeichen mit grünen Zahlen unterschied sich von denen der Range Rover mit schwarzen Zahlen. Winter prägte sich die Nummern ein.

Danach überblickte er mit dem Rücken zur Garagenwand erneut den Hof. Keine Verstecke. Die Vorhänge bewegten sich nicht. Winter hastete auf die andere Seite und presste sich flach an die Hauswand. Über ihm summte ein Ventilator. Durch einen Vorhangspalt linste er in eine geräumige Küche, in der drei schlecht rasierte Männer um einen Tisch mit Essensresten, Flaschen und Pistolen herumlungerten.

Winter schlich um die Hausecke zur Seeseite.

Hier stand auf niedrigen Stelzen ein modernistischer Vorbau mit einer Stahltreppe zum Hof. Die überdimensionierte Schuhschachtel hatte eine vom Boden bis zur Decke reichende Glasfront, aus der Licht strömte. Winter kauerte nieder und lugte vorsichtig hinein. Hinter dünnen Vorhängen gestikulierten Silhouetten. Die gedämpften Geräusche einer Diskussion. Winter lauschte angestrengt, konnte aber nichts verstehen. Aus dem Auf und Ab schloss er nur, dass eine Auseinandersetzung im Gange war.

Plötzlich schob jemand die Glastür auf. Winter legte sich

blitzschnell auf den Boden und rollte zwischen den Stelzen hindurch unter den Vorbau. Er kam in einer Pfütze zu liegen und spürte, wie seine Kleider kaltes Wasser aufsogen. *Scheiße!*

Die langen Vorhänge wehten heraus, flatterten in der leichten Brise. Aber niemand trat in den Hof. Drinnen flammte die Diskussion wieder auf. Auf Russisch. Winter verstand nichts, aber er erkannte Magomedows Stimme, die entnervt einen Monolog hielt. Zwischendurch schien der Oligarch Fragen zu stellen, die sein Gesprächspartner knapp mit *»Da«* oder *»Njet«* bejahte oder verneinte. Es klang nach einem gewaltigen Zusammenschiss.

Eine Ohrfeige klatschte.

Ein wütender Schwall russischer Flüche.

Ein Schatten. Schritte auf der Treppe. Der Mann, der am Flughafen gewartet hatte, kam die Treppe herunter und entfernte sich hadernd.

Platt auf den Boden gedrückt hielt Winter den Atem an. Zwei lang gezogene Schatten. Eine tiefe, unbekannte Stimme erzählte etwas. Magomedow lachte. Das Gespräch ging in der aufgeschobenen Tür über Winter in ruhigem Ton weiter. Beim Aussichtspavillon in der Ecke des Grundstücks flackerte das Feuerzeug des Mannes vom Flughafen auf. Eine Zigarette glühte.

Winter blieb bewegungslos liegen. Er konnte nicht weg, ohne entdeckt zu werden. An der Front ließen ihm die Stelzen zwischen Teerboden und dem Wohnzimmerboden etwa einen halben Meter Raum. Doch hinter ihm berührten seine Füße bereits die Decke. Nur die Stahltreppe bot ein wenig Schutz.

Seine Sinne waren aufs Äußerste gespannt.

Die Vorhänge umspielten die Schatten der beiden Männer unmittelbar über ihm. Magomedow und die tiefe Stimme unterhielten sich. Die Gesprächsanteile waren etwa gleichmäßig verteilt. Winter konnte mehrmals die Worte »Kraskhim Laboratorii« und »Krasnodar« ausmachen und schnappte »Transport« und »Germanja«, »Berlin« und »Vilnius« auf.

Doch aus den wenigen Fragmenten konnte er sich keinen Reim machen.

Beim Aussichtspavillon wurde die Zigarette ins Wasser geworfen. Der Mann vom Flughafen drehte sich um, schaute in Winters Richtung. Blickte ihn direkt an. Im fahlen Nachtlicht konnte er nur die Konturen des Mannes erkennen. Starrte er ihn an? Winter hoffte inständig, nur ein dunkler Fleck unter dem Vorbau zu sein.

Der Mann griff in die Tasche.

Winter machte sich bereit, zu fliehen.

Doch es wurde nur eine zweite Zigarette angezündet.

Winter atmete aus.

Über ihm klirrten Gläser aneinander. *»Na sdorowje!«* Ein Witz wurde erzählt. Dem Tonfall nach ein derber. Lautes Gelächter. Mehr klirrende Gläser. Die Trinksprüche gingen hin und her.

Nach einer Weile traten Magomedow und sein Gesprächspartner an die frische Luft. Sie blieben auf der obersten Treppenstufe stehen. Magomedows Lederstiefel und ein Paar schwarz glänzender Halbschuhe waren zum Greifen nahe. Wie der Wagen, so die Schuhe. Die beiden Männer blickten zur Meerenge mit dem Strom vorbeifahrender Schiffe. Kuhhandel.

Ein Feuerzeug klickte, Rauch wurde inhaliert und in die Luft gestoßen.

Dann ging das Gespräch in vertraulichem Ton weiter. Winter hörte, wie sie wieder über das Kraskhim Laboratorii sprachen.

Etwas stieß gegen seine Beine.

Langsam drehte er den Kopf und sah mehrere Ratten, die mit spitzen Nasen seine Hosen beschnüffelten. Die nackten Schwänze schlängelten sich in der Pfütze. Einer der Nager tippelte zum Knie und kletterte auf seinen Oberschenkel. Winter verschob langsam die Hand und wischte das haarige Viech weg, das aufgeregt quietschte.

Magomedow rief dem Mann vom Flughafen einen Befehl

zu. Dieser drehte sich um, löste sich vom Aussichtspavillon und schritt auf Winter zu. Je näher er kam, desto lauter knirschten seine Lederschuhe auf dem Teerboden.

Winter machte sich so platt wie möglich. Er spürte, wie die Ratten sich wieder näherten. Für sie war er ein gefundenes Fressen, eine für Monate gefüllte Vorratskammer. Ihre Krallen tippelten nervös über den Boden und umrundeten ihn. Sie beschnüffelten neugierig seine Arme, seinen Hals.

Der Mann vom Flughafen kam näher und blieb mit gesenktem Kopf ein paar Meter vor Winter stehen. Winter hatte den Eindruck, dass er ihn direkt anblickte. Doch es folgte nur eine brüske Zurechtweisung von Magomedow. Der Mann nickte, zog gierig an der Zigarette und warf diese verächtlich weg. Der Zigarettenstummel schlug auf.

Glut sprühte.

Die Ratten zuckten zusammen und zischten zur Seite.

Der Mann vom Flughafen zückte eine Pistole und folgte mit der Waffe den Geräuschen der davonflitzenden Ratten. Für einen Moment herrschte Totenstille. Dann brachen Magomedow und der Russe mit den glänzenden Schuhen in schallendes Gelächter aus. Falscher Alarm! Wegen ein paar Ratten! Angsthase!

Die Pistole wurde verschämt eingesteckt.

Zwei glühende Zigarettenstummel fielen vor Winter auf den Boden. Die drei Männer gingen ins Wohnzimmer zurück. Die Tür wurde zugeschoben, die Gespräche gedämpft.

Winter wartete eine Weile, dann robbte er auf die andere Seite des Vorbaus, kroch hervor und richtete sich mit feuchten Kleidern auf. Er hatte genug. Ein schmaler, ausgeleuchteter Durchgang. Winter duckte sich unter den Fenstern hindurch und eilte lautlos durch das Scheinwerferlicht zur Straßenseite zurück. Dabei warf er ein wirres Schattenspiel.

An der Hausecke hielt Winter inne.

Auf dem Vorplatz die verriegelte Stahltür zur Straße und eine Tür in die Garage. Vielleicht war diese offen. Er hastete über den Vorplatz und drückte die Klinke. Die Garagentür öffnete sich. Schwein gehabt. Hinter einer Werkbank die Range Rover. Er trat ein und zog die Tür hinter sich zu.

Etwas Kaltes prickelte an seinem Hals. Der Stumme stand mit einem Elektroschocker hinter ihm. Ein surrender Funkenschlag. Winter verlor zuerst die Kontrolle über seine Muskeln, dann das Bewusstsein.

20. Mai 00:08

Die Wellen waren das Erste, was Winter hörte. Das Geräusch der an Felsen leckenden Wellen hatte etwas Spielerisches, als würden sie sich mit jedem Spritzer über das Ufer lustig machen. Die kleinen Wellen füllten eine Zeit lang Winters ganzes Bewusstsein aus. Dann kam schlagartig die Erinnerung zurück. Der Blitz und das Summen des Elektroschockers in der Garage. Der Stumme.

Frierend lag Winter mit hinter dem Rücken gefesselten Händen auf einem feuchten Boden. Seine Arme waren steif, die Kleider feucht. Es roch nach Fisch und Meer. Die Kehle war völlig ausgetrocknet. Der Elektroschock hatte den Speichel aus dem Mund gesogen.

Draußen neckten die Wellen die Felsen.

Immer und immer wieder.

In der Ferne dröhnten dumpf Nebelhörner.

Langsam löste Winter die Zunge und öffnete die Augen.

Ein abgetretener Steinboden ging in grobe Steinwände über. Darüber ein Ziegeldach mit Sichtbalken und einer nackten Glühbirne. Der Raum war, abgesehen von einem massiven Holzblock, leer, die Fenster waren vergittert. Winter reckte den Hals und sah eine schwere Tür mit altertümlichem Schloss.

Die engen Fesseln schnitten in die Handgelenke.

Wenigstens waren die Füße frei.

Er drehte sich zur Seite und wollte aufstehen, als ihn ein furchtbares Schwindelgefühl erfasste. Die Dimensionen des Raums verschoben sich. Sein Inneres wollte herausgekotzt werden. Winter hielt auf den Knien inne und schloss die Augen. Mit großer Willensanstrengung brachte er seinen rebellierenden Magen unter Kontrolle. Tief atmen. Verdammter Elektroschock. Langsam durchatmen. Die Spiralbewegungen verlangsamten sich und hielten nach einer Weile ganz an.

Ein Schlüssel wurde gedreht, und die Tür ging auf.

Noch immer auf den Knien öffnete Winter die Augen.

Stiefel, langer Mantel, breiter Gürtel und Magomedows Blick. Eingefroren, als ihn sein eigener Vater ertränken wollte. Hinter ihm drückte der Stumme die Tür zu.

»Ah, Herr Winter. Ich sehe, Sie gehen vor mir in die Knie.«

Winter erhob sich auf wackeligen Beinen, lehnte sich an den Holzblock. Sein Magen fuhr Achterbahn. Immerhin setzte sich das Karussell um ihn herum nicht wieder in Bewegung. Verdammter Jahrmarkt. »Binden Sie mich los!«

Magomedow schüttelte den Kopf, ohne seine starren Augen von ihm abzuwenden. »Haben Sie mir meine Unterlagen mitgebracht?«

Winter hatte seine Sachen in Barbies Palast gelassen. Der Memorystick war im Feuer geschmolzen. Die Wut über die Brandstiftung kam zurück und fokussierte Winters Gedanken. »Welche Unterlagen?«

Auf Russisch sagte Magomedow etwas zum Stummen, der den Elektroschocker aus seinem Mantel hervorholte.

Magomedow: »Sie haben meine Schwester belästigt. Sie dringen in mein Haus ein. Schlimmer als Ungeziefer. Also zum letzten Mal: Wo. Ist. Mein. Brief?«

Winter zuckte die Schultern.

Der Cousin schockte Winter.

Blaue Funken sprühten.

Winters Beine knickten ein, und er schlug ungebremst auf dem Steinboden auf.

Er hörte, wie Zalimkan Magomedow demonstrativ seufzte, und spürte dessen Stiefelspitze, die seinen krampfenden Körper stupste wie einen Kadaver. Dann erklärte der Russe in einem Tonfall, mit dem man einen Erstklässler belehrt: »Herr Winter. Schon als kleiner Junge in Machatschkala habe ich gelernt, dass man zuerst nett fragt, wenn man etwas will. Wenn man sich einigt, sind alle glücklich. Der Kuchen wird größer. In den USA haben sie diese Art der Verhandlung das Harvard-Prinzip genannt und teuer verkauft.« Magomedow deutete auf seinen Cousin. »Er hat Sie vorhin mit seinem kleinen Spielzeug nett gefragt.«

Winter richtete sich mühsam auf und stöhnte: »Ich weiß wirklich nicht, was Sie wollen.«

Mit der ausgestreckten Hand fuhr Magomedow über den Holzblock und kam näher. Er tippte mit dem Zeigefinger einige Mal auf die darin eingelassene Steinplatte. Das klickende Geräusch des langen Fingernagels erinnerte Winter an das Tippeln der Ratten.

Als sei nichts geschehen, erklärte Magomedow: »Das Haus hier gehörte ursprünglich einem Fischer. Er ist mit seinem Boot rausgefahren, hat seine Netze ausgeworfen und gewartet. Wenn er dann mit seinem Fang zurückkam, hat er die Fische hier auf dieser Schlachtbank ausgenommen, filetiert und für den Markt vorbereitet.«

Pause. Erwartungsvoll blickte er Winter an.

Der Stumme steckte den Elektroschocker gelangweilt weg. Er kannte die Geschichte schon.

»Der Enkel des Fischers besaß ein paar Lastwagen und wollte nicht mehr aufs Meer fahren. Als ich ihm vor ein paar Jahren die Lastwagen und das Grundstück hier abkaufte, wollte er zuerst nicht einsehen, welch sehr generösen Preis zu bezahlen ich bereit war. Er stand genau da, wo Sie jetzt stehen, Herr Winter.« Magomedow verzog seine vollen Lippen zu einem traurigen Lächeln. »Wir haben ihn dann aufgeklärt. Nicht wahr?«

Der schweigsame Helfer nickte, zog aus der Brusttasche ein Rasiermesser hervor und klappte die Klinge auf. Er grinste erfreut und stieß einen gutturalen Laut aus. Sein Mund war eine fleischige Höhle, seine Zunge nur ein kurzer Stummel.

Winter wollte Zeit gewinnen, zu Kräften kommen. »Zuerst brauche ich etwas zu trinken.«

Magomedow starrte ihn an und fuhr sich mit betont kontemplativem Gesichtsausdruck übers Kinn, als spiele er in seinen Gedanken verschiedene Szenarien durch. Ein Schachspieler vor dem nächsten Zug. Dann herrschte er auf Russisch seinen stummen Cousin an, dessen enttäuschtes Gesicht sich verfinsterte. Aber er klappte das Rasiermesser zu und stampfte auf Magomedows Fingerzeig hin aus dem Fischschuppen.

Durch die offene Tür sah Winter die erleuchtete Villa mit dem modernen Glasvorbau. Für einen Moment drehte Magomedow Winter den Rücken zu. Sollte er ihn angreifen? Einer gegen einen. Doch mit gefesselten Händen gegen einen erfahrenen Ringer waren seine Chancen gering, außerdem war da noch die Mauer. Die Gelegenheit ging vorbei, und er hörte Magomedow sagen: »Sie haben mich auf eine Idee gebracht.«

Was wollte der Psychopath?

Dieser kam auf ihn zu. »Ich frage Sie ein letztes Mal.« Magomedow packte blitzschnell Winters Gurgel und schnürte ihm die Luftröhre zu. Der Ringer wusste genau, wo er zudrücken musste. Seine Fingernägel gruben sich in den Hals. Magomedow näherte sein Gesicht bis auf wenige Zentimeter. Die Augen durchbohrten Winter wie Laserstrahlen. »Wo ist er?«

Schwarze Punkte begannen vor Winters Augen zu tanzen. Der Sauerstoff wurde knapp, aber der Sadist würde ihn nicht umbringen, noch nicht. Winter lächelte.

So gut es ging.

Die Tür öffnete sich, und der Oligarch stieß ihn verächtlich weg.

Mit tiefen Atemzügen sog Winter Luft in die Lunge.

Der Cousin trat ein und warf Magomedow eine kleine PET-Flasche zu. Magomedow fing sie einhändig auf, als wäre er ein durstiger Fußballer, der während einer Spielunterbrechung schnell etwas trinken wollte. Doch stattdessen stellte er die Wasserflasche ungerührt auf die Schlachtbank. »Hier, Ihr Wasser. Genießen Sie unsere Gastfreundschaft.«

Ein russischer Befehl.

Der Stumme holte den Elektroschocker hervor und klappte das Rasiermesser wieder auf.

Winter wich zurück.

Magomedow breitete versöhnlich die Arme aus. »Nicht doch. *Sie* helfen mir. *Ich* helfe Ihnen. Umdrehen!«

Der Cousin trat heran, drückte ihm den Schocker an den Hals und durchtrennte mit dem Rasiermesser die Fesseln. Die zerschnittene Wäscheleine fiel zu Boden.

Winter löste sich von der Wand und rieb sich die Handgelenke. »Ich werde jetzt gehen.«

Doch der grinsende Cousin hob den Elektroschocker, und Magomedow sagte: »Noch nicht. Schauen Sie, jeder ist für etwas nützlich. Sogar Sie.«

Magomedows Blick brannte sich in Winters Augen.

Winter rollte seine Schultern, ballte seine Fäuste. Das Blut zirkulierte wieder. Mit freien Händen standen seine Chancen besser.

Der Stumme hielt Elektroschocker und Rasiermesser bereit. Langsam öffnete er den Mund, entblößte seinen schaurigen Schlund und streckte knackend den Unterkiefer, als wollte er Winter verschlingen. Die Muskeln an seinem Hals spannten sich wie bei einem an der Leine zerrenden Kampfhund, der seinem Opfer am liebsten gleich an die Gurgel springen wollte.

Winter schaute sich um.

Waffen? Mittel? Optionen?

Magomedow: »Wie gesagt, jeder hat seinen Nutzen. Sie werden uns ein bisschen Gesellschaft leisten …« Der Oligarch wandte sich zur Tür.

Die Gelegenheit.

Winter duckte sich, schob den Arm mit dem Rasiermesser weg und stürmte zur Tür. Doch als der Elektroschocker in seinen Rücken biss, verlor er die Kontrolle über seine Beine. Noch im Fallen hörte er Magomedow sagen: »… als Versuchskaninchen.«

Dann schlug er auf dem Boden auf.

Der Cousin stieg über ihn und schockte ihn erneut.

Die Tür fiel ins Schloss, der Schlüssel drehte sich.

Und es wurde schwarz.

Krasnodar

Ruhelos trippelte das Mäuschen die abgerundeten Kanten des Plastikkäfigs entlang und schnüffelte mit der zartrosa Nase in den Ecken herum. Wenn das Mäuschen nicht im Kreis herumrannte, putzte es sich, leckte sich das glänzend weiße Fell oder strich sich nervös über die spitze Schnauze. Die einzige Ablenkung im Käfig war der Flüssigkeitszapfen, an dem es ab und zu nuckelte.

Manchmal studierten die Nadelkopfaugen der Maus durch die matten Kunststoffwände die Umrisse seiner Nachbarn. Manchmal spitzte Nummer 5-46 die fast durchsichtigen Ohren und hörte in den Plastikkäfigen rundherum das Krabbeln anderer Mäuse, die ruhelos immer und immer wieder ihre Runden drehten.

5-46 gehörte zur fünften Versuchsreihe, drehte auf der vierten Ebene des Gestells in der sechsten Plastikbox von links seine Runden.

Plötzlich vibrierte der Boden.

Vor Schreck verharrte 5-46 bewegungslos.

Sie konnte sich nirgends verstecken.

Eine Hand in einem langen blauen Gummihandschuh zog den Käfig aus dem Gestell, und der Deckel wurde mit einem Klack geöffnet. Grelles Kunstlicht. Riesige Ventilatoren summten. Zwei mit Mundschutz vermummte Gesichter, mit Kapuzen und unförmigen Schutzbrillen, beugten sich über 5-46. Wie herabstürzende Greifvögel. Das verängstigte Mäuschen rannte, schlitterte gegen die Wand und verharrte bewegungslos in einer Ecke.

Der Professor kippte die Plastikbox an und erklärte: »Diese hier hat es gestern eingenommen. Wie Sie sehen, zeigt sie noch keine Symptome. Noch voll im Schuss.«

Mit reglosen Augen inspizierte Magomedow 5-46 und nickte. Der Deckel klappte zu, die Kiste wurde zurückge-

schoben und das weiße Mäuschen mit dem rasenden Herzen seinem Schicksal überlassen.

Die beiden Männer in ihren Ganzkörperschutzanzügen gingen zum nächsten Gestell. Ihre Schritte hallten durch die unterirdische Halle. Der Professor blieb wieder stehen und tippte eine der einheitlich etikettierten Plastikboxen an. »In jeder Serie arbeiten wir mit hundertzwanzig Exemplaren. Diese Serie ist seit einer Woche infiziert. Hier stellen wir eine leicht erhöhte Körpertemperatur und gerötete Augen fest.« Er schob einen Servierwagen mit sterilen Einweg-Laborinstrumenten der Kaysis Medikal zur Seite.

»Wie bei einer Grippe.« Keine Frage, sondern eine Feststellung.

Der Professor nickte eifrig und zog eine weitere Käfigschublade auf. »Genau.«

Nach einem kurzen desinteressierten Blick stakste Magomedow mit vorgestrecktem Kinn und hinter dem Rücken verschränkten Händen zum nächsten Gestell. Ein General auf Truppeninspektion.

Der rundliche Professor erläuterte unterwürfig: »Bei diesen ist er teilweise schon ausgebrochen.« Einige der matten Plastikkäfige waren blutverschmiert.

Ungerührt marschierte Magomedow weiter.

Die Plastikbehälter im vierten Gestell glühten unter den Neonröhren rötlich. In etwa der Hälfte der Käfige zuckten kleine Schatten umher. Der Professor watschelte hinterher. »Gut drei Wochen. Mortalitätsrate nach einundzwanzig Tagen zweiundvierzig Komma acht Prozent.« Er tätschelte sich selbstverliebt den Bauch. »Interessanterweise korreliert diese negativ mit dem Gewicht. Bei den schwereren dauert es etwas länger. Möchten Sie ein Exemplar sehen?«

Der Oligarch schüttelte den Kopf und schritt am letzten, tiefroten Gestell vorbei, wo sich nichts bewegte. Der Laborleiter beteuerte: »Achtundzwanzig Tage, Erfolgsrate hundert Prozent. Sobald die Analyse abgeschlossen ist, kommt alles in den Ofen. Dann haben wir wieder mehr Platz.«

»Beeilen Sie sich!«

»Selbstverständlich.«

Der Professor überholte Magomedow und gab hastig den Code für die Schleuse ein. Schwere Stahltüren zischten auf und schlossen sich hinter den beiden Vermummten, die warteten, bis sich der Überdruck aufgebaut hatte, und dann mit einem Gähnen ihre Ohren befreiten. Die andere Seite der Schleuse öffnete sich, und sie traten in den heruntergekühlten »Schlafraum«.

Die japanischen Schlafkojen waren zwei Meter lang und je gut einen Meter hoch und breit. Die Idee dazu hatte Magomedow von einer Tokio-Reise mitgebracht, wo einfache Kapselhotels mit Schlafboxen aus Fiberglas eine billige Alternative zu teuren Hotelzimmern waren. Über eine seiner Firmen wurden sechzig schallisolierte Schlafkojen mit integrierter Plastikmatratze und Innenbeleuchtung, aber ohne klappbaren Fernseher und ohne Vorhänge importiert. Nur die Türen der Kojen hatte er modifizieren lassen.

Die links und rechts in zwei Lagen gestapelten Kojen erinnerten an einen öffentlichen Waschsalon mit aufgereihten, übergroßen Waschmaschinen und Trocknern. Wie bei den Waschmaschinen hatten auch die Türen der Schlafkojen Bullaugen. Darunter hingen die gleichen Etiketten wie an den Plastikboxen der Mäuse. Mit Nummern, Daten und Fieberkurven. Die großen Versuchskaninchen darin waren aus dem Norden eingeflogen worden. Eingesammelt in und um Moskau. Ein Lächeln verzog Magomedows Gesichtsmaske. Manchmal hatte die Zusammenarbeit auch Vorteile.

Ohne den Professor anzusehen, fragte er: »Status?«

»Alles im grünen Bereich.«

»Irgendwelche Überraschungen?« Jetzt durchbohrten Magomedows Augen den Professor, der versicherte: »Nein, nein, alles auf Kurs. Sie wirken wie erwartet.«

Das Fenster der ersten Koje war verschmiert. Eine fahrige Hand hinterließ schleimige Striemen. Bald würde es so weit sein.

20. Mai 05:45

Als Winter wieder zu sich kam, leckten die Wellen immer noch an den Felsen vor seinem Gefängnis. Das weiche Wasser bearbeitete unermüdlich den harten Stein und formte diesen im Verlauf der Zeit. Draußen regierte mittlerweile eine fahle Morgendämmerung. Oder war es bereits Abend? Winter hatte keine Ahnung, wie lange er ohnmächtig gewesen war. Er wusste nur, dass er furchtbare Kopfschmerzen hatte und seine Kehle völlig ausgedörrt war, als wäre er tagelang in der Sahara herumgeirrt. Er erinnerte sich an seinen Traum. Da war er auch in der Wüste gewesen. Langsam und schwindlig richtete er sich auf.

Die Flasche auf dem Holzblock.

Er griff gierig nach dem Wasser.

Zögerte.

Magomedows Abschiedsworte kamen zurück. Was hatte er gesagt? »Versuchskaninchen«. Der Verdacht umklammerte Winters Gedanken. Vergiftet? Mit Viren verseucht? Sein ausgetrockneter Gaumen lechzte nach dem klaren Wasser. Der rote Verschluss der gerippten PET-Flasche war ungebrochen, die Marke weltbekannt. Doch was hieß das schon bei Magomedows Möglichkeiten? Aber die Ebola-Viren überlebten im Wasser nicht.

Nicht lange jedenfalls.

Winter untersuchte die Flasche genauer. Für besseres Licht ging er steif zum Fenster. Auf dem Flaschenboden waren Produktionscodes und ein Verfallsdatum aufgedruckt. Noch über ein Jahr Mindesthaltbarkeit. Keine erkennbaren Einstiche. Alles unversehrt, auch unter dem Etikett. Er schraubte am Deckel, brach den Siegelring auf, roch am Flaschenhals. Nichts. Vor seinen Augen schwappte das Wasser in der leicht bläulichen Flasche verlockend hin und her. Das kostbare Nass reizte Winters Kehle. Der Drang, zu trinken, war fast unstillbar.

Winter schraubte den Deckel wieder zu und stellte die Flasche weg.

Er musste hier raus.

Dann starrte er wieder auf die Flasche.

Bis zum Verdursten dauerte es drei Tage. Theoretisch. Oder hatten die Elektroschocks seinen Organismus durcheinandergebracht? Eine Dose Cola war das Letzte, was er getrunken hatte. Nach dem Fladenbrot und vor dem süßen Engelshaar.

Durch die dreckigen Scheiben sah Winter auf den Bosporus mit den vorbeiziehenden Schiffen. Kuhhandel. Der türkische Geschäftsmann hatte verchromte Seifenhalter verkauft, der ehemalige Hausbesitzer Fische. Der Durst und die Kopfschmerzen waren unerträglich. Winter presste die Hände an die Schläfen und versuchte, die Kopfschmerzen wegzudrücken.

War die Wasserflasche nur ein Psychospiel? Wollte Magomedow ihm Angst einjagen? Folter? Versuchskaninchen für was?

Egal. Er würde das Wasser nicht trinken.

Winter tigerte auf und ab.

Die anderen Fenster blickten auf den geteerten Hof, die Mauer mit Aussichtspavillon. Kein Mensch zu sehen. Er drückte seine Wange an die Scheibe, doch die grässliche Villa selbst war von hier aus nicht zu sehen. War der Russe mit den glänzenden Schuhen und dem glänzenden Mercedes weg?

Wie erwartet war die schwere Holztür verriegelt. Er bediente den Lichtschalter daneben. Ein, aus, ein, aus. Konnte er mit Morsezeichen Hilfe herbeirufen? SOS? *Save our souls* – Rettet unsere Seelen. Schiffe gab es, aber es wurde heller. Oder konnte er das Stromkabel für etwas gebrauchen? Und sich einen weiteren Stromschlag einfangen?

Der Schuppen war leer, abgesehen vom Arbeitstisch des Fischers. Der Boden bestand aus schwarzem Fels. Die Fischer hatten die Steinmauern direkt auf das Kliff gebaut. Wahrscheinlich brauchte Magomedow den Schuppen nicht zum ersten Mal als Kerker. Winter zog das klapprige Fenster zum Bosporus auf. Salzige Meeresbrise. Er rüttelte an den Gitterstäben. Unverrückbar. Auch da keine Hoffnung.

Es musste einen Weg geben.

Die blöde Flasche.

Er nahm sie und stellte sie in die entfernteste Ecke. Aus den Augen, aus dem Sinn. Vielleicht würde das den Durst lindern. Er fühlte sich wie ein Süchtiger, der an nichts anderes mehr denken konnte. Wasser, Wasser, Wasser überall, aber nicht ein Tropfen zum Trinken. Er sank zu Boden, stützte den Kopf in die Hände und massierte die Schläfen.

Vor ihm der massive Holzblock mit den Kerben, auf dem Generationen von Fischern ihren Fang ausgenommen hatten. Die Fischer hatten hier gestanden und mit geübten Bewegungen die Fische aufgeschnitten, ihnen die Gedärme herausgeklaubt, sie für den Markt präpariert. Tag für Tag.

Was machten sie mit dem Abfall?

Winter erhob sich.

Der massive Holzblock mit der Steinplatte stand in der Ecke. Er stemmte ihn mit Mühe zu Seite. Auf dem Boden dahinter ein horizontaler Spalt, durch den der Abfall direkt ins Meer gewischt werden konnte. Damit das Wasser besser abfloss, hatte jemand sogar eine Abflussrinne in den Felsboden gehauen. Mit einem Kübel Wasser konnten die Überreste so ganz einfach aus dem Schuppen gespült werden. Schon damals hatte man versucht, sich die Arbeit zu erleichtern.

Aber der Spalt war mit zehn Zentimetern viel zu eng für ihn. Winter legte sich bäuchlings auf den Boden und linste durch die schmale Öffnung. Auf der anderen Seite blanker Fels, dahinter der Bosporus.

Ab und zu spritzte Gischt hoch.

Über dem Spalt bildeten Mauersteine einen leicht gewölbten Bogen. Vielleicht konnte er die Steine herausbrechen. Er betastete den spröden Mörtel und rüttelte an den feuchten Steinen. Massiv. Alles fest. Uralte Wertarbeit. Ohne Werkzeug war da nichts zu machen. Ein Königreich für einen Pickel, einen Meißel.

Winter stand auf.

Sein Taschenmesser hatte er nicht mit ins Flugzeug nehmen können und daher im Auto gelassen. Winter schaute nachdenklich zum Fenster auf das graue, unruhige Meer. Die Schiffe zogen unbeeindruckt vorbei. In welcher Richtung die Strömung wohl ging? Vom Schwarzen Meer ins Mittelmeer oder umgekehrt? Winter hielt sich am Fenstergriff fest. Es hatte etwas mit der Dichte des Wassers und dem Salzgehalt zu tun.

Der Fenstergriff!

Mit dem gusseisernen Griff konnte er die Steine beim Spalt herausmeißeln. Winter öffnete das Fenster. Rüttelte am Griff, hängte sich mit seinem ganzen Gewicht daran, stemmte sich dagegen. Langsam begannen sich die Schrauben zu lösen, Winter verstärkte den Zug und hebelte den Griff aus dem Holzrahmen.

Prüfend hielt er den kantigen Griff in der Hand.

Nicht der ideale Meißel, aber es konnte funktionieren.

Ein Blick durch die Seitenfenster. Draußen war niemand zu sehen.

Er kniete sich neben den Ablauf und begann, mit dem scharfen Ende des Fenstergriffs den Mörtel zwischen den Steinen herauszukratzen, zu hacken. Mit aufgeschürften Knöcheln attackierte Winter fieberhaft die ersten Risse. Schmerz und Durst blendete er aus. Nach einer kleinen Ewigkeit begann einer der Steine zu wackeln. Winter rüttelte daran, hackte mit voller Kraft wieder auf ihn ein, bis er endlich herausbrach und über den Fels ins Meer kullerte.

Eine Zahnlücke im Steinbogen.

Trotzdem durchdrang ihn ein Gefühl, als wäre er auf eine Goldader gestoßen. Nun hatte er einen besseren Angriffswinkel. Wenig später hebelte er weitere Steine heraus, und schon bald war der Abfluss groß genug. Winter legte sich auf den Bauch, schob die Füße durch den Spalt und zwängte sich rückwärts aus dem Schuppen.

Geschafft!

Entlang der Mauer ein schmales Felsenband.

Gischt spritzte. Salzige Tropfen auf Winters Lippen.

Die Wasserflasche.

Er hatte die PET-Flasche vergessen. Sollte er zurückkriechen? Hatte er die Zeit dazu? Winter sah niemanden und auf der Mauer auch keine Kameras. Er legte sich wieder flach auf den Felsen und zog sich mit den Armen voran in den Schuppen zurück, wo er sich die Flasche schnappte. Da sah er im Hof den Mann vom Flughafen. *Verdammt!*

Mit den Füßen voran schob sich Winter wieder hinaus.

Diesmal ging es schneller. Übung machte den Meister.

Als Letztes zog er die PET-Flasche durch den Spalt.

Die Felsen waren glitschig und kantig. Er richtete sich vorsichtig auf. Nichts wie weg.

Plötzlich hörte er jemanden schreien. Der Mann mit dem glänzenden Anzug gestikulierte aus dem Aussichtspavillon. Winter hastete auf dem glitschigen Felsband die Mauer entlang davon. Pistolenschüsse krachten, Steinsplitter flogen umher.

Winter hechtete ins Wasser.

Er tauchte ab und drehte sich um die eigene Achse. Kalt.

Neben ihm zogen Projektile helle Luftstreifen in das dunkle Wasser. Eine erstaunlich starke Strömung zog Winter fort. Vom Schwarzen Meer hin zum Mittelmeer.

20. Mai 07:20

Warmes Wasser rann über Winters Kopf, Hals und Rücken. Die beschlagene Mini-Duschkabine der Queen Suite dampfte, mehrmals schlug er sich darin die Ellbogen an. Aber das heiße Wasser tat gut. Mit der Strömung war er mehrere hundert Meter geschwommen, an einem Steg aus dem Wasser geklettert und triefend nass zu Barbies Palast-Hotel gejoggt. Magomedows Männer hatte er nicht mehr gesehen, doch es war besser, nicht zu bleiben.

Nach der Dusche versuchte er, sich mit dünnen, briefmarkengroßen Frottiertüchern zu trocknen. Auf dem zerbrechlichen Beistelltischchen stand Magomedows PET-Flasche. Winter stopfte sie in den Rucksack. Im Abfallkübel lagen zwei gierig leer getrunkene Wasserflaschen aus der Minibar und sein nasser Pullover. Er holte seine versteckten Wertsachen hervor, schlüpfte in die feuchte Hose und streifte sich ein T-Shirt über. Dann verließ er das Zimmer und schlich aus dem Hotel.

Bei der Landestelle der Fährboote fand er ein Taxi mit einem jungen Fahrer, der von innen beflissentlich die Tür öffnete und etwas Englisch sprach. *»Welcome, Mister. Where you go?«*

Winter stieg hinten ein. »Stadtzentrum. *Old town.*«

»Very good.«

Nach der Hängebrücke über den Bosporus verließen sie die Autobahn. Als sie an einem riesigen Sportgeschäft vorbeifuhren, machte Winter einen Zwischenhalt und kaufte sich Turnschuhe und einen Trainingsanzug.

Frisch eingekleidet ließ er sich zu einem FedEx-Büro fahren, wo er die PET-Flasche verpackte und an Leonie sandte. Express.

Danach brauchte er Frühstück. Ein Bekannter des Fahrers servierte an einem nahen Stand – *»Very good!«* – Fladenbrot,

Ziegenkäse, salzige Würstchen und heißen, stark gesüßten Tee. Genau das Richtige. Während des Essens erkundigte sich Winter beim Taxifahrer, ob dieser auch jemanden kannte, der Autos vermietete. Der junge Mann strahlte erneut. *»Yes, yes. I have good friend.«*

Eine halbe Stunde später stand Winter in einem Vorort von Istanbul auf dem weitläufigen Hof eines Occasionshändlers mit alten, ganz alten und schrottreifen Autos und Phantasiepreisen auf grellen Schildern. Selbstverständlich vermietete er die Autos auch. Doch der Taxifahrer musste sich zuerst mit seinem Bekannten, der ein mutig gemustertes Hemd mit riesigem Kragen trug, auf seine Prozente einigen. Dann kam der Occasionshändler mit ausgebreiteten Armen auf ihn zu und komplimentierte ihn in einen alten, eckigen Fiat Panda.

Während der Occasionshändler Winter durch sein Reich fuhr, erklärte er gestenreich und in ordentlichem Deutsch, dass er früher in Köln gearbeitet habe und die Türkei jedes Jahr über eine Million Autos herstelle. »Stell dir vor, mein Freund. Eine Million!«

Von den überteuerten Limousinen ging's über billige Kleinwagen zu antiken Schrottlauben. Als Winter auf einem registrierten Wagen bestand, mit dem er sofort losfahren konnte, sprangen die Preise wegen bürokratischer Hürden aller Art wieder in die Höhe. Die Verhandlungen wogten zäh hin und her.

Nach längerem Palaver lieh sich Winter für eine Woche den verrosteten Fiat Panda. Unlimitierte Kilometer. Achthundertfünfzig Euro Cash und nochmals fünfhundert Euro als Garantie, rückzahlbar. Im Handschuhfach steckten unverständliche Papiere. Der Verkäufer schwor bei allem Möglichen, dass sie in Ordnung waren. »Sehe ich aus wie ein Lügner? Eh?« Der Tank war halb voll. Gratis!

Handschlag.

Noten wechselten den Besitzer. Dann bestand der Köln-Türke darauf, Winter zu einem Kaffee einzuladen. Zum ausführlichen Zeremoniell musste er sich in einen der weißen

Plastikstühle vor dem Büro-Container setzen und sich die politischen Tiraden des Occasionshändlers anhören. An einer fensterlosen Hausfassade hing das riesige Transparent eines lokalen Politikers, der autoritär auf sie herunterblickte. Winter grunzte unbestimmt und erinnerte sich an einen Spruch von Loriot: »Der beste Platz für Politiker ist das Wahlplakat. Dort ist er tragbar, geräuschlos und leicht zu entfernen.«

Der Occasionshändler wusste auch über Autokennzeichen Bescheid. Schilder mit grünen Zahlen auf weißem Grund waren Diplomaten vorbehalten.

Als der Taxifahrer aufbrach, faltete sich auch Winter in seinen neuen fahrbaren Untersatz. Der Kilometerzähler des Pandas war bei 142.784 Kilometern stehen geblieben, das Fenster auf der Fahrerseite konnte nur noch halb hochgekurbelt werden, und das Lenkrad hatte massig Spiel. Trotzdem hielt der Fiat Panda im dichten Verkehr problemlos mit. Durch die Dieselwolken folgte Winter den Verkehrsschildern ins Zentrum.

Er hielt sich an die mehrspurigen Verkehrsachsen. Je nach Quartier änderte sich die Architektur Istanbuls radikal. Industriehallen; niedrige, alte Holzhäuser mit Klappfenstern; moderne Geschäftshäuser; dann näher am Zentrum stattliche, mehrstöckige Wohnhäuser für die obere Mittelschicht mit Läden. Flanierende. Bewaffnete Polizisten. Touristen. In der Altstadt umzingelten Busse und Straßenbahnen den Panda.

Dann wurden die Autos zum Hafen abgedrängt. Der Straßenverkehr beruhigte sich ein wenig. Der Bosporus breitete sich vor Winter aus, der spürte, wie die Müdigkeit von seinem Nacken in die Glieder kroch. Es war eine unruhige Nacht gewesen. Links über sich erhaschte Winter einen Blick auf die Minarette und Kuppeln der Blauen Moschee. Oder war es die Hagia Sophia? Er konnte sich nicht mehr erinnern.

Ein modernes, flach gedrücktes Hotel lockte mit Fahnen, viel Grün und einem großen Parkplatz Touristenbusse an. Die alten Verteidigungsmauern der Altstadt dahinter waren den Touristen gegenüber machtlos. Winter blinkte und parkte zwischen zwei fetten Limousinen. Hoffentlich bekam der kleine Panda hier keinen Minderwertigkeitskomplex.

Er betrat das Hotel und kaufte im Souvenirladen eine Straßenkarte, mit der er sich in einer ruhigen Ecke des Gartenrestaurants niederließ. Im weichen Sessel würde er gleich einschlafen. Deshalb bestellte er einen türkischen Kaffee und rief Leonie an, die in der Mittagspause war. »Alleine mit einem Sandwich.«

»Ich habe dir vorhin ein Paket geschickt.«

Leonie: »Danke, aber bis zu meinem Geburtstag dauert's noch. Ein Souvenir aus Istanbul?«

»Nein. Eine PET-Flasche. Bring sie sofort zur Analyse in ein chemisches Labor. Am besten ins ABC-Labor in Spiez. Lass sie auf Gifte und Viren untersuchen. Das hat oberste Priorität.«

Winter erzählte Leonie, wie er an die PET-Flasche gekommen war und was ihm von Tobler erzählt hatte, und schärfte ihr dann ein, äußerst vorsichtig zu sein.

»Du meinst, Magomedow wollte dich mit Ebola-Viren infizieren?«

»Vielleicht. Meines Wissens überleben die Viren im Wasser aber nicht lange. Und vielleicht war seine Versuchskaninchen-Bemerkung einfach nur Psychoterror.«

»Krass. Das ist echt krank.«

»Da stimme ich dir ausnahmsweise zu hundert Prozent zu. Aber alles der Reihe nach. Nach der Analyse der Flasche wissen wir mehr.«

»Von wegen Flaschen. Magomedow besitzt auch Anteile an einer Catering-Firma. In Amsterdam. Du wolltest doch alles über ihn wissen, und da habe ich die Suche geografisch ausgeweitet und bin auf diesen Caterer für Großanlässe gestoßen.«

»Großanlässe?«

»Ja, Konzerte, Fußballspiele und so.«

Sie schwiegen und dachten beide das Gleiche. Großanlässe waren ideal, um auf einen Schlag eine große Zahl Menschen zu vergiften oder anzustecken.

Winter: »Zuerst die Analyse, dann der Einsatz.«

»Ja, ich weiß. Du predigst mir die Funkerregel ja oft genug: ›Denken, drücken, sprechen.‹ Aber manchmal muss man auch auf den Bauch hören.«

»Ich bin froh, dass du meine Ahnung jetzt ernst nimmst.«

»Das ist es ja. Jetzt macht es auch mir Bauchschmerzen.«

»Iss dein Sandwich und bleib dran. Ich habe noch etwas anderes gefunden. Hast du was zum Schreiben?« Dann diktierte Winter die türkischen Kennzeichen des schwarzen Mercedes und der beiden Range Rover. »Der Merz hatte grüne Zahlen und gehört offenbar einem Diplomaten. Die anderen Kennzeichen waren schwarz.«

»Da kenn ich mich nicht aus, aber ich schau mal nach.«

»Danke.«

»Heute Morgen hat sich übrigens von Tobler nach dir erkundigt. Er ist extra in mein Büro heruntergekommen. Was soll ich ihm sagen, wenn er das nächste Mal auftaucht?«

»Dass ich mir die Terroristen, deren Gelder durch unsere Bank geflossen sind, genauer ansehe.«

Sie diskutierten weiter, und Winter war froh über die lockere Normalität seiner Kollegin. Für ein paar Minuten verflüchtigte sich seine bleischwere Müdigkeit. Doch nachdem er aufgelegt hatte, kam mit ihr auch die Ahnung umso wuchtiger zurück. Ebola im Trinkwasser, in Wasserflaschen oder bei Massen-Events. Winter lehnte sich zurück und schloss müde die Augen. Eine kühle Brise. Vor der Terrasse fuhren die Autos vorbei, draußen auf dem Meer die Schiffe.

Der Kellner stupste ihn an.

Winter schreckte auf, fasste sich und bestellte eine Cola. Er setzte sich ganz auf und schüttelte sich wach. Er musste sich konzentrieren. Nach einem eisgekühlten Schluck googelte er auf dem Mobiltelefon die türkischen Kaysis-Medikal-Adressen.

Dann breitete er die Straßenkarte aus und übertrug die vier Standorte in mühsamer Kleinarbeit und mit Hilfe des Kellners auf die Papierkarte. Ein Standort war in der Nähe des Flughafens, wahrscheinlich die Zentrale. Die anderen Standorte befanden sich auf der Ostseite des Bosporus, zwei in der Nähe der Stadt Bursa in etwa zweihundert Kilometern Entfernung, einer in der Nähe von Ankara, das etwa sechshundert Straßenkilometer weit weg war. Die Türkei war nicht nur ein stolzes, sondern auch ein großes Land.

Winter studierte die Grafik des Vertriebsnetzes von Kaysis Medikal, die er im Berliner Büro fotografiert hatte, und verglich die schwarzen Stecknadeln mit der Straßenkarte. Alles stimmte überein, aber er hatte das Kraskhim Laboratorii in Russland vergessen, das Otto Harnisch in seinem Erpresserbrief und der Russe gestern Abend erwähnt hatten. Er öffnete eine Internetkarte. Zweitausend Kilometer. Durch Georgien. Winter fuhr sich über die Augen. Auf was hatte er sich da eingelassen?

Das Telefon klingelte. Frank meldete sich.

Winter: »Wie geht's uns denn heute so?«

»Schlecht.« Der Berliner Kommissar war kurz angebunden. »Was machen Sie in der Türkei?«

»Ferien ohne Big Brother. Was wollen Sie?«

»Haben Sie in Istanbul etwas gefunden?«

»Unseren gemeinsamen Freund.«

»Das dachte ich mir. Ich habe Sie auf der Passagierliste seines Fluges gesehen. Sind Sie immer noch an ihm dran?«

»Nein. Ich konnte seine Gastfreundschaft leider nicht annehmen. Aber er hat sich mit einem Diplomaten getroffen.«

»Aus welchem Land?«

»Keine Ahnung. Sie haben zusammen Russisch gesprochen. Aber ich habe drei Autokennzeichen.« Winter diktierte diese auch Frank und fragte: »Was macht eigentlich die Analyse der Dokumente auf dem Stick?«

»Das hat der BND übernommen. Ich habe nur gehört, dass die Experten sich nicht einig sind, was das Sammelsurium der Artikel bedeutet. Einig waren sie sich nur darin, die Gefahr eines biochemischen Anschlags höher zu stufen. Aber nur intern. Um keine Panik auszulösen. Was hat unser Freund denn so gesagt?«

»Leider war er nicht sehr gesprächig. Er wollte mich als Versuchskaninchen gewinnen.«

»Für was?«

Winter erzählte Frank von der PET-Flasche im Fischschuppen.

Frank: »Wahrscheinlich läuft ihm die Zeit davon. Er ist unter Druck. Die beiden Morde sind drastische Maßnahmen für einen, der versucht, unter dem Radar zu fliegen. Wenn Ihr Verdacht stimmt und er tatsächlich Schläfer aufgebaut hat, dann sollte er doch jegliche Aufmerksamkeit vermeiden. Außer sein Plan ist bereits so weit fortgeschritten, dass es keine Rolle mehr spielt.«

»Wurden die von der Kaysis Medikal unterstützten Laboranten schon überprüft?«

»Keine Ahnung. Der BND koordiniert das. International. Aber all diese Abklärungen fressen verdammt viel Zeit.«

»Und Siavosh? In Berlin sind doch *Sie* zuständig, oder?«

Nach einem erschöpften Seufzer hörte Winter den LKA-Kommissar sagen: »Wir arbeiten daran, aber bis jetzt konnten wir ihn noch nicht lokalisieren. Ich befürchte, er ist untergetaucht.«

20. Mai 11:54

Der Panda wuchs Winter im Laufe der Zeit ans Herz. Die Macken und das Klappern der alten Schuhschachtel auf Rädern begleiteten ihn zuerst zurück in die Nähe des Flughafens, wo er den Istanbuler Standort der Kaysis Medikal einkreiste und in einer Seitenstraße fand. Die »Zentrale« war in einem hingeklotzten Bürogebäude, an dessen Fassade sich die Kästen der Klimaanlagen wie Furunkel klammerten. Auf dem Flachdach pikten Gerüststangen für ein weiteres Stockwerk oder das Steueramt in den verhangenen Himmel.

Drinnen, in den Räumlichkeiten von Kaysis Medikal, war nicht viel los. Alle spielten Mikado: Wer sich zuerst bewegte, verlor. Keine Sicherheitsvorkehrungen, abgesehen von einer aufgedonnerten Empfangsdame mit Paintball-Make-up, die Winter eine Viertelstunde warten ließ. Der junge General Manager konnte ihm »leider« auch nicht weiterhelfen. Herr Magomedow sei nicht erreichbar und »viel unterwegs«. Aber der General Manager wäre »happy«, ihm die KM-Analytics 52 zu zeigen.

Winter lehnte dankend ab und zog unverrichteter Dinge von dannen. Er klopfte dem gutmütigen Panda auf die Motorhaube und ratterte zum nahen Flughafen, wo er ihm einen Adapter spendierte, der ihn über den Zigarettenanzünder mit dem Mobiltelefon verband.

Vollgeladen mit Wasserflaschen, Vorräten und drei Stangen Marlboro, sauste der rote Panda wieder auf die Autobahn. Zum Soundmix aus türkischem Radio, Straßenlärm und Fahrtwind knatterte Winter an der Altstadt vorbei und über die Bosporus-Brücke. Als er Istanbuls Vororte hinter sich ließ, lichteten sich die verstopften Straßen.

Nach zwei Stunden überraschte ihn bei Gebze eine Fähre. Winter machte darauf Pause und streckte sich. Danach keuchte der Fiat Panda im Konvoi mit Lastwagen und

Bussen über die Ausläufer einer Bergkette, um am späten Nachmittag erschöpft in die Ebene vor Bursa zu rollen, wo Hochspannungsleitungen summten, dreckige Lastwagen an großzügigen Tankstellen und Lagerhalle an Lagerhalle standen. Dazwischen eine Moschee. Und alle paar hundert Meter patrouillierten Bewaffnete. Einige Fabriken hatten sich richtiggehend verbarrikadiert.

Das Gelände der Kaysis Medikal schien dagegen unbewacht. Wer wollte schon ein Analysegerät klauen? Winter kurvte auf den Parkplatz der Fabrikarbeiter, wo der Panda nicht auffiel. Er stieg aus und wanderte ungehindert in das weitläufige Areal, das im Wesentlichen zwei riesige Hallen umfasste. Die erste Halle schien ein Lager zu sein. Ein älterer Lastwagen mit einem Container aus China stand davor. Im halb offenen Tor schwatzten zwei rauchende Arbeiter, hinter ihnen Regale mit Schachteln, bestenfalls halb voll.

Die zweite Halle hatte vergilbte Oberlichter. Sie diente wohl der Fabrikation. Um die Geräte zusammenzubauen, brauchte man Licht. Auf der Rückseite fand Winter nur einen schmalen Teerstreifen mit Abfall, der die Hallen gegen das Brachland verteidigte. Nach seiner ergebnislosen Runde setzte er sich müde wieder ins Auto und trank einen Schluck Wasser.

Uniformierte Arbeiterinnen strömten in losen Trauben aus der Fabrik. Schichtwechsel. Nachdenklich blickte Winter auf die Frauen, die an ihm vorbeizogen. Kaysis Medikal bezahlte sie für ihre Fingerfertigkeit. Die jüngeren Frauen scherzten und waren noch voller Hoffnung, die älteren wirkten verhärmt und abgekämpft. Fast alle trugen Kopftuch. Beim Ausgang gingen einige zu der nahen Bushaltestelle, andere wurden abgeholt oder stiegen alleine oder zu zweit in ihre eigenen Autos.

Dieser Standort machte einen eher heruntergekommenen Eindruck und sah nicht nach Profitmaschine aus. Aber was hatte der Gentleman vom englischen Außenministerium gesagt: Das Geld machte Magomedow mit Drogen. War das

Geschäft mit den Apparaten für Laboranalysen tatsächlich nur Mittel zum Zweck? Nur ein Deckmantel?

Die Straßenkarte lag auf dem Beifahrersitz. Sollte er noch nach Ankara fahren? Winter war todmüde. Die von der langen Fahrt durchgeschüttelten Glieder schmerzten. Die Elektroschocks hatten seinen Körper durcheinandergebracht. Er trank mehr Wasser, startete den Fiat und hielt kurz darauf vor einem Motel, das zu einer Tankstelle gehörte.

Winter ließ sich einen Schlüssel geben und fand im Zimmer eines Plattenbaus eine Matratze auf einem Sperrholzpodest und einen Klapptisch. Die Toilette war am Ende des Korridors. Er zog die mageren Vorhänge zu und seine Jacke aus. Dann legte er sich auf das harte Bett und schloss die Augen. Draußen wärmten Lastwagenfahrer ihre röhrenden Motoren auf. Die Fenster vibrierten.

Dieselgestank betäubte seine Sinne.

Nicht, dass er das zum Einschlafen nötig gehabt hätte.

Seine Muskeln entspannten sich, die Gedanken, die in den letzten Tagen ununterbrochen unter Hochdruck herumgeschwirrt waren, lösten sich auf. Die überhitzten Synapsen machten Pause. Winter spürte, wie sich seine Brust langsam hob und senkte, dann fiel er in einen traumlosen Schlaf. Als er einige Stunden später wieder aus dessen Tiefe auftauchte, war es dunkel. Die Neonlichter der Tankstelle und die Scheinwerfer gelegentlich vorbeifahrender Autos warfen verzogene Schnittmuster ins Zimmer. Für einen Moment konnte er sich nicht mehr erinnern, wo er war. Doch dann kam alles zurück. Der Kopfschuss, der Brunnenschacht, Anika, sein brennendes Haus, Magomedow.

Winters Herz schlug schneller.

Es war kurz nach vier.

Sein Telefon zeigte einen verpassten Anruf von Anika.

An Schlaf war nicht mehr zu denken. Winter erhob sich und schlurfte in die Gemeinschaftsdusche, wo er sich den Schlaf aus den Augen schrubbte. Er war alleine, abgesehen von einem schmächtigen, mit Tattoos übersäten Mann. Erfrischt trank er danach in der 7/24-Tankstelle einen Kaffee und aß eine türkische Kalorienbombe. Der mittlerweile angezogene Tätowierte stellte sich mit einer selbst gedrehten Zigarette an den Nachbartisch, entblößte ein Gebiss, das einen Zahnarzt für Jahre beschäftigt hätte, und sagte etwas auf Türkisch. Die gemeinsame Dusche verband.

Winter hob zum Gruß seinen Kaffee.

Wie sich herausstellte, sprach der Lastwagenfahrer neben Türkisch auch Russisch, Kurdisch, Englisch und Arabisch. Alles mehr oder weniger. Deutsch eher weniger. Der kleine Türke erzählte ihm, dass er für einen Autozulieferer fuhr und in einer halben Stunde seine heutige Fuhre abholen musste. Er war stolz darauf, alle Straßen und die besten Bordelle zwischen Kuwait und Amsterdam zu kennen. Er blinzelte Winter verschwörerisch zu. »Mein Lastwagen ist mein Zuhause.«

Winter fragte: »Sind Sie auch in Russland unterwegs?«

»Nicht mehr oft. Warum?«

»Ich habe einen Freund in Krasnodar und weiß noch nicht, wie ich am besten dorthin komme.«

»Sie sind kein Trucker?«

»Nein, Geschäftsmann.«

»Also, am besten nehmen Sie ein Schiff für Autos von Trabzon nach Sotschi. Dann müssen Sie nicht durch Georgien.«

»Sotschi?«

»Ja, wo Olympia war. Winter am Meer. Verrückt. Heute viele leere Häuser.« Der Lastwagenfahrer zog einen Bleistiftstummel hervor und zeichnete die Route auf den Tisch. Die E 90 über Ankara nach Samsun und dann am Schwarzen Meer entlang nach Trabzon.

»Wie lange?«

»Nicht lange. Halber Tag im Auto. Aber gute Straßen. Viel besser als vor Erdoğan.« In Trabzon empfahl er ein Hotel mit guten Nutten. »Trabzon hat einen Hafen. Früher viele Amerikaner. Viele Dollar. Jetzt deutsches Militär. Jetzt viele Euros. Stopp vor Afghanistan und Syrien. Und reiche Russen machen dort Ferien. In Trabzon wird nicht langweilig.«

Plötzlich kippte der gesprächige Lastwagenfahrer den Rest seines Kaffees in sich hinein und brach auf. Seine Fuhre wartete. Auch Winter stieg in den Fiat. Als er die Scheinwerfer anknipste, stellte er fest, dass der Panda auf einem Auge blind war.

Doch um fünf wurde es hell, und um sechs Uhr blinzelte die Sonne über den Horizont. Sie tauchte die kargen Hügel, Tannenwälder und die nebligen Täler in warmes Licht. Danach ging es stundenlang geradeaus, durch eine dürre, endlose Ebene.

Winter hatte Zeit zum Nachdenken.

Um neun Uhr verbreiterte sich die Autobahn auf vier Spuren, und Ankara kündigte sich mit frisch gepflanzten, spindeldürren Bäumchen, Minaretten, Wohnblöcken und skelettösen Bauvorhaben an. Bevor er ins Zentrum fuhr, gönnte sich Winter eine Pause und stillte seinen und des Fiats Durst mit Cola respektive Benzin.

Er rief Anika an, die noch nie in der Türkei gewesen war, in der Küche gerade Frühstück zubereitete – »Müsli mit frischen Früchten« –, ihn vermisste und wissen wollte, wann er denn endlich zurück sei. Winter stand vor der Tankstelle. Die Autos brausten vorbei. Unbekannte Menschen, die meisten wohl auf dem Weg zur Arbeit. »Anika, ich vermisse dich auch.« Ein schwerer Lastwagen hielt schnaufend an der Tankstelle. Er vermisste Anika tatsächlich. Vielleicht nur deshalb, weil er hier alleine in einem ihm fremden Land unterwegs war. Vielleicht war er aber auch ein wenig verliebt. »Aber ich weiß nicht, wie lange es hier noch dauern wird.«

»Warum überlässt du das nicht anderen?«

»Das kann ich nicht. Ich weiß, wie das läuft. Behörden bewegen sich nur im Schneckentempo. Ich glaube, dass wir nicht mehr viel Zeit haben. Bis die in Gang kommen und sich endlich koordiniert haben, ist es wahrscheinlich gelaufen.«

»Sei bitte vorsichtig, ja?«

»Keine Angst. Niemand weiß, wo ich bin.« Sie schwiegen für einen Moment. In der Leitung knackten statische Geräusche. Winter fragte: »Was machst du heute?«

»Seit gestern darf ich wieder in Nataschas Zimmer. Ich werde aufräumen. Am Nachmittag werde ich mich vielleicht ein wenig umsehen, wegen dem Ladenlokal.«

»Das ist schön. Aber warum machst du nicht ein paar Tage Ferien, irgendwo draußen auf dem Land? Oder nimmst einen Flieger auf eine sonnige Insel?«

Magomedow war unter Zeitdruck, Siavosh vom Tegeler Wasserwerk verschwunden, Berlin als Hauptstadt ein wahrscheinliches Ziel.

»Warum? So ganz alleine macht das keinen Spaß. Natascha war meine beste Freundin.«

Winter wollte Anika nicht verunsichern, deshalb schwieg er. Was wusste er schon? Der Lastwagen hinter ihm hupte und fuhr los. Winter verabschiedete sich auch.

Vermisste er sie wirklich?

Er verstaute das Mobiltelefon. Er prüfte den Ölstand des Fiats und füllte zwei Liter nach. Wenn er nur alles so leicht messen könnte.

Im Stadtzentrum der türkischen Hauptstadt verfuhr sich Winter. Erst als er auf den monumentalen Präsidentenpalast stieß, wusste er wieder, wo er war. Südlich davon fand er dann im siebzehnten Stock eines modernen Büroturms das Kaysis-Medikal-Büro.

Wie in Berlin umfasste es auch hier nur einen einzigen Raum. Der gelangweilte Bürogummi darin hatte eine tolle Aussicht über Ankara. Als Winter ihn in ein Gespräch verwickelte, stellte sich heraus, dass er erst seit zwei Wochen hier arbeitete. Sein Chef war nach Berlin versetzt worden.

Im Fahrstuhl nach unten fragte sich Winter, ob Anika nicht recht hatte. Es war sinnlos, hoffnungslos. Er konnte zum Flughafen fahren, zurückfliegen und das alles vergessen. Doch dann sah er im verspiegelten Lift sein eingefallenes Gesicht, und die Bilder von der Feuersbrunst und von Nataschas explodierendem Kopf kamen wieder hoch.

Entschlossen stieg er in den Panda, dessen kleine Räder die Kilometer nach Trabzon fraßen. Das Radioprogramm verschmolz mit dem Fahrtwind, der unablässig durch das halb offene Fenster blies. Kleine Ortschaften kamen und gingen in der eintönigen Landschaft. Raum und Zeit verschwammen. Nach ein paar Stunden faltete Winter die Straßenkarte neu.

Dann nach einer Hügelkette endlich das Schwarze Meer. Es machte seinem Namen alle Ehre. Dunkle, tief hängende Wolken flogen heran. Unfertige Gebäude säumten die Küste, manche davon wohl Bauleichen. Während Winter erneut tankte, begann es zu regnen. Von wegen Badeferien. Die spröden Scheibenwischer mühten sich redlich ab und hinterließen dabei dreckige Striemen. Die abgefahrenen Reifen schwammen auf der nassen Straße, Wasser spritzte durchs Fenster. Winter hängte sich an einen Lastwagen.

In der Dämmerung erkannte Winter Schilder für Trabzon, dann das Piktogramm einer Fähre. Er fuhr von der Hauptstraße ab in den Hafen und hielt hinter einer Autoschlange. Am Schalter erstand er das billigste Ticket für zwanzig Uhr. Kurz darauf rollte der Panda in den Rachen der Fähre und parkte Stoßstange an Stoßstange in deren hallendem Bauch. Im Scheinwerferlicht regnete es immer noch Bindfäden. Dann verdeckte ein hoher Lastwagen voller Hühner den Blick nach draußen. Jemand klopfte an die Seitenscheibe.

21. Mai 20:09

Mühsam kurbelte Winter das Seitenfenster ganz herunter, und das tausendstimmige Gackern wurde lauter. Der türkische Grenzbeamte trug eine Pistole am weißen Ledergürtel, einen grimmigen Gesichtsausdruck mit glasigen Augen und Knollennase. Winter grunzte und griff in seine Jacke, deren linke Schulter vom Regen durchnässt war. Eine Hand verlangte nach Ausweispapieren.

Winter drückte das Fährticket und den Pass, den er dem Bestatter in Weggis abgenommen hatte, in die fettigen Finger. Er hoffte, dass Grigoris Ausweis in Ordnung war und die entfernte Ähnlichkeit einer oberflächlichen Prüfung im düsteren Licht standhielt. Der rostige Panda mit den türkischen Kennzeichen war eine gute Tarnung. Notfalls steckten in der Jackentasche einige Dollarscheine.

Die Papiere verschwanden.

Flauschige Hühnerfedern schwebten auf die Motorenhaube.

Ein paar Sekunden später wurden Pass und Ticket wieder durchs Fenster gestreckt. Der Zöllner zwängte sich zum nächsten Wagen.

Winter blieb sitzen, bis die Brücke hochgezogen wurde und die Fähre auslief. Dann drehte er eine Runde durch das gut gefüllte Schiff. Solange er den Mund hielt, fiel er unter den vielen Russen und Türken nicht auf. Auch er war schlecht rasiert.

Die salzige Luft blies den Auspuffgestank weg. Die Fähre stampfte unbeirrt durch den Regen und die raue See. Unter einem Vordach des glitschigen Oberdecks beobachtete Winter, wie die nassschwarze Nacht die Lichter von Trabzon verschluckte.

Danach bettete er sich auf die Rückbank und den Kopf auf seinen Rucksack. Die schweren Dieselmotoren hämmerten dumpf. Doch Winter war so müde, dass er bald einschlief. Ein gutes Gewissen war das beste Ruhekissen. Einige Stunden später weckte ihn die aufgehende Sonne.

Mit steifem Nacken und Rücken hockte er sich an die Bar, wo es zum Frühstück kleine Fische auf Schwarzbrot gab. Schwarzer Kaffee und Cola halfen beim Aufwachen und Verdauen. Nach und nach tauchten auch die Reisenden auf, die sich eine Kabine geleistet hatten. Winter verzog sich nach draußen an die frische Luft. In der Ferne konnte er die Küste ausmachen. Weiße Strände und Hotelkästen säumten die russische Riviera, dahinter ein Bergkamm, die höchsten Gipfel noch verschneit.

Als sich die Fähre gegen neun Uhr dem Hafen von Sotschi näherte, machte Winter am Kiesstrand sonnenhungrige Feriengäste aus. An den bewaldeten Hängen protzten Villen. Auf der Turmspitze des alten Hafengebäudes ein kommunistischer Stern. Nostalgie? Oder Touristenattraktion? Davor hatten glänzend weiße Yachten angelegt, die sich auch in Nizza sehen lassen konnten.

Die Fähre glitt in den neuen Hafen mit Kränen, modernen Verwaltungsgebäuden und einem glitzernden Kreuzfahrtschiff. Ein trötendes Horn meldete ihre Ankunft.

Winter stieg in den Bauch der Fähre und kletterte in den Fiat. Das Tor senkte sich. Licht flutete herein. Ein Matrose winkte die Fahrzeuge hinaus. Die Hühner fuhren davon. Winter startete den Motor und folgte. Er war ein heimkehrender Russe. Er legte Grigoris Pass auf die Ablage. Notfalls lagen Dollarnoten im Ticketumschlag bereit.

Privatautos und Lastwagen wurden in unterschiedliche Spuren separiert. An einem offenen Gittertor kontrollierten vier russische Grenzwächter die Wagen. Zwei standen mit Maschinenpistolen im Anschlag im Hintergrund. Zwei prüften die Papiere.

Noch drei Wagen. Winter kurbelte sein Fenster ganz herunter. Die Grenzwächter wirkten professionell und effizient. Winter rückte vor. Der BMW vor ihm war dran, darin ein älterer Mann mit einer jungen Frau. Die beiden Zöllner ließen beide aussteigen, inspizierten die Wasserstoffblonde und den Kofferraum.

Der ältere Zöllner gab dem Paar die Pässe zurück.

Der jüngere Grenzwächter winkte Winter heran. Er fuhr vor, hielt an und stellte den Motor ab. Schweigend händigte er Grigoris Pass aus. Der jüngere Zöllner blätterte darin, befühlte das Papier. Auf der anderen Seite des Wagens warf der ältere Zollbeamte einen Blick in den Fiat. Dann öffnete er die Beifahrertür. Im Fußraum lagen offen die Plastiksäcke mit den Fressalien und den Zigaretten aus Istanbul.

Die Grenzwächter unterhielten sich über das Autodach hinweg. Lachten. Der ältere Beamte beugte sich herunter, sagte etwas zu Winter. Aber er erwartete keine Antwort, sondern griff sich eine Stange Zigaretten. Der Pass wurde ihm wieder gereicht, die Beifahrertür zugeknallt. Anschließend wurde er durchgewinkt.

Günstig: ein paar Glimmstängel für ein Loch im eisernen Vorhang. Kuhhandel eben. An Zäunen vorbei fuhr er über die Betonmole. Eine Schlange wartender Lastwagen. Ein Hundeführer. Mehr Beamte. Hoffentlich machten sie hinter der eigentlichen Grenze keine Schleierfahndung. Er ließ den russischen Pass demonstrativ liegen und fuhr langsam durch den Hafen. Alles frisch renoviert. Olympia sei Dank. Mediterrane Häuser und Vegetation. Palmen, Zypressen. Einige moderne Bürogebäude, bunte Reklamen, verblasste Fahnen der Winterspiele.

Winter navigierte durch die Einbahnstraßen Richtung Westen, verließ Sotschi und fuhr mit offenem Fenster gemütlich an der russischen Riviera entlang. Auf den Straßenschildern konnte er trotz kyrillischen Alphabets »Krasnodar« erkennen.

Gegen Mittag begann die Straße, sich durch Buchenwälder in die Berge zu winden. Bei einem Aussichtspunkt hielt Winter an, streckte seinen Rücken, verdrückte ein paar Kekse und studierte die Karte. Das Kraskhim Laboratorii, Magomedows Pillenfabrik, lag ein paar Dutzend Kilometer *vor* Krasnodar.

Es war nicht mehr weit.

Eine Viertelstunde später entdeckte er die Ausfahrt zum Kraskhim Laboratorii, wobei ihn offiziöse Warnschilder unmissverständlich davon abhielten, abzubiegen. ZATO – *zakrytaya administrativnaya territoriya* – geschlossenes administratives Territorium. Fahrverbot. Kameraverbot. Telefonverbot. Alles verboten. Winter fuhr vorbei, wendete und fuhr den Hang wieder hinauf, um oberhalb der Ausfahrt den ersten Dreckpfad in den Wald hinein zu nehmen.

Der Fiat holperte auf dem einspurigen Weg durch den Buchenwald. Dichtes Unterholz. Keine Chance, zu wenden. Einbahnstraße. Nach einigen Minuten mündete der Weg in einen verlassenen Steinbruch. Ein aufgebockter, uralter Lastwagen ohne Räder und die verrosteten Wellbleche eines eingefallenen Unterstandes waren die einzigen Anzeichen, dass hier einmal Kalkstein gewonnen worden war. Wucherndes Gestrüpp hing von den Felsbändern. Im Halbrund des verkommenen Steinbruchs wendete Winter. Dreckige Pfützen spritzen. Er hielt und stellte den Motor ab.

Endstation.

Für einen Moment war es still.

Dann begannen die Vögel wieder zu zwitschern.

Winter stieg aus und schaute sich im Steinbruch um. Er entdeckte einen Trampelpfad, der die Kante entlang nach oben führte. Dreißig Höhenmeter später blickte er über die Bäume hinweg ins Tal. In der Ferne erstreckte sich topfebenes, fruchtbares Ackerland, darin zwei Seen und eine Stadt. Das musste Krasnodar sein.

Erst auf den zweiten Blick erkannte er in etwa einem Kilometer Entfernung in einer Waldlichtung das mit Gras überwachsene Flachdach des Kraskhim Laboratorii. Ein rechteckiger Betonblock ohne Fenster, der aus der Distanz eher wie ein Bunker als wie ein Labor wirkte. Etwas abseits an der Zufahrtsstraße niedrige, grün gestrichene Holzhäuser und ein Parkplatz mit Autos. Darum herum auf dem sanft abfallenden Hang nichts als wogende Baumkronen.

Isolierte Lage. Gut getarnt. Militärische Infrastruktur.

Winter schaute genauer hin. Hier waren die Sicherheitsmaßnahmen definitiv ausgefeilter als bei den türkischen Kaysis-Medikal-Standorten. Ein doppelter Gitterzaun umlief den Betonbunker, auf dem Streifen dazwischen Hunde. Bewaffnete Uniformierte bewachten den Eingang. Russisches Militär? Magomedows Privatarmee? Aus der Distanz unmöglich zu erkennen.

22. Mai 15:05

Winter stapfte durchs Unterholz des Buchenwaldes. Als er die Umrisse des Labors erspähte, huschte er geduckt von einem Baum zum nächsten und robbte dann durch das Gebüsch näher heran. Einer der Schäferhunde zwischen den Zäunen witterte ihn, schlug an und begann, hin und her zu hecheln. Doch die Wachen warfen nur gleichgültige Blicke herüber. Winter lag flach auf dem Boden und bewegte sich nicht. Wahrscheinlich kamen öfter Wildtiere in die Nähe der Anlage. Der Schäferhund regte sich wieder ab.

Hinter einem umgekippten Baumstamm liegend, studierte Winter das bewachte Gebäude genauer. Der erste Eindruck bestätigte sich. Das Labor war ein Bunker. Die grün gestrichenen Betonmauern würden einem Beschuss wahrscheinlich problemlos standhalten. Darin rotierten hinter vergitterten Einlässen unablässig die Ventilatoren einer Belüftungsanlage. Schützten die Mauern womöglich nicht das Labor vor der Außenwelt, sondern die Außenwelt vor dem, was im Labor vorging?

Er zückte sein Handy und merkte, dass es ganz heiß war. Und als er die Fotofunktion antippte, wurde das Display plötzlich schwarz. Starke Spannungen hatten das Telefon in die Knie gezwungen. Elektronische Störmaßnahmen. Verflucht!

Eine schwarze Limousine kam aus dem Wald und parkte. Ein Mann mittleren Alters mit schwarzer Hornbrille, dunklem Anzug und einem Aktenkoffer stieg aus. Ein Anwalt? Ein Politiker? Beim Tor zeigte er den Wachen einen Ausweis. Sie öffneten ihm die Gittertüren für Fußgänger und schleusten ihn in den Hof.

Der Mann schritt über den geteerten Vorplatz und trat in die Nische mit dem Eingangstor, wo er durch eine verspiegelte Scheibe jemandem im Innern des Bunkers zunickte und auf einer eingelassenen Konsole einen Code eingab. Die hydraulischen Türen zischten auf, und Winter sah dahinter kurz einen klinisch weißen Raum.

Das Kraskhim Laboratorii war hervorragend gesichert. Verschiedene Schichten schirmten es vor unerwünschten Besuchen ab. Tierische und menschliche, physische, mechanische und elektronische. Ein Besuch im Innern würde schwierig werden.

Winter wartete geduldig.

Über ihm rauschte friedlich der hellgrüne Blätterwald. Ein Käfer mit schillerndem Panzer und zappeligen Beinen krabbelte über den Baumstrunk. Mit geschlossenen Augen fühlte es sich an wie ein Picknick an einem warmen Frühlingstag. Wären da nicht ab und zu das Klirren der Kettenhunde und die Gesprächsfetzen der Wachen gewesen.

Die Wärter waren von Kopf bis Fuß einheitlich schwarz gekleidet. Barett, schusssichere Weste, Maschinenpistole, Funkgerät, Pistole und Kampfstiefel. Aber keinerlei Abzeichen. Gebaren, Haltung und Mienen ließen Winter auf ehemalige Mitglieder von Spezialeinheiten tippen. Profis. Kein Kanonenfutter.

Die Zeit verstrich ereignislos.

Die Wachen wurden abgelöst.

Winter aß etwas Schokolade.

Am späteren Nachmittag ließen die Wachen einen modernen Kastenwagen mit Kühlmodul auf dem Dach in den Hof fahren. Ein junger Mann im Overall lud eine tragbare Kühlbox aus. Aus der Tür kam eine Frau in einem weißen Kittel. Sie signierte ein Dokument auf einem Clipboard und verschwand mit der Kühlbox im Innern.

Der Lieferwagen fuhr wieder durch das Tor und verschwand im Wald. Auf dem Teer des Hofes hinterließ er helle Reifenspuren. Winter machte ältere, breitere Reifenspuren aus. Wahrscheinlich von Lastwagen, die den Dreck der Zufahrtsstraße hier abgeladen hatten. Hatten die Lastwagen etwas Schweres geliefert? Oder abgeholt? Gift war eine Frage der Menge.

Sein Mobiltelefon funktionierte immer noch nicht. Leonie würde ihn dafür kreuzigen.

Als die Schatten länger wurden, schlich Winter etwas zurück und umrundete das Gelände. Keine weiteren Eingänge. Er näherte sich dem Parkplatz. Autos und ein grauer Mannschaftsbus. In den einstöckigen Baracken machte Winter einen Aufenthaltsraum, eine Küche und Schlafräume mit Etagenbetten aus. Einige Soldaten mit nacktem Oberkörper spielten mit gelangweilter Lässigkeit Basketball. In der entferntesten Ecke des Lagers verriet der üble Geruch die Latrinen.

Winter wanderte in sicherer Distanz zum Bunker zurück, als die Hunde anschlugen. Er hielt inne und beobachtete, wie ein Mann mit verdreckter Schürze, wahrscheinlich der Koch, die Wachhunde aus einem Plastikkübel fütterte. Die Meute gab keine Ruhe, bis alle ihre Fleischstücke erhalten, zerrissen und verschlungen hatten. Nach wenigen Minuten war der Spuk vorbei, und das Bellen hörte auf.

Winter setzte sich und lehnte sich an einen Baumstamm.

Ein paar Angestellte verließen das Labor und fuhren mit ihren Autos davon. Der Mann mit dem Aktenkoffer blieb verschwunden.

Als es dunkel wurde, erstrahlten Flutlichter und trennten streng Licht von Schatten. Dort das hell erleuchtete Areal, hier rabenschwarzer Wald. Der Mond versteckte sich hinter einem wolkenverhangenen Himmel. Mit der Zeit gewöhnten sich Winters Augen an die Dunkelheit, und er konnte verschiedene Graustufen unterscheiden.

Es wurde kühl, der Boden feucht. Winter stand auf. Es machte keinen Sinn, länger zu warten. Als er zum Steinbruch zurückwanderte, hörte er plötzlich ein Brummen. Dieses wurde schnell lauter und steigerte sich zu einem Dröhnen. Ein großer Helikopter mit Scheinwerfern kreiste über ihm. Für einen Moment fürchtete Winter, entdeckt worden zu sein, doch dann sah er, wie der Helikopter langsam auf das Kraskhim Laboratorii herniederschwebte.

Winter joggte durch den dunklen Wald zurück.

Der ohrenbetäubende Lärm der Rotoren und das Bellen der Hunde überdeckten das Knacken der Äste. Wieder an seinem Beobachtungsposten angekommen, sah Winter, dass es sich um einen riesigen Transporthelikopter handelte, eine Mi-26 des russischen Militärs mit rotem Stern am Heck. Die Wachen hielten die Mützen fest und ihre Ohren zu. Die Kettenhunde rannten bellend in ihren engen Käfigen hin und her. In der Nische des Labors standen drei Personen mit wehenden Laborkitteln.

Die Rotoren liefen aus, und die Laderampe am Heck senkte sich langsam. Ein russischer Offizier mit einer Brust voller Christbaumschmuck stolzierte heraus. Aus seiner hohen Schirmmütze hätte er nicht nur ein Kaninchen, sondern eine ganze Kaninchenfarm zaubern können. Das hohe Tier verschwand mit den Laborkitteln im Bunker.

Kurz darauf zischte das Tor wieder auf, und ein Gabelstapler flitzte mit beladener Palette aus dem Labor, fuhr die Laderampe hinauf und verschwand im Transporthelikopter. Er rollte rückwärts wieder heraus und holte die nächste Ladung. Auf den Paletten standen mit Bändern festgezurrte Druckcontainer, silberne Fässer mit bunten Warnhinweisen, die bei jedem Gefahrengutverantwortlichen einen Schweißausbruch ausgelöst hätten.

Der Offizier und der Mann mit der schwarzen Hornbrille traten heraus und beobachteten das Laden. Nach der sechsten Fahrt zog sich der Gabelstapler ins Labor zurück. Der Offizier verschwand im Laderaum, anschließend wurde die Rampe hochgezogen. Die Rotoren begannen sich zu drehen, kurz darauf erschien die Schirmmütze hinter dem Piloten. Die Mi-26 hob ab, verharrte einen Moment auf der Stelle und verschwand dann lärmend und blinkend im Nachthimmel.

Die Vorstellung war vorbei.

Plötzlich war es wieder still.

Als würde die Natur den Atem anhalten.

Nach und nach kam die mittlerweile vertraute Geräuschkulisse der Natur zurück. Winter wartete eine Viertelstunde, doch der Helikopter tauchte nicht wieder auf. Stattdessen wurden nur die Wachen abgelöst. Also verzog sich Winter und marschierte zum alten Steinbruch zurück, wo er sich nachdenklich in den Fiat Panda setzte. Nach den Stunden im Wald fühlte sich der ausgeleierte Sitz echt bequem an.

Er öffnete eine Wasserflasche und trank gierig. Das Mobiltelefon funktionierte auch nach dem x-ten Neustart nicht. Winter kramte in seinen Esswaren herum, aß eine salzige Wurst und vertrocknete Biskuits aus Istanbul. Danach starrte er eine Weile durch die Windschutzscheibe in die Nacht. Sollte er nach Krasnodar fahren? Aber er hatte keine Lust, mit kaputtem Schweinwerfer durch die Nacht zu fahren.

Er stieg wieder aus und wanderte durch den Steinbruch. Es roch nach feuchtem Kalkstein. Irgendwo im Wald lockte ein Nachtvogel. Anika. Was sie wohl gerade machte? Schlafen vermutlich. Wasser tropfte von den Felswänden. Am Himmel Regenwolken. Das geschützte Halbrund verbreitete fast so etwas wie Geborgenheit.

Zurück beim Panda kroch Winter auf die Rückbank und versuchte, mit angewinkelten Beinen zu schlafen. Morgen würde er weitersehen. Der musikalische Vogel hatte seinen Standort gewechselt. Trotz der gekrümmten Lage schlief Winter bald ein. Feuchtigkeit legte sich auf das Metallkleid des Pandas, die Scheiben beschlugen sich. Wolken zogen an den Sternen vorbei. Der Vogel verstummte.

Noch im Schlaf zuckte Winter zusammen, dann schreckte er plötzlich auf.

Lauschte.

Versuchte da jemand, die Beifahrertür zu öffnen?

Die Scheiben waren beschlagen. Draußen dunkle Nacht. Winter blinzelte. Durch die beschlagenen Scheiben war nichts zu erkennen. Der zusammengefaltete Körper tat weh, doch er rührte sich nicht.

Er horchte angestrengt. Etwas knirschte. Schnaufte. Ganz langsam hob Winter den Kopf. Eine geduckte Gestalt kauerte neben dem Fiat.

23. Mai 04:13

Das Überraschungsmoment war auf Winters Seite. Aber er musste aus der Schuhschachtel raus. Er spannte die unterkühlten Muskeln, lauschte dem schabenden Kratzen und tastete am umgeklappten Fahrersitz vorbei nach dem Türgriff.

Konzentration.

Mit einem Ruck drückte er die Tür auf und hechtete aus dem Fiat. Wildschweine wichen mit erschrockenem Grunzen zurück. Winter kam wieder auf die Beine. Die borstigen Viecher preschten zum Waldrand, wo sie bewegungslos stehen blieben. Ihn anstarrten. Winter wischte sich mit einem Grinsen den Dreck von den Kleidern. Die neugierigen Paarhufer hatten seine Essensvorräte erschnüffelt, die sein alter Panda brav verteidigt hatte.

»Susch!«

Die Wildschweine zogen sich zögerlich ins Unterholz zurück.

Es war noch Nacht, aber eine schüchterne Morgendämmerung kündigte den neuen Tag an. Der Bildschirm des Mobiltelefons dagegen blieb schwarz. Winter nahm eine Wasserflasche, trank und machte sich damit auf den Weg zum Labor. Nach dem Schreck waren nicht nur die Wildschweine, sondern auch der Schlaf vertrieben. Ein Morgenspaziergang würde ihm guttun, das Gehen ihn wärmen. Der feuchte Boden federte, die Blätter tropften, und die Luft war frisch.

Das Labor auf der voll ausgeleuchteten Lichtung konnte er nicht verfehlen. Einer der schlafenden Hunde hob kurz den Kopf von den Pfoten, hatte sich jedoch anscheinend bereits an Winters Geruch gewöhnt. Vier Wachen. Wartend verdrückte Winter eine halbe Tafel Schokolade. Wie er es auch drehte und wendete: Ein unentdecktes Eindringen in den Bunker war unmöglich.

Nichts geschah.

Winter wartete und ließ seinen Gedanken freien Lauf. Warten war eine Frage der Einstellung. Geduld eine Kunst. Raubkatzen warteten tagelang, halb schläfrig auf Beute. Einmal während der Ausbildung zum Scharfschützen hatten ihn die Instruktoren drei Tage und drei Nächte lang in einer morastigen Senke unter einer wasserfesten Tarnblache warten lassen. Erst in der dritten Nacht um drei Uhr früh wurde die Scheibe mit der aufgemalten Zielfigur in sein Gesichtsfeld gezogen. Noch heute konnte er das Bild abrufen und sehen, wie sein Schuss die aufgemalte Fratze traf und den Pappkarton zerfetzte.

Um halb sechs stieg die Sonne über den Horizont und schien unter den Wolken hindurch, verzauberte den eben noch nassschwarzen Wald mit bunten Lichtstrahlen und ließ die Insekten tanzen. Dampf stieg vom Boden auf. Die Scheinwerfer erloschen. Eine halbe Stunde später verschwanden die Sonnenstrahlen wieder hinter grauen Wolken.

Kurz darauf röhrte ein bulliger Offroader mit Doppelkabine und kurzer Ladefläche auf den Parkplatz. Wahrscheinlich ein neureicher Amerika-Fan mit Minderwertigkeitskomplexen. Das Fahrzeug hielt neben dem Transporter. Aus der Fahrerkabine hievte sich ein Mann mit Bomberjacke, und Winter erkannte den Glatzkopf, der ihn in Nataschas Zimmer fast erwürgt hatte. Heute war er ohne blonde Begleitung unterwegs.

Bei der Gitterschleuse salutierte er salopp und wurde eingelassen. Beim Laboreingang gab die Glatze einen Code ein und verschwand im Innern.

In einer großen Schleife trabte Winter um die Anlage herum und näherte sich vorsichtig den erwachenden Unterkünften. In der Küche bewegten sich zwei Silhouetten, eine der Wachen torkelte schlaftrunken zu den Toiletten. Winter schlich zwischen die Autos. Die Ladefläche des monströsen Ford war abgesehen von einer Werkzeugkiste leer, die Kabinentüren waren verriegelt.

Winter stellte seine Wasserflasche aufs Autodach, legte sich auf den Bauch und versteckte sich unter dem Pick-up. Von hier aus konnte er Parkplatz, Wachen, Vorplatz und Eingang überblicken. Der erkaltende Motor klickte.

Vier Wachen marschierten vorbei.

Wachablösung.

Zwanzig Minuten später glitt die Tür zum Labor auf, und der Glatzkopf kam mit einem silbernen Koffer heraus. Die offene Bomberjacke gab ein Gürtelhalfter mit Pistole und das T-Shirt einer unbekannten Heavy-Metal-Band mit einem Flair für Runen frei. Die Glatze salutierte wieder und kam über den Parkplatz auf Winter zu.

Winter kroch zurück und versteckte sich hinter dem Mannschaftswagen. Durch dessen Fenster sah er, wie der Glatzkopf den Koffer in die linke Hand wechselte und in die Jackentasche griff. Mit dem Autoschlüssel klickte er den protzigen Pick-up auf. Als er die halb leere Wasserflasche auf dem Autodach sah, runzelte er die Stirn. Einer der Wächter musste seinen Wagen betatscht haben. Er steckte den Schlüssel in die Tasche, trat heran und streckte sich nach der Flasche.

In diesem Moment tauchte Winter hinter ihm auf. »Nicht bewegen!«

Winter zog dem Glatzkopf die Pistole aus dem Halfter und drückte ihm diese in die Seite. »Eine falsche Bewegung, und ich jage dir eine Kugel in die Eingeweide. Verstanden?«

Der Glatzkopf nickte.

»Gib mir die Flasche.«

Überrascht und eingeklemmt zwischen den Autos zog der Glatzkopf langsam den Arm vom Dach zurück.

Winter nahm ihm die Flasche ab. »Tür öffnen!«

Die schwere Autotür wurde aufgestemmt. Winter erhöhte den Druck der Pistole und hoffte, dass die russische Jarygin geladen war. Vom Gewicht her musste das Magazin voll sei. Die Wachen beim Tor beachteten sie nicht, bei den Unterkünften war niemand zu sehen. »Langsam einsteigen. Leg den Koffer auf den Beifahrersitz und die Hände aufs Lenkrad. Immer schön langsam, klar?«

Stummes Nicken.

Während die Geisel in den Fahrersitz kletterte, stieg Winter synchron auf die Rückbank der Doppelkabine. Geräumig. Bequem. Ledergeruch. Mit der Pistole drückte er die Fettwülste am Hals des Glatzkopfs zurecht. »Fahr los! Und keine Dummheiten.« Winter tätschelte die Sitze. »Wäre schade um das schöne Leder.«

Der Glatzkopf steckte den Autoschlüssel ins Zündschloss und startete den Achtzylinder. Mit einem tiefen Grollen rollten sie an den Unterkünften vorbei. Ein Wächter auf dem Weg von der Toilette drehte ihnen den Kopf zu. Zum Glück waren die Scheiben getönt. Für kurze Zeit fuhren sie auf der Hauptstraße, dann bogen sie wieder ab und schaukelten auf dem Waldweg zum Steinbruch, wo Winter seinen Gast mit einem langen Kabel aus der Werkzeugkiste an das verrostete Lastwagenwrack fesselte. Er zurrte ihn wenig zimperlich fest und stopfte ihm einen dreckigen Lappen ins Maul. Schließlich hatte ihn der Glatzkopf in Berlin fast erwürgt.

In einer der Taschen der Tarnhosen fand Winter ein Klappmesser. »Was haben wir denn da?«

Der Glatzkopf grunzte verächtlich.

Die beiden dicken Bündel Rubel- und Dollarnoten steckte Winter ein. Schmerzensgeld. Auch den russischen Pass auf den Namen Viktor Worobjow behielt er. Dann durchsuchte er den Pick-up. Das Smartphone in der Halterung war ausgeschaltet und verlangte nach einem Code. Im Handschuhfach lagen russische Fahrzeugpapiere.

Auf dem Beifahrersitz lag der gerippte Aluminiumkoffer, der etwas dicker war als ein normaler Aktenkoffer und auch einem Fotografen gehören konnte, der darin sein wertvolles Equipment herumtrug. Winter klickte ihn auf. In einem maßgeschneiderten Schaumstoffkissen eingebettet lagen zwei glänzende Injektionspistolen und ein Dutzend gläserner Kanülen mit durchsichtiger Flüssigkeit.

23. Mai 08:32

Winter nahm eine der Pistolen aus dem Koffer und untersuchte sie von allen Seiten. Er hatte keine Ahnung, wozu sie gut war. Zum Impfen? Was war in den Kanülen? Ebola-Viren? Gift? Antidot? Leider lag im Koffer keine Gebrauchsanleitung.

Viktor musste Auskunft geben.

Winter zupfte ihm den Lappen aus dem Mund. »Für was sind die?«

»Verpiss dich!«

Sein Gast schien schlechter Laune und nicht besonders freundlich zu sein. Vielleicht mussten sie zuerst an ihrer Beziehung arbeiten, ein solides Fundament aufbauen, auf dem sie sich dann vertrauensvoll unterhalten konnten.

Winter hielt ihm die Injektionspistole vors Gesicht. »Zweiter Versuch, Viktor: Für was ist diese Pistole?«

Der Glatzkopf spuckte.

Winter konnte gerade noch ausweichen. Arschloch.

Aber er brauchte Antworten. Und zwar schnell. Das Zeitfenster war beschränkt, jederzeit konnte jemand vorbeikommen. Ein Wildschweinjäger. Eine Patrouille der Wächter. Und er wusste nicht, wie schnell der Glatzkopf vermisst wurde. Jedenfalls würde es ein Leichtes sein, den brandneuen Ford über Satellit zu orten.

Winter drückte dem Glatzkopf die Injektionspistole an den Hals und beobachtete dabei seine Augen. »Wir können das auch mit Versuch und Irrtum herausfinden. Was meinst du?«

Sein Gefangener verzog nur den Mund. Die Augen zeigten keinerlei Reaktion. Keine Angst. Nichts. Nur Verachtung. Viktor war ein harter Kerl. Der Kampf in Anikas Wohnung war kein Kinderspiel gewesen. Und auch jetzt harrte der Glatzkopf relativ gelassen der Dinge und schien nicht besonders beunruhigt zu sein. Um ihn zum Reden zu bringen, musste Winter die Drohkulisse verstärken. »Soll ich Zalimkan Magomedow anrufen und ihn fragen?«

Ein erster Anflug von Unsicherheit in Viktors Augen.

»Seine Schwester hat mir seine Nummer gegeben.« Winter zückte sein nutzloses Handy.

Viktor grinste verächtlich.

Winter: »Du willst nicht, dass ich ihn anrufe?« Es war wichtig, keine Missverständnisse aufkommen zu lassen.

Der Glatzkopf stieß hervor: »Wenn er dich erwischt, dann wird er dich an den Füßen aufhängen und gaaanz langsam verrecken lassen …«

Wenigstens redete er nun. »Mach dir keine Sorgen um mich.«

»… und dann wird er deine Mutter und deinen Vater töten. Und diese Kleine aus Berlin. Zuerst wird …«

Winter drückte ihm den Mund zu und zischte: »Entweder du redest jetzt, oder ich jage dir eine Ladung davon hinein.« Immer noch keine Reaktion. Es musste sich um eine harmlose Injektion oder ein Gegenmittel handeln. Jedenfalls jagte die Injektionspistole Viktor keine Angst ein. Er fürchtete sich mehr vor Magomedow.

Winter schlenderte zum Pick-up und legte die Injektionspistole zurück.

Dabei sah er auf dem Rücksitz seine Wasserflasche und hatte eine Idee. In Istanbul hatte ihn Magomedow als Versuchskaninchen missbrauchen wollen. Jetzt würde er den Spieß umdrehen. Er ging zum Fiat, holte eine ungeöffnete Wasserflasche hervor und spazierte damit auf Viktor zu. »So. Die hat mir Magomedow in Istanbul geschenkt.« Zum Glück hatte er die gleiche Marke gekauft.

Viktor presste die Lippen zusammen.

»Hast du keinen Durst?«

Der Glatzkopf schüttelte den Kopf.

Winter hob die Flasche neben Viktors Ohr und drehte knirschend den versiegelten Verschluss auf. »Für was sind diese Dinger in deinem Koffer?« Winter wackelte mit der Flasche.

»Du bluffst«, blaffte der Kahlkopf.

Ein Tropfen spritzte auf Viktors Hals. Dieser kniff die Augen zusammen. Offensichtlich fürchtete sich der Glatzkopf davor. Interessant. Was wohl die Analyse von Magomedows Mineralwasserflasche ergeben hatte?

Winter benetzte die Glatze. Viktor öffnete vor Schreck die Augen und prustete: »Wenn ich etwas sage, schneidet er mir die Zunge raus.«

Wie Magomedows servilem Diener. »Das kann ich auch. Aber ich mache dir ein Angebot. Wenn du mir alles erzählst, lass ich dich laufen. Dann kannst du verschwinden.« Winter schüttelte die Wasserflasche vor Viktors Gesicht. »Du hast die Wahl zwischen mir und Magomedow.«

Kopfschütteln. »Seine Leute sind überall. Er hat das halbe russische Militär und viele Regierungsbeamte in der Tasche. Er findet mich überall. Er bringt mich um. Dich auch.«

Winter lächelte mitleidig und stellte die Flasche auf die Motorhaube. Wie konnte er diesen Mann knacken? Viktor war zwischen Hammer und Amboss, fürchtete ihn aber weniger als den Psychopathen. Verständlich. Psychopathen waren unberechenbar. Magomedow hatte wahrscheinlich seine Leute mit Drohungen, Angst und skrupelloser Gewalt im Griff. Winter fuhr sich übers Gesicht. Das war ihm zutiefst zuwider, aber falls Magomedow tatsächlich einen Terroranschlag mit Ebola-Viren verübte, würden Zehntausende sterben. Keine Zeit zu verlieren. Entschlossen ging Winter auf Viktor zu und entsicherte die Jarygin.

»Viktor. Du hast mein Haus abgefackelt. Deine Zeit läuft ab.«

Der Glatzkopf hob trotzig das Kinn.

»Du beantwortest mir jetzt meine Fragen, oder ich blase dir auf der Stelle dein Spatzenhirn heraus.« Winter untermalte die Drohung mit einer Ladebewegung. »Wo ist die Ware? Wo ist Magomedow? Was habt ihr vor?« Mit dem Lauf der Jarygin strich er Viktor über die Wange. »Ich warte.«

»Fahr zur Hölle!«

Winter drückte Viktors Maul auf und schob den Pistolenlauf hinein. »Letzte Chance.« Die Mündung stieß gegen den Gaumen. Die Neun-Millimeter-Patrone würde von unten ins Stammhirn eindringen und die Schädeldecke am Hinterkopf verlassen. Der Tod würde sofort eintreten. Eigentlich viel zu schnell für solchen Abschaum.

Viktor schloss die Augen und versuchte, den Kopf zu schütteln.

Winter insistierte mit einer Handbewegung und drückte die Jarygin fester in Viktors Kiefer.

Mehr Kopfschütteln.

Der Glatzkopf glaubte wohl nicht, dass Winter abdrücken würde. Oder verließ sich darauf, dass eine tote Geisel wertlos war. Oder er starb lieber schnell, als in Magomedows Händen qualvoll zu verenden. Winter war kein Gedankenleser und drückte ab.

23. Mai 08:44

Viktors Kopf donnerte mit einem Knall gegen das Lastwagenwrack. Blut spritzte. Winter spürte, wie die nächste Patrone aus dem Magazin in den Pistolenlauf rutschte. Echos hallten im Halbrund des Steinbruchs herum.

Der Geruch verbrannten Fleisches.

Die Augen des Glatzkopfs waren weit aufgerissen. Vor Schreck. Vor Erstaunen, dass er noch lebte. Vor Angst.

Winter zog die Pistole aus dem Maul. Blut quoll aus dem Loch in der Wange. Er brachte sein Gesicht ganz nah heran und fragte mit neutraler Stimme: »Was hat Magomedow vor?«

Viktors Lippen zitterten.

Für einen Moment brachte er kein Wort heraus. Das geschockte Gesicht schmerzverzerrt. Dann brach es aus dem Glatzkopf heraus. »Du kannst ihn nicht mehr stoppen. Entweder wird er dich umbringen, oder du verreckst an Ebola.«

»Wo sind die Viren?«

Der Glatzkopf nickte zum Kraskhim Laboratorii. »Sie haben das Zeugs verladen.«

»Wann?«

»Vor einer Woche.«

»Wie viel?«

Der Glatzkopf spie Blut. »Sechs Lastwagen.«

»Wohin?«

»Weiß ich nicht.«

Winter hob die Jarygin in Viktors Gesichtsfeld. »Wohin?«

»Der Chef sagt nie, was er vorhat.«

»Denk nach!«

»Wahrscheinlich zum Hafen.«

»Welcher Hafen?«

»Noworossijsk.« Winters Geografie-Kenntnisse der Gegend waren beschränkt, aber Viktor fügte hilfreich an: »Am Schwarzen Meer. Putin versorgt von dort aus die Krim.« Der

Schock begann abzuklingen, die Realität einzusinken. Langsam begriff der Glatzkopf, dass er als Geisel mit jedem Wort wertloser wurde. Und wegen des Lochs in der Backe war er mittlerweile wohl auch überzeugt, dass Winter ihn tatsächlich erschießen würde. Wieder spuckte er Blut, dann presste er trotzig die Lippen zusammen und schwieg.

Nach weiteren fruchtlosen Versuchen, Viktor zum Reden zu bringen, stopfte ihm Winter wieder den Lappen in den Mund und marschierte aufgewühlt in den alten Steinbruch hinein, wo er die Felswände anstarrte. In den letzten Tagen war aus einer vagen Ahnung ein ungeheurer Verdacht gewachsen. Aber unterbewusst hatte er sich immer wieder dagegen gewehrt. Die Vernunft hatte Ausreden gesucht. Was nicht sein durfte, konnte nicht sein.

Aber Viktor hatte es bestätigt.

Es war nur eine Frage der Zeit.

Die Bedrohung war *real*.

Magomedow bereitete Anschläge mit Ebola-Viren vor.

Den Spezialisten im Labor musste es irgendwie gelungen sein, die Viren so mutieren zu lassen, dass sie im Wasser überlebten. Wie sonst wären das »Versuchskaninchen« in Istanbul und die Angst Viktors vor der harmlosen Wasserflasche zu erklären? Der Countdown lief. Sechs Lastwagen, große Mengen. Vor einer Woche verladen. War es bereits zu spät? Er musste herausfinden, wohin die Viren transportiert wurden.

Er musste sie aufhalten.

Er musste die Menschen warnen. Anika. Leonie.

Winter ging hin und her, ohne seine Umgebung wahrzunehmen. Fokus. Eins nach dem anderen. Er musste zurück. Ein Telefon. Seines war tot. Die elektronischen Abwehrmaßnahmen hatten es geröstet. Das Mobiltelefon aus dem Ford war gesperrt. Viktor wollte den Code nicht verraten. Noch einmal versuchte er, den Glatzkopf zum Reden zu bringen: »Viktor. Ich frage ein letztes Mal. Wo ist Magomedow? Was genau hat er vor? Wenn du mir hilfst, lass ich dich laufen.«

Für eine Millisekunde glaubte Winter in Viktors Augen

Vernunft aufkeimen zu sehen. Doch der Glatzkopf spuckte nur Blut. »*Fuck you!* Du bist tot.«

Winter stopfte den Lappen zurück.

Es war Zeit, zu verschwinden. Er packte den Koffer mit den Injektionspistolen und Kanülen in den Fiat Panda und rumpelte zurück auf die Hauptstraße. Hinter einem Lastwagen, der bei jedem Gangwechsel schwarze Rauchwolken ausstieß, kroch Winter ungeduldig den Hang hinauf. Hatte das Labor einen Impfstoff gefunden? Bestand Hoffnung? Vielleicht gab es ein Gegenmittel.

Er versuchte erneut, sein Handy einzuschalten. Fehlanzeige. Sie erreichten die Wasserscheide und rollten auf das Schwarze Meer zu. Die Straße verbreiterte sich auf zwei Spuren. Winter trat das Gaspedal durch und überholte den Lastwagen. Links und rechts nichts als Fels und Wald. Durch die Bäume sah er ab und zu ein ärmliches Haus. Eine verlotterte Bushaltestelle zog vorbei. Kein Telefon.

Fünf lange Minuten später dann endlich eine Tankstelle. Dem Parkplatz nach war dies ein beliebter Stopp für Lastwagenfahrer. Das Innere entpuppte sich als düstere Bar mit klebrigem Boden und viel Plastik. Beleibte, schlecht rasierte Lastwagenfahrer mit Schnauzbärten hingen an der Holztheke. Winter legte einen Rubelschein aus Viktors Stapel darauf und bestellte bei der aufgetakelten Wirtin einen Kaffee.

Der Tausender verschwand.

Der Kaffee kam. Klein und schwarz und stark.

Aber kein Wechselgeld. Musste an der Inflation des Rubels oder der Trinkgeldpolitik des Schuppens liegen. Auf der Fähre nach Sotschi hatte Winter herausgefunden, dass siebzig Rubel etwa einem Dollar entsprachen.

Winter fragte: »Telefon?«

Die Bardame zeigte in einen dunklen Korridor. »Taxofon.«

Winter deutete mit Zeigefinger und Daumen Geldmünzen an. Doch die Wirtin schüttelte den Kopf, zog aus ihrem Papierkram neben der Kasse eine Art Kreditkarte hervor und machte mit den Fingern Winters Bewegung nach. Sie grinste verführerisch. Die Zähne ihres künstlichen Gebisses waren weißer als weiß.

Er schälte einen weiteren Tausender vom Bündel.

Ein lasziver Zeigefinger verlangte nach mehr.

Zweitausend.

Die Dame im Leopardentop reichte ihm die Zahlkarte und fragte etwas auf Russisch. Winter verstand nichts. Sie zählte eine Reihe von Ländern auf. Als Winter »Shveytsariya« hörte, nickte er. *»Da«*, bejahte er in ihrer Muttersprache. Nach einem weiteren Tausender notierte sie auf einem Bierdeckel »81041« und deutete Tippen an. Die Vorwahl.

Winter leerte den Kaffee, nickte den anwesenden Beobachtern zu und verschwand im Korridor. Er hörte, wie die Fahrer lachend ihre Gespräche wieder aufnahmen. An der Wand hing ein massives rotes Telefon. Winter steckte die Karte in den Schlitz und nahm den Hörer ab. Dann hielt er mit der Hand über der Tastatur inne. Er konnte nur seine eigene Telefonnummer auswendig, alle anderen waren auf dem toten Handy gespeichert. Fluch der Neuzeit. Bequemlichkeit. Technikabhängigkeit. Da half nur Improvisieren.

Winter wählte die Dreitausend-Rubel-Vorwahl und dann die Nummer für den Festnetzanschluss in seinem Büro, nur dass er bei der letzten Ziffer statt einer Sieben eine Acht eintippte. Bei der Umstellung auf Digitaltelefonie hatte die Bank eine Serie fortlaufender Nummern zugewiesen bekommen. Dem Klingelton nach funktionierte die Verbindung, aber niemand nahm den Anruf an. Winter hängte auf und versuchte es mit einer Neun am Schluss. Nichts. Alle ausgeflogen.

Dann erinnerte er sich, dass es Wochenende war.

Er versuchte es mit anderen Ziffern. Jemand musste doch erreichbar sein. Beim x-ten Versuch nahm Hodel den Anruf entgegen. Winter atmete erleichtert auf, als er die vertraute Stimme hörte. Der pflichtbewusste Chefjurist arbeitete »einige Sachen ab«.

Winter erzählte ihm das Wichtigste und ließ sich Leonies Nummer geben. Hodel stellte einige präzise Rückfragen.

Kaum hatte dieser versprochen, Meister ins Bild zu setzen, war das Guthaben der Telefonkarte aufgebraucht, und aus dem Hörer ertönte nur noch ein Summen. Winter hängte auf und steckte den Bierdeckel mit Leonies Nummer in die Tasche. Draußen heulten Polizeisirenen heran.

23. Mai 09:52

Die Sirenen näherten sich mit hoher Geschwindigkeit von Krasnodar her. Mehrere Fahrzeuge. War Viktor schon gefunden worden? Unter diesen Umständen hatte die Polizei eine Beschreibung von ihm und dem roten Fiat Panda. Zwei Polizeiwagen rasten an der Tankstelle vorbei, entschwanden in Richtung Schwarzes Meer.

Winter verließ das Restaurant und stieg in den von Lastwagen abgeschirmten Panda. Falls die Polizei nach ihm Ausschau hielt, hatte er Glück gehabt. Er tankte, fuhr zum Meer hinunter und bog dort nicht nach Sotschi, sondern rechts ab. Gut zwei Stunden später hielt er auf einer Anhöhe an.

Unter ihm breitete sich Noworossijsk aus.

Der Hafen lag geschützt in einer natürlichen Bucht, flankiert von Hügelkuppen. Er war riesig, viel größer als erwartet. Auf mehreren Quadratkilometern reckten sich Molen ins Schwarze Meer wie die Finger einer gigantischen Hand. Draußen vor dem Hafen warteten Dutzende Schiffe darauf, von Schleppern abgeholt und gelöscht zu werden. Eine Vielzahl emsiger Hafenkräne hob Lasten von hier nach dort.

Aus dem Hinterland krochen Pipelines zu einer Batterie Tanklager, neben denen Öltanker mit schwarzem Gold befüllt wurden. Darum herum diverse Rangierbahnhöfe, gestapelte Container, rauchende Hochkamine, Verwaltungsgebäude und überall Lagerhallen.

Offenbar verschiffte Russland hier Bodenschätze. Öl, Gas und Getreide. Bei den Silos musste es sich um Getreidespeicher handeln. Der Süden war Mütterchen Russlands Kornkammer. Ein wenig abseits entdeckte Winter eine Militärbasis der russischen Schwarzmeerflotte mit grauen Kriegsschiffen. Viktor hatte gesagt, dass Putin von hier aus die Krim versorgte.

Wie zum Teufel sollte er in dieser riesigen Hafenanlage herausfinden, was mit den sechs Lastwagenladungen aus dem Labor geschehen war? Hier wurden täglich Tausende von Tonnen umgeladen. Wer würde sich erinnern, was vor einer Woche verladen worden war?

Hinter einem elektrischen Trolleybus und vorbei an riesigen Reklametafeln fuhr Winter in die Stadt und auf das Hafengelände. Brandneue Gebäude standen neben baufälligen Backsteinschuppen. Der Panda holperte über Rangiergeleise und duckte sich unter Förderbändern und Rohren hindurch, die Rohstoffe von den Lagern zu den Schiffen führten. Die meisten Docks waren durch Mauern, hohe Gitter und bewachte Schlagbäume abgeriegelt. Dahinter Kräne. Kyrillische Schilder machten auch dem Sprachunkundigen klar, dass der Zutritt verboten war.

Eine Raffinerie.

Ein Parkplatz für Lastwagen. Eine Handvoll Chauffeure und Hafenarbeiter begutachtete mitten auf der Straße einen halb ausgepackten Flachbildschirm. Export und Import. Im Großen und im Kleinen.

Zwischendurch eröffneten sich Seitenblicke auf das Schwarze Meer.

Er brauchte jemanden, der sich hier auskannte. Und nach zwei Nächten im Auto auch eine Dusche.

Am Ende des Hafens wendete Winter und fuhr ins Stadtzentrum zurück, wo er den Fiat Panda in einer Seitenstraße mit fußballspielenden Kindern parkte. Fünf Minuten später checkte er gegen bar und unter Grigoris Namen in ein kleines Hotel mit roter Markise, viel glänzendem Marmor und einem ausgemusterten Seebären ein, der keine Fragen stellte.

Mit dem Telefon in seinem Zimmer rief er Leonie an.

»Hallo, Winter. Wo bist du?«

»Noworossijsk. Das ist ein riesiger russischer Hafen.«

»Nie gehört.«

»Ich bis eben auch nicht.«

»Was ist mit deinem Mobiltelefon?«

»Kaputt. Es wurde gegrillt.«

Sie seufzte. »Nicht schon wieder.«

»Hast du die Flasche bekommen?«

»Ja.« Leonie hatte sie am Freitag erhalten und auf der Fahrt zurück ins Wallis persönlich ins ABC-Labor des Bundes bei Spiez gebracht, das auf die Analyse atomarer, biologischer und chemischer Bedrohungen spezialisiert war. Winter erzählte Leonie, was er herausgefunden hatte. »Jetzt brauche ich hier unbedingt einen vertrauenswürdigen Kontakt, der mir helfen kann. Vielleicht gibt es hier ein Konsulat oder so.«

»Okay. Gib mir eine Stunde. Ich rufe dich zurück.«

Nach einer langen Dusche legte sich Winter aufs Bett und verschränkte die Arme hinter dem Kopf. An der Wand hing ein abgenutzter Rettungsring mit kyrillischen Schriftzeichen. Dann schlief er ein. Man musste die Augen schließen, wenn man konnte.

Das klingelnde Telefon weckte ihn.

»Hallo?«

Leonie kam ohne Umschweife zum Punkt. »Ich habe jemanden gefunden. Die Schweizerische Prüfgesellschaft SPG hat ein Büro in Noworossijsk. Ich hab schon dort angerufen. Der Bürochef, Sascha Blavatsky, ist bereit, seinen Samstagnachmittag für dich zu opfern. Er ist Deutsch-Russe, und ich hatte den Eindruck, dass er sich gefreut hat, mal wieder Deutsch sprechen zu können. Er ist in einer halben Stunde bei der ›Mikhail Kutuzov‹.«

»Der ›Mikhail Kutuzov‹?«

»Ja, ein Museumsschiff. Ein ausgemusterter Kreuzer.«

»Danke. Wie erkenne ich diesen Blavatsky?«

»Er hat gesagt, dass er eine Zigarre rauchen wird.«

»Was hast du ihm erzählt?«

»Nur, dass du Hilfe brauchst, um etwas zu finden.«

Leonie bat Winter, vorsichtig zu sein. Dann machte er sich auf die Suche nach »Mikhail Kutuzov«.

Der ausrangierte Kreuzer ankerte vor einer großzügigen Fußgängerpromenade, Militärpariser schützten die Kanonenrohre, ein Steg führte an Deck. Winter war zu früh, sah keine

Zigarre und studierte stattdessen eine touristische Infotafel. Der Kreuzer der Swerdlow-Klasse war nach einem Generalfeldmarschall benannt und 1951 in einer ukrainischen Werft vom Stapel gelassen worden.

Die Zeiten änderten sich.

Oder wiederholte sich die Geschichte?

Eine Polizeipatrouille ging vorbei.

Den Touristen mimend, flanierte Winter davon.

Dunkle Wolken flogen über die Stadt, dazwischen sonnige Flecken. Einer davon brachte die hellen Steinbrüche auf der anderen Seite der Bucht zum Leuchten. Die Straße darin wand sich wie eine Python durchs Gestein. Das gleiche Gestein wie in »seinem« Steinbruch. Bei einem seichten Badeteich mit Kiesstrand kehrte er um. Die badenden Russen hatten ein anderes Temperaturempfinden. Musste an den isolierenden Fettschichten liegen.

Beim Kreuzer qualmte unübersehbar eine dicke Zigarre. Sascha Blavatsky. Auch sein zerknautschtes Gesicht und die Leibesfülle erinnerten an Churchill. Mit Augen voller Schalk musterte der Bürochef der SPG Winter. Blavatsky hatte einen festen Händedruck, und seine Ausstrahlung deutete auf ein leutseliges Gemüt.

Nach der gegenseitigen Vorstellung schlenderten sie mit anderen Müßiggängern über die Seepromenade. Mit ausgestreckten Armen erklärte Blavatsky die Welt von Noworossijsk, dem vom Umsatz her größten Hafen Russlands. Top Fünf in Europa. Er deutete auf die Tanker. »Dort wird das schwarze Gold aus Zentralasien verladen, wobei das im Moment nicht besonders glänzt. Die Golfstaaten wollen die Konkurrenz aus dem Markt drängen und verkaufen zu billig.«

Als Winter das Gefühl hatte, dass sich Blavatsky aufgewärmt hatte, erzählte er ihm, dass er für einen russischen Bankkunden auf der Suche nach verschwundener Ware sei.

Blavatsky spie Tabak aus. »Da sind Sie bei mir am richtigen Ort. Hier verschwinden manchmal ganze Züge.«

»Ich habe einen Tipp bekommen, dass die Ware vor einer Woche mit sechs Militärlastwagen hergefahren wurde.«

»Um was handelt es sich?«

»Das weiß ich nicht genau.«

Churchill runzelte die Stirn, als wäre sie ein Faltengebirge.

Winter zuckte mit den Schultern. »Diskretion ist oberstes Gebot.«

Kopfschütteln und kringelnder Zigarrenrauch. »Banken.«

»Wahrscheinlich wurde das Zeug sowieso als Hustensirup deklariert.« Er wollte das Kraskhim Laboratorii nicht erwähnen.

»Ich weiß, Frachtpapiere sind geduldig.«

»*Sie* sind der Experte hier. Ich verlasse mich auf Sie. Ich habe keine Ahnung, was drin ist oder draufsteht. Mein Informant wusste nur, dass die Ware vor einer Woche auf sechs Militärlastern hierhergekarrt wurde.« Winter zog das Bündel Rubelnoten hervor. »Notfalls habe ich auch andere Papiere.«

Churchill winkte ab, zitierte Truman: *»The buck stops here!«*, und fügte mit rumpelndem Gelächter an: »Ich habe einen Ruf zu verteidigen. Aber keine Angst. Ich finde Ihren Sirup. Lassen Sie mich ein paar Anrufe machen.«

Danach erzählte Blavatsky seine Lebensgeschichte und einige andere Heldentaten. Winter hörte geduldig zu. Zurück beim schwimmenden Museum empfahl Blavatsky Winter, die »Mikhail Kutuzov« auch von innen zu besichtigen. Sie verabredeten sich zum Nachtessen im Yachtclub, dem besten Restaurant der Stadt. Churchill stieg in einen alten Peugeot und brauste davon.

Statt ins Kriegsschiff aus dem Kalten Krieg ging Winter in einen kleinen Lebensmittelladen. Würstchen, Dosen, Eingemachtes und grellbunte Süßgetränke schienen besonders beliebt zu sein. Und natürlich Wodka in allen Farben und Preisklassen. Mit einem Sechserpack Wasserflaschen und einem Plastiksack voller Fressalien verließ Winter den Laden. Um die Wasserflaschen für die Rückreise zu deponieren, wanderte er zum Fiat.

Beim Parken hatten die fußballspielenden Kinder den rostigen Panda nicht beachtet. Das hatte sich jetzt geändert. Als er sich der Seitenstraße näherte, standen neben den Kindern auch zwei Autos der Politsiya und vier Uniformierte um seinen Fiat herum. Der Panda kam wohl in neue Obhut.

Winter ging weiter.

23. Mai 15:44

Kurz darauf nickte Winter im Hotelempfang dem Seebären zu, dessen gegerbtes Gesicht nicht recht zum polierten Marmor passte, und stieg die Treppe hinauf. Es war nur eine Frage der Zeit, bis die Polizei die Hotels abklapperte. Er brauchte ein Transportmittel und leichtes Gepäck. Im Zimmer öffnete er Viktors Koffer und stopfte die Injektionspistolen sowie Kanülen in seinen Rucksack. Er schwang den Rucksack auf den Rücken und biss in einen Apfel. Sicherheitshalber würde er den Nachmittag draußen in Bewegung verbringen. Als er auf den Korridor trat, drangen vom Empfang gedämpfte Stimmen zu ihm herauf.

Winter hielt inne und lauschte. Der tiefe Bass des Seebären klang defensiv, verneinend. Die beiden anderen Stimmen tönten dagegen autoritär, fordernd.

Stiefel erklommen die Treppe.

Winter zog sich in sein Zimmer zurück, warf den Apfel weg und öffnete das Fenster. Vier Meter unter ihm der Gemüsegarten des Hotels.

Es klopfte an der Tür.

Ein russischer Befehl.

Winter kletterte auf das Fensterbrett und ließ sich in den Garten hinunter. Er hörte noch, wie die dünne Zimmertür aufgedrückt wurde, im nächsten Moment landete er in einem Salatbeet. Er hastete davon und flankte über einen Zaun in einen Hühnerhof. Russisches Geschrei vermischte sich mit dem Gackern der Hühner. Hennen stoben flatternd davon, einige Hühner attackierten Winter. Er warf einen Blick zurück. Ein Polizist kletterte aus dem Fenster, verlor seine Mütze. Dahinter sprach ein anderer aufgeregt in ein Funkgerät. Bald würde es hier von Ordnungshütern nur so wimmeln.

Über einen Holzzaun kletterte Winter in den Nachbarhof. Dürres Gras, Kirschbäume und ein geducktes, altes Haus mit

Wellblechdach. Auf dessen Vorplatz erhob sich ungelenk und mit bedrohlichem Grollen eine Dogge.

Hinter dem Zaun brachen die Hühner wieder in Panik aus. Der Polizist erwehrte sich der Hühnerattacken. Winter hastete den Holzzaun entlang und beruhigte gleichzeitig die Dogge. Da trat eine unförmige Babuschka aus dem Haus. Sie trug ein geblümtes, ärmelloses Kleid, eine Schürze und eine Schrotflinte.

Winter blieb einen Moment stehen und setzte sein unschuldigstes Lächeln auf.

Die resolute Alte hob die Flinte, kniff die Augen zusammen und feuerte eine Ladung in seine Richtung. Als die Metallkügelchen über Winter einschlugen, lag er platt am Boden.

Die Babuschka fluchte lautstark.

Vielleicht war sie die Schwester des Seebären am Empfang.

Es polterte hinter dem Holzzaun, der Polizist zog sich daran hoch. Als er obenauf lag, feuerte die kurzsichtige Babuschka eine Salve Schrot auf den anderen Eindringling. Von wegen Weisheit im Alter. Der angeschossene Gesetzeshüter schrie auf und fiel in den Hühnerhof zurück, wo die Hennen über den Hahn im Korb herfielen.

Die Dogge gähnte gelangweilt, als sei ihr das alles zu viel.

Währenddessen hatte sich Winter aufgerappelt und war um das Haus herumgerannt. Mit einem Hürdensprint über einen dekorativen Zaun gelangte er auf das nächste Grundstück. Er duckte sich unter vollgehängten Wäscheleinen hindurch und wich herumliegendem Plastikspielzeug aus. Eine Schwangere mit Baby auf dem Arm glotzte, als er vorbeiflitzte.

Aus verschiedenen Richtungen näherten sich die Sirenen der Verstärkung. Die Babuschka feuerte eine dritte Salve ab. Winter riss ein Gartentor auf und stand auf einer unebenen Seitenstraße. Auf der anderen Seite glänzte ein supermodernes, verspiegeltes Einrichtungszentrum. Knallbunte Reklametafeln priesen Waschmaschinen und Kühlschränke an. Er joggte über die Straße auf den Parkplatz.

Er war exponiert. Hinter ihm quietschte ein Polizeiauto.

Winter zwang sich, in normalem Tempo zu gehen. Er hörte, wie der Streifenwagen zurücksetzte und sich dessen Türen öffneten. Sie hatten ihn erkannt. Er begann wieder zu rennen.

Russische Befehle.

Winter ignorierte sie. Nach ein paar Schritten verschwand er hinter dem Einrichtungszentrum, in dessen verspiegeltem Glas er sein verzogenes Ebenbild sah. Auf dem Umschlagplatz des Möbelhauses standen aufgereiht Lieferwagen, die von einer hohen Steinmauer beschützt wurden. Die Schritte der Polizisten kamen näher. Zum Glück türmten sich in einer Ecke ausrangierte Kühlschränke und Waschmaschinen. Mit Händen und Füßen krabbelte Winter den wackeligen Rosthaufen empor. Einmal auf dem Mauerkamm, stieß er hinter sich den obersten Kühlschrank weg, der tosend über den Schrott rumpelte.

Dann sprang er auf der anderen Seite herunter und landete im Hof einer Siedlung mit mehrstöckigen Plattenbauten aus der Sowjetzeit. Winter stand in einem wenig erfolgreichen Salatbeet. Er stapfte aus der sandigen Erde auf den Kiesplatz. Fast alle Bewohner hatten ihre Balkone mit gläsernen Eigenkonstruktionen zu einem zusätzlichen Zimmer ausgebaut. Trocknende Wäsche, TV-Schüsseln und Klimaanlagen dekorierten die Fassade.

Er joggte durch die Plattenbauten und entdeckte bei einer Reihe Garagen zwei junge Männer, die sich über die offene Motorhaube eines alten Alfa Romeo beugten. Die Männer, einer mit nacktem Oberkörper, einer mit ölverschmiertem Unterhemd, beide mit selbst gedrehten Zigaretten, richteten sich auf.

Winter ging auf sie zu und kramte Rubelnoten hervor. »Taxi?«

Sie wischten sich die Hände ab und schauten sich an. Es mussten Brüder sein, vielleicht Zwillinge. Schlaksig, pechschwarze Haare, Adlernasen und elegant geschwungene Augenbrauen. Der mit nacktem Oberkörper fragte: *»Taksi?«*

»Da.« Winter hob die Rubel hoch.

Beide schüttelten den Kopf.

Winter stopfte die Rubel zurück und zog Viktors Dollarnoten hervor. Er fächerte das Bündel auf. »Besser?«

Über der Motorhaube entspann sich eine Diskussion.

Die Brüder machten einen smarten und nicht besonders obrigkeitsgläubigen Eindruck. Winter setzte ein entschuldigendes Grinsen auf und deutete mit einer rotierenden Handbewegung an, dass er in Eile war. Im Hintergrund heulten die Sirenen.

Blicke zwischen den Brüdern, synchrones Nicken. »Okay.« Die Motorhaube wurde geschlossen.

Einer der Brüder setzte sich ans Steuer und fragte: *»Where do you want to go?«*

Winter: »Egal. *Out of town.*«

Der andere Bruder nahm Winter die Dollarscheine aus der Hand und öffnete den leeren Kofferraum.

Gute Idee.

Winter warf den Rucksack in den Kofferraum, zog den Kopf ein und kletterte hinein. Blankes Metall. Der Deckel wurde zugeschmettert. Dunkelheit. Es federte, als der zweite Mann einstieg und die Beifahrertür zufiel. Der Motor wurde gestartet, das Gas im Leerlauf ein paarmal gedrückt. Dann setzte sich der Alfa Romeo langsam in Bewegung und knirschte über den Platz.

Mit Beinen und Armen stemmte Winter sich gegen das Schütteln im Kofferraum. Durch die Ritzen schien Licht. Der Motor dröhnte laut in seinem Metallversteck. Wenigstens erlagen die beiden jungen Männer nicht der Versuchung, davonzurasen, sondern holperten langsam durch die Schlaglöcher. Dann wurde die Fahrt ruhiger, offenbar waren sie nun auf einer geteerten Straße.

Plötzlich eine laute Sirene, die winselnd verstummte. Der Alfa hielt an, und der Motor wurde abgestellt. Die Polizei musste die jungen Männer gestoppt haben. Stimmen. Vom kurzen Frage-und-Antwort-Spiel verstand Winter nur ein gelegentliches »*Njet*«. Dann wurde der Zündschlüssel wieder gedreht, und sie fuhren unbehelligt davon.

Im Gitter von Noworossijsks Straßen bogen sie mehrmals ab, manchmal hielten sie an Kreuzungen. Normaler Straßenlärm. Vorne im Wagen scherzten die beiden jungen Männer. Hoffentlich diskutierten sie, was sie mit den Dollars kaufen wollten, und nicht, wie sich Winter ausnehmen ließ. In seiner Jacke steckte notfalls Viktors Jarygin.

Sie fuhren einen Hang hinauf.

Minuten später hielt der Alfa Romeo. Der Kofferraum wurde geöffnet. Blendender Himmel. Einer der Männer reichte Winter die Hand, und er kletterte mit steifen Gliedern heraus. Er ging ein paar Schritte und arbeitete das Blut in die eingeschlafenen Beine zurück.

Sie waren auf einem verlassenen, verfallenden Bauernhof, der von kargem Buschland umgeben war. Unter ihnen das Schwarze Meer, die Stadt mit ihrem riesigen Hafen, dessen geschäftiges Treiben auf einmal weit weg war.

Die beiden Männer lehnten am Alfa Romeo und drehten sich Zigaretten.

»*Thanks.*« Winter schüttelte ihnen die Hand. Das war knapp gewesen. Sie boten ihm ihre Tabakbeutel an. Winter lehnte dankend ab, öffnete stattdessen seinen Rucksack und offerierte eine Stange Marlboro. Sie begannen, sich mit Händen und Füßen zu unterhalten. Die beiden waren tatsächlich Zwillinge und hießen Maxim und Nikita. Maxim war der Erstgeborene, zehn Minuten älter, und deshalb der Chef. Sie hatten am Polytechnikum von Rostow Ingenieurwissenschaften studiert, waren im Moment aber arbeitslos.

Maxim und Nikita hofften, bald einmal eine Garage aufzumachen. Oder als Maschinisten auf einem der Schiffe anzuheuern und gemeinsam die Welt und die Frauen zu entdecken.

Autos waren ihre zweite Leidenschaft. Als Winter ihnen von seinem Fiat Panda erzählte, lachten sie herzlich. Ihr Traumauto war ein Maserati Quattroporte GTS, natürlich mit weißen Ledersitzen.

Sie hatten viele Freunde, alle Zeit der Welt und waren voller Optimismus. Winter beneidete sie darum.

Am späten Nachmittag fuhren sie zurück in die Stadt. Winter, diesmal auf der Rückbank, bat Maxim und Nikita, ihn bei einem Friseur abzusetzen. Lachend hielten sie vor einem unscheinbaren Geschäft mit blindem Schaufenster an. Maxim zeigte durch das offene Wagenfenster, und Nikita deutete eine Schere an.

23. Mai 19:17

Frisch rasiert stieg Winter die Stufen zum Yachtclub hinauf. Der Barbier hatte ihn nach allen Regeln der Kunst eingeseift und herausgeputzt. Jetzt duftete er wie Louis XV. in Erwartung einer Mätresse. Im neu erstandenen Hemd wirkte Winter respektabel genug, um an den Türstehern vorbeizukommen. Für den livrierten Ober brauchte er zusätzlich einen der Tausend-Rubel-Scheine.

Jeder zweite Gast trug Uniform. Marine, Militär, Schiffs- und Polizeioffiziere bevölkerten den Yachtclub, der mit blonden Damen und dunklem Mahagoni ausgestattet war. In der Höhle des Löwen respektive des russischen Bären mischte sich sanfter Jazz mit dem Klirren der Gläser. Champagner und Wodka. Eine Gruppe angetrunkener Offiziere stand um einen General herum und prostete ihm zu.

Ein steifer Kellner geleitete Winter zu einer Nische mit einem weiß gedeckten Tisch, komplimentierte ihn in einen der hohen Stühle und legte die gestärkte Serviette auf seinen Schoß. Blavatsky hatte sich in Griffweite eines Eiskübels gemütlich eingerichtet. Er hielt ein Schälchen in der Hand, löffelte Kaviar und grinste. »Netter Haarschnitt.«

Der frisch rasierte Schädel veränderte Winters Aussehen. Die Kopfhaut fühlte sich kühl an. *»Close shave.«*

Churchill schenkte Sekt ein. »Ich hab's gehört. Dem Lärm nach war das ganze Korps unterwegs.«

»Das muss am südländischen Temperament liegen.«

Sie stießen an. *»Na sdorowje!«*

Blavatsky schob den Kaviar zu Winter herüber. »Wenn Sie schon in unserem schönen Russland sind.« Von der ankommenden Platte kalter Vorspeisen stopfte er sich eine knackige Essiggurke in den Mund. »Ich persönlich bevorzuge diese.«

Winter aß einige schleimige Fischeier. »Und?«

»Nicht hier.«

Sie futterten sich durch Olivensalat, Heringe, gefüllte Eier, belegte Brötchen, Sülzen, Gurken und Piroggen. Winter hatte in den letzten Tagen nichts Anständiges gegessen, aber mit Blavatskys Appetit konnte er nicht mithalten.

Ein Kübel mit frischem Eis und einer zweiten Flasche Sekt wurde gebracht. Zur Hauptspeise hatte der SPG-Bürochef einen in Salzkruste gebackenen Fisch bestellt, der vom Kellner am Tisch herausgepickelt wurde. Im Laufe des Abends stiegen im Yachtclub Alkohol- und Lärmpegel. Bekannte von Blavatsky kamen vorbei, wechselten ein paar Worte und klopften ihm auf die Schulter. Der Möchtegern-Churchill sprach über Gott und die Welt, die Frauen, aber vor allem über sich.

Winter war ein geduldiger Zuhörer.

Reden war Silber, Schweigen Gold.

Erst nach der Nachspeise, einer eher enttäuschenden Aprikosencreme, und einem Wodka zum Verdauen hatte Blavatsky genug und wollte etwas frische Luft schnappen. Allerdings schwängerte er auf der Terrasse des Yachtclubs die Frische sofort mit dem süßlichen Zigarrenrauch einer kubanischen Rey del Mundo, einem »König der Welt«.

Direktimport.

Als die Zigarre, die den Kanonen der »Mikhail Kutuzov« in nichts nachstand, Feuer gefangen hatte, erklärte Blavatsky selbstzufrieden: »Mein lieber Freund, das war ein wirklich lehrreicher Nachmittag.« Zigarrenrauch ringelte sich durch die Nacht. »Ich habe als Erstes einen Kontakt in der Verwaltung des Hafenmeisters angerufen. Er schuldete mir noch einen kleinen Gefallen und war bereit, einen Blick in den Computer zu werfen.«

Winter schaute Blavatsky fragend an.

Dieser sagte: »Ihr *Zeugs* wurde auf einen Rundkurs-Transporter für den kleinen Verkehr verladen.«

»Den kleinen Verkehr?«

»Ich weiß, da denke ich auch an was anderes.«

Winter hob die Augenbrauen.

Churchill erklärte: »Die meisten Schiffe hier fahren unter einer Billigflagge und transportieren Waren für den Welthandel. Deshalb die SPG. Wir schauen genau hin. Aber es gibt auch den kleinen, lokalen Handel rund ums Schwarze Meer. Alle Anrainerstaaten haben dafür kleine Transporter, so bis hundert Meter.«

»Das reicht für sechs Lastwagenladungen?«

»Locker. Sie fahren mehr oder weniger nach Fahrplan und sind immer an denselben Wochentagen am selben Ort. Sewastopol auf der Krim, Odessa in der Ukraine, Istanbul und so weiter. Wie ein Karussell geht's im Kreis herum.«

»Wie heißt das Schiff?«

»Eile mit Weile.«

Zigarrenrauch, dann: »Wegen der Militärlastwagen hat mein Kontakt sofort an die Marinebasis gedacht. Die können dort billig tanken. Da hat er angerufen, und einer seiner Kumpel erinnerte sich an die Lastwagen. Vor einer Woche kam ein kleiner Konvoi direkt von Mole 16 herüber.«

»Und an Mole 16 legen normalerweise die Transporter des kleinen Verkehrs an?«

»Genau. Ich rufe also den Kortschnoi an. Der alte Halsabschneider hat so ein Servicebüro, wo man alles mieten kann: vom Hafenarbeiter bis zur barbusigen Gabelstaplerin. Ich verspreche ihm einen Kasten Wodka, und der Bastard ruft mich doch tatsächlich zurück. Bingo. Einer seiner Gabelstapler hat vor einer Woche Ware auf Mole 16 von Militärlastwagen umgeladen. Und zwar auf die ›Alexander‹, einen Fünfundachtzig-Meter-Transporter, fünf Meter Tiefgang, registriert in der Russischen Föderation.«

»Wissen Sie, wem die ›Alexander‹ gehört?«

»Nein, aber wahrscheinlich einer von der russischen Marine kontrollierten Firma.«

Nach dem, was Winter beim Kraskhim Laboratorii gesehen hatte, passte das. »Hat dieser Kortschnoi auch gesagt, als was es deklariert wurde?«

Blavatsky verzog sein zerknautschtes Gesicht. »Ihr Hustensirup wurde als ›Flüssigdünger‹ deklariert. Kortschnoi wusste nur, dass seine Leute Paletten mit in Schrumpffolien verpackten Kanistern herumgeschoben haben.«

»Destination?«

»Unbekannt.«

»Scheiße«

»Wo bleiben Ihre Manieren? Nicht verzagen, Blavatsky fragen.«

»Sorry. Was denkt der hochverehrte Herr Blavatsky?«

»Sie sind sicher, dass die Ware nach Europa geht?«

Winter nickte.

Blavatsky zog genüsslich am glühenden »König der Welt«. »Dann würde ich auf Constanta tippen.«

»Constanta? Ein anderes Schiff?«

»Herr Winter, Sie müssen im Geografie-Unterricht gepennt haben. Constanta ist ein rumänischer Hafen. Dort endet der Donau-Schwarzmeer-Kanal. Ich würde wetten, dass sie die Ware dort umgeladen haben.«

»Die Donau fließt durch Wien, oder?«

»Ja. Und Budapest. Aber über den Main-Donau-Kanal kommt man auch in den Rhein, nach Frankfurt, Köln und bis nach Amsterdam. Es ist der kürzeste Seeweg nach Europa.«

Hinter ihnen drang gedämpfter Lärm aus dem Yachtclub. Vor ihnen blinkten Positionslichter. Die Scheinwerfer der Hafenkräne schnitten grelle Schnitze aus den Schiffen. In der Ferne landete ein Helikopter auf der Marinebasis.

Winter fragte: »Wann kann die ›Alexander‹ in Constanta sein?«

»Die war schon lange dort. Diese Transporter fahren mit zehn, fünfzehn Knoten, also mit circa zwanzig Kilometern pro Stunde. Die ›Alexander‹ hat einen Zwischenstopp in Sewastopol eingelegt und am 18. Mai um fünfzehn Uhr in Constanta angelegt. Das kann jeder im Internet mit einem Schiffs-Tracker nachprüfen.«

»Und danach?«

»Danach sind die Wege des Herrn unergründlich.«

»Wie lange dauert es auf der Donau von Constanta nach Wien?«

»In einer Woche können Sie die Paletten gemütlich bis nach Europa schippern. Tut mir leid. Ihr ›Flüssigdünger‹ kann mittlerweile überall sein.«

24. Mai 04:57

Der Fahrtwind zerzauste Blavatskys Haarpracht. Winter fuhr sich seinerseits über seinen stoppeligen Schädel. In der Morgendämmerung bretterten sie mit einem Motorboot durch den Hafen von Noworossijsk. Nach der durchzechten Nacht im Yachtclub tat der Fahrtwind gut. Allerdings litt Winters Magen, der mit viel fettigem Essen und noch mehr Alkohol gefüllt war, unter dem Wellengang.

Er starrte geradeaus und hoffte, dass sie nicht mit einem der hoch aufragenden Ozeanriesen kollidierten. Trotz der frühen Morgenstunde herrschte viel Betrieb. Vor ihnen stampfte ein Schlepper, vollgepflastert mit Autoreifen, aufs Meer hinaus. Kleine Fischerboote. Unermüdliche Hafenkräne.

Plötzlich wurde es wieder dunkel. Sie schlüpften zwischen zwei Tankern hindurch, die sie zu erdrücken drohten. Hoch oben die Lichtschweife von Schweißarbeiten. Danach steuerte Blavatsky sein Boot in einer scharfen Kurve unter eine Mole mit muschelbesetzten Holzpfählen. Auf der anderen Seite riss er das Steuer herum und drosselte den Motor.

Der Bug senkte sich, und sie glitten langsam blubbernd an der zwanzig Meter hohen Stahlwand eines Supertankers entlang. Das Motorboot schlug an die emporragende Stahlwand des riesigen Rumpfes, der mit einem dumpfen Donnern antwortete, das Zeus neidisch gemacht hätte.

»Fast voll.« Blavatsky meinte nicht sich, sondern den Tanker. »Sie liegt schon tief im Wasser.«

Vor ein paar Stunden hatte er zwischen zwei Wodkas und mit einer Gurke in der Hand den Kapitän des Öltankers angerufen und ihn gebeten, einen Passagier an Bord zu nehmen. Unbürokratisch. Informell. Als kleine Gefälligkeit unter guten, alten Freunden. Jetzt sandte Blavatsky mit flinken Wurstfingern eine SMS und blickte erwartungsvoll die rostige Wand hoch. »Der Holländer ist zuverlässig.«

Schwerer Ölgeruch reizte Winters Magen.

Weiter vorne beim Bug plätscherte von hoch oben Wasser herab.

Über ihnen begann sich etwas zu bewegen. Zwei Seile wurden heruntergelassen. Als Winter Anstalten machte, hinaufzuklettern, hielt ihn sein neuer Freund zurück. »Warte. Mach das dort fest.« Er zeigte auf das Heck, reichte Winter ein Seilende und vertäute das zweite Seil am Bug. Als sich die beiden festgebundenen Seile spannten, ließ die Crew zwischen diesen ein großmaschiges Netz herunter.

Winter hatte den Verdacht, dass sein Gastgeber das nicht zum ersten Mal machte. Mit feuchten Augen und einer vollen Ladung Gurken-Wodka-Zigarren-Geruch umarmte Blavatsky Winter, als wollte er ihn erdrücken.

Winter kraxelte am Netz hoch.

Blavatsky winkte.

Oben angekommen kletterte Winter über die Reling. Der holländische Kapitän hieß ihn mit Handschlag willkommen und übergab ihn sofort dem südafrikanischen Quartiermeister. Der Oberfeldwebel steckte ihn unter Deck in eine enge Kabine. »Wir legen in einer Stunde ab. Schlafen Sie Ihren Rausch aus.«

Dankbar und todmüde kletterte Winter ins untere Kajütenbett und schloss die Augen. Die stählernen Eingeweide des Öltankers ächzten. Ab und zu polterte es im Innern dumpf. Die Kajüte roch nach Schweiß und Zitronenputzmittel, aber vielleicht war das auch seine eigene Ausdünstung. Als sich sein Magen endlich zur Ruhe legte, war Winter, assistiert von den hochprozentigen flüssigen Betäubungsmitteln der langen Nacht, bereits in einen tiefen, traumlosen Schlaf gesunken.

Einige Stunden später weckte ihn das Brummen der Schiffsmotoren. Sie waren auf See. Sein Kopf war klar, und als ihm der gertenschlanke Kapitän mit wissendem Blick einen starken Kaffee einschenkte, lächelte Winter ihn dankbar an.

Der Kapitän thronte auf einem gefederten Kommandostuhl. »Harte Nacht mit Blavatsky, eh?«

Winter nickte nur. Vor ihm pflügten unter wolkenverhangenem Himmel zweihundert Meter Supertanker durchs Schwarze Meer. Auf dem langen Deck mit einem Gewirr aus Röhren und Ventilen war kein einziger Mensch zu sehen. In der Hightech-Kommandozentrale hatten die Instrumente alles unter Kontrolle. »Ich müsste einen dringenden Anruf machen.«

Mit Hilfe des Computers im angrenzenden Kartenraum fand Winter eine Nummer des FedPol und ließ sich über das Satellitentelefon mit Meister verbinden. Der Sektionschef für organisierte Kriminalität meldete sich sofort.

»Winter hier.«

»Wo sind Sie?«

»Auf einem Tanker im Schwarzen Meer Richtung Istanbul.«

»Ihr Herr Hodel hat mich gestern angerufen und mir alles erzählt.«

»Es gibt mehr. Ich …«

Meister unterbrach ihn. »Nicht über diese Leitung.«

Winter ignorierte Meister. Die Zeit drängte. Gemäß Blavatsky konnten die Viren Europa bereits erreicht haben. »Das Zeug wurde in Noworossijsk auf ein Schiff namens ›Alexander‹ verladen und wahrscheinlich am 18. Mai in Constanta gelöscht.«

Meister: »Constanta. An diese alte Tante habe ich seit dem Kalten Krieg nicht mehr gedacht.«

»Die Ware ist wahrscheinlich über die Donau und den Rhein nach Europa gebracht worden. Halten Sie nach sechs Paletten mit Kanistern Ausschau. Sie sind offenbar in Schrumpffolie verpackt und als ›Flüssigdünger‹ deklariert.«

»Machen wir.«

Winter fragte: »Etwas Neues aus dem Berner Oberland?« Hatte das ABC-Labor in Spiez den Inhalt der PET-Flasche analysieren können?

Der normalerweise zurückhaltende Beamte antwortete schroff, in autoritärem Tonfall: »Später.« Offenbar wollte er wegen der unsicheren Leitung nicht über die Resultate sprechen.

»Und wie geht es unserem gemeinsamen ›Freund‹?«

»Keine Ahnung. Melden Sie sich im Konsulat, wenn Sie in Istanbul sind.«

Klick.

Nachdenklich hielt Winter das Satellitentelefon einen Moment in der Hand. Er hatte alles getan, was er konnte. Ab jetzt lag der Verlauf der Dinge nicht mehr in seinen Händen. Er trank den lauwarmen Kaffee. Hoffentlich war die Spur der Viren nicht erkaltet. Er ging zurück auf die Brücke. Einige Seemeilen entfernt kreuzten andere Schiffe. Kuhhandel im 21. Jahrhundert.

Nach den hektischen Tagen schien die Zeit auf dem riesigen Tanker stillzustehen. Winter schlief den ganzen Nachmittag. Am Abend aß er mit der Crew. Danach starrte er draußen für eine Weile in den Nachthimmel mit den leuchtenden Sternen. Ihr Licht war vor Jahren abgesandt worden. Ihnen war es egal, ob Magomedow die halbe Welt mit Ebola-Viren infizierte. Die Sterne würden weiterhin strahlen. Hoffentlich konnten die Terroristen aufgehalten werden. Hoffentlich konnten Polizei und Geheimdienste die Gefahr abwenden. Hoffentlich war Anika in Sicherheit.

Winters Herz pingte wie das Schiffsradar. Viel später, als er bereits zu frösteln begann, ging er zurück in seine Kabine und kletterte in das Kajütenbett. Erschöpft schlief er ein.

Tags drauf geleitete ein Lotse den Supertanker mit gedrosselter Fahrt durch die verkehrs- und kurvenreiche Meerenge des Bosporus. Winter versuchte erfolglos, Magomedows Villa auszumachen. Die türkischen Lotsen nahmen Winter mit in den Hafen bei Istanbul, wo er ein Taxi fand und zum Konsulat fuhr.

25. Mai 09:42

Das Taxi spuckte Winter im Norden Istanbuls inmitten moderner Hochhäuser aus. Einige glitzerten herausgeputzt wie Opernbesucher, andere zeigten noch ungeschminkt das Grau eines Rohbaus. Im Innern des verspiegelten Generalkonsulats dominierte Marmor, dekoriert mit Fotos von Bergen, Seen und Chalets aus der Heimat. Dank Meister wurde er bereits erwartet. Eine Türkin, deren Wimpern flatterten wie nervöse Kolibris, führte ihn in ein fensterloses Sitzungszimmer mit Equipment für Videokonferenzen und Isolationsmaterial an Wänden und Decke. Als sie ihm bald darauf einen türkischen Kaffee brachte, fragte Winter: »Könnten Sie mir bitte die Schaltung in die Schweiz machen?«

»Dafür ist der Techniker zuständig.«

»Dann schicken Sie einen. Es eilt.«

»Selbstverständlich.« Zusammen mit ihren Kolibris flatterte sie indigniert davon. Wenigstens schmeckte der Kaffee.

Das leise Summen einer Klimaanlage war das einzige Geräusch im abhörsicheren Raum. Winter lehnte sich zurück und versuchte, nicht einzuschlafen. Zehn Minuten später schreckte ihn der Techniker auf, der die Verbindung herstellte. Auf dem Bildschirm vor Winter erschienen ein großes Bild mit Meister und ein kleines mit seinem eigenen Gesicht. Unter Meisters Augen hingen dunkle Tränensäcke, seine blasse Haut war noch käsiger als sonst. Aber vielleicht lag das am Kunstlicht des funktionalen Sitzungszimmers. Eine grüne LED ging an, der Techniker buchstabierte das ABC, erkundigte sich nach der Verbindung und verschwand. Die schwere Tür fiel hinter ihm zu. Meister blickte fahrig auf die Uhr, verschränkte die Hände auf dem Dossier und nickte in die Kamera.

Winter fragte: »Haben Sie die Kanister mit den Viren gefunden?« Sie interessierten sich nicht für Small Talk.

»Nein.« Meister schüttelte resigniert den Kopf. »Wir haben die Informationen sofort den Partnerdiensten weitergegeben«, Meister lachte trocken, »und die Österreicher haben das Donauschiff identifiziert. Aber die Kanister sind weg. Nach ersten Informationen scheint der rumänische Kapitän sauber zu sein. Er glaubte, Flüssigdünger zu transportieren.«

»Otto Harnisch hat auch mit Dünger experimentiert.«

Der Beamte nickte. »Ich hab's gelesen. Für den Kapitän war es eine gewöhnliche Ladung. Eine unter vielen. Er hat die Paletten mit den Kanistern vorgestern im Hafen von Wien gelöscht. Sie wurden auf Lastwagen eines Spediteurs verladen, der auch nicht genau wusste, was er da transportiert. Er hat die Paletten in ein angemietetes Lagerhaus gefahren.«

In der verschlüsselten Übertragung hinkten die Lippenbewegungen des Bildes dem Ton um Sekundenbruchteile hinterher wie in einem schlecht synchronisierten Film. »Und?«

»Das österreichische Bundesamt für Verfassungsschutz und Terrorismusbekämpfung, BVT, und das Wiener Landesamt werten Überwachungskameras aus.«

Das hieß, niemand wusste, wo die Kanister jetzt waren. Die beiden Männer schwiegen sich durch die Bildschirme an. Die Kanister waren im Schutz des Lagerhauses ungesehen von Magomedows Männern übernommen, auf ihre eigenen Fahrzeuge verladen und unbehelligt in europäische Städte gefahren worden.

Logistik. Netzwerk. Spinnennetz.

Sechs Paletten mit Kanistern. Sechs Terrorzellen?

Winter sagte: »Meines Wissens ist Magomedow auch an einer holländischen Cateringfirma beteiligt.« Er erinnerte sich an das Berliner Gartencenter. Dort hatte er Anika zum ersten Mal gesehen. Dort hatte er Natascha zum ersten und *letzten* Mal gesehen. Unmittelbar nach dem Kopfschuss war ein weißer Van davongefahren. Er verdrängte das Bild des explodierenden Kopfes und hörte Meister sagen: »Im Gegensatz zu unserer Luftwaffe ist die Taskforce rund um die Uhr an der Sache dran. Magomedow hat auch ein Baugeschäft. Alle bekannten Kennzeichen in Verbindung mit seinen Firmen sind im Europol-System. Wir kriegen ihn.«

Zweckoptimist.

Autokennzeichen konnte man fälschen oder durch geklaute ersetzen. Die Grenzen in Europa waren offen. Und jeder zweite Handwerker fuhr einen Van. Die Nadel war wieder im Heuhaufen verschwunden. Magomedow hatte viele Ressourcen und das Ganze von langer Hand geplant. Wenigstens waren sie gewarnt. Doch dauernd hinterherzuhecheln reichte nicht. Nicht mehr. Sie mussten Magomedow zuvorkommen.

Winter hakte das Thema mit einem Nicken ab und fragte: »Die Analyse im ABC-Labor ist demnach abgeschlossen?«

Nüchtern sagte Meister: »Ja. Ihre Flasche hat eine ganze Reihe vorbehaltener Entschlüsse ausgelöst.«

Verdammt. Der Beweis. Irgendwo in seinem Hinterkopf hatte Winter noch immer gehofft, seine Ahnung, sein Verdacht würde sich in Luft auflösen. Was nicht sein durfte, durfte einfach nicht sein. »Was haben Sie gefunden?«

Meisters Gesicht fiel in sich zusammen wie ein einstürzendes Gebäude. Normalerweise war seine Miene undurchdringlich, Lügen in allen Variationen sein Metier. Doch jetzt jagte der erschütterte Blick Winter einen kalten Schauer über den Rücken.

»Ebola-Viren in Mikrokapseln.«

»Mikrokapseln?« Das Kraskhim Laboratorii war auf das Herstellen und Abfüllen von Leerkapseln spezialisiert.

Meister: »Im Trockenen, an der Luft stirbt das Ebola-Virus rasch ab. Die Biochemiker im Kraskhim Laboratorii haben einen Weg gefunden, das Virus in einer Paste haltbar zu machen und diese in winzige Kapseln zu pressen.«

Winter benetzte seinen ausgetrockneten Mund. »Wie klein?«

»So klein, dass man sie mit bloßem Auge fast nicht sieht. Ein Bruchteil eines Millimeters. Im Mikrometerbereich. Die Experten des biochemischen Labors waren beeindruckt.«

»Ich wusste nicht, dass es das überhaupt gibt.«

»Ich auch nicht. Aber in den Artikeln, die Sie auf dem USB-Stick gefunden haben, werden offenbar experimentelle Anwendungen davon diskutiert.«

»Verstehe ich das richtig? Das Kraskhim Laboratorii verpackt die Ebola-Viren in Kapseln und macht sie dadurch haltbar?«

»Genau, und zwar, wie gesagt, kultiviert in einer Paste. Diese Paste ist ein geschmack- und geruchloser Träger, der auch von anderen Pillenherstellern verwendet wird. Die Paste ersetzt den Wirt und fungiert als Nährboden für die Viren. Das Viren-Pasten-Gemisch wird dann maschinell in die Mikrokapseln abgefüllt.«

»Perfide.«

Nicken.

»Die Spezialisten des ABC-Labors haben den Prozess mit der Herstellung von Pralinentrüffeln verglichen. Wie bei Pralinen wird auch bei den Kapseln zuerst eine harte Form gegossen, die dann mit einer weichen Masse gefüllt wird.«

Meister klappte das Dossier auf, hielt ein Foto in die Kamera und sagte: »Aber statt Champagnertrüffeln enthalten Sie das hier.« Auf dem Foto war die Vergrößerung eines wurmförmigen Ebola-Virus zu sehen. »Ein einzelnes Ebola-Virus ist etwa zwei bis vier Mikrometer lang und hat einen Durchmesser von achtzig Nanometern. Jede Mikrokapsel enthält mehrere Dutzend Viren.«

»Genügt das für eine Infizierung?«

»Die Experten haben darüber gestritten, ob schon eine einzige Kapsel genügt. Aber das ist nicht relevant. Denn alle sind sich einig, dass mit der Virenlast auch die Ansteckungsgefahr steigt. In Ihrer Flasche alleine schwebten Abertausende von Mikrokapseln.«

Sechs Lastwagenladungen. »›Schwebten‹?«

»Ja, die Kapsel ist genau gleich schwer wie Wasser. Hülle, Paste und Virus haben zusammen das gleiche spezifische Gewicht wie H_2O. Das Kraskhim Laboratorii hat das mit der Paste exakt austariert. So bildet sich weder Bodensatz noch

Schaum. Das Zeug schwebt für das menschliche Auge unsichtbar im Wasser und ist wie gesagt geruch- und geschmacklos.«

»Wenn ich das Wasser getrunken hätte«, Winter dachte daran, wie er in Istanbul im Fischschuppen eingesperrt gewesen war und die Wahl zwischen Verdursten und Versuchskaninchen gehabt hatte, »was wäre dann passiert?«

»Für ein paar Tage, vielleicht sogar Wochen hätten Sie nichts gemerkt. Vielleicht ein paar harmlose Grippe-Symptome. Die Inkubationszeit kann bis zu drei Wochen betragen.«

»Hätte ich diese Minikapseln nicht einfach wieder ausgeschieden?«

»Wenn es nur so einfach wäre«, seufzte Meister. »Leider funktioniert das genauso wie bei gewöhnlichen Kapseln. Dem neutralen Wasser hält die Kapsel problemlos stand, und die Viren fühlen sich im Kokon ihrer feuchten Paste wohl. Doch im Magen löst sich die Hülle auf. Die Magensäure setzt die Viren frei. Durch die Verdauung gelangen sie ins Blut und in den ganzen Körper. Dann, nach ein paar Tagen, beginnen sie, an den Eingeweiden zu knabbern. Die Viren zerfressen einen von innen. Man stirbt innerhalb weniger Tage, entweder an inneren Blutungen oder Organversagen.«

25. Mai 10:22

In der Ecke des Bildschirms zählte eine Uhr die Minuten und Sekunden der laufenden Videokonferenz. Die trostlosen schalldichten Sitzungszimmer wirkten klinisch, aus der realen Welt herausgerissen, als wären Winter und Meister die einzigen Überlebenden eines apokalyptischen Krieges, irgendwo tief vergraben in unterirdischen Bunkern. Abgesehen vom Summen der Klimaanlage herrschte vollkommene Stille.

Winter fuhr sich über den stoppeligen Schädel und schloss die Augen. Er hatte sich sein Leben lang darauf getrimmt, optimistisch zu sein, das Glas halb voll zu sehen und in schwierigen Situationen immer an einen Ausweg, eine Lösung zu glauben. Aber jetzt sah er keinen Weg. Ebola im Trinkwasser. Er schluckte die Verzweiflung herunter. »Kann man diese Kapseln nicht irgendwie herausfiltern?«

»Vielleicht. Die Experten sind mit Hochdruck daran. Sie experimentieren mit allem Möglichen, aber das geht nur langsam, auch wegen der Geheimhaltung und der Sicherheitsvorkehrungen. Einen Mitarbeiter des Labors mussten sie bereits in ein Krankenhaus einweisen, weil er mit dem verseuchten Wasser in Kontakt gekommen ist. Er ist in der Quarantänestation.«

Winter konnte sich als ehemaliger Einsatzleiter der Polizeisondereinheit Enzian gut in Meister hineinversetzen. Er konnte sich das hektische Hin und Her im Nervenzentrum der Taskforce vorstellen, den Zeitdruck, die nagende Angst, etwas zu übersehen, unter Druck eine falsche Entscheidung zu treffen. Das Adrenalin, die angespannten Nerven, das Fluchen und die gelegentlichen Gefühlsausbrüche. Ein Tanz auf dem Vulkan.

Meister fuhr fort: »Der Bundesrat hat die Alarmbereitschaft des Militärs erhöht. Das Bundesamt für Gesundheit fährt seinen eigenen Krisenstab für Epidemien hoch. Wenn es zu einem großflächigen Ebola-Ausbruch kommt, haben wir schnell Kapazitätsprobleme. Die Kliniken sind nicht für Hunderte oder Tausende Patienten …«

»Wie reagieren die Forellen?«

Irritiert zog Meister seine Augen zusammen. »Forellen? Was zum Teufel …?«

»Im Seewasserwerk Moos habe ich Forellen gesehen, mit denen sie die Wasserqualität testen.« Versuchsfische statt Versuchskaninchen.

»Keine Ahnung.« Meister machte sich eine Notiz.

»Wahrscheinlich zeigen die Fische nicht sofort Symptome. Wahrscheinlich hat das Virus auch bei ihnen eine längere Inkubationszeit.« Die Hoffnung stirbt zuletzt. Und viele der Apparate zur Analyse der Wasserqualität hatte die Kaysis Medikal geliefert und kalibriert.

Die Klimaanlage des Sitzungszimmers summte kalt. Bleierne Müdigkeit. Seine Glieder schwer. Winter griff nach der Kaffeetasse. Leer. Waren das vielleicht Grippe-Symptome? In Magomedows pompöser Villa am Vierwaldstättersee hatte ihm der stumme Cousin auf der Terrasse Tee serviert. Winters Geschmacksknospen konnten den süßlichen Kräutergeschmack noch immer abrufen. Hatte Magomedow damals ebenfalls Tee getrunken?

Er fröstelte. »Wie sind die Viren in die Flasche gelangt? Der Verschluss ›meiner‹ Flasche war unversehrt.«

»Simpel: Sie wurden durch den Flaschenboden gespritzt, durch den Plastikschweißpunkt, den alle PET-Flaschen haben. Danach wurde das kleine Loch wieder verschmolzen. Dazu genügen eine Spritze und ein Lötkolben. Keine Hexerei, schon gar nicht für jemanden mit Magomedows Möglichkeiten. Die Mineralwasserfirmen wurden im Stillen bereits gewarnt. Ihre Flasche kam übrigens aus einem Geschäft in Berlin. Die Deutschen versuchen, alle Flaschen aus der gleichen Serie zu lokalisieren.«

»Glauben Sie, er will die Viren über Mineralwasserflaschen verbreiten? Ich habe immer gedacht, dass Magomedow das

Trinkwasser verseuchen will. Wegen der Laboranten, die von der ZKT-Stiftung unterstützt werden.«

»Wir wissen es nicht.«

»Was, wenn die Terroristen beides gleichzeitig versuchen?«

»Ein doppelter Terroranschlag mit verseuchten Mineralwasserflaschen in Läden und mit vergiftetem Trinkwasser ist das schlimmstmögliche Szenario.«

»Gleichzeitig an verschiedenen Orten. Wenn der eine Teil des Plans nicht klappt, funktioniert wenigstens der andere. Magomedow ist Geschäftsmann. Er ist ein gewiefter Stratege und Taktiker. Ich würde auch nicht alle Eier in einen Korb legen. Stellen Sie sich die Panik vor, wenn Trinkwasser *und* Wasserflaschen voller Viren sind. Minimaler Aufwand, maximaler Schrecken.«

Meister schüttelte beinahe unmerklich den Kopf, als würde er sich physisch gegen dieses Szenario stemmen.

Winter dachte laut weiter: »Das ist Guerillakrieg 2.0, asymmetrisch und ohne Fronten. Mit Viren statt Kalaschnikows. Wir wissen nicht genau, wann und wo er zuschlägt. Wir können den Feind nicht sehen, wortwörtlich. Die Viren sind unsichtbar und können überall sein. Wir müssen unbedingt die Schläfer unschädlich machen. Wurden schon alle Leute von Magomedow überprüft? Auch die von der Stiftung unterstützten Laboranten?«

Meister schien ein mitleidiges Lächeln zu unterdrücken. »Selbstverständlich. Doch das dauert, und wir können nicht jeden verhaften. Wir gehen von mehreren unabhängigen Zellen aus.«

Die Kaysis Medikal konnte die Zellen unter dem Deckmantel unverfänglicher Trainings zusammenziehen und mündlich instruieren. So hinterließen sie weder physische noch elektronische Spuren. Im Kofferraum seines Audis am Berliner Flughafen lagen die Teilnehmerliste der Kaysis-Medikal-Veranstaltung und die beiden Ordner aus dem Berliner Büro. »Hausdurchsuchungen?«

»Zum Teil. Bis jetzt haben viele Richter aus rechtsstaatlichen Überlegungen gezögert, Durchsuchungsbeschlüsse auszustellen. Aber der Nachweis von Ebola-Viren in Ihrer Flasche beschleunigt das jetzt. Zumindest im Schengen-Raum. Aber der Hauptsitz der Kaysis Medikal ist in Ankara. Soviel ich weiß, wurden die Türken noch nicht eingeweiht.«

»Und die Russen? Magomedow hat sich in Istanbul mit einem russischen Diplomaten getroffen.«

»Vergessen Sie's. Putin macht, was er will. Niemand will mit ihm teilen. Die Fäden von Magomedows Konglomerat laufen zwar in Moskau zusammen, doch Magomedows Clan wird vom Kreml bestenfalls geduldet. Magomedows Vater soll seinerzeit Geschäfte mit schiitischen Rebellen gemacht haben. Erinnern Sie sich an Machatschkala?«

»Magomedows Stadt.«

»*Hafen*stadt. Das Kaspische Meer grenzt an Kasachstan und Turkmenistan. Und im Süden liegt Aserbaidschan. Islamisten überall, vorwiegend Schiiten. Das sind nicht gerade Putins Lieblingskinder.«

»Aber das Kraskhim Laboratorii liegt in Russland und hat die Protektion des russischen Militärs.«

»Ich weiß. Aber es gibt auch Gerüchte aus Diplomatenkreisen, dass Magomedows Familie in Moskau unter Hausarrest steht. Jedenfalls hat die Familie ihre Villa seit Langem nicht verlassen.«

»Magomedow hat Kinder?«

»Zwei kleine Mädchen. Zwillinge.« Der Terrorist als liebevoller Familienvater. Winter brauchte einen Moment, um diese Vorstellung zu absorbieren. Meister las Winters Gedanken. »Goebbels hatte eine ganze Kinderschar. – Die Villa in Moskau wird jedenfalls rund um die Uhr bewacht. Das geht in beide Richtungen: hinein und hinaus.«

Winter sah Magomedows Gesicht vor sich, seine hohen Wangenknochen, die vollen Lippen, platte Nase. Und die dunklen Löcher seiner unbeweglichen Augen. »Familienvater, Geschäftsmann, Stifter, Ringer, Terrorist und Psychopath.«

»Mehrfach gespaltene Persönlichkeit.«

»Seine Schwester hat mir erzählt, dass sein Vater ihn fast ertränkt hat.«

Meister verzog verächtlich den Mund. »Schade. Hätte uns eine Menge Arbeit erspart. Aber Magomedow gehört sicher nicht zu den armen Schweinen, denen man himmlische Jungfrauen verspricht. Den Sprengstoffgürtel wird er sich nicht selber umschnallen. Magomedow ist der Planer und gibt nur den Befehl zum Abdrücken.«

»Von wegen ›abdrücken‹. Ich habe Ihnen noch was mitgebracht.« Winter nahm seinen Rucksack, zog das T-Shirt-Bündel heraus und wickelte es vorsichtig auf. Dann hielt er die beiden Injektionspistolen in die Kamera.

Meister beugte sich mit vom Weitwinkel verzerrten Glubschaugen vor, als würde er einen exotischen Fisch im Aquarium studieren. »Ist es das, was ich denke?«

»Keine Ahnung.«

»Schicken Sie es mir sofort. Per Diplomatengepäck.«

»Stets zu Diensten.«

25. Mai 21:05

Eine Viertelstunde später war die Videokonferenz zu Ende. Winter übergab die Injektionspistolen und Viktors Jarygin dem Generalkonsul, der diese mit manikürten Fingerspitzen vorsichtig in Empfang nahm und versprach, sie im Diplomatengepäck sofort an Meister zu schicken. Dann ließ sich Winter zum Flughafen fahren, wo er die Abendmaschine der Turkish Airlines nach Berlin bestieg und kurz nach einundzwanzig Uhr auf dem Flughafen Berlin-Tegel landete.

Der Airbus kam am Gate zum Stillstand, die Sicherheitsgurte wurden geöffnet, und erste Passagiere erhoben sich. Winter blieb müde sitzen. Zu den schweren Gliedern hatten sich hämmernde Kopfschmerzen gesellt. Während er darauf wartete, dass sich der Flieger leerte, befühlte er seine Stirn. Hatte er erhöhte Temperatur?

Nur nicht paranoid werden.

Das waren nur Auswirkungen der anstrengenden Tage unterwegs. Winter verdrängte das Undenkbare.

Nach dem Marsch durch die Gänge fühlte er sich ein wenig besser. In der Empfangshalle schüttelte er Gerhard Franks Hand. Der LKA-Kriminaloberkommissar war von Meister informiert worden und wollte Winters Unterlagen. Frank steckte in seiner Uniform. Hellbraune, rahmengenähte Schuhe, smarter Anzug, darunter ein dunkles Hemd mit violett schimmernder Seidenkrawatte. Aber auf den zweiten Blick wirkte er erschöpft, die Haut über den Wangenknochen angespannt. »Willkommen zurück in Berlin. Wie waren die Ferien an der russischen Riviera?«

»Erhellend. Laden Sie mich zu einem Bier ein?«

»Kommt darauf an, was Sie für mich haben.«

Sie gingen Richtung Parkhaus. »Alte Rechnungen und …«, die Ledersohlen klapperten vor Begeisterung, »… ein Mobiltelefon für die Dame von Welt.«

»Ich fühle mich geehrt.«

Beim Audi klickte Winter den Kofferraum auf. Darin lagen die beiden Ordner aus der Berliner Kaysis-Medikal-Niederlassung und sein zerbeulter Pistolenkoffer. Er hob die Ordner heraus und legte sie auf das Autodach. »Das sind Rechnungen und Serviceunterlagen der Kaysis Medikal vom letzten Jahr. Und hier ist die Teilnehmerliste ihres letzten Trainings im CityCube.«

Frank: »Ich frage besser nicht, woher Sie die haben.«

Winter: »Die haben Sie in einem Parkhaus gefunden.«

Der Kommissar blätterte einen der Ordner auf. »Danke.«

»Ich hoffe, es hilft. Wie steht's mit dem Durchsuchungsbeschluss?«

»Ist nur noch Formsache. Aber ich glaube nicht, dass wir noch etwas finden.« Frank tätschelte grinsend den Ordner. »Aber das hier kann ich beim BKA gegen etwas tauschen.«

»So schlimm?«

»BKA, BND, Europol stehen einander gegenseitig auf den Füßen herum. Jeder versucht, seinen Arsch zu retten. Der Herr Innenminister persönlich hat sich eingemischt. Ich bin nur noch der Laufbursche.«

»Möchten Sie mit ihm tauschen?«

»Nee!« Frank schüttelte sich bei dem Gedanken.

Winter öffnete den Metallkoffer mit seinen Pistolen.

Der Kommissar runzelte die Stirn.

Obenauf lagen das glitzernde Mobiltelefon von Magomedows Schwester und das des Bestatters. Mit einer zeremoniellen Geste drückte Winter sie Frank in die Hand. »Vielleicht mag Ihr Innenminister ja Bling-Bling. Die haben mir Magomedows Schwester und ihr Leibwächter geliehen.«

Frank legte anerkennend den Kopf schief und weckte das diamantenbesetzte Damentelefon.

Winter klippte sich währenddessen die .45er SIG an den Gürtel. »Unter ›Z‹ wie Zalimkan hat sie drei Nummern gespeichert.«

»Keine Verschlüsselung?«

»Die Schwester hat ihr Hirn in Wodka eingelegt. Ihr Wachhund war vorsichtiger.« Er schnallte sich die .22er Back-up Mosquito ans rechte Schienbein und zog die Hosen darüber. »Genügt das für ein Bier?«

»Von mir aus auch zwei, denn für das hier«, Frank steckte die Mobiltelefone in durchsichtige Beutel, »fressen mir die feinen Herren aus der Hand. Wenigstens für ein paar Tage.«

»Freuen Sie sich nicht zu früh. Magomedow wechselt seine Telefone wahrscheinlich häufiger als die Unterwäsche.«

»Big Data. Hat auch Vorteile.«

Winter drückte den Kofferraum zu. »Ich schicke Ihnen eine Freundschaftsanfrage.«

»Mögen Sie sizilianische Pizza?«

»Immer.«

Sie stiegen ein, fuhren zu Franks Škoda und dann für eine Viertelstunde hintereinanderher zu einer kleinen italienischen Pizzeria in einem versteckten Hinterhof. Das Ambiente war einfach, aber herzlich. Plastikstühle und -menü. Frank kannte Vitto, den Koch, und Rosa, die gut gelaunte Seele des Zwei-Personen-Restaurants. Nach einem Schwatz bestellte Frank zwei Bier und eine gemischte Platte.

Nachdem der gigantische Vitto glücklich in der Küche verschwunden war und Rosa zwei Bier gebracht hatte, erklärte Frank: »Ich komme hierher, wenn ich es bis hier oben habe.« Frank deutete einen Wasserspiegel auf Höhe seines Mundes an. »Oberkante Unterlippe.«

»Prost.«

Winter begann, sich zu entspannen. Sie verdrückten eine Platte mit gemischten Antipasti. Danach demolierten sie speziell für sie komponierte Pizzen mit Scampi, und Frank erzählte, dass Siavosh noch immer spurlos verschwunden war, wahrscheinlich bei einem Kumpel untergeschlüpft, wie die Paris-Attentäter in Molenbeek. Den Computerspezialisten war es mittlerweile gelungen, Harnischs Computer zu knacken, aber abgesehen von Pornos, den bereits bekannten Briefen Ottos und einer Sammlung wissenschaftlicher Artikel hatten sie keine zusätzlichen Anhaltspunkte gefunden. Keine Spur des in der Erpresser-Mail erwähnten Briefes.

Winter fragte: »Aber warum sollte ein Terrorist einen Brief schreiben? Die sind doch nicht so blöd.«

Frank: »Ein Bote vielleicht. Oder sie vertrauen der Post mehr als dem Internet.«

Einen Moment lang dachte Winter an Leonie und mit welcher Leichtigkeit sie im Netz Türen öffnete. »Aber wie ist der Brief in Harnischs Hände gekommen?«

Frank zuckte mit der Schulter und spekulierte: »Vielleicht ist etwas schiefgegangen. Etwas geht immer schief.« Frank nahm einen Schluck Wasser. »Vielleicht wurde der Brief Siavosh an den Arbeitsplatz geschickt und landete bei Harnisch. Siavosh war übrigens oft krank. Steht in seiner Akte. Eine Darmsache. Ich könnte mir vorstellen, dass Harnisch in Siavoshs Abwesenheit den Brief geöffnet hat. Gehört wahrscheinlich zur Stellvertreterregelung der Berliner Wasserbetriebe.«

»Und da Harnisch schon die zweiundzwanzigtausend Euro für die Einstellung von Siavosh genommen hatte, nahm er an, dass Kaysis Medikal wieder zahlungsbereit sein würde, und hat sie erpresst. Jedenfalls war dieser ominöse Brief in seinen Augen drei Millionen wert.«

Frank: »Das ist eine Menge Geld.«

Winter: »Maximalforderung zum Einstieg?«

»Oder Verblendung?«

»Eher Verliebtheit. Otto wollte mit Natascha ein neues Leben anfangen.«

»Verblendung eben. Und wir baden das jetzt aus. Statt zweier Verliebter habe ich jetzt zwei Morde am Hals. Und eine Epidemie.«

Winter lehnte sich zurück. »Haben Sie eigentlich den Empfänger der Erpresser-Mail gefunden? Diesen Emre … irgendetwas.«

»Emre Yilmaz. Wahrscheinlich handelt es sich um eine Tarnidentität von Magomedow. Wir haben nichts. Gemäß den türkischen Behörden wurde die E-Mail-Adresse samt allen dazugehörigen Daten gelöscht.«

Eine weitere Sackgasse.

Aus einer Literflasche schenkte Frank Mineralwasser ein. Sie waren die einzigen Gäste. Gedämpfte Küchengeräusche und ab und zu ein aufflammender Disput zwischen Vitto und Rosa. Frank hob sein Glas und betrachtete nachdenklich die aufsteigenden Kohlesäureblasen. »Ich weiß nicht, was wir machen, wenn die Medien davon Wind bekommen und Panik ausbricht.«

»Das ist nur eine Frage der Zeit.« Auf dem Nebentisch lag eine zerlesene Bild-Zeitung.

Der Kommissar schwenkte das Wasserglas wie ein Weinkenner, roch demonstrativ genießerisch daran und trank dann einen Schluck. »Stadtflucht? Hamsterkäufe? Lynchjustiz?«

»Chaos ist nicht planbar.«

»Was würden Sie tun?«

»Mein Chef will auf eine einsame Insel mit Golfplatz.«

»Der Glückliche. Aber das habe ich nicht gemeint.«

Winter griff nach der Speisekarte. »Ich weiß.«

Frank: »Wir können nicht alle Mitarbeiter von Magomedows Konglomerat verhaften. Wir können nicht in jedem Geschäft, das Wasserflaschen verkauft, einen Polizisten postieren. Wir können nicht alle Reservoirs rund um die Uhr bewachen.«

Der Kommissar schaute sich im Lokal um. An den Wänden hingen alte Fotos aus Sizilien. Das Schwarz-Weiß-Foto über ihrem Tisch zeigte eine Großfamilie, die unter einem knorrigen Olivenbaum ein Leintuch ausgebreitet und sich malerisch darum herumgruppiert hatte. »Vielleicht hat Ihr Chef recht. Manchmal vermisse ich das einfache Leben.«

Auf der sepiafarbenen Fotografie starrte der sizilianische Clan mit ausdruckslosen Augen steif in die Kamera. Ein Dutzend schwarzer Löcher. Winter wollte nicht an Magomedow denken. »Wie steht's mit Vitto und Rosas Desserts?«

»Also, *da* weiß ich weiter. Ich empfehle das hausgemachte Tiramisu. Das ist das beste in der ganzen Stadt.«

Rosa materialisierte sich aus der Küche, als hätte Frank sie herbeigebeamt. Die Riesenportion Tiramisu nahm es dann auch tatsächlich mit jedem Sternerestaurant auf.

Danach tupfte Frank sich die Lippen mit der Papierserviette ab. »Bevor ich es vergesse. Als zweite Nachspeise habe ich noch eine Info: Eines der Kennzeichen aus Istanbul verweist tatsächlich auf einen Diplomaten. Der Wagen gehört zum Wagenpark der russischen Botschaft und wird oft vom stellvertretenden Militärattaché gefahren, sprich GRU.«

»Vom militärischen Auslandsnachrichtendienst?«

Frank nickte. »Gemäß BND gilt er als Spezialist für verdeckte Aktionen. Er wurde vor zwei Jahren in Istanbul stationiert. Einige sagen ›Vorruhestand‹, andere ›Spezialaufgaben‹. Ich neige zum Zweiten. Er soll gut Deutsch sprechen. In den achtziger Jahren war er als junger KGB-Offizier in Dresden.«

Frank bestellte zwei Espresso.

Winter lehnte sich an die kühle Wand unter dem vergilbten Foto. Die Russen und der Terrorist in einem Boot. Machte Magomedow mit dem russischen Militärattaché gemeinsame Sache? Er versuchte, sich an die Bruchstücke der belauschten Diskussion in Istanbul zu erinnern. Meister hatte heute Morgen erzählt, dass Magomedows Moskauer Villa bewacht werde. Wurde er von den Russen instrumentalisiert?

Nachdenklich sagte er: »Der Feind meines Feindes ist mein Freund.«

Moskau

Auf dem Lubyanka-Platz stieg Magomedow aus dem Taxi und knallte die Tür zu. Er hasste Taxis. Doch es war besser, wenn Seifula, der ihn normalerweise überallhin fuhr, nicht wusste, wo er war. Schließlich hatte ihn dessen Geschwätz hierhergebracht. Er vergrub die Hände in den Manteltaschen. In Machatschkala war es jetzt angenehm warm. Er hasste den Schnee, die dreckigen Schneehaufen, die langen Winter, Moskau. Hier machten alle nur die hohle Hand.

Aber vor allem hasste er es, wenn ihn jemand herumkommandierte, herbeizitierte, einbestellte. Die Brillenschlange hatte ihr Treffen »Rendezvous« genannt, als wäre er eine Edelnutte. Rendezvous. *Frechheit. Vor Wut spie er aus.*

Aber wenn er seine Mission erfüllen wollte, hatte er keine Wahl. Mit gesenktem Kopf überquerte er die mehrspurige Straße und kehrte dem Platz mit der unrühmlichen Vergangenheit den Rücken zu. Kurz darauf betrat er ein unauffälliges neoklassizistisches Bürogebäude. Das Schild am Eingang besagte, dass es sich um eine Unterabteilung der »Medizinischen Landesversorgung« handelte, welche offiziell dem Ministerium für zivile Verteidigung und Katastrophenschutz angegliedert war. Gut versteckt im undurchdringlichen Dschungel der Bürokratie. Im Zentrum der Macht.

Die Kamera im leeren Foyer beäugte Magomedow, der sich aus dem Wintermantel schälte und die Krawatte zurechtrückte. Ausnahmsweise hatte er sich heute in einen Anzug gezwängt. Es gab Situationen, in denen man sich anpassen musste. Das hatte ihm sein Vater schon früh eingebläut. Wenn man seine Ziele erreichen wollte, musste man flexibel sein. Jeder hatte seinen Preis, jeder einen Chef. Nur Allah war allmächtig. Seine Mission stand über allem. Seine Rache würde grausam sein.

Er lächelte.

Sie ließen ihn warten.

Der Ringer in Magomedow streckte sein lädiertes Rückgrat, spannte seine Muskeln. Seine Halswirbel knacksten. Er stellte sich vor, wie er der Brillenschlange den Hals umdrehen, wie er ihr das Genick brechen würde. Aber das würde nichts nützen, denn dann würde die Moskauer Schlangengrube einfach die nächste Kobra auf ihn loslassen.

Aus dem Nichts tauchte ein grauer Knappe auf und bat ihn, ihm zu folgen. Ihre Schritte hallten in den langen Korridoren mit den hohen, verschlossenen Türen. Sie stiegen eine Dienstbotentreppe hinauf. Im dritten Stock erhaschte er durch die schmutzigen Fenster einen Blick auf den Kreml. Eine gesicherte Tür, ein Nebenzimmer voller Bildschirme, das Vorzimmer mit übereifrigen, hinter Computern versteckten Anzügen und einer Matrone als Wachhund. Der Knappe klopfte und öffnete die Tür.

Magomedow trat in die Schlangengrube.

Im Gegensatz zu den kahlen, kalten Korridoren herrschte hier Opulenz. Die weinroten Plüschvorhänge waren wie immer zugezogen. Schwere Teppiche dämpften die Geräusche. Ein knisterndes Feuer im offenen Kamin verströmte wohlige Wärme. Altes Birkenholz, mit Wachs durchsetzt. Magomedow hielt unwillkürlich nach einer Karaffe mit süßlichem Likör Ausschau. Aber hinter dem riesigen, mit Messingverschlägen verzierten Schreibtisch erhob sich nur ein unscheinbarer Mann mittleren Alters im dunklen Anzug.

Ihre Blicke trafen sich. Die große, unförmige Hornbrille mit den dicken Gläsern hatte ihm die »Brillenschlange« eingetragen. Jetzt schlängelte sie aalglatt auf ihn zu. »Ah, Zalimkan, wie schön, dich zu sehen.«

»Das Vergnügen ist ganz meinerseits, mein Herr.«

»Warum setzen wir uns nicht?« Die Brillenschlange ließ sich in einem der schwarzen Ledersessel nieder, schlug die Beine übereinander, strich die Bundfalten glatt und justierte die Manschetten.

Magomedow nahm im gegenüberliegenden Sessel Platz.

Er sah, wie sich die Flammen des Kaminfeuers in den Brillengläsern seines Gegenübers spiegelten.

Die Brillenschlange entblößte grinsend ihre Fangzähne. »Wie geht es deiner entzückenden Frau? Den Zwillingen?«

»Danke der Nachfrage. Sie sind alle wohlauf.«

»Das freut mich, das freut mich. Das ist gerade in den heutigen Zeiten keine Selbstverständlichkeit. Ich bin auch ein Familienmensch.«

Auf dem Couchtisch zwischen ihnen lag eine dicke Akte. Rot. Streng geheim. In keinem Computer gespeichert. Nur für den persönlichen Gebrauch. Die Brillenschlange zupfte das Band auf, das die Akte zusammenhielt, legte die flache Hand darauf, spreizte für einen Moment nachdenklich die Finger und schlug dann entschlossen den Deckel auf. »Ich habe gehört, dass du in Berlin ein kleines Problem hattest.«

Zuoberst auf dem Aktenberg lag ein großformatiges, trotz des Teleobjektivs gestochen scharfes Foto seiner Zwillinge. Aufgenommen durch das Wohnzimmerfenster der verschneiten Moskauer Villa. Die Unbeschwertheit seiner kleinen Töchter greifbar, seine beiden Augäpfel versunken im Spiel vor dem hölzernen Puppenhaus. Magomedow riss sich los und starrte durch die dicken Brillengläser seines Gegenübers. »Das hat sich erledigt.«

»Bist du sicher?«

Nachdem er die Wut heruntergeschluckt hatte, versicherte Magomedow: »Niemand kann es noch aufhalten. Alles und alle sind bereit.«

»Gut.« Und nach einer Pause. »Gut!«

Der Mann mit der Hornbrille zog aus der Innentasche seines Anzugs ein Bündel schwarzer Pässe. Wie beim Pokern legte er die vier kanadischen Ausweise einen nach dem anderen auf den Tisch. »Frisch ab Presse. Ich empfehle Vancouver. Meer und *Berge. Deine Exekution ist übrigens bereits geplant. Offiziell werden wir dich irgendwo im Ural verscharren.«*

Magomedow nickte, beugte sich vor und schickte sich an,

den Arm nach den Pässen auszustrecken. Doch die Brillenschlage schüttelte den Kopf und klopfte auf den Aktenberg mit den Planungsunterlagen. »Eins nach dem andern. Zuerst die Arbeit, dann das Vergnügen.«

25. Mai 23:16

Frank und Winter lehnten Vittos selbst gebrannten Grappa dankend ab und verabschiedeten sich vor dem Familienrestaurant. Frank winkte über das Dach des Škoda hinweg und schlich mit Abblendlicht durch die Durchfahrt. In den Wohnblocks rundherum flimmerten TV-Geräte. Im erleuchteten Restaurant räumte Rosa den Tisch ab. Die Nacht war mild und roch durch die Großstadtluft hindurch nach Frühling.

Winter fühlte sich aufgehoben, beinahe gelassen.

Musste an dem mit Liebe zubereiteten Essen, dem Bier und Franks Gesellschaft liegen. Er stieg ein, startete den Audi und rollte durch den Torbogen. Winter fuhr auf die A 100 auf und durch die nächtlichen Vororte Richtung Anika. Nach einer Viertelstunde glitt er langsam in ihre Straße. Bei Anika brannte noch Licht.

Die Haustür war abgeschlossen. Er klingelte und trat auf den Gehsteig zurück. In ihrem Zimmer ein Schatten. Dann wurde das Fenster geöffnet, und Anika streckte den Kopf heraus. Im Licht des Schlafzimmers glühte ihr Wuschelkopf wie ein ausgefranster Heiligenschein.

Winter: »Ich bin's.«

Anika verschwand.

Der Türöffner summte. Er trat ein und stieg die Treppe hinauf, vorbei am Musikliebhaber und der jungen Familie. Die Wohnungstür war angelehnt. Winter hielt einen Moment inne, dann schob er die Tür auf. »Hallo? Anika?« Nur im Schlafzimmer brannte Licht. Die Dielen des Flurs knarrten.

»Tut mir leid, dass ich dich nicht angerufen habe.« Anika lag mit bis unters Kinn hochgezogener Decke im Bett. Sie lächelte unsicher, mit fiebrigen Augen. Auf dem Beistelltisch ein dickes Buch, eine Tasse, eine Tablettenpackung und ein Fieberthermometer. Am Boden neben dem Bett eine angebrochene Wasserflasche. Grippe- und Ebola-Viren lösten anfänglich ähnliche Symptome aus. Tausend Gedanken schwirrten durch Winters Kopf. Verlegen blieb er im Türrahmen stehen.

Sie schauten sich lange an.

»Sorry. Es tut mir wirklich leid, aber mein Telefon hat den Geist aufgegeben.«

»Aber wo bist du gewesen? Ich hatte solche Angst, du wärst in Ankara verhaftet worden. In der Türkei werden ja immer wieder Leute verhaftet. Du hättest dich melden können. Das Schlimmste ist, nicht zu wissen, was läuft, weißt du? Ich dachte, du willst vielleicht nichts mehr von mir wissen. Was hast du nur mit deinen Haaren gemacht? Also ich bin nicht sicher, ob dir diese Faschoglatze steht.«

Winter spürte, wie sich auf seinem Gesicht ein Lächeln ausbreitete. Mit der flachen Hand strich er sich über den Kopf. »Ich habe jeden Tag an dich gedacht.« Er setzte sich aufs Bett und küsste sie auf den Mund.

Sie legte ihre heißen Hände auf Winters Wangen und zog seinen Kopf heran. Ihre kastanienbraunen Augen studierten sein Gesicht. Das Grübchen auf ihrer Stirn bog sich fragend, während ihr schwerer Atem über seine Haut strich. Er rührte sich nicht. Dann plötzlich schien Anika das Gesuchte gefunden zu haben und schlang die Arme um seinen Hals.

Ihre Zungen begegneten sich und begannen miteinander zu spielen. Dann musste Winter Luft holen. Er riss sich los, und die Bettdecke rutschte weg. Anika schauderte, als er seine Hand auflegte. Ihre Haut glühte. Anikas Finger krallten sich in seinen Pullover, zogen ihn herab. Anika half ihm ungeduldig aus den Kleidern.

Sie hatten einander vermisst und entdeckten sich neu, rangen und rollten miteinander, ineinander. Die einsamen Tage in der Türkei und Russland blätterten von Winter ab. Anika schälte ihn gnadenlos, bis er nicht nur nackt, sondern völlig roh war. Doch sie hielt ihn neckisch hin, beugte sich zurück und setzte sich auf sein Gesicht. Kraushaar auch da und eine wundervolle fleischfressende Lilie. Anika schien das Pochen und Pulsieren zu genießen. Winter fand ihren wunden Punkt und trieb sie unerbittlich voran. Langsam und lustvoll lockte er sie, bis sie nicht mehr konnte und ihn mit Haut und Haar verschlang.

Aufgelöst lagen sie danach übereinander wie zwei durch einen Wirbelsturm entwurzelte Bäume mit verfangenen Ästen. Nach einer Weile zog Anika die Bettdecke hoch, knipste die Leselampe aus und nistete sich in seinen Höhlen für einen Winterschlaf ein. Als sie ruhig zu atmen begann, zuckten ihre Glieder entspannt.

Winter lächelte glücklich.

Die Straßenbeleuchtung warf fahles Licht an die Decke. Das Universum schien für wundervolle Minuten nur aus diesem einen Raum zu bestehen. Alles darum herum verschwamm in einem milchigen Nebel und war Lichtjahre entfernt. Zugedeckt vom Mantel der Dunkelheit fiel Winter in einen tiefen, traumlosen Schlaf.

Zehn Stunden später wachte er auf.

Eine Ewigkeit war vergangen.

Für einen Moment wusste er nicht, wo er war. Sonnenlicht flutete den Parkettboden. Winter schloss die Augen. Nach einer Weile hörte er, wie die Wohnungstür ging und jemand in der Küche werkelte. Der Duft von Kaffee kroch ins Schlafzimmer.

Winter blinzelte.

»Hallo, du Schlafmütze.«

Anika war barfuß, trug Trainingshosen, ein Sweatshirt und Zeitungen in der Hand. In der anderen hielt sie eine Tasse mit einem vierblättrigen Kleeblatt. »Möchtest du Kaffee? In der Küche gibt's noch mehr.«

Er setzte sich auf und nickte dankbar. »Immer.«

Anika reichte ihm den Kaffee und ließ die Zeitungen aufs Bett klatschen. »Frischer Lesestoff. Zur Feier des Tages habe ich tiefgefrorene Hörnchen in den Ofen geschoben. Was sagst du zum Frühstück im Bett? Willst du auch einen Saft? Multivitamin oder Orangen? Es gibt auch Früchte. Bananen sind gut fürs Gemüt, oder?«

»Du verwöhnst mich.«

»Ich habe dich vermisst.« Anika biss sich auf die Lippen. »Ohne Nasch war es hier so leer.«

»Komm her.« Winter schloss sie in die Arme. Sie roch immer noch nach letzter Nacht. In der Küche piepste der Backofen. Anika huschte zurück, um die Hörnchen vor der Einäscherung zu retten.

Schlaftrunken trank Winter etwas Kaffee und zog die gefalteten Zeitungen heran. In den letzten Tagen hatte er weder gelesen noch ferngesehen. Beim Einchecken am Flughafen Atatürk hatte er beiläufig einen Blick auf türkische TV-Nachrichten geworfen, in denen von irgendeiner »Krise« im Baltikum berichtet worden war. Jetzt blendete die Morgensonne. Winter faltete den Tagesspiegel auf. *Ein Skandal im Deutschen Bundestag. Beckenbauer. Flüchtling nach Tempelhof. Tierquäler durchbohrt Schwan mit Pfeil.* Er legte die Zeitung neben das Bett und griff nach der Berliner Zeitung. Aber eigentlich hatte er nach letzter Nacht keine Eile, sich wieder auf die Welt einzulassen. Doch da blieben seine Augen am Bild auf der Frontseite hängen.

Eine betende Frau kniete in einem chaotischen Gewirr aus Kreuzen. Ein Hügel mit einem Wirrwarr ineinander verkeilter Kreuze. Darüber Gewitterwolken. Einige Kreuze waren mehrere Meter hoch, mit geschnitzten Jesusgestalten, andere kleiner, schlicht oder reich verziert. An den großen Kreuzen baumelten kleine Rosenkränze und Devotionalien. Viele der Kreuze waren schief und gräulich, von Wind und Wetter verwittert. Dazwischen leuchteten aufrecht neuere aus noch hellem Holz mit glänzenden Jesusfiguren.

Ein steiniger Fußweg wand sich um den Kreuzhügel. Nicht einmal auf einem Friedhof standen so viele Kreuze. Und wenn, dann geordneter. Bei der chaotischen Ansammlung hier musste es sich um eine Gedenkstätte handeln, auf der Gläubige seit Jahrzehnten ihr persönliches Kreuz aufstellten. Unzählige Schicksale.

Die schiere Masse der ungeordneten Kreuze löste in Winter Unbehagen aus. Er las die Bildlegende. »Eine besorgte

Mutter betet am Kreuzhügel beim litauischen Šiauliai für ihre erkrankten Kinder.«

Anika kam mit dem Servierbrett aus der Küche. »Hier.« Sie stellte das Frühstück auf die Zeitung. Während sie wieder ins Bett schlüpfte, balancierte Winter das Tablett mit den duftenden Hörnchen, Butter, Konfitüren, mehr Kaffee und Orangensaft, Joghurts, Käse und Früchten. Anika hatte zur Dekoration sogar einen Miniblumentopf mit Krokussen hinzugefügt. Sie schmiegte sich an ihn. »So. Alles da. Nur dass du es weißt: Morgen bist du dann mit Frühstückmachen dran.«

Vorsichtig hob Winter das Servierbrett an und stellte es mit der Zeitung neben sich aufs Bett. Die Gläser mit dem frisch gepressten Orangensaft schwankten bedenklich. »Das ist wunderbar. Vielen Dank!« Er küsste Anika auf die Wange.

»Ein Hörnchen, bitte.«

Winter reichte ihr einen kleinen Teller und ein Hörnchen.

»Und die Butter, bitte.«

»Kommt sofort.« Er hielt ihr die Butter hin und hob den Keramikdeckel. Anika schnitt sich ein Stück ab und sagte lächelnd: »Aprikosenkonfitüre.«

»Selbstverständlich. Möchtest du auch deinen Kaffee?«

»Ui ja, den bitte auch.«

Nachdem er Anika bedient hatte, biss Winter hungrig in ein warmes Hörnchen. Viel besser als letzte Woche. Wie Sonntag. Welcher Wochentag war eigentlich? Wo war die Zeitung? Er trank einen Schluck Orangensaft und zog die Berliner Zeitung unter dem Tablett hervor.

»Etwas Interessantes?«

»Ein bizarres Bild.«

»Zeig mal.«

Winter faltete die Zeitung ganz auf. Der Artikel zum Bild mit dem chaotischen Kreuzhügel war überschrieben mit: »Tödliche Grippewelle in Litauen«. Darunter: »Chaos in Vilnius. Todesfälle überfordern Ärzte, Kliniken und Behörden. Wäre Berlin für eine Pandemie wie die Spanische Grippe gewappnet?«

26. Mai 09:22

Winter und Anika sahen sich erschrocken an. Die glückselige Stimmung des Morgens löste sich auf. Kaffee und Hörnchen erkalteten, während sie den Zeitungsartikel unter dem Bild mit dem Kreuzhügel lasen.

Der Legende nach träumte der Vater einer kranken Tochter, dass diese gesund werde, wenn er auf dem Hügel beim litauischen Šiauliai ein Kreuz aufstelle. Seit ihrer Genesung haben Tausende von Menschen an der Gedenkstätte für ihre Kranken gebetet. Papst Johannes Paul II. gedachte 1993 am Wallfahrtshügel in einer gut besuchten Messe des Wunders.
Heute glauben viele Balten, dass es wieder ein Wunder braucht, um der grassierenden Grippewelle Herr zu werden. Gestern wurden alleine aus der litauischen Hauptstadt Vilnius neunundachtzig Todesfälle gemeldet. Die Todesfallrate dieser aggressiven Grippe ist viel höher als in früheren Jahren. Nach unbestätigten Meldungen sind bis jetzt 39 Prozent der ins Krankenhaus eingelieferten Personen verstorben.
Zuerst leiden die Patienten an üblichen, relativ harmlosen Grippesymptomen wie hohem Fieber, Schüttelfrost, Übelkeit sowie Kopf- und Muskelschmerzen. Nach den ersten Symptomen kommt es bei vielen plötzlich zu inneren Blutungen, gefolgt von multiplem Organversagen, insbesondere der Nieren und der Lunge.
Aufgrund der hohen Fallzahlen und des rasanten Krankheitsverlaufs stoßen Ärzte und Pflegende an ihre psychischen und physischen Grenzen. Die Krankenhäuser in Vilnius haben ihre Kapazitätsgrenzen erreicht und sind vielerorts mit dem Ansturm überfordert. Obwohl die eingelieferten Patienten sofort isoliert werden müssten,

wird von Betten auf Gängen mit blutenden Patienten und improvisierten Isolierstationen berichtet. Gestern musste die Polizei eingreifen, als es in einer Klinik zu Handgreiflichkeiten kam.
Manche Erkrankte hüten sich deshalb, einen Arzt aufzusuchen oder sich in eine Klinikambulanz zu begeben. Sie bleiben zu Hause, wo sie womöglich weitere Personen anstecken. Alleinstehende versterben einsam in ihren Wohnungen. In sozialen Netzwerken wird zudem darüber berichtet, dass sich aufgrund der überlasteten Infrastruktur und ungenügender Schutzkleidung bereits mehrere Pflegekräfte mit der aggressiven Grippe angesteckt haben. Als Folge dieser prekären Zustände droht das litauische Gesundheitswesen zusammenzubrechen.
Im Zentrum von Vilnius demonstrierten empörte Bürger und beschuldigten die Regierung, nicht genug zu unternehmen. Sie fordern, alle Menschen gleich zu behandeln. Im Parlament brach ein heftiger Streit darüber aus, ob das Land ausreichend auf eine solche Epidemie vorbereitet war. Das Gesundheitsministerium hat die Weltgesundheitsorganisation um Hilfe gebeten.
Renommierte Virologen rätseln über die Herkunft des unbekannten Virus. Herkömmliche Impfungen haben sich offenbar als nutzlos erwiesen. Ungewöhnlich ist, dass neben den besonders gefährdeten Kleinkindern und alten Menschen auch viele bis dahin gesunde Männer und Frauen mittleren Alters betroffen sind.
Experten vergleichen dieses Muster und die Struktur des litauischen Virus mit den Schweinegrippe- (H1N1, 2009) und Vogelgrippeviren (H5N1, 1997, und H7N9, 2013). Einige ziehen bereits Vergleiche mit der Spanischen Grippe, der schwersten Pandemie der jüngeren Geschichte, an der vor hundert Jahren weltweit schätzungsweise fünfundzwanzig Millionen Menschen starben.

In den Nachbarstaaten Litauens – Polen, Weißrussland, Lettland und Russland – zeigten sich die Regierungen überrascht und besorgt über die rasche Ausbreitung der Grippe. In Warschau, Minsk und Riga gibt es Stimmen, welche die Landesgrenzen zu Litauen schließen wollen. Am entschiedensten hat Russlands Präsident Putin reagiert. Kurz vor Redaktionsschluss veranlasste er, die Enklave Kaliningrad, das vormalige Königsberg, abzuriegeln. Er erklärte in einer Fernsehansprache, dass Russland alles unternehmen werde, um die halbe Million Russen in Litauen vor den, wie er es nannte, »unwürdigen Zuständen« zu schützen.
Als Vorsichtsmaßnahme will der Kreml die Baltische Flotte bei Kaliningrad um Sanitätsschiffe und Hubschrauberträger verstärken. Auf Wunsch verunsicherter russischstämmiger Bevölkerungskreise entsandte Moskau Ärzte und medizinisches Personal nach Vilnius, Klaipėda und in weitere Gebiete. *(Fortsetzung Seite 2)*

Winter hielt inne. Neben ihm konzentrierte sich Anika auf den Artikel. Ihre Kaffeetasse schwebte vergessen zwischen Bettdecke und halb offenem Mund.

Sie blickte auf. »Diese armen Menschen. Innerlich verblutet. Das ist furchtbar. Glaubst du, dass das etwas mit Magomedow zu tun hat?«

»Ich bin nicht sicher. Aber mach dir keine Sorgen.«

Anikas Grübchen zwischen den Augen vertiefte sich. »Du hast mir noch gar nicht erzählt, wo du nach Ankara gewesen bist. Hast du eigentlich etwas herausgefunden?«

»Das wird sich zeigen. Vielleicht.«

Winter lehnte den Kopf an die Wand. Er wollte Anika nicht beunruhigen. Doch vor seinem geistigen Auge sah er wieder den »Service«-Ordner aus der Kaysis-Medikal-Niederlassung. Das Register zu Vilnius war das umfangreichste gewesen. Und in Istanbul hatten Magomedow und der russische Militärattaché auch über Vilnius gesprochen. Sie hatten auf den Bosporus geblickt, geraucht und von »Vilnius«, »Berlin« und anderen Städten gesprochen. Hoffentlich konnte eine Ausbreitung verhindert werden. Winter unterdrückte ein Schaudern und trank den lauwarmen Kaffee. Auf der Tasse das vierblättrige Kleeblatt.

»Fertig?«

Anika nickte, und Winter blätterte die Zeitung um.

(Fortsetzung von Seite 1) Das Bundesministerium für Gesundheit wollte gestern zu der Grippewelle in Litauen keine Stellung nehmen. Ein Sprecher hielt einzig fest, dass die Lage aufmerksam beobachtet werde. Im Laufe des Abends schaltete das Ministerium auf seiner Website jedoch an prominenter Stelle Verhaltensempfehlungen und Hygienemaßnahmen auf. Das Auswärtige Amt gab zudem bekannt, es überprüfe, ob Beschränkungen im Reiseverkehr zwischen Litauen und Deutschland sinnvoll sein könnten.

Der aggressive Verlauf der Grippe stellt das litauische Gesundheitssystem offenkundig vor große Herausforderungen. Der kleine baltische Staat hat mit drei Komma eins Millionen weniger Einwohner als Berlin mit knapp drei Komma fünf Millionen. Hier drängt sich die Frage auf, wie unsere Stadt mit einer solchen Krise umgehen würde. Wie gut sind wir gerüstet, falls sich Berlinerinnen und Berliner mit dem litauischen Virus ansteckten?

Die Senatsverwaltung für Gesundheit und Soziales wollte »zum jetzigen Zeitpunkt« keinen Kommentar abgeben. Und der Sprecher des Bundesministeriums für Gesundheit wies darauf hin, dass die Behörden auf allen Stufen jederzeit entsprechende Notfallpläne aktivieren könnten und über ausgereifte Vorwarnsysteme verfügten. Gemäß dem Epidemiologischen Wochenbericht des Berliner Landesamtes für Gesundheit und Soziales (LAGeSo) verlief die Influenza-Saison in Berlin bisher vergleichsweise »unauffällig«.

In den letzten Wochen haben auf hunderttausend Menschen etwa zweitausend wegen respiratorischer Symptome einen Arzt konsultiert. Hochgerechnet auf die Einwohnerzahl Berlins entspricht das etwa siebzigtausend Arztbesuchen pro Woche. Doch was würde geschehen, wenn sich die Ereignisse von Vilnius in Berlin wiederholten und ein Großteil davon in Kliniken aufgenommen werden müsste? Nach welchen Kriterien würden die Patienten den zwanzigtausend Krankenhausbetten der Stadt zugeteilt? Ärzte weisen darauf hin, dass sich die Situation rasch ändern kann, und warnen davor, das litauische Virus zu unterschätzen.
Mittlerweile werden die Eigenschaften des litauischen Virus genauer untersucht. Gemäß unseren Recherchen sind erste Proben aus Vilnius an der Charité eingetroffen. Ein hochkarätiges interdisziplinäres Ärzteteam analysiert die Proben mit modernster Technologie. Zudem bereitet sich die Sondereinrichtung für infektiöse Patienten in der Universitätsklinik offenbar auf steigende Patientenzahlen vor. Vergessen wir nicht, dass die Charité 1710 von König Friedrich I. als Pesthaus gegen den Schwarzen Tod gegründet wurde. Denn die Frage bleibt: Ist Berlin genügend vorbereitet?

26. Mai 09:39

Anika faltete die Zeitung sorgfältig zusammen und legte sie neben das Bett. Dann schlug sie die Decke zur Seite, nahm das Fieberthermometer und verschwand wortlos ins Badezimmer. Winter schälte eine Banane. Serotonin und Vitamine. Die Sonne war verschwunden. Er hörte, wie das WC gespült wurde. Vielleicht hatte von Tobler recht mit seiner einsamen Insel. Normalerweise hatte der Alte ein gutes Gespür, welche Schlachten es sich zu schlagen lohnte.

Anika kam zurück.

Er fragte: »Alles in Ordnung?«

Sie setzte sich aufs Bett. »Ich glaube schon.«

Doch sie war eine schlechte Lügnerin. Obwohl sie tapfer lächelte, verriet das Gesicht ihr Unbehagen.

»Sicher?«

»Es ist nichts. Gestern Abend hab ich mich ein wenig unwohl gefühlt. Ich habe mir solche Sorgen um dich gemacht. Zu viel Aufregung. Wahrscheinlich hab ich mir im Fernbus etwas eingefangen. Auf der letzten Strecke hat einer dauernd gehustet.«

Winter legte seine flache Hand auf Anikas Stirn. Normale Temperatur. Aber in der Regel war die Körpertemperatur am Morgen tiefer. »Fühlt sich nicht nach Fieber an.«

»Mach dir keine Sorgen. Es ist nichts«, sagte sie noch einmal, dann lachte sie. »Mir wurde erst heiß, als du gekommen bist.«

»Halsschmerzen, verstopfte Nase?«

»Nein, Herr Doktor.« Sie kroch wieder ins Bett.

»Gliederschmerzen?«

»Nö. Ich jedenfalls nicht.« Ihre Schenkel berührten sich. »Du musst dir wirklich keine Sorgen machen. Ich kann es mir gar nicht leisten, krank zu werden. Gib mir bitte meinen Saft.«

»Gerne. Was würdest du zu ein paar Tagen auf dem Land sagen? Oder zu Ferien in der Schweiz?«

»Dein Haus ist …«

Beide erinnerten sich an Winters abgebranntes Haus.

»Sorry.«

»Schon gut.« Winter hatte kein Zuhause mehr. Was wohl Sheriff machte? Zum Glück war er Selbstversorger. Aber er würde vieles neu organisieren müssen. Er musste mit der Gebäudeversicherung sprechen. Er musste die Ruine abreißen lassen. »Wir können mit dem Auto irgendwohin fahren.« Und den ganzen bürokratischen Alptraum vergessen.

»Ich kann nicht. Um elf habe ich eine Besichtigung für ein Ladenlokal. Nasch und ich haben den Termin schon vor zwei Wochen vereinbart. Ich wollte nicht absagen. Du kommst doch mit, oder?«

Winter legte die Bananenschale auf das Tablett. »Ja, warum nicht.« Er schnitt sich ein Stück Camembert ab. »Ich müsste vorher nur einmal bei der Bank anrufen. Kann ich mir dein Handy leihen?«

»Klar.«

Nach dem Frühstück rief Winter Leonie an, die immer noch hinter den Spammern her war, die mit gefälschten Websites die Zugangsdaten von Bankkunden klauten. Sie hatten Leonies Trojaner entdeckt und waren auf einen anderen Server umgezogen. Nachdem Winter ihr zugehört hatte, bedankte er sich für den Kontakt in Noworossijsk.

Leonie: »Wie war's?«

»Unvergesslich.« Die Fahrt im Kofferraum des Alfa und das Besäufnis mit Blavatsky würde er nicht so schnell vergessen. »Was macht der Alte?«

»Keine Ahnung. Er ist auf Geschäftsreise. Südafrika.« Keine Insel, aber auch weit weg und sicher inklusive Golf. Winter hatte sich im Esszimmer auf das Sofa gesetzt und starrte auf das »Rad der Zeit«-Mandala. Er erzählte Leonie, was er gestern von Meister und Frank erfahren hatte. Schockiert überlegte sich Leonie, ins Wallis auf eine Alp zu fahren und sich dort mit Notvorrat zu verbarrikadieren. Bald würde seine Assistentin zu einer Endzeitsekte übertreten, dachte Winter und sagte: »Auf der Alp hast du kein Internet.«

»Auf unserer schon.« Sie lachte. »Dein drittes Mobiltelefon des Monats liegt übrigens hier auf meinem Pult. Soll ich es dir nach Berlin schicken?«

»Nein, nein. Sonst überschneidet es sich noch. Notfalls bin ich unter dieser Nummer erreichbar.«

Ein lang gezogenes »So?«.

»Ja.« Winter hatte keine Lust, über Anika zu reden. Er wusste praktisch nichts über Leonies Privatleben. »Apropos Telefon. Hat dein Bekannter eigentlich etwas über die drei Nummern aus dem Mobiltelefon von Magomedows Schwester herausgefunden, die ich dir letzte Woche durchgegeben habe?«

»Ja. Das habe ich dir vor lauter Hektik noch gar nicht erzählt.«

»Schieß los.«

»Zwei der Nummern wurden schon vorher überwacht. Sie zeichnen alle ein- und ausgehenden Gespräche und SMS darüber auf. Und zwar auf einem supergeschützten Server. Das Ding ist völlig abgeschottet. Der Server gehört wahrscheinlich dem Nachrichtendienst des Bundes. Darauf hat mein Bekannter keinen Zugriff. Sorry. Er konnte einzig sehen, dass seit dem 18. Mai nichts mehr darüber lief.«

»Schade. War einen Versuch wert.«

»Warte. Das dritte Telefon mit der SIM-Karte aus Deutschland hilft vielleicht weiter. Es wurde nur wenige Male eingeschaltet und hat sich dann jeweils automatisch über die nächste Antenne angemeldet.« Kunstpause. »Das letzte Mal vorgestern Abend.«

»Wo?«

»In Riga.«

Riga. Hauptstadt von Lettland und Nachbar von Litauen. »Hast du auch etwas zu den Nummern herausgefunden, die Magomedow – wenn er es denn war – angerufen hat?«

»Klar. Er hat mit seinem dritten Handy nur eine einzige Nummer angerufen, die ebenfalls zu einer Prepaid-Karte gehört. Im Gegensatz zu der des Anrufers war diese SIM-Karte aber die ganze Zeit aktiv, also das Handy eingeschaltet. Wahrscheinlich gehört die Nummer einem seiner Untertanen, der dauernd erreichbar sein muss. Dieses Handy befindet sich in Berlin. Und interessant ist, dass es, obwohl es dort über elftausend Antennen gibt, in den letzten Tagen stationär war. Entweder liegt das Handy irgendwo herum oder der Eigner bewegt sich nicht.«

»Kannst du mir die genauen Koordinaten durchgeben?« Winter stand auf und ging in die Küche, wo Anika das Geschirr spülte. Er notierte sich die Koordinaten auf einem kleinen Notizblock. Winter bat Leonie, ihm die komplette Auswertung zu mailen, bedankte sich und sagte: »Gib deinem Bekannten einen dicken Kuss.«

»Wuääää. Lieber nicht.«

»Dann bestich ihn mit einer Schachtel Merci-Pralinen.«

»So was von gestern. In welchem Jahrhundert lebst du denn?«

Sie verabschiedeten sich. Auf dem Notizblock umkreiste Winter nachdenklich die Koordinaten. Magomedow hatte sein Handy vorgestern in Riga benutzt, um jemanden in Berlin anzurufen, der sich nicht bewegt hatte, aber immer auf Empfang war. Ein Befehlsempfänger? Siavosh? Vielleicht sollte er sich dort einmal umsehen. Aber NDB, BKA oder einer der anderen Dienste hatten das sicher schon längst abgeklärt. Allerdings hatte Leonie gesagt, dass nur zwei der drei Telefonnummern auf dem gesicherten Server registriert waren. Bedeutete das, dass die Geheimdienste dieses Handy nicht auf dem Radar hatten?

Im Korridor zog sich Anika ihre zitronengelbe Funktionsjacke an. »Winter, können wir gehen? Mein Blumengeschäft wartet.«

Winter steckte den Zettel in seine Hosentasche. »Dann nichts wie los.«

Sie marschierten eine Viertelstunde durchs Quartier und nahmen die Ringbahn S41 nach Westen. Währenddessen erzählte Anika von ihren blumigen Plänen. Nasch und Anika hatten sich schon viele Gedanken gemacht. Jetzt sprudelte es nur so aus ihr heraus.

Winter hörte zu. Von Blumen hatte er wenig Ahnung.

Die S-Bahn rüttelte und schüttelte, konnte jedoch Anikas Redefluss nicht aufhalten. Es galt, die Vor- und Nachteile abzuschätzen zwischen einem Laden mit eigener Gärtnerei an eher schlechter Lage oder einem ohne an zentraler Lage mit höheren Mietkosten. Und je nach Standort unterschieden sich Kundschaft und Blumengebinde. Hochzeitsgebinde waren saisonaler als Blumen-Abos für Firmen oder regelmäßige Grabpflege. Vom Valentinstag alleine konnte man nicht leben.

Beim Heidelberger Platz stiegen sie aus. Hier war Berlin erstaunlich grün. Beidseits der Straße Bäume, ein Park, dann ein Friedhof mit hässlichen Mausoleen. Der Frühling war ausgebrochen, die Luft voller süßlicher Düfte. Bei der Kopie eines griechischen Tempels zog Anika die Jacke aus. Sie spazierten am Krematorium vorbei und verließen den Friedhof auf der anderen Seite.

Anika wirkte angespannt. »Hochzeiten wären mir lieber als Begräbnisse.« Die Geschäftsinhaber, ein altes Ehepaar, hatten sich auf ihr Kleininserat gemeldet und am Telefon gesagt, sie hätten keine Kinder und wollten sich aus dem Geschäft zurückziehen.

Anika war nervös. »Blumengeschäfte werden nur selten verkauft. Ich weiß nicht, wann das nächste Mal eine solche Gelegenheit kommt.«

»Also ich würde meine Ersparnisse nur investieren, wenn ich ganz sicher wäre.« Winters Bank unterstützte auch Firmengründer mit Krediten, aber nur wenige Geschäfte überlebten die ersten Jahre.

Anikas Enthusiasmus erhielt einen Dämpfer, als sie das heruntergekommene Haus sah, in dem der Laden untergebracht war. Er verflog komplett, als sie im Gespräch keinen Draht zu den Inhabern fand, die überrissene Preisvorstellungen hatten und bezüglich der Übergabe vage blieben. In unmittelbarer Nähe gab es zudem zwei weitere Blumengeschäfte, die sich ebenfalls auf Grabpflege und Begräbnisse spezialisiert hatten. Und Laufkundschaft war weit und breit keine in Sicht.

Enttäuscht wanderten sie zurück.

Winter legte den Arm um Anikas Schultern und versuchte sie abzulenken, aufzumuntern. Träume waren Luftschlösser, die in Wirklichkeit Baumhütten waren. In seiner Kindheit war Winters erstes Baumhaus abgestürzt. Im wörtlichen Sinne. Zusammen mit ihm. Anika wollte Winters Hinterkopf mit der Narbe vom Sturz sehen. Der warme Frühlingstag war viel zu schön, um den Kopf hängen zu lassen. Sie fuhren mit der von der Sonne aufgeheizten S-Bahn zurück und schlenderten mit den Jacken über den Schultern durchs Quartier. Als sie die Wohnung betraten, fragte Anika: »Hast du Lust auf ein Eis?«

Winter nickte. »Gute Idee.«

Anika öffnete den Kühlschrank und nahm aus dem Gefrierfach einen Plastikbehälter hervor, auf dem ein Post-it mit einer Geburtstagstorte und einem Ausrufezeichen klebte. »Das ist Naschs Kiwi-Eis. Sie wollte es Otto zum Geburtstag schenken und hat mir streng verboten, es anzurühren. Normalerweise haben wir alles geteilt, aber dieses hier war absolut tabu.«

Sie lächelte verloren und entfernte das Post-it. »Dummerweise erinnert es mich nun jedes Mal an sie, wenn ich den Kühlschrank öffne.« Sie warf den Zettel in den Abfall und nahm bunte Schalen und Besteck hervor. »Komm!«

Sie gingen durch Nataschas mittlerweile aufgeräumtes Zimmer auf den Balkon. Die Sonne schien in den Innenhof, in dem zwei Knirpse mit einem Plastikball Fußball spielten. Torhüter und Elfmeterschütze. Winter klappte die beiden Gartenstühle auf und arrangierte seine Beine unter dem kleinen Gartentisch. Gestern Tiramisu, heute Kiwi-Eis. Der Sommer konnte kommen.

Anika öffnete den Plastikbehälter und schöpfte mit einem Eislöffel grüne Kugeln. Die handgemachte Glace war durchsetzt mit kleinen Kiwi-Stückchen. Der Schöpflöffel klirrte metallisch. Anika stutzte, bohrte tiefer in den Tupperware-Behälter und zog einen Schlüssel hervor.

Berlin

Der gedämpfte Schrei des Brunnenmeisters vermischte sich mit dem Rauschen der Bäume. Die Dämmerung hatte die Frühlingsfarben des Tages aufgesogen und die Konturen grau in grau verwischt. Niemand sah oder hörte sie in der Senke. Viktor und Erich hatten den Erpresser überwältigt und drückten ihn platt auf den Boden. Magomedow umrundete sie und spielte mit dem Sechskantschlüssel. »Der Arm.«

Erich streckte Otto Harnischs Arm und presste dessen Handgelenk auf den erhöhten Brunnendeckel. Magomedow blieb davor stehen, wie ein Pferd, das vor einer Hürde scheute, und stellte seinen Stiefel auf den Ellbogen, der verdreht eine Handbreit über dem Boden schwebte. »Versuchen Sie es noch einmal. Aber diesmal mit der ganzen Wahrheit. Wo ist mein Brief?«

Harnisch schüttelte den Kopf.

Magomedow stampfte ohne zu zögern auf den Arm.

Der Ellbogen knackste.

Nachdem Otto Harnischs unterdrückter Schrei verebbt war, nickte Magomedow. Viktor nahm seine lederbehandschuhte Hand vom Mund des Brunnenmeisters, der flehte: »Bitte nicht. Ich wollte nicht. Ich habe Siavosh doch nur helfen wollen, als er seinen Anfall hatte. Ich habe den Brief nur aufgehoben. Wenn Sie mich loslassen, erkläre ich es Ihnen …«

Man stellte Magomedow keine Bedingungen.

Mit dem schweren Sechskantschlüssel hämmerte er auf die Finger und zermalmte die Knöchel. Eiligst presste Viktor seine Hand wieder auf das aufgerissene Maul. Die zu Brei geschlagene Hand zuckte. Die Kniescheiben hatten sie sich bereits vorgenommen. Bald würden ihm die heilen Glieder ausgehen. Verdammt zäher Hund.

Als der Gefolterte aufhörte zu zappeln, ging Magomedow vor ihm in die Hocke. Der Lederhandschuh verschwand. Der

Geschundene blickte keuchend und sabbernd zu ihm auf. Magomedow sah in den Augen des Brunnenmeisters neben der Panik einen Funken Hoffnung, als ob er wusste, dass es nicht mehr lange dauern würde. Früher oder später redete jeder. In gespielt sanftem Ton sagte er: »Letzte Chance.«

Der Berliner schluckte und stotterte: »Er ist in, in einem Fach, einem Schließfach.«

»Ja, das weiß ich schon. Und langsam, aber sicher geht mir die Geduld aus. Was ich wissen will, ist: Wo genau? Bei welcher Bank?«

Der Brunnenmeister holte Luft, blinzelte und stotterte dann: »Bei, bei meiner Schweizer Bank. Dort, wo Sie das Geld für Siavosh hingeschickt haben.«

Der Gefolterte schien sichtbar erleichtert, endlich zu reden. Er glaubte, der Schmerz wäre nun vorbei. Auch das taten sie alle.

Magomedow nickte ermutigend. »Welche Nummer?«

»Sechs eins acht. Aber ich muss persönlich vorbeikommen. Die Bank öffnet es nur mir. Mir persönlich.«

Magomedow hatte Otto Harnisch vorhin bereits die Brieftasche mit dem Ausweis abgenommen. »Und der Schlüssel? Wo ist der?«

Otto Harnisch zögerte.

Magomedow hielt ihm den blutigen Sechskantschlüssel vor die Augen.

»In meiner Ferienwohnung.«

»Ferienwohnung?«

»Ja, in Schruns. Im Montafon. Das ist in Österreich. Im Haus Gabriella. Wir vermieten die Nummer 4. Aber wir haben einen Schrank für unsere Sachen. Verstehen Sie? Und dort ist der Schlüssel. Im Etui meiner Skibrille. Auf dem obersten Brett. Aber ich muss persönlich vorbeigehen. Die bei der Bank sind sehr strikt.«

Magomedow richtete sich auf, zeigte mit dem Kinn zum Brunnen und warf Viktor den Schlüssel zu, der den Deckel entriegelte. Ein rabenschwarzes Loch öffnete sich. Ohne gro-

ßes Federlesen warfen sie den Brunnenmeister hinein, der vergeblich versuchte, sich festzuhalten. Gemeinsam lauschten sie, wie er hinunterpolterte. Verächtlich schmiss Viktor den Sechskantschlüssel hinterher. Der Berliner blieb erstaunlich stumm.

Der Wald und die Dämmerung verschluckten die Männer.

26. Mai 13:10

Anika legte den klebrigen Schlüssel auf den Balkontisch und runzelte angewidert die Stirn. Der Schlüssel aus glänzendem Stahl hatte einen münzgroßen Griff, einen länglichen Halm und einen komplizierten Bart. Er hatte im Kiwi-Eis nichts zu suchen. »Wie ist der nur da reingekommen? Daran könnte man sich einen Zahn ausbeißen.«

Mit den Fingerspitzen drehte Winter den Schlüssel um. Auf dem runden Griff waren eine dreistellige Nummer und ein stilisiertes Posthorn eingraviert. »Nicht ein Schließfach bei einer Bank, sondern ein Postfach.«

»Was sagst du?«

»Hatte Natascha ein Postfach?«

»Nein. Nicht dass ich wüsste.« Sie zerzauste sich das Haar. »Warum?«

»Otto hat Natascha höchstwahrscheinlich gebeten, nicht nur den USB-Stick, sondern auch diesen Schlüssel hier zu verstecken. Erinnerst du dich noch an seine Mails?«

»Nicht genau.«

»Im Erpresserbrief hat Otto Harnisch geschrieben, die Unterlagen wären zu seiner Sicherheit in einem *Schließfach*. Magomedow hat dann – fälschlicherweise – angenommen, es handle sich um ein *Bank*schließfach, und als ich aufgetaucht bin, dachte er, ich wäre deswegen da. Aber das Fach ist nicht bei einer Bank, sondern bei der *Post*.«

Das Kiwi-Eis schmolz in der Sonne.

Im Hof knallten die Knirpse ihren Ball immer und immer wieder gegen die Wand.

Anika nickte und drückte geistesabwesend den Deckel auf den Behälter mit dem schmelzenden Eis. »Ich stelle das besser zurück.«

Sie gingen in die Küche, wo Anika die Tupperware im Eisfach verstaute und Winter den Schlüssel unter lauwarmem

Wasser reinigte. Dann kramte er den Bierdeckel mit seinen Telefonnummern hervor. »Kannst du mir das Handy geben?«

Anika reichte ihm wortlos ihr Telefon.

Winter wählte Franks Nummer.

Nur eine Computerstimme: »Der gewünschte Teilnehmer ist im Moment nicht erreichbar. Bitte hinterlassen Sie nach dem Ton eine Nachricht.«

»Ich bin's. Winter. Rufen Sie mich an. Ich habe etwas gefunden.« Pause. »Es ist dringend!«

Dann debattierten sie stehend, was sie machen sollten. Winter fragte: »Wenn du Otto wärst, *wo* würdest du ein Postfach eröffnen?«

»Irgendwo in der Nähe, wo ich das Fach leicht leeren kann. Bei der nächsten Postfiliale. Oder auf dem Weg zur Arbeit.«

»Smart Girl!«

Winter rief Leonie an. »Hey. Ich bin es.«

»Hast du Heimweh?«

»Immer. Bist du in der Nähe eines Computers?«

Leonie äffte Winter nach: »Immer.«

»Gut. Ich brauche die Adressen aller Postfachanlagen zwischen dem Tegeler Wasserwerk und der Heimadresse von Otto Harnisch. Er hatte ein Postfach.«

»Geht die Welt unter? Muss ich auf die Alp?«

»Nein. Mach bitte schnell und schick mir dann eine SMS an diese Handynummer.«

»Kommt sofort«, sagte sie und fragte dann: »Hast du die Nachrichten gesehen?«

»Welche?«

»Börsencrash. Unsere Händler sind unter Wasser. Polen protestiert gegen die russischen Truppen ...«

»Später. Fokussiere dich auf diese Adressen.«

»Okay. Laser-Vision.« Sie hängte auf.

Winter prüfte das Handy. Während des Gesprächs mit Leonie war kein Anruf von Frank eingegangen. Nun konnten sie nur noch warten. Oder? Winter fragte: »Habt ihr hier im Quartier eine Postfiliale?«

»Du meinst, nicht Otto, sondern Nasch hat das Postfach eröffnet? Ohne mir etwas davon zu sagen?«

»Genau.« Winter nahm den Schlüssel vom Tisch und steckte ihn in die Tasche. »Im Moment können wir hier nur warten. Lass uns in die nächste Postfiliale gehen. Am besten gehen wir selbst schnell vorbei und schauen nach, ob Natascha dort ein Schließfach hat.«

Sie verließen die Wohnung und gingen um einige Ecken zur nächstgelegenen Postfiliale, die in einem Schreibwarengeschäft untergebracht war. Doch die hatte keine Schließfächer. Die Geschäftsinhaberin erklärte, dass die nächste Postfachanlage in den Neukölln Arcaden war. Als Winter neben der Theke Karten und Stadtpläne der Region entdeckte, kaufte er eine Karte im Maßstab 1:12.500 von Berlin und Umgebung, um die Koordinaten zu verorten, die ihm Leonie vorhin durchgegeben hatte.

Sie eilten weiter, drängten sich kurz darauf durch die Neukölln Arcaden, ein Shoppingcenter mit Kino, und fanden die Postfächer auf der anderen Seite, an der Karl-Marx-Straße, eingeklemmt zwischen einem Fitnesscenter und einem Mediamarkt.

Im Schaufenster des Mediamarktes liefen lautlos ein Dutzend Fernseher mit fluoreszierenden Preisschildern und extra reduzierten Preisen. Auf den TV-Bildschirmen wurde gerade eine wackelige Handkamera durch einen mit Betten verstellten Spitalkorridor mit apathischen Patienten getragen. Zoom auf eine Frau, die aus den Augen blutete. Hektisches Personal in Schutzkleidung. Schnitt. Bilder aus einem Kühlraum voller zugedeckter Leichen. Dann kommentierte ein sichtlich aufgewühlter Reporter vor einer Klinik.

Auf dem Streifen am unteren Bildrand las Winter: »Ebola-Ausbruch in Litauen – Überfüllte Krankenhäuser in Vilnius – Russisches Militär evakuiert Landsleute – Brüssel. Sondertreffen der Gesundheitsminister – Börse. Aktien auf Talfahrt – Ebola-Ausbruch in Litauen – Überfüllte ...«

Niemand beachtete die Sendung. Vilnius war weit weg. Die

Menschen auf der Karl-Marx-Straße waren alle mit sich selbst beschäftigt. Das Hemd war einem näher als der Kittel.

Anika fixierte den Fernseher wie eine Katze den Goldfisch im Aquarium.

Winter drückte sie an sich. »Komm. Lass uns hineingehen.«

Der Bericht über ein königliches Jubiläum mit winkendem Königspaar in offener Kutsche flimmerte über die TV-Bildschirme.

»Hast du die Frau gesehen? Das Blut kam ihr aus den Augen. Wie bei einem Zombie.«

Er schob Anika in Richtung der Schließfächer. Sie kreuzten eine verlebte Dame in Lederkluft mit einem Bündel Briefe. Winter zog den Schlüssel hervor, suchte das passende Fach und steckte ihn hinein. Doch er konnte den Schlüssel nicht drehen.

Anika raunte: »Andersrum?«

Er adjustierte und rüttelte den Schlüssel. »Nein. Der passt nicht.«

Winter drückte die Tür auf, und sie traten wieder auf die Karl-Marx-Straße. Autos, Passanten, Fahrräder, ein McDonald's. »Lass uns zurückgehen.«

Unterwegs versuchte Winter erneut, Frank anzurufen, doch dieser ging noch immer nicht ans Telefon. Verflucht! Als sie ein paar Minuten später in Anikas Straße einbogen, meldete das Mobiltelefon eine SMS von Leonie mit einer einzigen Adresse.

Winter fragte Anika: »Weißt du, wo das ist?«

»Ungefähr. Beim Tegeler See.«

Sie gingen zum Audi und fuhren los. An einer Ampel programmierte Winter die Adresse ins Navi. Während der Fahrt versteckte sich die Sonne hinter Gewitterwolken. Schweigend hingen sie ihren Gedanken nach. Nach einer Weile befahl ihnen die Computerstimme, sich bei der nächsten Ausfahrt rechts zu halten und abzufahren, um sie danach zu ihrem Ziel in eine ruhige Einbahnstraße zu lotsen.

Sie ließen den Audi stehen und eilten die Treppenstufen

in das Finanzcenter der Postbank hoch, das in einem alten Backsteingebäude mit vergitterten Fenstern untergebracht war. Drinnen gingen sie an den ahnungslos wartenden Kunden vorbei zu den Postfächern. Winter steckte den Schlüssel ins Fach. Anika sagte: »Mach schon.«

26. Mai 15:24

Winter drehte den Schlüssel und öffnete das Postfach. Darin lag ein dünnes Plastikmäppchen. Um Fingerabdrücke zu vermeiden, zog er es mit den Fingerspitzen heraus und schloss das ansonsten leere Fach wieder. Das durchsichtige Mäppchen mit dem Logo der Berliner Wasserbetriebe enthielt einen Umschlag, adressiert an Siavosh Danialis Arbeitsort.

Sie schauten sich an, eilten zum Audi zurück und zogen dessen Türen zu. Das Gemurmel der Post verstummte. Im Kokon des Autos nahm Winter den aufgerissenen Umschlag aus dem Mäppchen und zupfte zwei Blätter heraus.

Ein Brief in englischer Sprache. Worte geschrieben in einer feinen, altmodischen Handschrift, die Winter unwillkürlich an mittelalterliche Schriftrollen erinnerte. Doch Worte konnten gefährlich, gar tödlich sein. Er hielt die Blätter des Briefes zum Lesen zwischen sich und Anika und übersetzte im Stillen.

Geachteter Bruder Siavosh,

möge Allah jederzeit mit dir sein. Deine Brüder und Schwestern im Kampf gegen die Ungläubigen haben mir bei unserer letzten Zusammenkunft mitgeteilt, dass deine Magenbeschwerden dich erneut darniedergezwungen haben. Ausnahmsweise muss ich dir meine Botschaft deshalb auf diesem Wege übermitteln. Ich bete für dein Wohlergehen, denn der Tag, an dem sich unser Schicksal erfüllt, naht.

Du musstest lange ein Chamäleon sein. Im Stillen hast du unermüdlich gearbeitet. Doch nun ist uns Allah gnädig gestimmt und belohnt unsere Geduld. Es ist mir eine große Ehre, dir mitzuteilen, dass das Heer der unsichtbaren Krieger in Kraskhim bereitsteht und den Ungläubi-

gen bald einen grausamen Tod bescheren wird. Sie werden vergeblich um Gnade winseln, denn wir lassen den feigen Hunden keinen Ort für die Flucht.

Die Verheerungen der unsichtbaren Krieger kennst du, Besitzer des schwarzen Pferdes, besser als ich Unbelesener. Die Ungläubigen sind blind und ahnungslos. Nun bleibt mir nur noch, dir aufzutragen, wann wir zuschlagen.

In diesem heroischen Kampf überträgt Allah der Allmächtige dir in Berlin die ehrenvolle Aufgabe, die Schwerter der Moderne zu zücken. Programmiere unsere Geräte so, wie du es viele Male praktiziert hast, und öffne damit den glorreichen Kriegern am Tag des Kampfes die Pforten. Danach gilt es nur noch, die unsichtbaren Krieger in die Lebensadern unseres Feindes zu schicken.

Winter wartete, bis auch Anika die erste Seite fertig gelesen hatte. Sie blickte auf. »Was für eine geschwollene Scheiße ist das denn? Was soll das Geschwafel von den ›unsichtbaren Kriegern‹?«

»Die ›unsichtbaren Krieger‹ sind die Viren. Das ist der Marschbefehl für Siavosh. Der soll im Wasserwerk am Tegeler See die Analyseapparate so programmieren, dass die Ebola-Viren im Trinkwasser nicht entdeckt werden.«

»Das darf nicht wahr sein. Spinnen die? Wir müssen das verhindern!«

Winter nickte. Wortlos lasen sie das zweite Blatt.

Dein Kampf beginnt drei Tage nach Beginn der Schlacht in Vilnius. Vilnius ist das Zeichen, dem die Brüder und Schwestern in den anderen Städten folgen. So werden wir den Kontinent der Ungläubigen verheeren und den Boden für die Ausweitung des Kalifats des Allmächti-

gen vorbereiten. So steht es geschrieben. So soll es geschehen.

Lass mich dir hier einmal mehr versichern, dass deine Eltern und deine Schwester in unserer Gastfreundschaft alle wohlauf sind und ihre Herzen jeden Tag voller Stolz für ihren opferbereiten Sohn und Bruder schlagen.

Wir haben viele Jahre an unseren Schwertern geschmiedet. Lass bis zur entscheidenden Schlacht größtmögliche Vorsicht walten. Verbrenne den Brief sofort, nachdem du ihn memoriert hast! Wenn du Allahs Wille folgst, ist uns der Sieg über die Ungläubigen und ein Platz im Paradies sicher.

Allah der Allmächtige sei mit dir!
Mit brüderlicher Umarmung
Z. M.

Während des Lesens der zweiten Seite bewegte Anika den Mund, und Winter sah, wie sich ihre Besorgnis und das Grübchen auf ihrer Stirn vertieften.

Er sagte: »Ich muss Frank anrufen.«

Doch der Kriminaloberkommissar war immer noch nicht erreichbar. Also eine weitere Nachricht auf die Mobilbox: »Frank, Winter hier. Ich habe soeben das Fach von Harnisch gefunden. Es war kein *Bank*schließfach, sondern ein *Post*fach. Darin war der Brief, mit dem er Magomedow erpresst hat. Magomedow will doch tatsächlich auch in Berlin Ebola-Viren freisetzen. Rufen Sie mich sofort zurück!« Er unterbrach die Verbindung. »Der sitzt wahrscheinlich in einer Krisensitzung.«

Anika: »Warum schickst du ihm nicht einfach Fotos?«

Winter schaute das ungewohnte Mobiltelefon an. Die Zeit drängte. Er wischte die Sicherheitsbedenken weg.

Sie sagte: »Gib her. Ich mach das.«

Und so hielt Winter Anika Blatt für Blatt hin, die diese fotografierte und mit flinken Fingern an eine SMS hängte. Damit würde Frank beim BKA den Jackpot knacken. Hoffentlich waren sie nicht zu spät. Die Epidemie in Vilnius hatte vor zwei Tagen begonnen. Hoffentlich hatte Magomedow den Fahrplan nach der Erpressung nicht geändert. Wie und wo wollten die Terroristen die Mikrokapseln mit den Ebola-Viren ins Trinkwasser leiten?

Ein Ton signalisierte, dass die SMS an Frank abgeschickt wurde. Anika: »So, die Fotos sind unterwegs.«

Winter fragte: »Siehst du, ob Frank die SMS erhalten hat?«

»Ja, aber ›zugestellt‹ heißt nicht, dass er sie gelesen hat.«

Jetzt konnten sie nur noch warten und hoffen.

Jemand klopfte ans Autofenster.

26. Mai 15:48

Ein uniformierter Polizist stand neben dem Auto und machte mit der Hand eine rotierende Bewegung. Winter sah im Rückspiegel einen Streifenwagen. Er ließ das Seitenfenster herunter.

»Guten Tag. Kann ich bitte Ihre Papiere sehen?«

Winter grüßte, nahm die Fahrzeugpapiere aus dem Handschuhfach und reichte diese dem Beamten. »Hier. Ist etwas nicht in Ordnung?«

»Danke. Können Sie sich ausweisen?« Sie saßen in einem Auto mit ausländischen Kennzeichen und fotografierten vor einer Postbank. Winter erwartete keine Antwort und reichte dem Polizisten seinen Pass.

»Sie kommen also aus der Schweiz?«

Winter ignorierte den Köder und nickte nur.

Der Polizist fragte: »Und die Dame?«

Anika holte Luft, um zu protestieren, doch als Winter ihr seine Hand auf den Arm legte, suchte sie ihren Personalausweis hervor. Der Polizist nickte und setzte sich in den Streifenwagen, wo er mit seinem Kollegen in aller Ruhe die Ausweise überprüfte. Anika reckte den Hals, um in den Rückspiegel zu schauen. »Was machen die nur so lange?«

Winter nahm ihr den Brief aus den Händen und steckte die Blätter sorgfältig in den Umschlag und diesen ins Plastikmäppchen zurück. »Die machen ihre Arbeit und lassen uns ein wenig schmoren, um zu sehen, ob wir nervös werden. Sie sind wahrscheinlich in erhöhte Alarmbereitschaft versetzt worden. Jetzt halten sie nach Verdächtigen Ausschau.«

»Wir sehen doch nicht wie Terroristen aus.«

»Terroristen tragen nicht unbedingt Bart und Koran.«

»Schon klar.«

Winter fuhr sich über den stoppeligen Kopf. »Vielleicht dachten sie, wir wollten die Postbank ausrauben.«

»Bonnie und Clyde?«

»Die wären schon längst davongerast.«

Der Polizist kam mit den Ausweisen zurück. »Alles in Ordnung. Aber fahren Sie bitte weiter. Hier dürfen Sie nur kurz anhalten.« Er zeigte auf das Parkverbot.

Winter nickte, legte den Gang ein und fuhr los. »Hat Frank reagiert?«

Anika prüfte das Mobiltelefon. »Nein.«

Franks Krisensitzung fand wahrscheinlich in einem abhörsicheren Raum ohne Empfang statt. Oder die Handys mussten wegen der Abhörgefahr ganz draußen bleiben. Es machte keinen Sinn, sich über etwas Sorgen zu machen, das er nicht ändern konnte.

Anika fragte: »Sollten wir den Brief nicht in die nächste Polizeistelle bringen?«

»Besser nicht. Frank hat die digitalen Kopien und weiß, wen er einweihen muss. Wenn wir bei irgendeiner Polizeistelle hereinspazieren, riskieren wir nur, dass sie uns für verrückt halten. Oder schlimmer, dass es sich wie ein Lauffeuer herumspricht und Panik ausbricht.«

»Aber die müssen doch etwas machen! Wegen dem Trinkwasser.«

Sie rollten durch die Quartierstraße. Draußen war alles normal. Winter hielt vor einem Zebrastreifen, um einer enervierten Mutter mit einem Kinderwagen den Vortritt zu lassen. Sie hatte keine Ahnung, in welcher Gefahr sie schwebte. Ein Mann im Anzug und mit einem Smartphone am Ohr hastete ebenfalls über die Straße. Das erinnerte Winter an das Handy, das sich nicht bewegt hatte. Er steuerte den Audi an den Straßenrand und zog aus der Türablage die Karte von Berlin hervor, die er vorhin im Schreibwarengeschäft gekauft hatte.

»Warum hältst du an?«

»Vielleicht können wir doch noch etwas tun. Als ich heute Morgen in deiner Küche mit Leonie telefonierte, hat sie mir die Koordinaten einer Handyantenne gegeben, in deren Nähe sich wahrscheinlich einer der Terroristen aufhält. Vielleicht ist es Siavoshs Versteck.«

Aus seiner Hosentasche grub Winter den Zettel mit den Koordinaten. Er faltete die Karte auf und lokalisierte die Antenne, die nördlich des Tiergartens stand. »Ist da irgendetwas Spezielles?«

»Nein. Nicht dass ich wüsste. Das ist in Moabit, ursprünglich eine Arbeitergegend. Dort gibt es ein Kraftwerk.« Anika fuhr mit dem Finger über die Karte. »Da. Das Ding ist potthässlich, verbrennt aber neuerdings auch Biomasse.«

»Und sonst?«

»Nichts Besonderes.«

»Wo verlief eigentlich die Mauer?«

Anikas Finger wanderte über die Karte. »Hier, vom Brandenburger Tor hoch, am Berlin-Spandauer Schifffahrtskanal entlang und dann weiter nach Norden. Sie haben damals die Mauer durch den Invalidenfriedhof hindurchgebaut.«

Der Standort der Antenne lag zwischen ihnen und Anikas Wohnung. »Lass uns bei der Antenne vorbeifahren. Es ist auf dem Weg.« Eine Viertelstunde später rollten sie in Moabit auf eine nichtssagende Kreuzung zu. »Hier müsste es sein.« Die Ampeln schalteten auf Grün. Sie fuhren an einer Baustelle vorbei über die Kreuzung. Im Erdgeschoss der Wohnhäuser gab es Läden und Restaurants. Einwohner mit Tüten, Hunden und kleinen Kindern gingen ihres Weges. Vor ihnen blinkte sich ein alter VW-Käfer aus einer Parklücke, und sie erbten den Platz am Straßenrand. Winter stellte den Motor ab und beugte sich vor. Die Antenne stand wohl auf einem der fünfstöckigen Wohnhäuser.

Sie stiegen aus und schauten sich um.

Anika: »Nach was suchen wir?«

»Keine Ahnung. Magomedow hat jemanden angerufen, der hier war und sich nicht bewegt. Vielleicht ein Hotel. Vielleicht wartet hier einer aus seinem Terrornetzwerk auf seinen Einsatz.«

Sie standen vor einer altmodischen Apotheke, daneben ein Spielsalon mit verklebten Fenstern und ein unbenutztes Lokal mit dem Schild eines Immobilienvermittlers. Sie linsten durch die schmutzigen Fenster. Der Plattenboden in dem komplett leeren Laden war mit einer dicken Staubschicht bedeckt.

Anika fragte: »Was meinst du zu einem Blumenladen hier? Leute gibt es jedenfalls einige.«

»Vielleicht.«

»Die Frage ist, ob sie ihr Geld für Blumen ausgeben.«

Anikas Handy summte. Als sie auf dem Display Franks Nummer sah, reichte sie es Winter. Der Kommissar hatte die SMS mit den Fotos erhalten und den Brief gelesen. Winter erklärte ihm, wie und wo sie ihn gefunden hatten. Frank war in Eile und bat: »Können Sie den Brief ins LKA bringen? Tempelhofer Damm 12.«

»Mach ich. Alles im Griff?«

»Nein, Ihr Brief war wie eine Handgranate im Bienenstock des Krisenstabes. Dummerweise hat's hier mehr Königinnen als Arbeiter. Sie überlegen sich, die Stadt zu evakuieren. Schon entschieden ist, dass sofort alle Wasserflaschen zurückgerufen werden.«

»Viel Glück.«

»Wir kriegen sie.«

Winter beneidete Frank nicht, beendete den Anruf und gab Anika das Telefon zurück. Einzelne dicke Regentropfen zerplatzten auf dem Gehsteig. »Wir drehen hier eine Runde, und dann bringen wir den Brief ins LKA.«

Sie hasteten über die Straße und gingen an einem Restaurant mit deutschen Flaggen vorbei. Davor lamentierten drei Männer mit Hüten, Krücken und tiefen Bierstimmen. Womöglich Hartz-IV-Bezieher. Das Tagesmenü stand auf einer Kreidetafel mit Bierreklame.

Sie überquerten die zweite Straße mit der lärmigen Baustelle. Ein gelber Bus hielt. Die Speisekarte des gutbürgerlichen Restaurants an der dritten Ecke war in einem Glaskasten angeschlagen. Daneben ein Internetcafé, das entweder bankrott war oder kurz davor. Vom Platz zurückversetzt in einem niedrigen Gebäude mit Flachdach ein kleiner Supermarkt mit dem Slogan »… nah und gut«.

Der Name des Früchte- und Gemüsehändlers an der vierten Ecke des Platzes prangte in lateinischen und arabischen Schriftzeichen über den Auslagen. Drinnen arrangierte ein beschürzter älterer Mann perfekte Früchteberge neu. Winter grüßte mit einem Kopfnicken und zeigte auf die Äpfel. »Könnte ich bitte einen Apfel haben?«

»Gerne.« Der Früchtehändler nahm den Apfel wie ein kostbares Schmuckstück und polierte ihn mit einem Schultertuch auf Hochglanz. »Darf es für die schöne Frau auch etwas sein?«

»Ja, gerne. Ich nehme auch einen. Und ein Mineralwasser bitte.«

Der Früchtehändler hob eine seiner Kostbarkeiten hoch und schüttelte den Kopf. »Das Wasser ist leider aus. Sie rufen alle Flaschen zurück. Mein Lieferant hat vorhin den Kühlschrank ausgeräumt. Es soll Verunreinigungen drinhaben. Aber wenigstens hat er versprochen, dass ich mein Geld zurückkriege. Was für eine Verschwendung, alles wegzukippen.«

Winter: »Und sonst? Alles ruhig hier?«

Der stoppelbärtige Früchtehändler zuckte mit den Achseln, rieb Anikas Apfel und musterte sie mit neugierigen Augen. »Sind Sie neu in der Gegend hier?«

»Nein, nein, aber wir suchen ein Lokal für einen Blumenladen.« Sie zeigte auf das verstaubte Lokal auf der anderen Straßenseite. »Und da wollte ich mich ein wenig umhören.«

»Also der Laden dort steht schon lange leer.«

»Wer war drin?«

»Ein Schuhmacher. War ein feiner Herr. Aber heute werfen die Leute ja alles weg. Nichts wird mehr geflickt.« Er reichte Anika den polierten Apfel und nahm Winters Fünf-Euro-Note. »Außer den Straßen. Die werden dauernd geflickt. Kaum ist eine Baustelle weg, reißen sie die Straße erneut auf. Ich bin ein geduldiger Mensch, aber der Lärm vertreibt meine Kunden, und von irgendetwas muss ich ja leben.« Er kramte in seiner Schürze und gab Winter das Wechselgeld zurück.

Sie verabschiedeten sich und bissen in ihre Äpfel.

Knackig.

Die Regentropfen wurden fetter und zahlreicher. Dunkle Wolken schoben sich über die Häuserreihen. Schirme wurden aufgespannt, Scheibenwischer quietschten.

Winter eilte über die Kreuzung.

»Was ist?«, rief Anika ihm nach.

»Die Baustelle. Der Obsthändler hat gesagt, dass sie neu ist. Alle Leute machen einen Bogen darum herum, aber so kommst du problemlos in die Kanalisation, wo auch die Röhren für das Trinkwasser sind.«

Die schmale Baustelle war mitten in der Straße aufgebaut und zwang die Autos, auf den Fahrradstreifen auszuweichen. Ein hoher Gitterzaun mit Sichtschutz schirmte sie ab. Man sah einzig das Dach eines Vans und hörte einen Kompressor. Winter und Anika schlüpften zwischen den wartenden Autos hindurch und zwängten sich durch einen Spalt im Zaun.

Der Van und der Kompressor füllten den knappen Platz hinter dem Gitterzaun fast gänzlich aus. Der nach Diesel stinkende Kompressor machte einen ohrenbetäubenden Lärm. Winter warf einen Blick in den offenen Laderaum des Vans, in dem eine dreckige Matratze, Holzpaletten und zerknüllte Schrumpffolien lagen.

Er schob sich am vibrierenden Kompressor vorbei und sah dahinter Schläuche, die in einen Kanalisationsschacht führten. Darüber gebeugt hantierte ein Mann in einem Overall und mit Schirmmütze an einer zusammenklappbaren Seilwinde. Als dieser sich aufrichtete, sah Winter blonde Haare, blasse, pockennarbige Haut und eine platt gedrückte Nase. Unverkennbar das Gesicht von Blondi.

26. Mai 16:28

Der Kompressor lärmte. Überrascht öffnete Blondi den Mund, als wolle er etwas sagen. Winter ging währenddessen auf ihn zu, packte den Overall, zog Blondi zu sich heran und verabreichte ihm schwungvoll einen Kopfstoß. Der Hüne schüttelte den Kopf, blinzelte und streckte die Arme aus, um das Gleichgewicht wiederzufinden. Dabei stieß er das Gestell der Seilwinde um, das krachend zur Seite fiel.

Winter ließ eine Hand vom Overall ab und rammte Blondi die Handkante seitlich in den Hals. Doppelt genäht hielt besser. Doch im selben Moment traf ihn Blondis Faust an der Schläfe. Winter fiel rücklings in die heiße Motorhaube des Kompressors. Blondi kam fletschend auf ihn zu. Winter löste sich vom Kompressor und deutete einen Kinnhaken an.

Als Blondi diesem mit einem Schritt zur Seite auswich, trat Winter dem Terroristen zwischen die Beine. Mit voller Wucht. Wie ein Torhüter, der den Ball beim Abstoß in die gegnerische Spielhälfte kickt. Blondi krümmte sich, taumelte zurück und trat in den offenen Schacht. Er fiel hinein, wollte sich festhalten, doch als sein Kinn auf der Kante aufschlug, rutschte er in die Tiefe.

Anika stand verdattert auf der anderen Seite des Kompressors. Nach einem schnellen Blick in den dunklen Schacht sagte Winter: »Der Blonde. Er hat mich in deiner Wohnung zusammengeschlagen. Ruf Frank an. Er soll sofort Verstärkung schicken.«

Sie nickte und klaubte zitternd ihr Telefon hervor.

Winter gab ihr einen Kuss und sagte: »Warte hier. Ich bin gleich zurück.« Dann stieg er in den Schacht hinab.

Blondi war nirgends zu sehen. Winter kletterte die Eisenstufen hinunter und schob dabei Kabel und Schläuche weg. Von unten schlug ihm feuchte Luft entgegen, von oben prasselten schwere Regentropfen auf seinen Nacken. Der Lärm des Kompressors wurde abgelöst vom dumpfen Hämmern eines Presslufthammers.

Winter stieg tiefer.

Es wurde dunkler.

Unter ihm schimmerte auf nassem Grund etwas Licht. Der Tritt sollte Blondi außer Gefecht gesetzt haben. Vielleicht. Vielleicht hatte er sich aufgerappelt und wartete auf ihn. Das letzte Mal war der Hüne mit einer Pistole bewaffnet gewesen. Winter zog seine .45er SIG, prüfte den Schlauch des Kompressors und glitt daran die letzten Meter wie an einem Seil hinunter. Als Winters Füße den Boden erreichten, ging er sofort in die Hocke und wäre auf dem glitschigen Kanalboden beinahe ausgerutscht. Er sicherte rundum. Niemand zu sehen.

An der Decke leuchtete eine improvisierte vergitterte Glühbirne, die von oben durch ein Kabel mit Strom versorgt wurde. Der Lärm des Presslufthammers war ohrenbetäubend. Ein Dauerbeschuss des Trommelfells, Kreuzfeuer aus Maschinengewehren. Die Quelle des Lärms lag in einiger Entfernung, wo Licht flackerte.

In die andere Richtung verschlang Dunkelheit den alten, aus Backsteinen gemauerten Kanal, dessen Wände sich ab Schulterhöhe zur Decke hin wölbten. Aus kleinen Seitenrohren floss Wasser in den Hauptkanal, der nicht allzu tief war. Ein Fetzen Toilettenpapier blieb an seinen Knöcheln hängen.

Ein Abwasserkanal. Er war in der Scheiße gelandet, wortwörtlich.

Winter atmete flach.

Er wartete, bis sich seine Augen an die Dunkelheit gewöhnt hatten. Blondi musste sich aufgerappelt haben und entweder ins Licht oder ins Dunkel gewandert sein. Himmel oder Hölle. Fifty-fifty.

Algen machten den Boden derart schlüpfrig, dass sich Winter wie auf einem glatten Eisfeld bewegen musste. Vorsichtig schob er sich ein paar Schritte vom Hämmern weg. Er hielt die Pistole mit beiden Händen vor sich. Schon nach wenigen Metern begann ihn die Dunkelheit zu verschlucken.

Doch mittlerweile hatten sich seine Sinne an die Umgebung angepasst. Winter blendete das Hämmern aus und konzentrierte sich auf Bewegungen und Schemen im Dunkeln. Mit geweiteten Pupillen und leicht abgedrehtem Kopf starrte er in die undurchdringliche Dunkelheit. Die seitlichen Rezeptoren in den Augen konnten sich besser an Hell und Dunkel anpassen.

Links und rechts weitere Zuflüsse. Die Kanalmauern mussten uralt sein. Die Backsteine waren vom Wasser zerfressen. Drecklinien zeigten alte Pegelstände bis auf Kopfhöhe und darüber. Kleine, unförmige Klumpen schwammen vorbei. Im Augenwinkel huschte etwas Haariges aus einem Seitenkanal. Weiter hinten absolute Finsternis. Ein schwarzes Loch. Nichts.

Er drehte sich um.

Im Lichtkreis unter dem Einstiegsschacht schlugen Regentropfen ein. Wie schnell stieg das Wasser hier unten bei Regen? Was geschah bei einem Platzregen, einem Gewitter? Mehr Klopapier. Eine leere PET-Flasche hüpfte vorbei. Winter berührte mit der linken Hand die schmierig-feuchten Markierungen der Pegelstände. Je schneller er hier wieder raus war, desto besser.

Langsam tastete sich Winter zurück.

Der Presslufthammer hämmerte unerbittlich.

Winter blickte den Schacht hoch. Regentropfen prasselten auf sein Gesicht. Wie eine Dusche. Anika. Im Auto hatte er einen großen Schirm. Wenn diese Scheiße hier vorbei war, würden sie zusammen wegfahren.

Fast unmerklich änderte sich der Luftdruck. Winter schnellte herum und hob die Pistole. Aus dem Dunkeln stürzte Blondi mit erhobener Spitzhacke und aufgerissenem Maul auf ihn zu.

26. Mai 16:44

Während der Drehung rutschte der glitschige Boden unter Winter weg. Verdammte Algen. Obwohl er mit den Armen ruderte, knallte er rücklings ins Wasser. Die Pistole schlitterte davon.

Die Spitzhacke sauste auf ihn herab.

Winter drückte sich von der Wand weg, doch die Spitzhacke erwischte seinen linken Oberarm. Ein höllischer Schmerz durchzuckte ihn, raste durch die Schulter und explodierte in seinem Kopf. Unter seinem Arm schlug die Spitze auf dem Steinboden auf.

Für einen Sekundenbruchteil blieb die Zeit stehen.

Das Adrenalin verlieh Kraft und Klarheit. Ein Loch im Arm war besser als ein Loch in der Brust. Es war nur eine Fleischwunde. Die Knochen in seinem Oberarm waren heil geblieben. Er sollte sich nur besser nicht vom Dreckwasser infizieren lassen. Erstaunlich, was einem alles so durch den Kopf ging. Wichtiger war, dass Blondi sein Überraschungsmoment verloren hatte.

Und gleich auch sein Gleichgewicht.

Winter packte mit seinem gesunden Arm die Hacke und säbelte mit einer Scherenbewegung seiner Beine Blondi um. Der Hüne klatschte ins Wasser. Winter befreite seinen Arm und wollte mit der Spitzhacke zur Seite rollen, doch Blondi krallte sich mit beiden Händen an den Schaft.

Die beiden Männer rangen um die Spitzhacke. Wasser spritzte. Beide versuchten, die Waffe dem Griff des anderen zu entwinden. Sie wollten sich aufrichten, doch sie rutschten aus. Sie zerrten und schleuderten sich gegenseitig herum, ein durchnässtes Knäuel aus kickenden Beinen und reißenden Armen.

Winters verletzter Arm schmerzte. Blondi war schwerer und kräftiger und rang ihn auf den Rücken. Die Hacke drückte wie eine tonnenschwere Hantel auf Winters Lunge.

Blondi schob sie mit seinem ganzen Gewicht gegen Winters Kehle und wollte ihn erwürgen.

Nicht gut.

Dreckwasser rauschte in seinen Ohren.

Das bleiche Gesicht über ihm schien vor Anstrengung zu platzen, die Augen aus den Höhlen zu springen. Winter stemmte sich mit schwindender Kraft dagegen und versuchte, mit dem Knie Blondis Unterleib zu treffen, doch der Kleiderschrank auf ihm schien gegen Schmerzen immun zu sein.

Der Presslufthammer hämmerte unerbittlich.

Die Luft wurde knapp.

Gar nicht gut.

Fokus.

Ziel: Sich befreien. Analyse: Arme beschäftigt, Beine wirkungslos. Mittel: Keine. Oder doch? Es war ein Kampf ohne Regeln. Winter biss Blondi in die platt gedrückte Nase. Seine Schneidezähne gruben sich in die knorpelige Nase, als würde er in einen Hähnchenschenkel beißen.

Der Druck ließ nach.

Winter rutschte zur Seite, spie aus und sog gierig Luft in die Lunge. Blondi lag auf der anderen Seite des Kanals und hielt sich mit beiden Händen die blutende Nase. Die Spitzhacke lag zwischen ihnen.

Beide Männer stürzten sich darauf.

Doch diesmal war Winter schneller. Er zog die Hacke weg und glitt dabei aus. Platt im Wasser schwang er die Hacke flach über den Boden und traf Blondis Schienbein. Den Schmerzensschrei hörte er nicht, aber der Gesichtsausdruck zeigte den Treffer an.

Winter rappelte sich schwer atmend auf und hielt die Spitzhacke mit beiden Händen vor sich. Sein linker Oberarm pulsierte. Blut. Doch er spürte den Schmerz nicht. Hämmernder, ohrenbetäubender Lärm. Er packte die Hacke fester. So musste sich im Mittelalter ein Fußsoldat in der Schlacht gefühlt haben. Irgendwo auf einem sumpfigen Feld mit einem Morgenstern im Morgengrauen. Irgendwie hatte Winter das

Gefühl, dass solche Schlachten fairer gewesen waren. Heute mordeten moderne Armeen distanziert mit Joystick und per Knopfdruck. Damals hatte der bessere Kämpfer wenigstens eine Chance gehabt.

Oder auch nicht.

Er schüttelte den unnützen Gedanken ab.

Blondi stand schief und keuchend an der Wand und hielt sich die Nase. Dann richtete er sich zur vollen Größe auf. Breitbeinig, mit geballten Fäusten. Das Imponiergehabe eines Gorillas. Keine Gelegenheit, die Hacke gegen die .22er Mosquito aus dem Schienbeinhalfter zu tauschen.

Plötzlich verzerrte breites Grinsen das Gesicht des Gorillas. Winter folgte seinem Blick. Verdammt. Die SIG lag vor Blondi, der sich bückte und die Hand nach der Pistole ausstreckte.

Winter trat vor und traf mit dem Schaftende Blondis Stirn. Doch dieser hatte die Pistole bereits aus dem Wasser gezogen, torkelte zur Seite und begann, den Arm zu heben. Der Lauf drehte sich in Winters Richtung, der gleichzeitig die Hacke hob. Pistole und Spitzhacke rasten wie zwei Planeten auf Kollisionskurs aufeinander zu. Die Hacke verfehlte die Pistole, traf stattdessen jedoch Blondis Knie.

Das Bein knickte durch, als sei es ein Streichholz.

Im Umkippen feuerte Blondi einen Schuss ab. Die Mündung spie Feuer, das Projektil verließ den Lauf, sauste an Winter vorbei und schlug in die Kanalwand. Der Querschläger verschwand in die Dunkelheit, während die Feder im Magazin der .45er automatisch das nächste Projektil in den Lauf drückte und der Riese erneut abdrückte, bevor Winter die Spitzhacke wieder zum Angriff heben konnte. Das zweite Projektil bohrte sich in die Decke. Backsteinsplitter flogen wie Schrapnelle herum. Dann sauste die Hacke, bohrte sich in Blondis Brustkorb und zerfetzte sein Herz. Der Hüne platschte ins Wasser, hob den Arm, versuchte, einen dritten Schuss abzugeben, doch die Hand mit der Pistole fiel kraftlos ins Wasser zurück.

Blondi rührte sich nicht mehr. Aber Winter war kein Zombie-Fan und prüfte dessen Puls. Keiner mehr. Die Lebensgeister hatten es eilig gehabt und den Körper schleunigst verlassen. Verständlich. Blondis Tod war kein Verlust für die Menschheit.

Winter sank erschöpft auf die Knie und verharrte vom Dreckwasser umspült für einen Moment an Ort und Stelle. Dann tastete er nach der SIG. Sie war nicht mehr in Blondis lebloser Hand. Er suchte in der Dreckbrühe herum, doch die Pistole blieb verschwunden. Die Strömung hatte sie davongeschwemmt.

Tropfend und komplett durchnässt richtete Winter sich auf. Arme und Beine waren bleischwer. Er untersuchte die Schramme an seinem aufgerissenen Oberarm. Nicht schlimm. Er wickelte sein Taschentuch um die Fleischwunde, verknotete dieses notdürftig und zurrte es mit Hilfe der Zähne fest.

Blondi staute das Wasser, das um ihn herumgurgelte. Der Pegel war merklich gestiegen. Das Dreck- und Regenwasser reichte mittlerweile bis fast zu den Knien. Winter holte die .22er Mosquito aus dem Schienbeinhalfter unter dem Hosenbein hervor. Nass, aber Schlitten und Magazin schienen in Ordnung zu sein. Er entsicherte seine vertraute Back-up-Waffe.

Regentropfen prasselten durch den Einstiegsschacht.

Der Presslufthammer hämmerte immer noch unerbittlich. Wer auch immer dort hinten um die Ecke arbeitete, schien die Schüsse nicht gehört zu haben. Der Lärm betäubte die Sinne. Eine unablässige Armada von Nadelstichen malträtierte die Ohren. Mit zusammengekniffenen Augen schüttelte Winter den Kopf, als wollte er einen Bienenschwarm verscheuchen.

Es war zum Verrücktwerden.

Zeit, den Lärm abzustellen.

Winter wischte sich Blut, Wasser und Dreck aus dem Gesicht. Dann schob er auf dem schlammigen Grund vorsichtig einen Fuß vor den andern. Fröstelnd, aber schussbereit folgte er den Kabelschläuchen. An einer Nische vorbei drang er tiefer in den Abwasserkanal vor. Dem Licht entgegen.

26. Mai 16:47

Im schummrigen Licht streifte Winters Hand die raue Kanalwand entlang. Er wich einem Wasserfall aus einem seitlichen Kanalrohr aus. Das dreckige Spülwasser aus Küchen und WCs vermischte sich hier im Abflusskanal mit dem Platzregen, der über ihm auf die Dächer und Straßen von Moabit niederging.

Je näher Winter der Lärmquelle kam, desto heller wurde es. Im Kanal konnte man sich nicht verstecken. Er schlich auf der dunklen Kanalseite an der Wand entlang. Wegen des dröhnenden Lärms würden sie ihn nicht hören, aber eine Wache konnte ihn sehen.

Langsam schob er sich vor.

Hinter der Biegung ergoss sich das Abwasser »seines« alten Backsteinkanals über eine Schwelle in einen modernen, betonierten Hauptkanal, der beidseitig von schmalen Gehsteigen gesäumt war. An den Wänden geisterten lange Schatten herum. Zwei buckelige Monster der Unterwelt. Winter hob die Pistole und linste um die Ecke.

Auf der anderen Seite, einige Meter vor ihm fein säuberlich aufgereiht, ein gutes Dutzend Plastikkanister. Dahinter arbeiteten zwei komplett in Ölzeug gepackte Gestalten. Eine davon bearbeitete die Kanalwand mit dem Presslufthammer, die andere schaufelte herausgebrochenen Beton weg.

Die beiden Arbeiter steckten in bis zur Brust reichenden Fischerhosen und hatten die Kapuzen hochgeschlagen, als wären sie auf stürmischer See. Dazu trugen sie Arbeitshandschuhe, Schutzbrillen sowie klobige Gehör- und Mundschutze. Die beiden Außerirdischen schützten sich mit ihrer Ausrüstung nicht primär gegen das Dreckwasser, sondern vor etwas viel Tödlicherem, den Ebola-Viren.

Diese mussten in den halb durchsichtigen Plastikkanistern sein, die im Licht der einzigen Lampe gelblich schimmerten. Alle Kanister waren einheitlich etikettiert. Magomedows Killerviren, für ihre Reise getarnt als harmloser Flüssigdünger. Aus dem Kraskhim Laboratorii mit Militärlastwagen nach Noworossijsk gefahren, dann per Schiff via Constanta auf der Donau nach Wien geschippert, wo sie ein ahnungsloser Spediteur in ein angemietetes Lagerhaus gebracht hatte. Dort waren die Kanister auf Lieferwagen verteilt und nach Berlin, Vilnius und in andere Städte gefahren worden. Simple Logistik. Globalisierter Kuhhandel. Blondi hatte die Kanister dann mit der Seilwinde in den Kanal hinuntergelassen und hierhergeschleppt.

Für die letzte Etappe.

Durch das Trinkwasser in die Wohnungen der Berliner, die den Wasserhahn aufdrehen und sich ahnungslos ein Glas Wasser füllen würden. Darin unsichtbare Mikrokapseln voller Ebola-Viren. Durstige Kinder würden das Wasser herunterschütten, viele unschuldige Menschen aus aller Welt würden es trinken. Die unsichtbaren Kapseln würden sich im Magen auflösen und die Viren freisetzen.

Winter schob den schrecklichen Gedanken weg.

Die Terroristen mussten gestoppt werden.

Er studierte die Baustelle. Auf dem schmalen Gehsteig machte er eine Pumpe, Werkzeuge, eine Kiste, ein Schweißgerät, leere Kabelrollen und einen Druckstutzen mit langem Rüssel aus, wie man ihn zum Tanken brauchte. Die vermummten Männer arbeiteten fieberhaft daran, Beton aus der Wand zu brechen und eine Röhre freizulegen. Höchstwahrscheinlich eine Trinkwasserleitung. Wie Mineure auf der Suche nach einer Goldader hatten sie die Kanalwand angebohrt und vergrößerten jetzt die Narbe, um die Leitung dahinter freizulegen.

Der Schaufelnde hatte einen Rhythmus. Er kratzte für ein paar Sekunden den Schutt zusammen und drehte sich dann mit voller Schaufel um. Winter wartete, bis eine Schaufelladung ins Wasser fiel, dann glitt er um die Ecke und näherte sich auf dem gegenüberliegenden Gehsteig.

Die Mosquito schussbereit.

Das Trommelfell vibrierte.

Die nächste Schaufel war voll. Der Mann drehte sich um, sah Winter, registrierte die Pistole und fror ein.

Winter bedeutete ihm, die Schaufel wegzuwerfen. Als der Bohrende merkte, dass etwas nicht stimmte, schaute er über die Schulter. Der Presslufthammer hüpfte über den unebenen Beton.

Winter richtete die Mosquito auf seine Schutzbrille.

Der kleinere Mann ließ die Schaufel ins Wasser platschen und hob halb abwehrend, halb beschwichtigend die Hände. Winter machte eine Abschaltbewegung. Doch der Vermummte mit dem Pressluftbohrer machte keine Anstalten, zu gehorchen. Mundschutz und Lärm machten jedes Gespräch unmöglich, aber die beiden Außerirdischen warfen sich durch die beschlagenen Schutzbrillen Blicke zu, die in ihrem kranken Universum Bände sprachen.

Zwischen Winter und den Außerirdischen der zwei Meter breite Abwasserkanal, dessen angeschwollenes Wasser über den Gehsteig schwappte.

Winter konnte die Pistole jeweils nur auf einen richten.

Würde sich einer opfern?

Er verschob sich auf dem schmalen Gehsteig, bis er dem Mann mit dem Presslufthammer direkt gegenüberstand, dann zielte er mit der Mosquito auf die Schutzbrille und befahl: »Abschalten! Sofort!«

Der Presslufthammer wurde abgestellt und ratterte aus.

Das Dröhnen verhallte. Der permanente Druck des Lärms auf die Trommelfelle ließ nach. In der plötzlichen Stille hörte Winter das Wasser rauschen.

Endlich!

Winter schwenkte die Pistole zu dem kleinen Mann. »Gehörschutz und Brille. Weg damit!«

Vorsichtig zog dieser die Kapuze herunter. Schwarzes Haar. Der Gehörschutz wurde in den Nacken gelegt, die Brille angehoben. Siavosh, der hagere Laborant, mit dem Winter vor einer kleinen Ewigkeit im Tegeler Wasserwerk ein paar Worte gewechselt hatte. Siavosh, der die Analyseapparate an seinem Arbeitsplatz manipulierte.

Winter sah in Siavoshs Augen, dass auch er ihn wiedererkannt hatte. Siavosh schob den Mundschutz weg, lächelte fast entschuldigend und ließ dann kraftlos die Arme fallen. Hinter ihm hing ein technischer Plan mit einem Leitungslabyrinth. Insiderwissen. Der andere Mann hatte sich nicht gerührt, seine Hände lagen unbeweglich auf dem Presslufthammer.

Winter: »Sie haben mir erzählt, dass das Wasserwerk gut zu Ihnen war, Ihnen die Deutschkurse bezahlt hat. Und jetzt das?«

»Die Deutschen haben meinen Bruder getötet, zu Hause in Afghanistan. 2007. Sie haben unser Haus in Faryab zerstört. Wir mussten alle flüchten.«

»Das war im Krieg. Die Menschen hier haben Ihnen nichts getan.«

Aber Fanatiker folgten einer anderen Logik. Siavosh erwiderte wütend: »Jetzt ist der Krieg *hier*. Jetzt kämpfe *ich*. Jetzt zerstöre *ich*.«

»Warum?«

»Mein Bruder war noch ein Kind. Er war unschuldig.«

»Denken Sie an Ihre Familie. Ihre Eltern und Ihre Schwester wollen sicher nicht, dass noch jemand stirbt.«

»Lassen Sie meine Familie aus dem Spiel!« Siavosh schien die Pistole vergessen zu haben und beschwor mit behandschuhten Händen Winter. »Wenn ich nicht kämpfe, töten die sie. Wenn ich nicht kämpfe, töten sie meine ganze Familie. Ich bin kein Verräter. Ich habe keine andere Wahl, als Allah zu gehorchen.«

»Wer will Ihre Familie töten?«

Der Mann neben Siavosh stellte den Presslufthammer an die Wand.

Winter schwenkte die Pistole.

Beschwichtigend hob der Mann die Arme, stülpte langsam die Kapuze zurück und nahm Gehörschutz und Brille ab. Dahinter kam ein bulliger Kopf mit militärisch geschnittenem Haar und dicken Wülsten über den Augen zum Vorschein.

Ein Tandem. Siavosh mit dem Insiderwissen und einer der ausgemusterten Speznas als Babysitter. Der Kumpel von Blondi zog seelenruhig die Handschuhe aus und legte seine Sachen auf eine offene Werkzeugkiste, als wäre seine Schicht zu Ende. Winter warf einen Blick auf Siavosh, in dessen Gesicht sich gleichzeitig Wut und Angst spiegelten. Den gleichen Blick hatte er in den Augen von Frau Nasri gesehen. Da zog der Bullige eine Pistole aus der Werkzeugkiste.

26. Mai 16:52

Erwarte immer das Unerwartete. Der Lauf der großkalibrigen Pistole kam hoch, und beide Männer drückten ohne zu zögern ab. Winter war einen Sekundenbruchteil schneller und jagte dem bulligen Bauarbeiter eine Kugel in die Brust. Kurze Distanz, großes Ziel, kein Problem. Irrtum. Das kleinkalibrige Projektil aus der Mosquito durchschlug zwar das Ölzeug, blieb aber in einer schusssicheren Weste des Speznas stecken. Der Einschlag drückte allerdings dessen Schulter weg, sodass sein Schuss Winter verfehlte.

Siavosh schrie.

Der Angeschossene fing sich und wollte erneut feuern.

Winters Ohren summten. Schießen in geschlossenen Räumen gefährdete die Gesundheit. Dieser Kerl war unbelehrbar. Er hatte wohl nur die Sprache der Gewalt gelernt. Winter schoss dem bulligen Terroristen in den Waffenarm, der nach oben zuckte. Keine schusssichere Weste für den Bizeps. Ein grunzender Schrei unter dem Mundschutz.

Winter: »Waffe fallen lassen!«

Der Pistolenlauf seines Gegenübers zeigte zur Decke. Der Angeschossene starrte Winter in die Augen und machte keine Anstalten, sich von seiner Waffe zu trennen. Er griff sich mit der anderen Hand an den verletzten Oberarm und stieß einen unverständlichen Fluch aus. Oder war es ein Befehl?

Der Bullige schaute zu Siavosh hinüber. Der schmächtige Afghane sprang in den Kanal. Das Abwasser reichte ihm fast bis zur Hüfte, und er musste in der Strömung mit ausgestreckten Armen um sein Gleichgewicht kämpfen. Er watete auf Winter zu.

Der Ex-Speznas grinste, senkte fast unmerklich seine Pistole. Entschlossener Blick, aber das Hirn einer Amöbe. Winter schüttelte langsam den Kopf und zielte mit der Mosquito weiterhin zwischen die Augen des Bulligen. Am Rande seines

Gesichtsfeldes sah er, wie sich Siavosh durch die Strömung kämpfte und langsam die Arme spreizte, um ihm von unten im Rugbystil die Beine wegzureißen.

Die Blicke der beiden Terroristen begegneten sich.

Zwei gegen einen war nicht fair.

Siavosh hechtete mit ausgestreckten Armen vorwärts.

Die Pistole senkte sich, und der bullige Terrorist krümmte seinen Finger.

Winter jagte ihm eine Kugel in die Stirn und trat zur Seite. Ein kleiner roter Punkt. Kein indisches Bindi, kein beschützendes drittes Auge, sondern ein simples Einschussloch. Der Terrorist hatte es nicht anders gewollt, ihm keine Wahl gelassen, die Warnungen in den Wind geschlagen. Der Schütze fiel zurück, ließ die Waffe fallen und platschte ins Wasser, wo er sich gemächlich auf den Bauch drehte. Das Ölzeug plusterte sich auf. Dann wurde er von der Strömung abgetrieben. Abschaum im Abwasser.

Siavosh richtete sich auf. Verstört schaute er seinem Babysitter nach. Winter packte ihn am Kragen und zog ihn auf den Kanalsteig. Der triefende Laborant hob eingeschüchtert die Hände. Während Winter das Ölzeug abtastete, stieg ihm der Gestank des Abwassers in die Nase, den er bis jetzt völlig ausgeblendet hatte. Nichts.

Winter schaute sich um.

Die Trinkwasserleitung war intakt. Er war gerade noch einmal rechtzeitig gekommen. Anika hatte inzwischen bestimmt Frank angerufen, der jeden Moment Verstärkung schicken würde. Das schlickige Wasser plätscherte. Ob oben in Moabit der Regen wohl aufgehört hatte?

»Winter!«

Er fuhr herum. Anika! Sie taumelte aus dem alten Kanal. Hinter ihr stand Magomedow, der ihr Haar gepackt hatte und eine Pistole auf Winter richtete. Winter blickte in Magomedows unbewegliche Augen. Tunnelblick. Dunkel, leer und völlig fokussiert.

»Anika? Bist du in Ordnung?«

Magomedow missbrauchte Anika als menschlichen Schutzschild. Sie machte einen einigermaßen gefassten Eindruck und schien den ersten Schock überwunden zu haben. Ihrer Mimik nach war sie vor allem wütend. Sie nickte trotzig. »Lassen Sie mich. Die Polizei kommt jeden Moment.«

Der Oligarch schüttelte mitleidig den Kopf. »Die Polizei hat keine Zeit. Sie ist beschäftigt. Ich habe sie auf eine Schnitzeljagd durch Berlin geschickt.«

Anika sträubte sich. »Ich habe Frank alles gesagt. Das LKA kommt.« Magomedow zerrte an Anikas Haaren, doch sie fuhr unbeirrt fort. »Als der Lärm aufgehört hat, bin ich heruntergestiegen, um dir zu helfen. Da kam dieser Giftzwerg.«

Siavosh wollte auf seinen Anführer zugehen, doch Winter hielt ihn und legte ihm den Arm um den Hals. »Halt! Sie gehen nirgends hin.«

Zu viert waren sie auf dem schmalen Kontrollsteg des Kanals aufgereiht. Zwei Paare, zwei Geiseln, zwei Pistolen. Die Glühbirne an der Decke warf skurrile Schatten, dahinter Dunkelheit wie in einem schwarzen Loch, das alle Materie in sich aufsog. Das Dreckwasser floss vorbei. Der Seitenkanal rauschte hinter Magomedow in den Hauptkanal.

Magomedows Augen glitten über die Kanister und die aufgebrochene Wand mit der freigelegten Wasserleitung. Ein Lächeln umspielte seine vollen Lippen.

Winter: »Lassen Sie sie gehen.«

»Warum sollte ich?«

»Sie hat nichts damit zu tun.«

Mit pseudonachdenklicher Miene erklärte Magomedow: »Alles hängt mit allem zusammen.«

Winter hatte keine Lust auf eine philosophische Diskussion, schon gar nicht mit diesem Psychopathen. »Es ist vorbei. Sie haben es gehört. Die Polizei kommt jeden Moment.«

»Die Hoffnung stirbt zuletzt.«

»Wir tauschen. Ich gebe Ihnen Siavosh, und Sie lassen sie gehen. Das ist ein gutes Geschäft für beide. Sie sind doch Geschäftsmann? Das hier machen Sie doch nicht für Allah.«

»Netter Versuch.« Magomedow schüttelte mitleidig den Kopf. »Aber in Dagestan haben wir ein Sprichwort: Das Hemd ist näher am Herzen als die Jacke.«

Siavosh versuchte sich zappelnd zu befreien.

Winter drehte den Schraubstock seines Würgegriffs zu.

Derweilen höhnte Magomedow: »Ich sehe es in Ihren Augen. Sie lieben die Kleine hier. Nicht mein Typ, aber nicht übel.«

Winter schubste den Schmächtigen. »Siavosh, sagen Sie ihm, dass es vorbei ist. Sagen Sie ihm, dass es nicht Allahs Wille ist, unschuldige Menschen mit Ebola zu infizieren.«

Der schmächtige Afghane stotterte etwas Unverständliches und krallte seine Hände in Winters Arm. Mit den Füßen versuchte er, sich an der Wand abzustoßen. Winter hob ihn hoch. »Los. Sagen Sie es ihm.«

Siavosh stotterte: »Ich, ich kann nicht.«

Mit ausdruckslosen Augen richtete Magomedow die Pistole auf Siavoshs Kopf. »Er ist ein Schwächling.«

Angsterfüllt schrie dieser: »Ich kann nichts dafür. Es war mein Magengeschwür. Ich wurde ohnmächtig, als ich Ihren Brief erhielt, und da hat Otto ihn gefunden.« Siavosh drückte mit der flachen Hand auf seinen Bauch. »Schmerzen.«

»Allahs Krieger kennen keine Schmerzen.«

»Nein! Ich bin ein treuer Diener. Ich habe immer getan, was Sie gesagt haben. Viele Jahre. Immer wieder. Ich habe Ihnen die Pläne gebracht. Ich habe alle ›Analytics 52‹ umprogrammiert. So, wie Sie es befohlen haben.«

»Du bist ein Verräter.«

»Ich habe das Loch gegraben. Wir müssen nur noch die Trinkwasserleitung schweißen.«

»Schweißen kann ich auch alleine.«

Siavosh: »Bitte nicht.«

Magomedow: »Du hast immer wieder an Allahs Willen gezweifelt. Mit dir hatte ich nichts als Probleme. Ohne deine Schwachheit hätte ich mir viel Ärger ersparen können.« Zu Winter sagte er: »Dieser Wurm hat ein Magengeschwür. Wenn das nicht aufgebrochen wäre, wenn dieser verdammte Schwächling nicht zusammengebrochen wäre, dann wäre das hier niemals geschehen.«

Er riss Anika an den Haaren.

Winter sagte: »Otto Harnisch hat Sie erpresst.«

»Der räudige Hund dachte nur mit dem Schwanz. Gierig und dumm.«

»Natascha konnte nichts dafür.«

»Die Tussi wusste zu viel. Sie haben beide ihre Strafe bekommen.«

»Das werden Sie auch.«

»Nein.« Ohne mit der Wimper zu zucken, drückte Magomedow ab. Im Dunkeln blitzten die Funken des Mündungsfeuers.

26. Mai 17:02

Die Kugel durchschlug Siavoshs Schädel. Winter spürte, wie der Kopf des Afghanen nach hinten geschleudert wurde und etwas in sein Gesicht spritzte. Ohne Magomedow aus den Augen zu lassen, ließ Winter den erschlaffenden Körper auf den Kanalsteg gleiten. Der schmächtige Afghane tat ihm beinahe leid.

In den verhallenden Knall hinein schrie Anika: »Aaahhhneeeeiiiin! Sie Arschloch!«

»Halt den Mund!«

Anika dachte nicht daran. Stattdessen stampfte sie mit den Füßen auf und spie verächtlich aus: »Sie können mir nichts verbieten. Hier kann ich schreien, so viel ich will. Freie Welt! Im Gegensatz zum Kaff, aus dem Sie kommen, wo irgendein alter Knacker alle unterdrückt.«

»Halt die Klappe!« Magomedow drückte die Pistolenmündung an Anikas Schläfe, umklammerte sie fester, seine gespreizte Hand auf ihrer Brust.

Winter war schutzlos und hatte nur ein sehr kleines Ziel.

Er musste ihn von Anika ablenken.

»Degeneriertes Schwein!« Anika war in Fahrt.

»Schnauze.« Magomedow richtete seine Pistole wieder auf Winter.

Anika: »Inzucht. Dein Vater hat wohl Schafe gevögelt!«

Magomedow hielt ihr den Mund zu, drückte ihr die Pistole wieder in die Wange. »Schweig. Du hast Glück, dass du eine Frau bist.«

Als Antwort versuchte sie, ihm in die Hand zu beißen.

»Hure. Sobald ich hier fertig bin, kümmere ich mich um dich.«

»Nein.« Winter feuerte zwei Schüsse auf das Schweißgerät, das sich überschlug und ins Abwasser rutschte. Ohne Schweißgerät kein Loch in der Trinkwasserröhre. Ohne Loch kein Ventil. Ohne Ventil keine Viren. Ohne Viren kein Anschlag. Das lenkte Magomedows Aufmerksamkeit definitiv weg von Anika. Das Schweißgerät trieb ab und begann zu versinken.

Der Terrorist krümmte den Finger und drückte ab. Doch Winter sprang aus der Schusslinie ins Wasser. Die Kugel verfehlte ihn und ritzte im Dunkeln hinter ihm die Betonwand.

Um das davonschwimmende Schweißgerät aufzuhalten, musste Magomedow ebenfalls ins Wasser springen. Er riss Anika mit sich, die vor ihm ins Wasser stürzte. Magomedow zog sie an den Haaren hoch, verschanzte sich wieder hinter ihr und blockierte gleichzeitig das Schweißgerät. Dann richtete er die Pistole erneut auf Winter.

Winter sah neben Anikas Kopf nur eines der starren Augen Magomedows. Ein zu kleines Ziel. Die Mosquito war keine Präzisionswaffe. Schon gar nicht in diesem Licht und bei einem beweglichen Ziel. Er wollte weder Anika treffen noch einen Querschläger in die Kanister mit den Viren riskieren.

Braunes Toilettenpapier schlängelte sich vorbei.

Winters und Anikas Blicke trafen sich.

Magomedows Finger krümmte sich. »Ende der Diskussion.«

Da ließ Anika sich einfach fallen. Plötzlich hing ihr ganzes Körpergewicht wie ein Sack Mehl an Magomedow. Das muss sie in einem Selbstverteidigungskurs gelernt haben, dachte Winter anerkennend. Die überraschende Bewegung brachte ihren Peiniger für einen Moment aus dem Gleichgewicht.

Winter tauchte kopfvoran ins Dreckwasser. Er hörte den Schuss über sich und schwamm mit der Strömung auf Magomedow und Anika zu. Seine Hände glitten den schlammig glitschigen Kanalboden entlang. Algen und undefinierte Ablagerungen.

In der Brühe vor ihm das Schweißgerät und strampelnde Beine. Eine Lücke. Winter rammte eine linke Gerade in Magomedows Weichteile, tauchte auf und drückte ihm die Mosquito in die Seite. Krümmte den Finger. Doch seine Pistole funktionierte nicht mehr. Er drückte erneut ab. Nichts. Wasserschaden. Winter ließ seine Back-up-Waffe fallen und trieb stattdessen die Finger ins Gesicht des Terroristen. Drückte dessen Augäpfel in die Höhlen, drehte ihn, zwang ihn unter Wasser.

Ein weiterer Schuss aus dessen Waffe löste sich. Das Projektil wurde von der Decke, dann von der Wand abgelenkt und bohrte sich als Querschläger in Anikas Unterschenkel.

Sie jaulte auf und biss Magomedow in die Hand.

Dieser ließ seine Pistole fallen.

Winter hämmerte ihm die Faust ins zerfranste Ohr. Der Ringer stieß Anika weg, um Winters eingegrabene Finger aus dem Gesicht zu klauben. Halb stehend, halb schwimmend torkelten Magomedow und Winter mit der Strömung den Abwasserkanal entlang. Sie rangen ohne Rücksicht auf Verluste mit Zähnen und Klauen. Mal war Winter oben, mal Magomedow. Sie kämpften schweigend, verbissen und mit allen dreckigen Tricks. Hebelnd, würgend und beißend trieben sie sich gegenseitig immer weiter in die Dunkelheit.

Winter sah Anika auf den Randsteig klettern.

Sie war in Sicherheit.

Dann zog Magomedow ihn wieder in die Soße, drückte ihm die Kehle zu, wollte ihn ertränken wie Anikas Welpen Effi. Als Winter sich aus dem Würgegriff gehebelt hatte und Luft holte, war es stockdunkel. Das Licht der Birne in der Ferne nur noch ein schwacher Punkt.

Er spuckte Dreckwasser aus, rutschte im tiefen Wasser aus.

Da packte ihn der Ringer blitzschnell zwischen den Beinen hindurch und über die Schulter. Magomedow verschränkte seine Hände zu einem Klammergriff und krümmte Winters Wirbelsäule mit aller Kraft nach hinten. Winter wurde hochgehoben und an die Kanalwand geknallt. Sein Schädel kollidierte mit dem Beton. Lichtblitze tanzten.

Das Bewusstsein verabschiedete sich.

Einen Moment später kam Winter wieder zu sich und erbrach sich prustend. In seinem gekrümmten Rücken spürte er einen quälenden Schmerz. Er stemmte sich mit jeder Faser seines Körpers gegen Magomedows Spezialgriff. Im Wettkampf konnte man aufgeben, aber hier unten war das keine Option. Mit dem Ellbogen bearbeitete Winter Magomedows Niere. Doch der Ringer schob unbeeindruckt sein Knie in Winters Rücken.

Magomedow wollte seine Wirbelsäule brechen.

Im stählernen Griff wand sich Winter vergeblich.

Er spürte, wie Magomedows Knie den besten Angriffspunkt suchte.

Sie drehten sich im Abwasser, schleiften über den Beton. In der kompletten Finsternis schürfte Winter sich die Nase am Boden auf, seine Arme ruderten, doch Magomedow drückte ihn unter Wasser. Verzweifelt presste Winter die Lippen zusammen, um den verbleibenden Sauerstoff in der zum Platzen gespannten Lunge zu halten. In weiter Ferne hörte er Magomedows Kampfschrei, ein unmenschliches Wolfsgeheul.

Dann fielen sie in die Tiefe.

26. Mai 17:08

Sie stürzten. In völliger Dunkelheit. Während des Fallens löste sich Magomedows Griff. Winter streckte den Rücken. Sauerstoff füllte seine Lunge. Drei Meter tiefer durchschlugen sie die Wasseroberfläche eines Sammelbeckens, in dem das Wasser aus mehreren Kanälen zusammenfloss. Aus den paar Millimetern Frühlingsregen auf den Straßen Berlins war hier unten ein reißender Strom geworden, dessen Sog sich in ein enges Ablaufrohr zwängte, als wäre in einer riesigen, übervollen Badewanne der Stöpsel gezogen worden.

Winter versuchte, an die Oberfläche zu schwimmen, doch ein starker Wirbel sog ihn unerbittlich in die Tiefe zum Abflussrohr. Er sträubte sich, versuchte, sich irgendwo festzuhalten, doch seine Hände rutschten an den glatten Wänden ab.

Die Öffnung der Röhre verschluckte ihn, und die Strömung riss ihn fort. Er wusste im Rauschen des Wassers nicht mehr, wo oben und unten war. Einmal stieß er mit etwas zusammen, das sich wie ein Lederstiefel anfühlte, aber dann wurde er weggeschwemmt.

Er ergab sich. Es war sinnlos, sich den Kräften des Wassers zu widersetzen. Irgendwo hatte er von einem Mann gelesen, der oberhalb der Niagarafälle ins Wasser gefallen war und den Wasserfall überlebt hatte, weil er sich dem Fluss nicht widersetzt hatte. Winter ließ sich mit ausgestreckten Armen und Beinen treiben. Glatte Wände glitten vorbei. Er öffnete die Augen, doch die Dunkelheit war schwarz und absolut. Im dumpfen Rauschen umfasste ihn eine tiefe Gelassenheit.

Obwohl Winter im Hinterkopf wusste, dass ihm bald die Luft ausgehen würde, spielte die Zeit keine Rolle mehr. Sie verschmolz mit dem Raum und dem Rauschen. In seinem Bewusstsein betrachtete er sich teilnahmslos von außen, sah sich im Wasser treiben, endlos und ohne Hektik, ohne Ziel, ohne Zweck. Eine bleierne Müdigkeit breitete eine schwere Decke über ihm aus. Er wollte nur noch schlafen.

Tief und ewig schlafen.

Da ließ der Druck plötzlich nach, und es wurde hell. Die Röhre spuckte ihn aus. Winter wirbelte herum, drückte sich gegen das Licht an die Oberfläche und streckte den Kopf aus dem Wasser. Die Lunge pumpte sich mit frischer Luft voll. Er prustete und strampelte. Um ihn herum prasselten Regentropfen und rissen kleine Krater ins graue Wasser, als wäre er in einer Mondlandschaft gelandet. Winter blinzelte sich das Wasser aus den Augen. Vor ihm ragte eine hohe Mauer auf.

Er drehte sich. In der Ferne, auf der anderen Seite des Wassers, dümpelten Schlepper. Durch den trostlosen Regenvorhang registrierte er Hafenkräne, Container, alte Lagerhäuser aus Backstein, dahinter riesige weiße Tanks. Ein Öllager.

Die Kanalisation hatte ihn in die Berliner Hafenanlage gespült.

Wo war Magomedow?

Winter hörte ein tiefes Brummen. Das Wasser um ihn herum wurde aufgewühlt, schäumte. Er drehte den Kopf. Die Antriebsschraube eines rückwärts manövrierenden Schleppers schob sich auf ihn zu. Der Motor des rostigen Kahns rumorte dumpf. Schwarzer Dieselrauch verpestete die Luft. Gleich würde die Schraube Hackfleisch aus ihm machen.

Vom Regen in die Traufe.

Winter kraulte auf die Kaimauer zu und kletterte an einer verrosteten Leiter aus dem Hafenbecken. Erschöpft wankte er über den völlig ausgestorbenen Kai. Keine Spur von Magomedow. Winter suchte die Wasseroberfläche ab. Er durfte ihn auf keinen Fall entkommen lassen. War er in der Kanalisation hängen geblieben? Ertrunken? War er auf die andere Seite geschwommen?

Auf dem gegenüberliegenden Kai hob ein moderner Kran einen Container hoch und setzte ihn auf einen Eisenbahnwagen. Vom Kahn auf die Bahn. An einem anderen Kran hing schlaff der Saugrüssel für Getreideschiffe. Mehrere Männer mit gelben Helmen und Westen standen gelangweilt herum. Keinerlei Anzeichen, dass sie Magomedow gesehen oder gar aus dem Wasser gezogen hatten.

Der alte Kai vor ihm war leer, die Anlegestellen für die Schiffe unbenutzt. Menschenleer. Ein nasses Eisenbahngleis glänzte im Kopfsteinpflaster. Erst in einiger Entfernung niedrige Lagerhäuser mit leeren Laderampen.

Am anderen Ende, an der Zungenspitze des Kais, ein Schrottplatz. Ein monströser Kran griff mit einer riesigen Kralle in den Bauch des Kahns, mit dessen Schraube Winter fast Bekanntschaft gemacht hatte. Der Krake hob eine Ladung rostiger Abfälle hoch, schwang an Land und deponierte diese krachend auf einem Haufen. Zwischen ihm und dem Kran stand nur ein alter Opel Corsa. Rot mit Spoiler und zwei weißen Rennstreifen auf der Motorhaube.

Verflucht. Wo war Magomedow?

Er musste noch im Wasser sein. Winter hastete zum Schrottplatz und suchte dabei das Wasser entlang der Kanalmauer ab. Nichts. Untergetaucht? Abgesoffen?

Der Kranführer in der verglasten Kabine winkte Winter aus der Gefahrenzone. Doch dieser ignorierte den herunterfallenden Schrott und kletterte die Leiter des Ungetüms empor. Der kahl geschorene Kranführer hielt sein Spielzeug an und legte verärgert einen behaarten Arm auf den Fensterrahmen. »Was soll das?«

Tropfnass hielt sich Winter am Geländer der kleinen Plattform neben der Kabine fest. »Sie müssen mir helfen. Ich bin hinter einem Terroristen her. Bitte rufen Sie sofort die Polizei!«

Der bequem hinter einem Kontrollpult sitzende Kranführer kratzte stirnrunzelnd seinen Bart. »Die Polizei?«

Zu viel Informationen auf einmal.

Winter schaltete einen Gang zurück. »Haben Sie ein Handy?«

Der Gemütsmensch erwiderte: »Was denken Sie denn? Ich bin doch nicht von gestern.« Er zog ein schlankes Handy der neusten Generation aus der Arbeitsweste.

Winter insistierte: »Rufen Sie die Polizei! Wir dürfen keine Zeit verlieren. Wir brauchen Verstärkung.«

»Sind Sie von der Polizei?«

»Nicht mehr. Rufen Sie schon an!«

»Sie waren bei der Polizei?«

»Früher.« Keine Zeit für seine Lebensgeschichte. Winter zeigte aufs Handy und deutete eine Tippbewegung an. »Sonst kommt er davon.«

»Wer?«

Winter sagte ungeduldig: »Ein Verbrecher. Machen Sie schon.«

»Nun aber mal halblang, junger Mann.«

Winter fühlte sich uralt und musste ob der Anrede grinsen. Der Kranführer war zu Recht skeptisch. Warum sollte er einem durchnässten Spinner glauben, der im Hafenbecken herumplanschte und was von Terroristen faselte? Von hier oben konnten sie die Hafenanlage gut überblicken. Winter scannte erneut die Umgebung. Magomedow konnte sich nicht in Luft aufgelöst haben. Es hatte aufgehört zu regnen. Das Gewitter verzog sich. Schüchterne blaue Flecken lugten durch die aufgerissenen Wolken. Auf der anderen Seite des Hafenbeckens waren keine auffälligen Bewegungen auszumachen. Der Kai unter ihnen war immer noch menschenleer, der Schrottplatz gut zu überblicken und umgeben von einem hohen Zaun.

Unten auf dem Schrottschlepper johlte ein Arbeiter mit Handschuhen und dem Helm im Nacken zu ihnen herauf: »He, du fauler Sack. Schon Feierabend? Oder was? Mach schon. Ich habe Besseres zu tun, als hier rumzustehen.«

Der Kranarbeiter streckte seinen Schädel aus dem Kabinenfenster und gab zurück: »Mensch, Laszlo, deine Nutten können warten.«

Der Arbeiter grinste und streckte gelangweilt seinen Mittelfinger.

Winter rief: »Haben Sie jemanden aus dem Wasser steigen sehen?«

Laszlo nahm den Helm ab und schüttelte den Kopf: »Nö.«

Auf der anderen Seite des gähnenden Frachtraums rührte sich ein alter Mann mit Regenmantel und dreckiger Kapitänsmütze, den Winter bis jetzt nicht gesehen hatte. Der Kapitän war gut getarnt, denn seine Kleider hatten mit der Zeit die Farbe des rostigen Kahns angenommen. Jetzt spie er Kautabak und krächzte: »Nee. Dat hier is keen Swimmingpool.«

Er hatte noch nicht fertig gesprochen, da kletterte Magomedow über die Reling des Schrottschleppers.

26. Mai 17:16

Magomedow rannte über das Deck zum einzigen Landungssteg. Der geriatrische Kapitän drehte sich schlurfend um und wollte ihn aufhalten. Doch Magomedow überrannte ihn einfach, und der Seemann plumpste zeternd ins Wasser.

Laszlo stellte sich dem Terroristen entgegen. »Halt!«

Winter packte den Arm des Kranführers. »Da ist er.«

Der Kranführer legte seine Behäbigkeit ab und bediente flink die Kontrollhebel. »Dieses Arschloch schnapp ich mir.« Der Kran drehte und senkte gleichzeitig den Ausleger. Die Greifkralle sauste auf Magomedow zu, der sich wegduckte.

Winter: »Rufen Sie die Polizei.«

Der Kranführer hielt das Mobiltelefon in sein Gesichtsfeld, wählte eine gespeicherte Nummer und beobachte gleichzeitig die Kralle. Er legte das Handy vor sich aufs Steuerpult und ließ den Greifer gekonnt zurückschwingen.

Eine Stimme meldete sich: »Hafensicherheit.«

Unten auf dem Schlepper stellte Laszlo sich mit erhobenen Fäusten Magomedow in den Weg.

Der Kranführer: »Kalle hier, ihr müsst sofort zum Schrottplatz kommen. Da is 'n falscher Fuffziger aufm Kahn. Laszlo versucht …« Doch Magomedow wich der rechten Geraden aus und warf den Arbeiter locker in den Frachtraum.

»Wir kommen.«

»Aber dalli! Er hat gerade Laszlo fertiggemacht.«

Winter griff in die Kabine und nahm das Telefon. »Tom Winter hier. Ruft auch die Polizei. Gerhard Frank vom LKA soll sofort kommen. Sagt ihm, dass Magomedow hier ist.«

»Wer?«

Während Winter den Namen wiederholte, eilte Magomedow über den wackeligen Steg an Land. Der Kranführer fuhr die Kralle erneut gegen ihn aus. Bei den Lagerhäusern tauchte ein dunkler Offroader auf. Der Sicherheitsdienst des Hafens.

Der Terrorist zögerte einen Moment, dann riss er die Tür des alten Opels auf und stieg ein. Der Schlüssel steckte.

Ohne Magomedow aus den Augen zu lassen, fragte der Kranführer aus dem Mundwinkel: »Was, haben Sie gesagt, hat der da getan?«

Winter: »Er ist ein Mörder und will Berlin verseuchen.«

»Na dann.«

Magomedow startete den Motor des Corsa. In der Ferne dröhnte laut ein Schiffshorn. Hinter dem Schrottplatz rollte langsam ein ratternder Güterzug vorbei. Auf der anderen Seite des Hafenbeckens schwebte ein weiterer Container in der Luft.

Währenddessen fuhr Kalle seelenruhig den Arm des Krans aus, senkte die Greifkralle und griff damit nach dem anfahrenden Opel. Die Stahlzähne packten die Karosserie, als würden die Fingerspitzen einer riesigen Roboterhand ein Spielzeugauto hochheben. Scheiben zerbarsten. Der Kranführer manipulierte seine Joysticks, und der Corsa hob vom Boden ab.

Kalle grinste. »Das is Laszlos Untersatz. War es wohl. Er wollte sich sowieso einen neuen Turbo kaufen.« Er richtete den Arm des Krans auf. Der Corsa baumelte schräg, in zehn Metern Höhe, vor ihnen. Glassplitter rieselten herunter.

Magomedow versuchte, die eingeklemmte Wagentür aufzudrücken, sich zu befreien. Erfolglos. Dann hämmerte er mit den Fäusten gegen die Frontscheibe und starrte wütend zu ihnen herüber.

Winter lächelte und lehnte sich an die Kabine. »In Spielsalons gibt's diese Automaten, wo man …«

»… sich einen Preis angeln kann«, beendete Kalle den Satz. »Ich weiß. In meinen jungen Jahren habe ich das geliebt.« Er zuckte mit den Schultern. »Vielleicht erklärt das, warum ich das hier mache.«

Das Telefon klingelte. »Ja?« Der Kranführer lauschte einen Moment, dann reichte er das Handy Winter. »Für Sie.«

»Winter.«

»Frank hier. Wir sind unterwegs. Das Sondereinsatzkommando ist aufgeboten.«

Im Hintergrund hörte er eine Frauenstimme: »Winter? Bist du in Ordnung?«

»Anika?«

Frank: »Sitzt mit einem Kratzer neben mir. Sie hat mich angerufen, und ich habe sie vorhin beim Schacht aufgegabelt.« Erleichtert hörte Winter den Kommissar fragen: »Wie ist die Lage?«

»Das SEK können Sie sich sparen. Wir haben ihn im Griff.«

Kalle setzte ein breites Grinsen auf und stupste Winter mit dem Ellbogen an.

»Sicher?«

»Echt. Er ist schön verpackt. Sie müssen ihn nur noch abholen.«

Er beschrieb Frank kurz die Situation.

Unter ihm stiegen zwei Männer aus dem schwarzen Jeep. Im Hafenbecken kurvte in einer Gischtwelle und mit heulenden Sirenen ein Schnellboot der Wasserschutzpolizei herbei. Im bedrohlich schief hängenden Corsa tobte Magomedow und versuchte, mit den Stiefelabsätzen eine Tür aufzutreten.

Winter gab das Smartphone zurück.

Kalle reckte das Kinn in Richtung Magomedow. »Der benimmt sich wie ein ungezogener Bengel.«

»Nein. Er ist viel schlimmer, denn er weiß ganz genau, was er tut.«

Fast zärtlich justierte der Kranführer mit Daumen und Zeigefinger einen der kleinen Hebel. Die Kralle schloss sich etwas, und der Corsa wurde wie eine leere Getränkedose weiter zerdrückt. Die Rückscheibe zerbarst, der zerquetschte Kleinwagen ächzte. Langsam löste sich die Auspuffanlage ab und schepperte aufs Kopfsteinpflaster.

Schrottreif.

Magomedow klammerte sich im enger werdenden Käfig angsterfüllt an die verschobenen Sitze. Flüssigkeiten tropften aus dem Auto. Öl, Benzin oder Angstpisse.

Kalle fragte: »Soll ich ihn fallen lassen?«

»Nein, wir brauchen ihn noch.«

»Aber schütteln können wir ihn?«

Winter hatte nichts dagegen, und der Kranführer ruckelte mit dem Joystick. Die kleinen Bewegungen übersetzten sich auf Kran, Kralle und Corsa und schleuderten Magomedow im Wageninneren herum.

»Ich könnte ihn auch ins Wasser tunken?«

Da raste ein grauer Škoda mit aufgesetztem Blaulicht heran. Frank und Anika. Der Kommissar hielt und sprang heraus.

Winter winkte und zeigte grinsend auf den Corsa. »Sie müssen ihn nur noch auspacken.« Kleine Geschenke erhielten die Freundschaft.

Frank steckte die Pistole ein.

Hinter ihm brauste die Kavallerie heran. Streifenwagen, Feuerwehr und Sanität. Winter hätte es nicht gewundert, wenn Frank auch ein Militärspiel mit Trommeln, Pauken und Trompeten aufgeboten hätte.

Winter nickte Kalle zu. Der Arm des Krans senkte sich, und der zerdrückte Corsa knallte unsanft auf den Kai.

Der Kranführer grunzte und zwinkerte Winter zu. »Verschrotten!«

Winter wusste nicht, ob er das Auto oder den Terroristen meinte. So oder so: Auslaufmodelle.

Danach

Winter kletterte vom Kran. Anika hinkte mit aufgeschnittener Hose und einem Verband an der Wade herbei. Während sie sich umarmten, zog die Wasserschutzpolizei den Kapitän aus dem Hafenbecken. Kalle raunte, dass ein Bad sowieso überfällig gewesen sei. Laszlo kroch derweil mit geknicktem Stolz aus dem Frachtraum, um sein zerquetschtes Auto zu beklagen.

Magomedow wurde mit einer Kreissäge aus dem Autowrack herausoperiert. Frank legte ihn in Handschellen und las ihm seine Rechte vor. Bevor der Terrorist in einen vergitterten Kastenwagen gesperrt wurde, nahm der Kommissar ihm ein Notizbuch und zwei Mobiltelefone ab.

Ein Sanitäter verband Winters Oberarm und klebte ihm ein Pflaster auf die aufgeschürfte Nase. Danach schüttelte Frank ihm dankend die Hand, nur um sofort mit gerümpfter Nase zurückzutreten. Winter gab dem Kommissar kurz die Ereignisse zu Protokoll.

Die Polizei hatte in der Kanalisation zwei Tote gefunden, Blondi und Siavosh. Zudem meldete die Wasserschutzpolizei eine angeschwemmte Leiche mit einem Loch im Kopf.

Winter fragte: »Was ist mit den Wasserflaschen?«

Frank sagte: »Großfahndung läuft. Gehen Sie duschen!« Um einen zweiten stinkenden Händedruck zu vermeiden, salutierte er zum Abschied. Ein Mitarbeiter von Frank fuhr Anika und Winter zu der Kreuzung mit der Baustelle in Moabit, wo ihm Winter Magomedows Brief übergab.

Danach fuhren sie zu Anikas Wohnung, wo sie als Erstes duschten. Nacheinander. Am Abend rief Frank an. Eine Polizeipatrouille hatte vor dem Hauptbahnhof Magomedows stummen Cousin verhaftet, der den Passanten gratis Mineralwasserflaschen in die Hand drücken wollte. Die tödliche Werbeaktion konnte rechtzeitig verhindert werden.

Magomedows Notizbuch und Mobiltelefone hatten zu weiteren Verhaftungen geführt. In Wien waren in einem Kastenwagen und in München in einer Mietwohnung weitere Kanister entdeckt worden. Zusätzliches Beweismaterial häufte sich. Magomedow war in einem Hochsicherheitsgefängnis des Bundes und schwieg.

***

In den Tagen danach hielt die Welt den Atem an. Vereinzelt tauchten Ebola-Fälle auf, die sofort in Isolierstationen überwiesen wurden, auch in die Berliner Charité. Eine Herausforderung war die Triage der vielen Verdachtsfälle. Unzählige Menschen mit Grippesymptomen drängten sich in Kliniken und Facharztsprechstunden. Mancherorts waren die Gesundheitssysteme überfordert.

Die Medien waren voller Panik und Durchhalteparolen. Die Kommentatoren überschlugen sich mit Vermutungen und Szenarien. In den sozialen Netzwerken herrschte Endzeitstimmung. Die Kirchen hatten plötzlich wieder Zulauf. Die Behörden rieten, ruhig zu bleiben, Menschenansammlungen zu vermeiden und die Hände gründlich zu waschen. Die geschlossenen Schulen freuten die Kinder.

Litauen pochte wegen der russischen Truppen auf seinem Territorium auf die NATO-Beistandspflicht. Die energische, nationalkonservative Präsidentin Litauens hielt eine flammende Rede, bezichtigte Russland einer Militärinvasion und pochte auf einen sofortigen Abzug.

Russland wies die Vorwürfe zurück und ließ verlauten, es handle sich lediglich um medizinisches Personal. Die humanitäre Aktion sei aufgrund der verunsicherten russischstämmigen Bevölkerung Litauens gerechtfertigt, da die mit der Krise überforderte litauische Regierung vielen von ihnen den Zugang zu medizinischer Versorgung verweigere. Russland sei deshalb verpflichtet, eine helfende Hand auszustrecken. Der russische Präsident schüttelte in einem Krankenhaus demonstrativ die Hände dankbarer Patienten und inspizierte in Seweromorsk bei Murmansk die Nordmeerflotte.

Der Generalsekretär der NATO verurteilte die russische Intervention aufs Schärfste. Der Nordatlantikrat beschloss, die Alarmbereitschaft zu erhöhen und Manöver vorzuziehen. Truppen, Flotten und Satelliten wurden in Bewegung gesetzt. Hinter den Kulissen liefen die diplomatischen Drähte heiß. Der polnische Präsident des Europäischen Rates erinnerte an den Kalten Krieg. Der EU-Kommissionspräsident sprach mahnende Worte in die Mikrofone, während die deutsche Kanzlerin nur eine besonders besorgte Miene machte. Finnland tobte.

Dann entdeckte ein internationales Netzwerk von Wissenschaftlern ein Gegenmittel. Der Sprecher eines bekannten Pharmaunternehmens erklärte, dass das Antidot gegen das VV, das Vilnius-Virus, gefunden worden sei und nun rasch in großen Mengen produziert werde. Auf Nachfrage räumte er ein, dass neben der hervorragenden internationalen Zusammenarbeit auch ein »glücklicher Zufall« den Erfolg beschleunigt habe. Unabhängig davon meldeten kurz darauf auch russische Wissenschaftler einen Durchbruch.

Die Krise entspannte sich. Weitere Anschläge blieben aus. Russland zog das »medizinische Personal« schrittweise aus Litauen ab. Das militärische Säbelrasseln wurde leiser, die Manöver zu Land und Wasser wurden Zug um Zug beendet, die Truppen in die Kasernen, die Kriegsschiffe in die Häfen zurückbeordert. Nur die diplomatische Verstimmung blieb.

***

Nach gut einer Woche umarmte Winter frühmorgens Anika und fuhr zurück in die Schweiz. Er musste arbeiten und sich um sein abgebranntes Haus kümmern. Am Nachmittag betrat er die Bank. Leonie war von ihrer Alp im Wallis zurück und stellte zufrieden fest, dass die Spam-Attacken aufgehört hatten. »Sie haben sich einen Virus eingefangen.«

Ein vom Urlaub in Südafrika braun gebrannter von Tobler ließ sich Bericht erstatten und zitierte danach, mit väterlicher Hand auf Winters Schulter, aufmunternd Erich Kästner: »Leben ist immer lebensgefährlich.« Wahrscheinlich hatte der Alte von einem abgeschirmten Golf-Resort aus rechtzeitig Pharmaaktien gekauft und sich eine goldene Nase verdient.

In seinem Büro überflog Winter den knappen Bericht zu Otto Harnischs Konto. Es gab nichts mehr hinzuzufügen. Doch bevor er ihn abschickte, verabredete er sich mit Meister außer Haus zu einem Kaffee. Winter wollte wissen, wie es um Mehmed Kazemi stand, den aus Herat stammenden Laboranten des Seewasserwerks Moos.

Meister sagte: »Wir haben den Afghanen gründlich durchleuchtet und absolut nichts Verdächtiges gefunden. Er hat uns jedoch erzählt, dass ihn ein Emre Yilmaz von der Kaysis Medikal angesprochen und versucht hat, ihn in eine Sache hineinzuziehen, die den Ungläubigen eine Lektion erteilen würde. Mehmed hat Nein gesagt, weil das nicht Allahs Wille sei. Doch es war offenbar ein Zuckerbrot-und-Peitsche-Angebot, weshalb er seither in ständiger Angst um seine Familie gelebt hat.«

Von Faizah Nasri, der Syrerin, die Winter bei den Stadtwerken München getroffen hatte, wusste Meister nichts.

Winter fragte: »Und Magomedow?«

Meister schüttelte den Kopf. »Der sagt meines Wissens nichts. Sein Verteidiger plädiert auf verminderte Zurechnungsfähigkeit. Seine Frau und die beiden Mädchen sind übrigens heute auf dem Flughafen Toronto von den Kanadiern in Gewahrsam genommen worden.«

»Sie glauben, dass der Kreml dahintersteckt?«

»Vielleicht, vielleicht auch nicht. Vielleicht haben sie eine Gelegenheit gesehen, vielleicht haben sie es gewusst und toleriert, vielleicht haben sie es sogar initiiert.« Meister leerte seinen Kaffee und sagte zur Tasse: »Wer die Idee gehabt hat, werden wir wohl nie wissen, aber die Militärs sehen ihr Szenario eines hybriden Krieges mit nicht deklarierten Truppen, biochemischen und Cyber-Attacken bestätigt.«

Beim Abschied draußen, mitten im Gewühl der Stadt, zeigte der Beamte plötzlich einen Anflug von Rührung und bedankte sich für seine Verhältnisse überschwänglich. »Und, Winter: Danke! Ich weiß nicht, wie das ausgegangen wäre, wenn Sie uns diese Injektionspistolen mit dem Antidot nicht gebracht hätten.«

Winter wusste es auch nicht.

Zurück am Computer schickte er den Bericht zu Harnischs Konto an Hodel zur Weiterleitung in die offiziellen Kanäle. In einer separaten Mail schickte er eine Kopie an Frank. Der Kriminaloberkommissar des Landeskriminalamtes Berlin rief kurz darauf an und meinte: »Unser gemeinsamer ›Freund‹ ist heute tot in seiner Zelle aufgefunden worden. Herzstillstand. Trotz Überwachung. Es sieht nach natürlichem Tod aus, aber Mord durch Vergiftung kann nicht ausgeschlossen werden. Der Rechtsverdreher hat ihn kurz zuvor besucht.«

Winter: »Seine Familie soll Moskau verlassen haben.«

»Ja, ich weiß. Kanada.«

»Alles hat seinen Preis.«

Sie schwiegen sich an und versprachen dann, in Kontakt zu bleiben.

Nach Feierabend trafen sich Winter, Leonie und Schütz zum Bier, und die beiden fragten ihn, wo er denn in nächster Zeit zu wohnen gedenke. Winter zuckte mit den Schultern. Da bot ihm Schütz seinen Camper an. Ernsthaft, die Kinder seien sowieso in den Campingstreik getreten, und der VW-Bus stehe deshalb nur herum.

So kam es, dass sie am Abend neben dem Haus der Familie Schütz den ausgebauten VW T5 abdeckten. Dieselmotor. Nach einer kurzen Einführung kletterte Winter ans Steuer, winkte und fuhr davon. Kurz nach Sonnenuntergang hielt er auf seinem Grundstück. Doch er konnte den Anblick nicht ertragen. Die verkohlte Ruine zog ihm das Herz zusammen. Er würde das Ganze abreißen lassen müssen. Und dann? Er fuhr sich durchs kurze Haar, schaute sich ratlos um und entdeckte Sheriff, der am Waldrand gebannt ein Mäuseloch fixierte.

Winter stieg aus, ging an der Ruine vorbei und durch den verwilderten Garten. Erst als er neben Sheriff in die Hocke ging, gab dieser die Jagd auf. Winters Schritte hatten die Maus sowieso verjagt. Er hob den Kater auf den Arm und streichelte ihn. »Hey, du Streuner. Hast du mich vermisst? Oder eher deinen Fressnapf?«

Er trug die Katze in den VW-Bus, zog die Tür zu und fuhr trotz des Miauens auf den billigen Plätzen davon. Als die Überreste seines geliebten Hauses im Rückspiegel verschwanden, spürte Winter erstaunlicherweise Erleichterung, als sei eine Last von ihm abgefallen.

Sheriff stieg vom Beifahrersitz auf seinen Schoß, wo er es sich bequem machte. So fuhr Winter zum Campingplatz Eichholz an der Aare, die blaugrün und ruhig dahinfloss.

Der Mann vom Campingplatz wies ihn ein und linste in den VW-Bus. »Nur eine Person?«

Winter nickte.

Sheriff hatte sich wohlweislich verkrochen.

»Dann macht das inklusive Strom neunundzwanzig fünfzig pro Nacht. Wie lange wollen Sie denn bleiben?«

»Ich weiß nicht. Den Sommer über vielleicht.«

I had a little bird,
Its name was Enza.
I opened the window
And in-flu-enza.

Kinderreim von 1918

An der Spanischen Grippe starben mehr als fünfundzwanzig Millionen Menschen.